在共同体与社会之间

——20 世纪 90 年代中期以来的乡村女性形象

李彦文 著

南开大学出版社

天　津

图书在版编目(CIP)数据

在共同体与社会之间 ：20 世纪 90 年代中期以来的乡村女性形象 / 李彦文著. －天津:南开大学出版社，2014.10

（天外"求索"文库）

ISBN 978-7-310-04650-8

Ⅰ.①在… Ⅱ.①李… Ⅲ.①乡村－女性－人物形象－文学研究－中国－当代 Ⅳ.①I206.7

中国版本图书馆 CIP 数据核字(2014)第 220466 号

南开大学出版社出版发行

出版人:孙克强

地址:天津市南开区卫津路 94 号 邮政编码:300071

营销部电话:(022)23508339 23500755

营销部传真:(022)23508542 邮购部电话:(022)23502200

*

河北昌黎太阳红彩色印刷有限责任公司印刷

全国各地新华书店经销

*

2014 年 10 月第 1 版 2014 年 10 月第 1 次印刷

230×155 毫米 16 开本 18.5 印张 2 插页 258 千字

定价:36.00 元

如遇图书印装质量问题,请与本社营销部联系调换,电话:(022)23507125

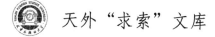 天外"求索"文库

天外"求索"文库编委会

主　任：修　刚

副主任：王铭玉

编　委：余　江　刘宏伟

序

乔以钢

新著《在共同体与社会之间——20世纪90年代中期以来的乡村女性形象》，是李彦文博士最近三年多勤勉耕耘的学术收获。

李彦文博士2010年进入南开大学博士后流动站工作。在攻读硕士、博士学位期间，她受到良好的专业教育和学术训练，打下了坚实的专业理论基础。还是在攻读硕士学位期间，她已经开始关注女性主义文学批评理论，并将这一理论运用于当代作家笔下的"英雄-美人"、"拟母子关系"等人物关系模式的解读中，得出了颇有新意而又令人信服的结论。攻读博士学位期间，她进一步钻研了叙事学、文学社会学，并较多地涉猎了女性主义、社会学、心理学、哲学等相关理论。她的博士论文熟练而恰当地借鉴和运用叙事学、文化研究以及历史哲学等理论方法，对研究对象做出了很好的阐释，显示了踏实严谨的治学态度。

彦文是好学的，她不仅常与我探讨学术问题，而且还抓住一切可能的学习机会，充分利用在南开大学文学院从事博士后研究的两年时间，从各位老师那里汲取学术营养。据我所知，她经常去听李新宇教授、耿传明教授的课，常常和老师们交流；她积极参加文学院举办的学术讲座和学术会议，专注听讲，认真记录，用心思考，主动提问；她还经常与博士生同学一起探讨学问，时常为此废寝忘食。

彦文对治学的严肃态度给我留下很深的印象。为了确定博士后出站报告选题，她曾长时间泡在学校图书馆的阅览室里，翻阅20世纪90年代以来的各种文学期刊，阅读初版的文学作品，观看相关影视剧，做了二十多万字的读书笔记。良好的学术素养，扎实的准备工作，使她的研究能够从一开始就避免单纯从理论出发凌空高蹈的学术姿态。她的选题来自踏踏实实的潜心阅读和敏锐发现。

从学理上说，乡村女性形象这一选题并不是多么新奇、时髦，它不像都市女性形象，尤其是所谓美女写作中的年轻都市女性形象那样吸引眼球。然而，恰如有学者指出的，20世纪的中国现当代文学某种意义上可以说主要是乡土文学。作为乡土文学中主要形象之一的乡村女性形象无疑与这一文学现实紧密相关。可是，就乡土文学的研究状况而言，通常比较重视的是创作主题，比如现代性带来的翻天覆地之"山乡巨变"，或细小之处的"死水微澜"；而针对农民形象的研究，则往往是将男性人物作为农民的代表。这大概与乡土文学的创作者主要是男性，他们对乡村女性多有隔膜、不够熟悉有关。但无论如何，乡土文学研究对乡村女性形象的分析不够重视是一个缺憾。当然，也有研究者注意到对乡村女性形象的考察，但往往侧重其性格特征、道德内涵，一些研究者对女性形象的评价又常与文本叙事者对人物的看法高度一致，缺乏必要的批评距离和独立的立场。

正是由于相关研究存在不足，使彦文探讨从社会性别视角出发勘察乡村女性形象意义独具。作为一位密切关注当下现实的青年学人，彦文将自己的考察范围设定为20世纪90年代中期至今这一时段。这样的设定并非随意择取，而是得自她在阅读中的感受和发现。通过大量阅读，彦文敏锐地注意到乡村女性形象在90年代初相对"退场"，又于90年代中期尤其是新世纪以后"再度出场"并有着复杂呈现的文学现象，同时也注意到这一现象与作家的视点下移、"底层写作"的兴起之间的关系。应该说，这一选题是有挑战性的。这不仅因为其所追踪的是尚未历史化的文学现象和社会现实，而且意味着它需要研究者敏锐的学术眼光和富于深度的思考。

我们知道，女性形象一直是女性主义文学批评所关注的重要部分。英国的弗吉尼亚·伍尔夫曾研究了笛福、约瑟夫·康拉德、托马斯·哈代等五位男性作家笔下的女性形象；美国的凯特·米利特曾就亨利·米勒、诺曼·梅勒、让·热内笔下的女性形象展开论述。她们通过卓有成效的探索，尖锐揭露了西方著名男性作家书写女性形象时潜藏着的男性中心意识。米利特还在理论层面提出了"性政治"概念。她将"权力"概念引入性别领域，犀利地指出，自古及今"两性之间的关系，就是一种支配和服从的关系"，而且这一权力关系具有普适性，"它比任何形式的种族隔离更为坚固，比阶级的壁垒更为严酷，更为普遍，当然也更为持久"。①在中国现当代文学研究领域的女性形象研究中，一些学者深受英美女性主义文学批评传统的影响，致力于揭露本土作家创作中的男权意识。这些研究在富于文化冲击力的同时也引发了争议。

毫无疑问，中国悠久的农业文明培育了根基深厚的传统性别观念。中国现当代作家，尤其是男性作家的创作，往往或多或少、自觉不自觉地流露出一定的男权意识。对这一落后的性别观念进行批判是非常必要的。问题在于，一段时间里，在当代文学批评实践中，这种批判似乎某种程度上近乎陷入了模式化操作。在这样的操作中，无论是鲁迅、茅盾、巴金、老舍、曹禺、赵树理，还是苏童、李佩甫、毕飞宇，研究者对不同时代的男性作家文本中男权意识的批判在思路方法以及结论上很少差别。这恐怕与批评实践者对米利特"性政治"概念的全盘接受不无关系。而事实上，米利特的"性政治"概念在颇富启发性的同时，也存在着将"性政治"本质化、真理化的问题，即忽略文化传统、民族、阶级和地域等方面的重要差异，简单认定男女之间存在二元对立的关系模式。

迈入 21 世纪前后，性别视角在国内学界受到重视。部分研究者开始尝试以一种"涵盖的视野"考虑两性复杂的经验。他们认识到这种经验是在社会性别与种族、族裔、阶级、性倾向、年龄等多重因素的相互作用中产生的，从而有意识地力求避免在性别问题的讨论中陷于狭隘和偏执。这种研究思路不再拘泥于女性主义批评理论，

---

① [美] 凯特·米利特：《性政治》，宋文伟译，南京：江苏人民出版社，2000 年，第 33页。

而是广泛借鉴社会学、历史学、文化学、心理学等学科的理论方法，克服因视角局限产生的视域盲点，为我们更好地呈现和分析本土性别问题的复杂性提供了新的可能。

彦文的这部专著所遵循的也正是"涵盖的视野"这一研究思路。她没有止于探讨文学创作中乡村女性形象的性别文化内涵，而是将20世纪90年代中期以来乡村女性形象的"再次出场"问题化。既注意到当代文学内部这一时段乡村女性形象的丰富性和复杂性，更将其视为不同性别、年龄和出生地的作家通过书写行为与当下社会转型的现实进行对话的努力。这样，便有可能把这一文学现象放回到20世纪90年代以来复杂的历史情境之中，放回到社会转型期传统与现代在多个层面上共时性的交叠混杂这一中国式的现代化进程之中，将它看作是不同立场的文化力量在乡村女性形象这一文化场域中的较量。

在具体研究中，这部著作从横向上将乡村女性形象与此一时段的文化民族主义、自由主义、新左派等社会思潮建立起必要的联系，同时注意到城乡差别、阶层分化带来的乡土文学、底层文学与城市文学在书写乡村女性时的立场差异；在纵向上，作者将自己阐释的20世纪90年代中期以来的乡村女性形象置于20世纪中国文学乡村女性形象塑造传统中加以考量，这样既可辨析被承续或改变的传统是否能与当下现实进行有效对话，又可避免分时段研究容易出现的孤立与断裂。这样的努力，使书中的分析不再是单向度的，而是立体的、多层面的。比如在分析乡村女性形象形塑中的"风景化"、"道德化"取向时，该书注意到这一取向与文化民族主义之间的内在关联；在剖析现代文学中"出走"这一叙事模式自20世纪90年代中期以来的演变时，不仅注意到此时的自由主义思潮有着"五四"文学中的启蒙现代性与个人主义诉求，同时也注意到20世纪90年代自由主义思潮对市场经济与文化资本的倚重，以及中国社会悄然兴起的个体化进程等因素对这一叙事改变的参与。相关论述结合作品实际，是有说服力的。这显然是作者深入思考的结果。

此外，书中借鉴赛义德的后殖民理论，对城市文学在形塑乡村女性形象时的外在性、任意性与卑贱的"他者"的论述，以及对乡土文学、底层写作以内在性为基础的对乡村女性的疼痛经验与异乡人经验的呈现及其意义的论述，也令人有耳目一新之感。应该说，该书对"涵盖的视野"这一研究思路的把握是比较成功的，并没有因为复杂而显得芜杂混乱，而可以称之为思路清晰。其中，彦文对现代文学中乡村女性形象的书写传统的梳理尤其条理分明。而她有关 20 世纪 90 年代中期以来的乡村女性形象研究的现实意义，则在于考察不同文化力量对乡村女性形象的不同意义建构，既可以辨析转型期当代文学的现代性诉求的复杂向度与路径，同时也具有为被各种意识形态覆盖的乡村女性形象去蔽的功能。

在研究方法上，彦文综合借鉴社会性别、后殖民、属下研究、后结构主义等理论资源，以文学的文本细读方法为基础，同时参照社会学研究成果与资料，适当采用症状阅读与文史互证的方法，既保持了文学研究的基本特点，也适当地向文化研究方向拓展，从而有利于所论问题的深化。

作为李彦文博士的博士后合作导师，我很高兴看到她今天的收获。以往，我曾见证她学术研究上努力进取的志气和勇气。多年以前，彦文就曾在自己的硕士论文后记中引用著名作家张承志的句子："正好前驱，不须反顾。"我想，这大概可以视为她执着追求的写照。当然，学术研究在她不仅是艰难的，同时又是快乐的。每次见面，她的脸上总是带着温和的笑容，那温和里透露的是自信和愉悦。

彦文博士后出站以后，进入天津外国语大学国际传媒学院汉语言文学系任教，工作格外忙碌。但就是在这样的忙碌中，她一直在抽时间充实、修改自己的博士后出站报告。现在，终于可以为前一阶段的研究交出一份成果。我相信，已经具备良好基础的彦文，一定会在学术研究的路上坚定前行，取得更多、更好的学术成果。衷心期待着。

目 录

导 论 ……………………………………………………… 1

第一章 乡村与乡村女性 …………………………………… 19
    第一节 城乡二元结构中的乡村 ……………………………… 19
    第二节 乡村女性 …………………………………………… 31

第二章 "风景"、共同体与永恒女性：延续与危机 ………… 48
    第一节 民族文化认同与现代文学想象"地方"的方法 ……… 48
    第二节 "风景"中心的少女与共同体之善：盾与矛 ……… 62
    第三节 后寻根之痛与贞孝之女的幽魂 …………………… 81

第三章 "老乡村"、父权制、市场与个人的走出 …………… 101
    第一节 自由主义的言说与想象"老乡村"的方法 ………… 101
    第二节 差异政治、父权制与个人的"走出" ……………… 122
    第三节 个人、教育与市场 ………………………………… 140

第四章 乡村女性在城市 …………………………………… 154
    第一节 城市小说/文化中的乡村进城女性形象 …………… 154
    第二节 乡土文学中的乡村进城女性形象 ………………… 172
    第三节 个体自主筹划的人生 ……………………………… 191

第五章 当她们开始书写乡村女性 ………………………… 210
    第一节 反叛与接续 ………………………………………… 211
    第二节 乡村女性的爱欲与身体书写 ……………………… 238
    第三节 历史叙事：寻找我们母亲的田园 ………………… 254

结　语 ···272

参考文献 ···274

后　记 ···282

导　论

0.1　本书的研究对象

本书所论述的乡村女性形象，指的是当代作家关于居住并生活于乡村的女性以及虽后来居住于城市但出生于乡村的女性的想象。这里，"乡村女性"首先是一个身份概念。因为对于当代中国人来说，出生于乡村不仅仅是一个出生地的问题，更是一个身份问题。国家的户籍制度规定的农业户口与非农业户口的区分，在新中国成立之初把中国人分为农业户口的农民与非农业户口的工人两大阶级，分别给予不同的待遇。结果是使农业户口的乡村女性成为与乡村男性一样的"二等公民"。其次，"乡村女性"还是一个关系性概念，即女性与其生存空间（乡村与城市）的社会文化语境之间的关系，因为乡村女性的地位与机会的获得，是由特定社会空间的社会文化所决定的。

本书选取的研究时段是 20 世纪 90 年代中期至 21 世纪初，这是因为就本书的研究对象——乡村女性形象而言，有一个从 20 世纪的连续出场到 90 年代的退场再到 90 年代中期以来再次出场的过程。20 世纪 90 年代之前，乡村女性形象一直是居于主流的女性形象，从"五四"时期开始，祥林嫂、春宝娘、郭素娥、翠翠、阿黑、白毛女、小芹、改霞、小月、马樱花、小水、戴凤莲等都是各时代的著名女性形象。然而，到了 90 年代，当代文学中出现的著名女性形象却是一批城市女性：王琦瑶、尹小跳、来双扬、白大省等。似乎是，城市女性形象终于完成了从边缘向中心的进军，而乡村女性形象却从中心位移到了边缘。无论是从数量与得到的批评家的重视程度看，乡村女性形象都是近乎缺场的。90 年代中期，当代文学出现了所谓的"视点下移"现象。作家把目光再次投向民间和底层，乡村与乡村女性形象得以再次登场。但是，乡村女性形象的这一次出场，并未像 20 世纪 90 年代以前那样占据中心位置，即她们的再次出场并不构成城市女性形象的退场，而是与城市女性形象一起成为新世纪当代文学场分化的表征和见证。

与 20 世纪乡村女性形象相比，这一时段的乡村女性形象呈现出异常复杂的情形：既可以看到类似于 20 世纪初启蒙现代性视角下的处于弱势的被压迫与被侮辱的乡村妇女形象，也可以看到 20 世纪 30 年代审美现代性视角下兼具纯真与自然之美的少女形象；既可以看到如同从《孝经》中走出的堪称典范的贞孝之女，也可以看到已经具备相当的现代观念的新女性；既可以看到阶级叙述传统中被动、无助的乡村女性，也可以看到奋斗个体式的颇具主动性的乡村女性。可以说，此一时段乡村女性形象的驳杂景观，使她们表现出了"不同时代性"的特征。

0.2　已有研究综述

到目前为止，关于这一时段乡村女性形象的研究仍显不足，除了几篇硕士论文外，其他仅限于针对单个作家或单个作家的单部或单篇作品的研究论文。

国内女性主义研究对此一时段的乡村女性形象有所涉及，通常所采取的路径是：（1）、从肯定女性写作的角度阐释女性作家塑造的乡村女性形象。比如黄柏刚的《女性文学回归现实的新变信号——评方方新作〈奔跑的火光〉》[①]认为小说重点展示了英芝"杀夫前屈辱悲惨的生活和压抑痛苦的心理，塑造了一个极具时代特征的叛逆型女性人物的新形象"。张楠《乡村文明·都市文明·姐妹情谊——读孙惠芬〈歇马山庄的两个女人〉》[②]、吴妍妍《无望的"姐妹情谊"

---

① 黄柏刚：《女性文学回归现实的新变信号——评方方新作〈奔跑的火光〉》，《当代文坛》2002 年第 3 期。

② 张楠：《乡村文明·都市文明·姐妹情谊——读孙惠芬〈歇马山庄的两个女人〉》，《名作欣赏》2005 年第 3 期。

——读〈歇马山庄的两个女人〉》①、何向阳《歇马山庄里的"姐妹情谊"》②均从姐妹情谊的角度分析孙惠芬的《歇马山庄的两个女人》。这种研究路径的问题在于，只关注那些具有鲜明女性主义特征的文本，而忽略了其他可能更重要的文本。（2）从男权制批判的角度阐释单个男性作家的创作，或对单个男性作家的男权意识进行批判。前者如宗元《无望的挣扎·人性的扭曲——论毕飞宇近作中的女性世界》③、李生滨《毕飞宇〈玉米〉系列小说的多重悲剧意蕴》④、王向东《父权阴影下的女性之痛——毕飞宇〈玉米〉系列小说论》⑤等，均从压抑与扭曲女性之人性的角度批判父权制。后者如翁菊芳《论毕飞宇小说男性主体精神》的系列文章⑥以及李娟、马臣《男性的"圣母"想象——论李佩甫小说〈城的灯〉女性叙事的谬误》⑦，分别对毕飞宇、李佩甫的男权意识进行批判。但是，由于所依据的理论大致相同，这些文章对不同作家的批评实际上并无多大差别。总之，此类研究在取得一定成绩的同时，局限性明显。

　　乡土文学研究往往偏重于乡土文学主题与农民形象研究，即使有对乡村女性形象的研究，也多是侧重其性格与道德品质。比如孟繁华认为《秦腔》中的白雪是"清风街东方文化最后的女神：她漂亮、贤惠、忍辱负重又善解人意"⑧；管笑笑认为《蛙》中的陈眉

　　① 吴妍妍：《无望的"姐妹情谊"——读〈歇马山庄的两个女人〉》，《语文学刊》2006年第6期。

　　② 何向阳：《歇马山庄里的"姐妹情谊"》，《名作欣赏》2008年第9期。

　　③ 宗元：《无望的挣扎·人性的扭曲——论毕飞宇近作中的女性世界》，《小说评论》2002年第4期。

　　④ 李生滨：《毕飞宇〈玉米〉系列小说的多重悲剧意蕴》，《北方论丛》2004年第1期。

　　⑤ 王向东：《父权阴影下的女性之痛——毕飞宇〈玉米〉系列小说论》，《扬州大学学报》（人文社会科学版）2009年第3期。

　　⑥ 翁菊芳：《论毕飞宇小说男性主体精神》，《科技信息》（学术研究版）2008年第20、21、27期。

　　⑦ 李娟、马臣：《男性的"圣母"想象——论李佩甫小说〈城的灯〉女性叙事的谬误》，《陕西理工学院学报》（社会科学版）2008年第1期。

　　⑧ 孟繁华：《风雨飘摇的乡土中国——近年来长篇小说中的乡土中国》，《南方文坛》2008年第6期。

是"《蛙》中最纯洁无辜却饱受重重苦难的人物。她性情中的高贵、贞洁、孝顺和母性象征着民间伦理中最坚实和美好的部分"①；薛红云《〈刺猬歌〉中的"大地女儿"形象》②赞美张炜《浪漫与丑行》中刘蜜蜡地母般的奉献与拯救，批评《刺猬歌》中的"大地女儿"美蒂受到金钱的诱惑背叛了廖麦；刘保亮《论阎连科"耙耧小说"中的河洛女性形象》③指出阎连科塑造了贤妻良母式的乡村女性形象，并褒扬她们无私奉献的美德；张月阳《论刘庆邦小说中的女性形象》（硕士论文）④亦复如此。这种研究路径的问题在于，研究者与文本对人物的评价经常保持高度一致，缺乏必要的批评距离。

底层文学研究重视揭示文本对底层苦难与话语权的表现。比如李雪梅《胡学文小说的底层女性世界》⑤认为"苦难与向善，是胡学文小说创作的本质"，其中的底层女性们"尽管势单力薄、孤独无助，依然倔强地向善向上，渴望着属于自己的单纯理想，单纯追寻的背后是无尽的付出与抗争"。施战军《让他者的声息切近我们的心灵生活——林白〈妇女闲聊录〉与今日文学的一种路向》⑥、王琳《〈妇女闲聊录〉——溢出小说边界的后现代文本》⑦均认为《妇女闲聊录》的意义在于让底层发出自己的声音。可以看到，这一视角往往将乡村女性归入无性别的底层视域之中。

其间，有这样一些价值较高的研究文章：罗岗、刘丽《历史开裂处的个人叙述——城乡间的女性与当代文学中个人意识的悖论》⑧

---

① 管笑笑：《发展的悲剧和未完成的救赎——论莫言〈蛙〉》，《南方文坛》2011 年第 1 期。

② 薛红云：《〈刺猬歌〉中的"大地女儿"形象》，《小说评论》2008 年第 1 期。

③ 刘保亮：《论阎连科"耙耧小说"中的河洛女性形象》，《洛阳大学学报》2005 年第 3 期。

④ 张月阳：《论刘庆邦小说中的女性形象》，复旦大学 2009 年硕士论文。

⑤ 李雪梅：《胡学文小说的底层女性世界》，《文艺争鸣》2008 年第 8 期。

⑥ 施战军：《让他者的声息切近我们的心灵生活——林白〈妇女闲聊录〉与今日文学的一种路向》，《当代作家评论》2005 年第 1 期。

⑦ 王琳：《〈妇女闲聊录〉——溢出小说边界的后现代文本》，《社会科学研究》2009 年第 6 期。

⑧ 罗岗、刘丽：《历史开裂处的个人叙述——城乡间的女性与当代文学中个人意识的悖论》，《文学评论》2008 年第 5 期。

认为，20 世纪 80 年代的个人主义如今已经走向其反面，获得了"个人意识"的从"共同体"中"解放"出来的乡村女性"个人"，只能孤零零地面对"市场"，成为"市场逻辑"所需要的"人力资源"，因而并未获得"解放"。蒋军《又见"香雪"——一种乡村女性形象谱系的考察》（硕士论文）①将新世纪乡村女性形象的原型追溯到 20 世纪 80 年代初《哦，香雪》，认为这一文本中的现代化追求的裂隙，在新世纪小说中的乡村女性身上已经越来越大。两篇文章的知识考古学研究方式富有启发性。荒林《〈妇女闲聊录〉的史意》②将林白《妇女闲聊录》看作其"个人化"写作的继续和深化，参照公共写作阐释其意义，认为它"是'妇女'，又是'闲聊'，使用'录'而不用'史'，因为'录'也是个人行为，史却要公共认可。且'录'应该是双方合作的行为，这就使得《妇女闲聊录》更有女性主义的对话与交流风格了"。将论述深入到文体的女性特征方面，很有说服力。

0.3　研究思路、方法与概念

本书借鉴"出场学"的研究思路，尝试将 20 世纪 90 年代中期以来乡村女性形象的"再次出场"与此一时段的社会文化现实建立联系。

"出场学"作为中国当代马克思主义学者发展马克思主义的理论框架，关注的是"出场的历史语境、出场路径与出场形态三者的辩证关系"，其核心范畴是"出场"与"差异"。其中，"'出场'一词源自舞台表演艺术。在哲学阐释的语义分析中，'出'是摆脱被遮蔽状态而'进入'某一特定场域中的行动；'场'也不是一个通常剧院的台场，而是人类历史的宏大舞台。'出场'也因此而成为人类亲临历史舞台的现身行动。人类既是历史的'剧作者'，又是'剧中人'。由何种思想与主体（'出场者'）扮演主角在特定历史场域中出场，一直成为'创造历史'的关键。"而"差异"则是打破同一的现存结

---

①　蒋军：《又见"香雪"——一种乡村女性形象谱系的考察》，华东师范大学 2009 年硕士论文。

②　荒林：《〈妇女闲聊录〉的史意》，《文学自由谈》2005 年第 6 期。

构而造成的特性。打破在场的同一镜像，彼此之间产生不同，或者是场域的差别，或者是出场者的差别，或者是出场语境、路径和形态的差别。"出场"与"差异"的关联在于，每一次出场，都是内在地遭遇时空变换，从而使出场语境、出场路径和出场形态都相应发生变化，产生差异。①

"出场学"对本论题的启示意义在于：首先，不是将90年代中期以来的乡村女性形象的"再次出场"看作自明的，而是看作一个同时包含着出场语境、出场路径与出场形态的问题。因为，如同"出场学"的研究对象——马克思主义一样，乡村女性形象也经历了一个出场、退场、再次出场的过程。换言之，"再次出场"这一语词已经包含了自身的问题意识与问题域，它暗示了之前的曾经出场与退场的阶段。

从20世纪中国社会现实的角度看，20世纪乡村女性形象的持续出场，一如乡土文学一样，与中国社会以农业文明为主导密切相关，丁帆把它表述为"农业经济文化社会结构"②，但这并不是说20世纪中国的社会没有西方现代性文明的成分。事实上，整个20世纪，现代性都在挤压中国固有的农业文明并推动中国社会向工业文明、后工业文明转型，不过，中国农业文明的根基被彻底动摇，要等到20世纪90年代。此时，乡土文学开始边缘化，乡村女性形象也退场了。如果把视线投向这一时段的改革，则不仅1985年后改革的重心从乡村转移到了城市，十四大（1992年）更是确立了"社会主义市场经济"的改革目标模式，后现代的消费主义话语逐渐占据主流。因而，当城市尤其是大城市已经在努力与国际市场接轨之时，只有那些时尚的、消费性的城市女性形象，才是时代所青睐的。

1996年以后，中国社会的急速转型给乡村带来的后果开始被学界普遍注意，虽然学者们给出的解决思路存在很大差异，但他们都认可"三农"问题这一提法。并且，"三农"问题至今仍是学界热点。

---

① 任平：《论马克思主义"出场学"的两个循环》，《学术月刊》2008年第9期。

② 丁帆的说法参见程光炜、丁帆、李锐等：《乡土文学创作与中国社会的历史转型——"乡土中国现代化转型与乡土文学创作研讨会"纪要》，《渤海大学学报》2010年第1期。

2004年李培林提出"村落的终结"的概念，指出在开放社会的大趋势下，随着村落的非农化、工业化、去工业化和城市化，村落共同体的社会、文化、行政、自然和经济五种可以识别的边界会逐渐分化、模糊①，预言了现代化进程中乡村的历史命运。不论是"三农"问题还是"村落的终结"，其实都指向中国现代化进程中乡村的不利处境，它在经济、文化等方面的发展无法与城市相比。因而，社会学家孙立平指出，当下中国社会不同的部分基本是处于完全不同的发展水平，表现出断裂社会的"不同时代性"特征：不同地区处于三个截然不同的文明阶段，大城市的高新技术开发区已经处于第三次浪潮即后工业文明之中，全国的大部分大中小城市则处于第二次文明即工业文明时代，而农村还处于第一次文明即农业文明时代。②著名乡土文学研究专家丁帆也认为，20世纪90年代以来中国存在三种文明形态的文化结构，即前现代式的农耕文明社会文化结构（存活于中西部不发达地区）、现代工业文明（沿海、中原以及部分中西部腹地）、后工业文明（沿海大城市与发达的中等城市）。③丁帆虽未使用"不同时代性"这一概念，但是他的概括表明当下中国社会文明状况的差距已为不同领域的学者所感知。

正是这一中国的现代化进程，促成了乡村女性形象的再次出场。具体而言，乡村女性形象再次出场的历史语境，一是中国的现代化实践的重要方面——个体化；二是全球化带来的民族文化认同的危机；三是此一时段的现代化出现的一系列社会问题，如社会的分层、断裂与失衡、计划经济时代的历史遗产——城乡二元结构导致的三农问题、社会转型导致的道德失范等等。

乡村女性形象的出场路径，一方面是作家对个体化、民族文化

---

① 李培林：《村落的终结——羊城村的故事》，北京：商务印书馆，2004年，第39～40页。

② 孙立平：《断裂——20世纪90年代以来的中国社会》，北京：社会科学文献出版社，2003年，第7～8页。

③ 程光炜、丁帆、李锐等：《乡土文学创作与中国社会的历史转型——"乡土中国现代化转型与乡土文学创作研讨会"纪要》，《渤海大学学报》2010年第1期。

认同等一系列社会文化问题的思考，而这种思考，又是与此一时段的主要社会思潮以及20世纪乡村女性形象塑造的文学资源不无联系。

乡村女性形象的出场形态，即这一形象自身的意义与特征，则建立在差异性的基础之上。这种差异既是此一时段的乡村女性形象相对于20世纪乡村女性形象书写传统的差异，也是相对于城市女性形象的差异，还是她们之间的相互差异。总之，其出场形态表现出的也是"不同时代性"的差异。

在研究方法上，以文本细读为基础，使用"症状阅读"与"文史互证"的研究方法。

在阿尔都塞的"症状阅读"理论中，"难题"是一个关键性概念。它"是哲学家在其哲学构造之前就存在于其潜意识之中的一个没有答案的问题。这个没有答案的问题归根到底是由经济基础决定的特定意识形态所决定的，哲学家在组织他的'哲学'时只是围绕这个难题提出许多答案先定的问题（questions），并且在回答完所有这些问题的'沉默'中，给出那个未被表述就预先勾销的难题的可能解答"。①如果把这段话中的哲学家替换为作家，则当代作家对乡村女性形象的塑造，就是在围绕中国现代化进程这一"难题"编织故事，并以这一特殊的方式回答这一"难题"。

这里将乡村女性形象的塑造视为作家对现代化进程这一"难题"的想象性解决，是为了强调乡村女性形象的内涵绝非仅仅是她的外貌、品质以及命运。换言之，此一时段中的乡村女性形象不可能具有超越历史语境的永恒内涵，而是90年代以来特定历史语境中出现的一种文学现象，它是当代作家对中国的现代化进程发言的一种方式。从现代化进程这一难题来看乡村女性形象，还意味着把乡村女性形象看作现代化进程的一种"症状"：她的出场形态即她的内涵相对于20世纪乡村女性形象与城市女性的"差异"，是由她的出场路径与出场语境决定的；反过来，她的出场又可能在一定程度上改造

---

① 赵文：《症状阅读》，参见赵一凡主编：《西方文论关键词》，北京：外语教学与研究出版社，2006年，第852页。

中国的现代化进程。而每一个具体的乡村女性形象自身，也会出现一些"症状"，如与时代的脱节、行为动机的缺乏、自身内涵的模糊甚至悖反等等。①

"文史互证"也是本书使用的重要研究方法。本书在使用这一方法时，将引入社会学研究资料与成果，意在发现当代文学对乡村女性形象的塑造与社会学研究资料与成果之间的相同、相似、相反、忽略、掩饰等复杂关系，即发现这一形象的"症状"。

本书的核心概念有两组：一是共同体与社会，二是个体化与个体。

本书使用的共同体与社会概念，主要采用19世纪德国社会学家滕尼斯对共同体与社会概念的阐释，兼及英国当代社会学家齐格蒙特·鲍曼对共同体与社会的论述。

1881年，滕尼斯撰写《共同体与社会》，对共同体与社会做了明确的区分。他认为，共同体是原始的、天然的、有机的，它主要是基于自然意志（本能的中意、习惯、记忆是其表现形式），维系共同体的是成员之间的"默认一致"。其基本形式是血缘共同体、地缘共同体与精神共同体，分别对应着亲戚、邻里与友谊。共同体是整体本位的，它先于个人且规定个人在整体中的位置与角色。自然村落是典型的共同体类型。而社会，则是与共同体迥然相异的：如果说共同体是古老的、有机的、自然的，社会就是新的、机械的、聚合的人类理性的制品；如果说共同体成员之间的关系是"默认一致"，在社会中，人与人之间构成的却是契约关系；如果说共同体是自然意志与整体本位的，社会的基础却是个人与个人的选择意志（深思熟虑、决定与概念），因而它是短暂的和表面的共同生活；如果说共同体是和谐的，社会中的人与人则处于潜在的敌对状态。社会的典型形态是各种利益团体、规模不等的城市与民族国家。在滕尼斯共同体/社会的二分式论述中，共同体的特征被理想化了，而社会却难免

---

① 这里将乡村女性形象视为现代化进程这一"难题"的症状，受到吴志峰将知青文学视为社会主义现代化的"症状"这一研究方法的启发，在此特别致谢。吴志峰观点参见吴志峰：《社会主义现代化进程中的城乡叙事——知青文学（1966~1986）》，华东师范大学2006年博士学位论文。

受到批评，恰如滕尼斯所言，"有坏的社会，却没有坏的共同体"。①这一点，与现代工业社会的兴起导致共同体的失落（loss of community）这一欧洲 19 世纪的核心社会问题密切相关。

2000 年，英国社会学家齐格蒙特·鲍曼写作《共同体》一书。他对共同体的阐释明显继承了滕尼斯的观点。他认为，共同体首先是一个"温馨"的地方，一个温暖而又舒适的场所。它就像是一个家（roof），在它的下面，可以遮风避雨；它又像是一个壁炉，在严寒的日子里，靠近它，可以暖和我们的手。其次，在共同体中，人们能够相互依靠对方。共同体成员之间的责任是相互帮助，而非取笑、记恨在心、需要报答或者抵押其他成员的东西。鲍曼对共同体论述的意义在于，首先是指出共同体在 20 世纪的持续衰退。他认为，共同体的衰退、死亡或消失在 20 世纪被西方世界的人们持续体验。并且，相对于 19 世纪，共同体已经不是个人栖息的天堂，而已经是过去的事情（失去的天堂）或者将来的事情（人们狂热寻找的天堂）。鲍曼还指出，现代个体渴望共同体的深层原因有二。一是因为现代社会"不能满足人们对安全之家的渴望"，"对于正在承受不确定性的生存和不确定性的前景的压力的人们来说，它承诺的只是更多的不确定性：它的代言人，迅速改变一直难于同化的调子，要求更多的'弹性'；他们告诫个体在寻求生存、改善和有尊严的生活时，去发挥自己的才智，去依靠自己的勇气和毅力，在遭受失败时，去指责自己的无力或懒惰"。二是现代个体所生存的时代是一个残酷无情的、竞争的、胜人一筹（one-upmanship）的时代，是一个分离的时代——一个高速度和高加速度的时代，一个缩短承诺期限的时代，一个待在一起的时间只能持续到"另行通知以前"并和"满意持续时间"等同（永远也不会更长久）的时代。因而，不确定性成为流动的、持续变化的社会环境中，人们心头的不祥预兆和恐惧。此外，针对人们对共同体的乌托邦化与渴望，鲍曼提醒道，共同体虽然可

---

① 参见【德】斐迪南·滕尼斯：《共同体与社会——纯粹社会学的基本概念》，林荣远译，北京：商务印书馆，1999 年，第 52～54、58、95 页。

以提供确定性，却要求个体放弃自由，因为共同体的前提是在"我们"和"他们"之间画出清晰的边界，作为共同体的成员，必须仅仅效忠于"我们"并把"他们"视为敌人。换言之，个体孤军奋战的困境可能是痛苦的与不讨人喜欢的，而一切行动的坚定而有约束力的承诺，却可能预示着伤害要比收获更多。①

本书对共同体与社会这一组概念的使用，一方面借鉴滕尼斯的论述，将乡村视为共同体，将城市视为社会。不过，20 世纪末与 21 世纪初的中国，毕竟不同于 19 世纪的德国，乡村早已不是滕尼斯意义上的共同体，城市中的观念已经在侵蚀着共同体中的和谐一致。阎云翔在调查了中国乡村之间的私人关系后指出，在乡村里的一些年轻人身上，已经出现了一种无公德的个人主义观念。本书将乡村视为共同体，将城市视为社会，是在相对意义上而言的。另一方面，本书还将借鉴鲍曼对现代社会中流动现代性的论述来描述离开乡村的乡村女性，她们所处的并非是一个"解放"的时代，而是不得不处于不确定性生存与不确定性前景之中。

个体化与个体是本书的另一组重要概念。它们与共同体与社会这组概念密切相关，恰如鲍曼所言："把社会成员铸造成个体，即一个人要成为他所是的那样，是现代社会的特征。"②

在西方的第一现代性即线性现代化中，个体化被叙述为这样一个经典故事：个人从紧密编织的共同依赖、监控和强制之网中"解放"出来③。这是一个启蒙主义的个体，他更多地是"作为个体"（being-individual）④而存在的。在国家—社会—个人的论述框架中，个人是本源，社会是派生的，个人先于社会而存在；社会与国家都

---

① 鲍曼对共同体的论述参见【英】齐格蒙特·鲍曼：《共同体》，欧阳景根译，南京：江苏人民出版社，2003 年。

②【英】鲍曼：《序二：个体地结合起来》，参见【德】乌尔里希·贝克、伊丽莎白·贝克-格恩斯海姆：《个体化》，李荣山等译，北京：北京大学出版社，2011 年，第 21、22 页。

③【英】鲍曼：《序二：个体地结合起来》，参见【德】乌尔里希·贝克、伊丽莎白·贝克-格恩斯海姆：《个体化》，第 21 页。

④【英】斯科特·拉什：《序一：非线性模型中的个体化》，参见【德】乌尔里希·贝克、伊丽莎白·贝克-格恩斯海姆：《个体化》，第 13 页。

是个人为了保障自己的某种权利而组成的人为的机构，除了个人的
目的之外，社会或国家没有任何其他目的。①总之，相对于社会与
国家，个人具有至高无上的内在价值和尊严，他是解释其他社会现
象的出发点，不能被共同体或社会所吞噬。启蒙时代的思想大师们
纷纷做出论断，让-雅克·卢梭说："人是最高贵的存在物，根本不
能作为别人的工具。"康德则说："每个人都作为目的本身而存在，
他完全不是作为手段而任由这样或那样的意志随意使用。"事实上，
无论是法国《人权宣言》、美国《独立宣言》还是《世界人权宣言》，
都把个人奉为神圣的信条。个人优先是基本的原则。②

　　20 世纪 90 以来，西方学者（贝克、吉登斯、拉什）提出了第
二现代性或"自反性现代化"概念。贝克把自反性（reflexivity）定
义为"自主的、不受欢迎的、看不见的从工业社会向风险社会转化
的过程"，自反现代化指的是"导致社会后果的自我冲突，这些后果
是工业社会体系根据其制度化的标准所不能处理和消化的"。换言
之，它是工业社会发展出来的无法消除的潜在副作用。在自反性现
代化中，个体"被从工业社会释放到了全球性风险社会的骚动中"。③
而在全球风险社会中，生活和行动在不确定性中成为一种基本体验。
因而，个体性（贝克在《自反性现代化》中使用的是"个性化"一
词）并不是建立在个人的自由选择的基础之上，而是表现为一种强
迫性。它不仅是自己个人生活的生产、自我设计和自我上演的强迫
性；随着偏好和生活阶段的变更，它也是个人生活的承诺和关系网
的强迫性。④在随后的《风险社会》一书中，贝克进一步将个体化
阐释为："现代化……导致一种三重的个体化：脱离，即从历史地规
定的、在统治和支持的传统语境意义上的社会形式与义务中脱离（解

---

① 李强：《自由主义》，北京：中国社会科学出版社，1998 年，第 147 页。
②【英】史蒂文·卢克斯：《个人主义》，阎克文译，南京：江苏人民出版社，2001 年，
第 43～47 页。
③【德】乌尔里希·贝克、【英】安东尼·吉登斯、【英】斯科特·拉什：《自反性现代化》，
赵文书译，北京：商务印书馆，2001 年，第 12 页。
④【德】乌尔里希·贝克：《再造政治：自反性现代化理论初探》，参见【德】乌尔里希·贝
克、【英】安东尼·吉登斯、【英】斯科特·拉什：《自反性现代化》，第 4～71 页。

放的维度）；与实践知识、信仰和指导规则相关的传统安全感的丧失
（去魅的维度）；以及重新植入——在这里它的意义完全走向相反的
东西——亦即一种新形式的社会义务（控制或重新整合的维度）。"①
在新近出版的《个体化》一书中，贝克认为自反性现代化构建了一
种普遍的、非历史的个体化模式，并把它指认为一个过程，"一种引
向个体化的特殊历史发展出现了。它们瓦解了历史延续性的经验；
结果人们丧失了他们传统的支持网络，不得不依赖于自身和他们自
己的个体（劳动市场）命运，即那些风险、机会和矛盾。"②这一
过程被拉什形容为"成为个体"。③鲍曼在《流动的现代性》一书中
对个体化做出了与贝尔类似的阐释："我们对现代性的看法，就是一
种个体化的、私人化的观点，编造模式的重担和失败的责任，都首
先落在了个体的肩上。"④

　　在中国，20世纪"五四"时期乃至80年代的核心启蒙理念，
基本上与上述第一现代性下的个体化与个体观念相一致。恰如许纪
霖所概括的，80年代中国的启蒙者所理解的个人，是一个典型的启
蒙运动所理解的人：既是一个理性的存在，又是情感的存在，充满
了各种合理的自然欲望。人就是其目的本身，具有不证自明的本体
论地位，在人之上没有更高的目的。因而，80年代的经典叙事是历
史目的论式的：从传统的非人（奴隶）走向现代的自由人。⑤

　　然而，当80年代的现代化（第一现代性）转换为90年代以来
的现代性（对现代化的反思），个体化就不再仅仅意味着解放。此时，
个人发生了新的异化，"每一种解放都意味着另一种意义上的压抑"，

　　①【德】乌尔里希·贝克：《风险社会》，何博闻译，南京：译林出版社，2004年，第156
页。

　　②【德】乌尔里希·贝克、伊丽莎白·贝克-格恩斯海姆：《个体化》，第112页。

　　③【英】斯科特·拉什：《序一：非线性模型中的个体化》，参见【德】乌尔里希·贝克、
伊丽莎白·贝克-格恩斯海姆：《个体化》，第13页。

　　④【英】齐格蒙特·鲍曼：《流动的现代性》，欧阳景根译，上海：上海三联书店，2002
年，第11～12页。

　　⑤ 许纪霖：《总论》，参见许纪霖、罗岗等：《启蒙的自我瓦解——1990年代以来中国思
想文化界重大论争研究》，长春：吉林出版集团有限公司，2007年，第26～27页。

因为个人所面对的，是一个比过去远为复杂的社会与国家，当他以不同的方式被置于国家与社会的脉络之中，他就不再是 80 年代的抽象个人，而是具体的社会政治身份。①此时，处于复杂网络中的个体，与贝尔论述中的第二现代性下必须面对不确定性的个体类似，尽管中国的社会文化语境与西方不同。

0.4 研究意义与创新点

本书的研究意义在于，在全球竞争与协作的大语境下，中国的现代化进程处于传统与现代在多个层面上共时性地交叠混杂的复杂情境，中国向何处去或者中国要什么样的现代性的问题再度浮现。有着丰富的文化意义积累的乡村女性形象，成为当代文学试图与现实对话的符号资源。当下中国的多重矛盾，如城乡在现代化中的不同位置和处境、不同分层标准下的阶层分化、道德的分化与重构等等，都可以通过"她们"得到讲述和凸显。考察乡村女性形象的不同的意义建构，既可以辨析转型期当代文学的现代性诉求的复杂向度与路径，同时也可为被各种意识形态覆盖的乡村女性形象去蔽。

本研究的创新之处有三：

第一，在选题上，20 世纪 90 年代中期以来的乡村女性形象是当下中国社会多重矛盾的文化镜像，蕴含着丰富的社会文化内涵。将这一文化镜像放在个体化进程这一特定的现代化面向的共同体与社会的框架中进行解读，既在学术研究上呼应了当下学界民族文化认同、启蒙与阶级等研究热点，也具有很强的现实针对性。

第二，在研究思路上，将 20 世纪以来的乡村女性形象看作当代文学与中国现代化进程进行对话的意义生产，同时将其放在 20 世纪中国文学乡村女性形象塑造传统中加以考量，既可辨析被承续或改变的传统是否能与当下现实进行有效对话，又可避免时段研究容易出现的孤立与断裂。

---

① 许纪霖：《总论》，参见许纪霖、罗岗等：《启蒙的自我瓦解——1990 年代以来中国思想文化界重大论争研究》，第 27～29 页。

第三，在研究方法上，以文学的文化研究为基础，适当采用文本细读与症状阅读的方式，并综合社会性别、后殖民、属下研究、后结构主义等理论资源，同时参照社会学研究成果或资料，尝试在开阔的学术视野中认知研究对象。

0.5　本书的结构

本书共分五个部分：

导论部分介绍研究对象、综述已有研究成果、介绍本书的研究思路、方法、概念、意义、创新之处与结构。

第一章讨论计划经济时代与市场经济时代乡村在城乡二元结构中地位的变迁，以及在这两个时代国家、市场、父权制与妇联等多种力量对乡村女性的未必一致的角色期待。计划经济时代的乡村在城乡二元结构中处于"依附性不发达"的位置，市场经济时代的乡村则逐渐被边缘化并处于与城市"不同时代性"的位置。计划经济时代的乡村女性既受益于国家让妇女参加社会化劳动的妇女解放政策，也受制于父权制的传统性别角色分工规定给她们的不利处境，国家与父权制的矛盾与合谋关系造成了她们的双重负担问题。与城市女性相比，她们更少享受到现代文明的成果，妇联则期待她们成为为国家做贡献的女农民（国民）。市场经济时代，国家实施的联产承包责任制与计划生育政策、复兴的乡村父权制、农业的女性化、劳动力市场等多重因素共同塑造着乡村女性的半个体化的生存处境，妇联希望包括乡村女性在内的女性成为"四自"新人——一种典型的适应市场经济制度下的个体化进程原则的新型主体，乡村女性在未必自觉的情况下被卷入了个体化进程。

第二章尝试建立具有理想的传统品质的乡村女性形象与当代文学相当"地方""共同体"的方法的联系。20世纪90年代以来全球化与现代化浪潮催生的日益增温的民族文化认同问题在文学中表现为对"地方"、"共同体"的重塑。通过回溯现代文学想象"地方"的方法以及这一方法存在的问题，探讨此一时段"地方"、"共同体"想象的特点与永恒乡村女性的特点以及在其中的功能。面对全球化、现代化的强大渗透与腐蚀能力，持文化保守主义立场的作家或者采用无时间性的时间政治，将乖巧、羞涩、纯洁的乡村少女置于"风景化"的自然、风情、风俗之"风景"的中心，以重构理想的地方共同体，但这一地方共同体之盾却易被历史之矛刺穿；或者书写父子之链断裂的失根之痛，并召唤出理想化的贞孝之女的幽魂，抚慰父亲的失根之痛。从这两种创作路径的创作情况看，现代文学中已经存在的此类想象的现实资源的匮乏，至此已经出现更为严重的危机。

第三章探讨自由主义理念支持下的启蒙文学想象乡村与乡村女性的方法。自由主义的个人主义伦理观念，使其从乡村女性个人本位的权利缺失立场审视乡村，体现在"五四"文学中，就是将乡村想象为现代性的反面——老旧的、窒息乡村女性生命的铁屋子，并将城镇的劳动力市场想象为乡村女性的别具一格的出走——将逃走想象为其出路。90 年代中期以来，城市神话、乡村父权制、市场成为促使乡村女性走出乡村，寻找一份属于自己的新生活的现实的与文化的动力。乡村女性在走出的霎那就成为孤独的个人。

第四章探讨当代文学如何讲述作为个体的乡村女性在城市的故事。以个体的身份进入城市并在劳动力市场中谋求自己的生存的乡村女性，其身份不再是先赋的农民身份，而是向工人身份转换。当代文学讲述了三种不同的"乡村女性在城市"的故事：以城市为本位的城市文学与以乡村为本位的乡土文学，讲述了两种反差极大"乡村女性在城市"的故事，除此而外，还有一种更接近自由主义的个人奋斗的"乡村女性在城市"的故事。考察这三种故事的故事模式、乡村女性形象及其意识形态诉求是本章的任务。

第五章讨论女性作家的乡村女性书写。这一书写和 20 世纪男性作家的乡村女性书写与 20 世纪尤其是 90 年代女性文学传统构成了反叛与接续关系，触及了乡村女性生存状况与精神状况的多个层面。其中，乡村女性的爱欲与身体书写，反转了男性作家笔下的荡妇与纯洁少女的刻板形象，提出了乡村女性的爱欲与道德的两难问题，呈现了她们的潜意识之痛与自由；而乡村女性的历史叙事，则具有寻找母亲的田园的意义，在对历史中的祖母与祖母的历史，以及岁月中的祖母"秘史"的书写中，女性作家第一次获得了一份属于乡村女性的精神遗产，也为当代文学史提供了新型的地母形象。

结语部分总结全书，概括此一时段乡村女性形象塑造的意义及其不足之处。

第一章　乡村与乡村女性

第一节　城乡二元结构中的乡村

1.1.1　逃离者的证言

20世纪初,在为《呐喊》而作的自序中,鲁迅把自己离开故乡进入城里的洋学堂读书比作"走异路,逃异地"。对家道中落的鲁迅来说,"走异路"意味着放弃科举这一传统的晋身之路,去学习为一般人鄙薄的西方科学技术;"逃异地"则构成"走异路"的前提,只有"异地"才有"异路"。鲁迅大约不会想到,他当年多少有点无奈的"走异路,逃异地",在日后却成为一代又一代农村青年近乎本能的梦想——"到城里去"。他们梦想中的"异地"是城市。城市,不仅仅是有别于乡村的一个空间,更是意味着一种与乡村截然不同的生活方式,因此,城市是他们梦想中的"异路"的起点。"到城里去"(刘庆邦小说名)就是要获得城里人那样的生活。这样一种相当具有普泛性的梦想,与新中国成立后的城乡分割制度有着极为密切的关联:它产生于这一制度,也受制于这一制度,并因此成为其颇具症候性的表征。

当代乡村出身的作家,都是当年成功了的逃离者。在他们的回忆性文章中,不难找到他们对自己青少年时代乡村生活状况的书写,以及体会出身于乡村到底意味着什么。

出生于20世纪50年代的作家如是说:

> 故乡的贫困使我的身体始终没有长开,红苕吃坏了我的胃。
> 我终于在偶尔的机遇中离开了故乡,那曾经在棣花街是一件惊天

动地的事情，记得我背着被褥坐在去省城的汽车上，经过秦岭时下车小便，我说"我把农民皮剥了！"①（贾平凹）

我出生在山东一个很荒凉的农村……在五六十年代，物质生活很贫困的情况下，像我这样的农村孩子，像小狗、小猫一样长大。……当兵、参军对农村青年来说也是一件了不起的事情，是许多农村青年的梦寐以求的事情。当了兵就可以离开农村，起码在部队可以发军装，吃的很好，穿的很暖，如果在军队表现好，还有可能被推荐上大学，如果表现的更好，可以当军官，可以彻底和农村摆脱关系，即便转业以后，也要安排你的工作。②（莫言）

在他们的回忆中，可以发现两个关键词：一个是贫困，一个是逃离。贾平凹的故乡是陕西山区，莫言的故乡是山东平原。从自然条件看，山东平原应该比陕西山区更富庶。但从他们的回忆看，贫困却是普遍的，并没有因自然条件的差异而显出多少不同。事实上，贫困到经常吃不饱饭，是 50～70 年代末中国乡村的普遍生活状况。③因此，贫困就不仅仅与自然条件相关，更与 50～70 年代的制度安排

---

① 参见贾平凹：《棣花街的记忆——〈秦腔〉后记》，《中国作家》2005 年第 4 期。实际上，贾平凹的成功逃离并非是因为偶尔的机遇，而是一位女性（他当时的未婚妻）把机遇让给了他，因为按照当地习俗，他们订了婚，将来就是一家人了，所以他们所在的公社上大学的名额从原来的 2 个减为 1 个时，公社干部因为他是男性就把名额给了他，他的未婚妻大哭了一场之后接受这一安排，可见当时的习俗在对男女外出及地位的安排上是有利于男性的。详见贾平凹的回忆性散文《我是农民——乡下五年的记忆》，《大家》1998 年第 6 期。

② 莫言：《著名作家莫言作客新浪访谈实录》，http://book.sina.com.cn/41pao/2003-08-06/3/13818.shtml。

③ 据统计，1949 年中国农民人均收入为 44 元，1957 年为 72.95 元，1978 年为 134 元（另一个更为精确的数字是 133.57 元，其中人均从集体分到的收入为 72.5 元，其他为农民自己的家庭副业收入，在外人口寄回的现金和实物折价，再加上国家通过救济、民工补助、抚恤金等收入，平均每天为 0.365 元）。农村社员人均存款 6.93 元。但不论按哪一种说法，农民的人均收入在 1949 年至 1978 年间的增长幅度都不大，即使有增长，也属于缓慢增长。以上数据分别来自国家统计局网站文章《光辉的历程 宏伟的篇章》；高光、李真等：《中国社会主义初级阶段阶级结构研究》，北京：中共中央党校出版社，1988 年，第 92 页；陆学艺：《当代中国社会阶层研究报告》，北京：社会科学文献出版社，2002 年，第 165 页。

相关。

　　贾平凹与莫言不约而同地把逃离叙述为"惊天动地"和"了不起"的大事，从中既可见出逃离者的欣喜，也可见出逃离机会的稀少。事实上，莫言的逃离在村里很引起了一些愤愤不平；而贾平凹所谓的"偶尔的机遇"，却是一位女性（他曾经的未婚妻）把机遇让给了他。但无论是贾平凹还是莫言，都把"逃离"农村之后想象为过上比农村好不知多少倍的美好生活，农村也就必然地被他们坚决地甩在身后。

　　孙惠芬是出生于 20 世纪 60 年代的女作家。在她的回忆中，离开的原因不再是贫困，而是"太不愿干农活了，太想到外面的世界走一遭了"[①]。按照一般的理解，干农活是农民的本分，农民怎么能不愿干农活呢？但是，如果不急于对当了农民还不愿干农活做出道德评价，而是从"干农活"到底意味着一种怎样的生活去加以理解，或许可以对孙惠芬的坦率有更多的肯认。从当时的生产力水平看，农业的机械化程度很低，当过知青的李锐曾感叹于农具的原始和古老："他们手里握着的镰刀，新石器时代就已经有了基本的形状；他们打场用的连枷，春秋时代就已经定型；他们铲土用的方锨，在铁器时代就已经流行；他们播种用的耧是西汉人赵过发明的。"[②] 使用这些原始农具从土地获得生存的人们，其生活必然是艰辛而单调的。在中国大部分地方，"干农活"的辛苦依然可以用唐朝诗人李绅的"锄禾日当午，汗滴禾下土"来形容。莫言曾经这样表达对干农活的痛恨："当我作为一个地地道道的农民在高密东北乡贫瘠的土地上辛勤劳作时，我对那块土地充满了仇恨。它耗干了祖先们的血汗，也正在消耗着我的生命。我们面朝黑土背朝天，付出的是那么多，得到的是那么少。我们夏天在酷热中挣扎，冬天在严寒中颤栗。"[③]莫言作为一个曾经的男性农民感到的辛苦，在孙惠芬这位女性这里，只能是加倍的辛苦。更何况，除了必须干农活之外，做一个农民还

---

① 孙惠芬：《城乡之间》，北京：昆仑出版社，2004 年，第 34 页。
② 李锐：《生命的报偿》，《厚土》，杭州：浙江文艺出版社，2000 年，第 250 页。
③ 莫言：《我的故乡与我的小说》，《当代作家评论》1993 年第 2 期。

意味着终其一生的生活半径都在自己出生的村庄周围。对于读过书的农村青年来说，如果在生活的艰辛之外，再加上生活世界的狭窄，渴望到"外面的世界走一遭"的愿望就再自然不过了。事实上，这种"自然"的愿望隐含并彰显了农村与外面的世界之间的关系：如果说外面的世界是一个有意义的空间，农村就是一个白白地消耗生命的地方。这样一种关系显然是文化建构的结果。事实上，无论在农村还是城市，它已经成为一种习焉不察的意识形态。这一点，孙惠芬说得很清楚："我的祖辈、父辈以及乡亲们，很早就信奉外面，凡是外面的，就是好的，凡是外面的，就是正确的，从不固守什么，似乎只有外面，才是他们心中的宗教。"①

70年代末高考制度的恢复，使得60年代以后出生的作家走出乡村要相对容易些，虽然大学扩招前中国大学的录取率很低。乔叶、李洱都是通过上师范或大学的方式离开农村的。但是，乔叶的经验表明，农村出身是一个污名性的身份标志。90年代初她刚开始发表文章时，一些嫉妒者在背后议论："她有什么，不就是个柴禾妞儿么？"虽然乔叶对做"柴禾妞"做了如下一番诗意的描述："做柴禾妞儿的时光多好啊。鞋上沾着草尖儿的晨露，脚脖留有麦茬儿的划痕，指缝衔着野菊的香气，嘴角溢着棉桃的笑容……朴实，干净，纯粹，自由。对我来说，还有比这更好的时候么？"但是，城里人在使用"柴禾妞"一词时，显然不是从这一诗意化的角度做出的判断，而是更可能指向另一些具有歧视色彩的词语，比如"土气"、"土包子"。这些词的使用是相当宽泛的，既可以指人的穿着打扮，也可以指人的举止气质。对于这些，乔叶不会不知道。因此，乔叶笔下做柴禾妞的美好只能发生于她成功逃离之后。如果她一直生活在农村，很难想象她会写出这样抒情的字句："我是土地小小的女儿，我是一个柴禾妞儿。这是我最认可的乳名。这个乳名，是我毕生的，也是最本质的骄傲和荣光。"②

---

① 孙惠芬：《城乡之间》，第28页。

② 乔叶：《柴禾妞儿》，http://blog.sina.com.cn/s/blog_648113a40100gk67.html。

从 80 年代末开始，每年都有大量农民到城市里打工，他们被叫做"农民工"，或者"打工仔"、"打工妹"。在他们对家乡的描述中，"贫穷"是出现频率最高的。在学者对他们的访谈中，反复出现这样的句子："家乡比较穷"，"家乡的经济比较落后"，"家乡人多田地少，到处都是山包包"，"家乡经济很落后"，"由于家里穷，连书费都交不起"[①]。这表明，农村的贫穷不是某一地区的特殊状况，而是一种普遍状况。那么，为什么在改革开放 20 年后，GDP 每年都在以不低于 7% 的速度高速增长[②]的同时，农民工依然在用"贫穷"或者"经济落后"来形容自己的家乡？换言之，到底是什么造成了乡村如此长久而普遍的贫困？

1.1.2 计划经济时代的乡村

城乡二元结构既是城市与乡村之间的二元结构，还是工业与农业、市民/工人与农民之间的二元结构。在探讨转型期的城乡二元结构之前，首先需要返回到改革开放前的城乡关系，因为转型期城乡二元结构正是其历史遗产。

改革开放前的城乡二元结构有一个从形成到固化的过程。它的形成始于建国前夕对城乡关系认识的颠倒。在《在中国共产党第七届中央委员会第二次全体会议上的报告》中，毛泽东指出："从一九二七年到现在，我们的工作重点是在乡村，在乡村聚集力量，用乡村包围城市，然后取得城市。采取这样一种工作方式的时期现在已经完结。从现在起，开始了由城市到乡村并由城市领导乡村的时期。"[③]把党的工作重点从乡村转移到城市，既是由当时的历史情境决定的，

---

① 李强：《转型时期的中国社会分层结构》，哈尔滨：黑龙江人民出版社，2002 年，第 341～347 页。

② 根据国家统计局历年的"国民经济和社会发展的统计公报"，自 1991 年起，全国 GDP 就在以每年不低于 7% 的速度增长。相对高的年份比如 1992、1993、1994、1995、2006、2007 年都超过了 10%，而相对低的年份也不会低于 7.0%，比如 1991 年为 7.0%、1999 年为 7.1%、2001 年为 7.3%（http://www.stats.gov.cn/tjgb/）。

③ 毛泽东：《在中国共产党第七届中央委员会第二次全体会议上的报告》，《毛泽东选集》（第 4 卷），北京：人民出版社，1967 年，第 1316～1317 页。

也与世界现代化的趋势相吻合。

从当时的历史情境看，当旨在推翻国民党政权的革命的成功已经指日可待，共产党要建立的新政权将会面临的主要任务，就已经不可能再是"革命"而是"建设"。毛泽东对这一点显然非常清楚，因此，他在谈"革命胜利以后"时指出："在革命胜利以后，迅速地恢复和发展生产，对付国外的帝国主义，使中国稳步地由农业国变为工业国，把中国建设成一个伟大的社会主义国家。"[①]当时百废待兴的国内工农业生产，以及国外帝国主义的觊觎，都使得共产党必须把社会主义中国建设成一个强大的现代国家，这一目标也必然使得工业化成为中国现代化建设的首要任务。

从世界范围内的现代化历程看，现代化是从农业文明到工业文明的文明转型。乡村的主导地位被城市所取代在许多理论家那里都被描述为一种历史的必然。亨廷顿认为，在传统时期即农业文明时期是乡村支配城市，但是在现代时期，是城市支配乡村，因为"现代化的发展是以城市的发展来衡量的。新的经济活动、新的社会阶级以及新型的文化和教育都集中在城市"，所以当国家的现代化工程启动之时，不仅城乡差距的出现成为必然，而且"现代化还可能会将一些新的要求强加给农村"。[②]马克思也把"乡村屈服于城市"放在资本主义现代化的必然进程中，将其看作历史的进步："资产阶级使乡村屈服于城市的统治。它创立了巨大的城市，使城市人口比农村人口大大增加起来，因而使很大一部分居民脱离了乡村生活的愚昧状态。"[③]

毛泽东关于新中国成立后城乡关系的论述，明显可以看出对马克思观点的继承。之所以做出颠倒城乡关系的战略部署，是基于这

---

① 毛泽东：《在中国共产党第七届中央委员会第二次全体会议上的报告》，《毛泽东选集》（第 4 卷），第 1327 页。

② 【美】塞缪尔·亨廷顿：《变革社会中的政治秩序》，李盛平、杨玉生等译，北京：华夏出版社，1988 年，第 71～72 页。

③ 马克思：《共产党宣言》，《马克思恩格斯选集》（第 1 卷），北京：人民出版社，1995年，第 276～277 页。

样一个判断：建国初期在城市中已有的大约百分之十左右的现代工业经济是"进步的"，而其余大约百分之九十左右的分散的个体的农业经济和手工业经济则是"落后的"。[①]支持这一判断的，显然不会是农业文明的标准，而是工业文明即现代化的标准。

为了把中国建设成一个工业化的"伟大的社会主义国家"，国家于 1953 年开始实行计划经济体制，同年制订的第一个五年计划的方针是"首先集中主要力量发展重工业，建立国家工业化和国防现代化的基础"，大规模的工业化拉开帷幕。为了保障工业需要的粮食和棉花，中央于 11 月发布《关于实行粮食的计划收购与计划供应的命令》，搞针对农村的统购统销、高指标、强征购（这一政策在当时遭到农民的强烈抵制）。当国家确立了建设工业化国家的目标模式，农业和工业就不可能具有同等的地位。事实上，农业在国家计划中的地位，就是无偿或低偿地为工业和城市提供经济剩余，按照官方的说法则是"农业是国民经济的基础"。不过，优先发展工业而导致的对农业的挤压并非中国的特例，而是世界现代化历史上的经典剧目。不同的是，西方国家同时还采取了殖民扩张政策，而中国后发现代化国家以及其社会主义的双重性质，都使其不可能采取海外扩张政策，而只能采取这种资本的"内部积累"方式[②]，其具体方式是农业的社会化。

农业的社会化始于 1953 年的合作化运动，完成于 1958 年人民公社制度建立。公社化体制有利于国家对农业直接进行控制，农业生产什么产品以及产品卖什么价格，不再是由乡村的农民决定（根据自己的需要或者是市场的需要），而是由国家根据工业和城市的需要规定。陆学艺因此认为这一体制剥夺了"农民生产经营的自主权和农产品分配的自主权"。[③]并且，为了积累发展工业的资本，国家

① 毛泽东：《毛泽东选集》（第 4 卷），第 1320 页。

② 历史上的资本主义国家在实现现代化的过程中，都曾向海外扩张，从殖民地掠夺与剥削来大量资本，支持宗主国的经济发展。但中国作为以消灭压迫和剥削的社会主义国家，根本不可能走帝国主义的现代化之路，而只能走"内部积累"之路。

③ 陆学艺：《前言：把解决农民问题放在第一位》，《"三农新论"——当前中国农业、农村、农民问题研究》，北京：社会科学文献出版社，2005 年，第 1 页。

还制定了工农业产品之间的"剪刀差"。结果是，农产品以远远低于工业产品的价格流入工业和城市。也就是说，计划经济时期的农村发展，实际上是农产品的生产与销售，始终以工业和城市的利益为转移的强制出口经济。这就是亨廷顿论述过的现代化"将一些新的要求强加给农村"。当农村被以这种特殊的方式纳入了现代国家体系，它就只能在国家的工业化发展中充当一个"依附性积累"的"不发达"角色。

西方的现代化过程中，城市化与工业化是同时进行的，那时有大量的农民流动到城市成为工人，工业化与人口迅速集中是一个普遍特点。[1]但是，我国计划经济时期的现代化，不但没有让城市化与工业化同步进行，反而因城市自身的压力，不断加强乡村人口向城市流动的控制。1958 年《户口登记条例》的颁布，成为城乡二元结构固化的标志。[2]在户籍制度规定的城乡二元结构中，户口就意味着身份。一方面，具有城市户口的市民，天然地拥有基本生活保障（包括稳定的工作、固定的工资收入、齐全的生活设施、按月定量的粮食和副食品供应）以及其他各种农民们享受不到的福利待遇；另一方面，具有农村户口的农民，却只能在土地上辛苦劳作，并将自己收获的大部分农产品低价卖给国家，也很少有其他生活福利。从那以后，城市户口与农村户口，将城市空间与乡村空间、市民（当时被称为工人阶级以及知识分子阶层）与农民（当时被称为农民阶级）划分成两个等级分明的社群。

这种城乡二元结构，如果用反对现代化理论的依附理论来分析，则正是由于城市与乡村被纳入到中心—边陲结构的现代国家体系，

---

① 英国从 18 世纪中叶到 20 世纪中叶，基本上实现了城市化，1951 年英国城市人口达到 79%；而美国在 1790 年时，城市人口只占 5%，到了 1965 年也达到 72%；德、法、意、加等国的工业化与城市化也基本如此，1965 年城市人口占总人口比例，联邦德国为 79%，加拿大为 73%，荷兰为 86%。参见李强：《转型时期的中国社会分层结构》，第 384～385 页。

② 有资料显示，城市里的工人来源，在解放初还是多来源的，即除了职工子女外，还有不少是进城农民与复员军人，到 1957 年就变成了单一来源，即以职工子女为主。参见高光、李真、马鸣、王昌远：《中国社会主义初级阶段结构研究》，北京：中共中央党校出版社，第 62～63 页。

中心才有可能从边陲获取经济剩余，并因此限制边陲自身的发展。因而，从经济发展的角度看，就不能像现代化理论那样，把乡村的落后（包括农业与农民的生产与文化观念）归之于乡村自身，比如乡村的封建残余、小农经济、农民保守愚昧等等（事实上，这些早已经定型为一种意识形态），而是应该把乡村、农业、农民放在计划经济这一现代国家体系之中去寻找乡村贫困落后的原因。也就是说，城市（也包括工业与市民）的"文明"与"先进"也应该为此承担一部分责任。

但是，必须指出的是，在 20 世纪 50～70 年代，国家建设的目标既是现代化的也是社会主义的。现代化的目标，使国家为了发展工业和城市，不得不采取从乡村获取经济剩余的资本积累方式；而社会主义的目标，则又使国家致力于消灭三大差别（工农差别、城乡差别和脑力劳动与体力劳动的差别，其中，前两项差别实际上是一项），以实现公平与平等。为此，新中国成立后，国家除了频繁地组织城市居民下乡参加劳动，提出向贫下中农学习的口号，让城市学生接受贫下中农再教育，还多次动员城市青年上山下乡，1966 年的那次是其中规模与影响最大的一次。这一旨在缩小城乡差别与工农差别的实践产生的结果是"向农民看齐"，因此，乡村与农民虽然在经济上处于被剥夺的位置，但在道德与文化观念上却居于主导地位。[①] 与之相联系的是，不仅毛泽东的名言"最干净的还是工人农民，尽管他们的手是黑的，脚上有牛屎，还是比资产阶级和小资产阶级知识分子都干净"[②]依然是主导意识形态，而且政权还致力于把"消费的城市"变成"生产的城市"。在当时，"消费"是与资产阶级联系在一起，它等于奢侈浪费、贪图享乐，是必须加以警惕与批判的。毛泽东不止一次告诫共产党人要警惕资产阶级的"糖衣炮弹"。因此，消费的城市在意识形态上一直处于被批判的位置。当时的著名文本《我们夫妇之间》、电影《霓虹灯下的哨兵》中，在乡

---

① 李强：《转型时期的中国社会分层结构》，第 363 页。
② 毛泽东：《在延安文艺座谈会上的讲话》，《毛泽东选集》（第 3 卷），北京：人民出版社，1967 年，第 808 页。

村与城市的文明较量中，乡村都是道德高尚的胜利者。因此，不论社会主义与现代化的双重目标之间存在怎样的悖论，其实际的结果都是双重的，乡村与农民在经济上的贫困与在道德上的崇高是并存的现实。

1.1.3　市场经济时代的乡村

改革开放以来，中国逐渐进入以市场经济为导向的社会转型时期，计划经济时代城乡二元结构的历史遗留曾经有过一些松动，但是诚如陆学艺所言，即使是在改革开放之后，国家的农村政策依然是把农业而非农民放在第一位。因而，当改革首先在农村施行时，采纳的是联产承包责任制，有一段时间还提高过农产品的价格，其目的是提高农民从事农业生产的积极性，解决国内粮食供应不足的问题。当然，农民的收入也有所增加。包产到户的好处是直接的物质刺激激发了更高的生产率和更有效的资源利用；其不利之处则在于，户与户之间不公平的加剧以及承包户有可能选择以土地的长期生产力为代价使其利润最大化。户与户之间收入的拉大已经成为人们关心的主题，但是政策依然倾向于允许贫富程度的不均衡发展[1]。这已经不再是社会主义时代的消灭贫富差别，而是拉开差距，允许一部分人先富起来，期望他们在富裕到一定程度后惠及社会。此时，50~70年代提出的"社会主义现代化"依然是通行的官方说法，社会主义与现代化之间的裂隙是靠"发展生产力"与"共同致富"的说法弥合在一起的。

对国家而言，当农业的问题基本解决之后，就意味着工业化已经无后顾之忧了。因此，1985年之后，国家的改革重点再次从乡村转移到城市。结果是，不仅农村改革的力度削弱了，而且国家政策再次向城市倾斜，尤其是在财政支持方面。乡村再次被当作现代化的他者，成为被遗忘的地方。2000年，湖北监利县营盘乡党委书记

①【加】朱爱岚：《中国北方农村的性别与权力》，胡玉坤译，南京：江苏人民出版社，2004年，第6页。

李昌平写信给国家总理朱镕基，大声疾呼："农民真苦、农村真穷、农业真危险！"[①]学者陆学艺则认为，三农问题的根本是农民问题，因为"农业是农民从事的产业"，而"农村是农民生产生活和居住的地方"[②]。

从农业的角度看，80年代中期以后，农业频繁出现增产不增收甚至减收现象。这是因为，农业大丰收使农产品从供不应求的卖方市场转变为供大于求的买方市场。同时，计划经济时代的"以乡养城、以农补工"的政策未变，国家向农民征收的各项税费并未减少。因而，城乡居民之间的收入差距逐年扩大[③]，导致农民穷苦。其连带效应是，农民因种地无利而放弃农业进城打工，就造成大量土地撂荒，使农业处于危险境地。

从农村的角度看，80年代中期后农村问题重重，首先是干群关系紧张。大部分地区尤其是中西部地区乡镇财政拮据，债务沉重，只好向农民摊派，以至于农民负担过重，干群关系紧张，[④]而农民在与干部的关系中显然处于弱势。其次，农村基础设施（水利、道路、电力、教育、医疗等）落后，导致农民的生产、生活与教育水平无法与城市市民相比。[⑤]再次，世纪之交"加快城镇化"的浪潮（这一浪潮也被称为"新圈地运动"）兴起，在许多地方，农民的土

[①] "三农"问题并非是由李昌平首次提出的，但是，这一问题引起整个社会的关注却是在李昌平写了这封信之后。根据陆学艺的说法，中国关于"三农"问题的研究开始于20世纪80年代中期之后，当时一些学者把农村问题分解为农业、农村与农民问题，研究三者之间的关系，也研究三者各自要解决的问题。三农问题得到中央的重视，可追溯到1998年党的十五届三中全会。当时江泽民在讲话中就已指出："农业、农村和农民问题，是关系改革开放和现代化建设全局的重大问题。"

[②] 陆学艺：《"三农新论"——当前中国农业、农村、农民问题研究》，第59页。

[③] 有数据显示，改革开放之前的1978年，城乡居民收入的差距为2.57:1，1985年缩小为1.8:1。但是，以后就逐渐扩大，1995年为2.72:1，2003年扩大为3.23:1。而国际上公认比较合理的城乡差距是1.5:1。参见陆学艺：《"三农新论"——当前中国农业、农村、农民问题研究》，第6页。

[④] 陆学艺：《"三农"新论——当前中国农业、农村、农民问题研究》，第69页。

[⑤] 20世纪50年代梁漱溟曾站在农民的立场上提出"工人九天，农民九地"的说法，这种城乡差别在市场经济时期不仅没有得到缓解，反而是加剧了。

地与房屋都被以低补偿强征，无权无势无组织的农民们成了"种田无地，上班无岗，低保无份"的三无游民。

就农民的发展而言，束缚他们发展的依然是户籍制度。如前所述，户籍制度造成的城乡二元结构，曾长期使农村居民成为相对于城市居民的"二等公民"。市场经济时期，当农民们务农无利，为了求生向城市流动时，户籍制度又制造了"一城两策"的现实，在城市中复制出歧视性的二元结构。城市居民是体制内的正式工，享受着计划经济时代的遗产——各种福利待遇，而农民工则永远是体制外的临时工。这种起点上的不公平，造成他们只能从事城里人不愿意干的脏活、重活、危险活，却永远无法享受体制内的待遇、保障和福利。有学者曾把他们的位置概括为"在位"又"错位"的尴尬，即既在城市又不在城市。所谓的在位，即他们必须接受城市的管理，需要办理暂住证、健康证等各种证件，缴纳就业管理费、治安保护费等各种费用。所谓错位，即他们在城乡二元结构中处于劣势的一方。[1]在某种意义上，他们在城市里的位置类似于鲍曼论述中的现代初期的游牧人群。他们因为对固定边界的破坏而被当作主要的反面角色："现代的'时间政治'（chronopolitics），不只把他们看成是低贱、原始、蒙昧、需要加以彻底和完全地改革与启蒙的人群，还把他们看成是这样一群人，他们是落后的、'落在时间后面的'一群人，他们饱受文化落后痛苦、缓慢地爬行在进化之梯的低层，他们不可原谅，令人厌恶地不情愿地爬上进化之梯以跟上'发展的普遍模式'。"[2]尽管鲍曼论述的是定居占据主导地位的时代，也就是固态现代性时代，而转型时期的中国处于一个从固态现代性向流动的现代性转换的时代，但是，农民工的流动却如同那些游牧者一样破坏着固有的城乡边界，并被视为低贱的、需要彻底加以改造和启蒙的人群。

---

① 【澳】杰华：《都市里的农家女——性别、流动与社会变迁》，吴小英译，南京：江苏人民出版社，2006 年，第 89～120 页。

② 【英】齐格蒙特·鲍曼：《流动的现代性》，欧阳景根译，上海：上海三联书店，2002年，第 18 页。

市场经济之于农村的影响以及农村在市场经济之中的边缘地位，在孙立平那里得到了很好的解释。他把计划经济时代的城乡关系称为行政主导型二元结构，认为尽管那时候存在"剪刀差"，但仍可看到城市对农村的依赖：城里人的大部分收入要用来购买农民生产的生活必需品。而市场经济时代，情况发生了根本的变化，在城市居民的消费支出项目中，花费在农民生产的主副食品上的数额已经大大降低，他们更多地把钱花费在住房、汽车等耐用品以及其他电器、子女教育、旅游等方面。而这些消费项目，却与农村与农民几乎完全无关。因而，此时的城市与乡村发生了一种新形式的断裂，它不再是由人为的制度因素造成的，而是由市场造成的。孙立平因此把这时的城乡关系称为"市场主导型二元结构"。①不过，它给农村与农民带来的影响似乎还并未受到足够的重视。

第二节 乡村女性

1.2.1 计划经济时代的乡村女性

新中国成立之初，国家对妇女问题非常重视，很快把"解放妇女"（解放妇女而非妇女解放，表明了这是一种自上而下的解放）提上日程。1949 年 9 月通过的《临时纲领》（当时的临时宪法）在总纲中规定："中华人民共和国废除束缚妇女的封建制度。妇女在政治的、经济的、文化教育的、社会生活的各个方面，均有与男子平等的权利。"这一规定确立了新中国实行男女平等和保护妇女的政策的基本原则。1950 年，国家颁布与妇女关系密切的《婚姻法》。它的原则是，废除包办强迫、男尊女卑、漠视子女利益的封建主义婚姻制度，实行男女婚姻自由、一夫一妻、男女权利平等、保护妇女和子女合法利益的新民主主义婚姻制度。此外，它还严令禁止重婚、纳妾、干涉寡妇婚姻自由等。这一法律的制定，在当时有明确的解决现实问题尤其是妇女的现实问题的指向。据罗琼（当时的《婚姻法》

---

① 孙立平：《现代化与社会转型》，北京：北京大学出版社，2005 年，第 271～272 页。

制定者之一）回忆，当时《婚姻法》制定的依据，除了 1931 年的《中华苏维埃共和国婚姻条例》（在离婚条例方面，这是一部更为激进的法律），就是她们在实际工作中对解放区农村婚姻与妇女问题的了解。当时农村青年男女不仅渴望婚姻自由，而且在已解放的农村中，婚姻案件在民事案件中也占很大比例。离婚的原因主要是包办、强迫、买卖婚姻、虐待妇女、重婚、通奸以及遗弃等等，而女方作为原告提出离婚的占 58%～92%。①《婚姻法》出台以后，国家用了很大力量进行宣传和贯彻，其结果是婚姻自由度在短短十年时间里发生了相当大的变化。

妇联作为沟通中国共产党和广大妇女之间的群众组织，兼具政治属性和群众属性，在新中国妇女角色的塑造中有着重要作用。1949年通过的中华全国民主妇女联合会章程的宗旨是："团结全国各阶层各民族妇女大众，和全国人民一起，为彻底反对帝国主义、摧毁封建主义及官僚资本主义，为建设统一的人民民主共和国而奋斗，并努力争取废除对妇女的一切封建传统习俗，保护妇女权益及儿童福利，积极组织妇女参加各种建设事业，以实现男女平等，妇女解放。"这一宗旨中有这样几个值得注意之处：首先，它关注妇女利益，要求实现男女平等和妇女解放，同时它又把这一目标置于"建设统一的人民民主共和国"的目标之内，即预设了国家目标与妇女解放目标之间的一致。②事实上，这一文化意图在"五四"时期就已存在。杜赞奇指出，"五四"时期的文化叛逆者把妇女纳入到现代民族国家

---

① 参见黄继会：《天下婚姻》（报告文学），《十月》2004 年第 3 期。

② 这一阐释可以在毛泽东那里找到依据。早在解放前，毛泽东就指出："妇女占人口的半数，劳动妇女在经济上的地位和她们特别受压迫的状况，不但证明妇女对革命的迫切需要，而且是决定革命胜败的一个力量。"可见，在毛泽东那里，革命与妇女之间的关系是，革命需要妇女，妇女更需要革命。而妇女解放与阶级解放之间的关系则是："劳动妇女的解放与整个阶级的胜利是分不开的，只有阶级的胜利，妇女才能得到真正的解放。"也就是说，阶级的解放是妇女解放的前提。在社会主义时期，毛主席多次指出："中国的妇女是一种伟大的人力资源"，"为了建设伟大的社会主义社会，发动广大的妇女群众参加生产活动，具有极大的意义"。只有充分发动和广泛组织妇女参加社会生产劳动，才能加快社会主义建设的进程，才能逐步改善妇女的经济地位和政治地位，为妇女彻底解放创造充分的物质和精神条件。

之中的策略，是把妇女直接吸收为国民，从而使之拒绝家庭中建立在亲属关系基础上的性别角色，并认为这导致了妇女的中性化。①新中国成立后的"男女都一样"、"妇女能顶半边天"同样也是一种把妇女纳入现代民族国家的策略。其次，它设想的解放妇女之路，是废除封建传统习俗，组织她们参加祖国的建设事业。这意味着，它把封建传统习俗当作解放妇女的敌人，同时又把马克思主义理论倡导的妇女的社会化当作通向妇女解放的自由之路。饶有意味的是，妇联的这份文件在城乡关系上与党中央保持了高度一致②，它把国家"开始了以城市为中心，并由城市领导乡村的新时期"作为前提条件，提出妇联工作重心的转移："当前的妇女工作，要在不忽视乡村妇女工作的条件下，以城市妇女运动为工作的重心。"这意味着，当城市的妇女工作成为重心，乡村妇女工作就成为次要的，虽然它被表述成不能忽视的。

由于计划经济时代整个国家都是生产性的，国家号召其公民为国家建设而努力劳动，所以，在农村，国家动员妇女参加农业生产。虽然从城乡关系的角度看，农业的社会化利于城市而不利于农村（包括农民），但是从性别的角度看，它使农村女性获得了走出家庭的机会，使她们有可能在参加集体劳动的过程中实现自身的社会化。迪莉亚·戴文分析了农村妇女参加集体劳动的好处。她认为，首先，由于生产方式和劳动力的分配由集体决定，就削弱了家庭中家长的决定权（传统家庭是一个面对外部世界的多重主体和单元，比如政治单位、经济单位和伦理单位等等）；其次，由于集体衡量劳动的办法是以计时或计件为基础的工分制，就使得妇女为集体付出的劳动得以纳入一种公开的过程中来加以衡量，这就避免了传统上妇女在

---

① 【美】杜赞奇：《从民族国家拯救历史：民族主义话语与中国现代史研究》，王宪明等译，北京：社会科学文献出版社，2003 年，第 10 页。

② 妇联设定的妇女运动与党中央的中心任务之间保持一致这一前提，在新中国成立后从不曾发生过变化。这一点，康克清在第四次妇代会上所做的工作报告中说得很清楚，"党在各个时期的中心任务就是妇女运动的中心任务。"这正是妇联与中国共产党之间关系的最恰切的说明。问题在于，"党的中心任务"并不总是与妇女的切身利益高度一致的。

家庭中的劳动消弭于无形的弊端。最后，集体制还削弱了以年龄与性别为基础的家庭内部旧的等级差别，这些都有利于乡村女性尤其是年轻的乡村女性主体性与社会性的发展。①

不过，国家政策以及妇联章程中规定的男女平等是一种理想状态。实际上，在当时的农村，男女之间的不平等以及婚姻不自由还广泛存在着。它既表现在妇女的社会化劳动中，更表现在传统的家庭内部空间之中。

在农村的劳动生产及分配上，农村的基础行政单位——生产队（它是集体制生产队、大队和人民公社三级所有的结构框架中的基本单位）并不是中性。虽然作为中央领导下的行政单位，它既控制了农村经济中的基本生产资源——人口和土地，也统揽了农业、宅基地以及其他当地用地的获取和使用，农业劳动力的管理以及当地福利的提供，但是，生产队又是具有地域界限的居住单位，这使它带有传统的建立在婚后从夫居规范之上的清晰的父系继嗣偏见。②并且，在生产队的劳动分配与报酬上也存在普遍的性别差异，女性不仅常被派去干工分较低的活，而且，即使是男女干同样的活，计算工分的方式也经常是不一样的。当时很多地方都实行"男十分、女八分"的工分制度。

在农村社会的基本细胞——家庭内部，男女之间的不平等则更为普遍。它既表现为人们在生育观念以及子女教育等问题上存在的男孩偏好，也体现在家务劳动分工上。不仅传宗接代观念使人们偏爱男孩，持续存在的从夫居制度也使得对男孩的偏好具有合理的经济基础。因为按照传统，家中老人的赡养是由家中的男孩及其妻子承担的，女孩注定要嫁出去，这使得家庭不愿为她们的教育投资，她们的财产权和继承权也得不到保障。在家务劳动分工上，女性承担家务劳动的现实并未改变。1953 年的妇代会章程体现了这一问题，它一方面提倡家庭中的其他成员分担家务（其他成员显然指的

---

① 【英】迪莉亚·戴文：《中国的发展模式及其对妇女的影响》，参见李小江编：《平等与发展》，北京：三联书店，1997 年，第 5 页。

② 【加】朱爱岚：《中国北方农村的性别与权力》，第 4 页。

是家庭中的男性成员，因为家庭中的女孩从小就被要求干家务），但是，它又务实地指出："目前企图使农村妇女完全摆脱家务劳动，是行不通的。"[①]结果是形成了妇女要双重负担国家建设与家务劳动的局面。

与城市女性相比，乡村女性享受不到多少现代文明成果。对乡村女孩来说，她们不能得到城市女孩那样多的教育机会，即便是有机会接受教育，她们所在的农村学校的师资、设备等教育条件也无法与城市学校相比。对乡村已婚妇女来说，养育孩子的沉重负担只能由她们个人承担。这一对人类繁衍至关重要的人类个体的再生产，在当时的农村被划归私人领域而不能得到与公事同样的重视，而城市已婚女性却可以享受国家制度提供的更好的养育孩子的条件，比如带薪产假、医院、幼儿园等。

总之，计划经济时代，乡村女性既受益于国家制定的妇女参加社会化劳动的政策带来的一定程度的解放，也受制于父权制的传统性别角色分工与性别权利规定给她们的不利处境，当父权制渗透国家制度时，对她们就尤为不利，其结果是造成了她们的双重负担问题（这一问题虽然不仅仅存在于乡村，但是乡村的从夫居制度显然强化了这一点）。并且，与男性农民一样，她们比城市人更少地享受到现代文明的成果，而其中的一些又是与她们的性别密切相关的。

1.2.2 市场经济时代的乡村女性

1978 年以来的改革开放，是从农村改革开始的。朱爱岚把 80 年代的农村改革表述为八个方面的变迁：确立了把集体资源承包给个人、农户或农户小组的责任制；公社及前集体制瓦解；私有买卖和劳动力市场的恢复；国家对农产品生产与销售之控制的弱化；国家调整农产品购买价使之对农村生产者有利；雇佣劳动力的合法化；

---

① 参见 1953 年第二次妇代会制定的《中华全国民主妇女联合会章程》，http://www.women.org.cn/zhongyaowenxian/fudaihuiwenjian/di2jie/di2jiezhangcheng.htm。

私有和公有的乡村工业的增长；在商品经济中促进生产和交换。[①]从这一概括中可以看到，农村改革一开始就是以发展经济，尤其是发展市场经济为导向的。其中一个关键性的转变，是从集体制到以户为单位的农村经济形式的复兴，即家庭责任制。值得注意的是，关于这一制度引发的大量争论，基本上都把改革理解为性别中立的，这一理解支持并掩盖了农村改革对性别问题的忽视。并且，80 年代以来关于农村问题的讨论都有意无意地忽视了性别问题。比如 80 年代中期以后积累起来的农村问题，后来被称为"三农"问题，得到了大量学者的关注和讨论，但是有女性学者指出，这些针对三农问题的讨论与政策在性别视角上的缺失是相当普遍的。[②]

20 世纪 80 年代初，妇联对家庭联产承包责任制的推行和农村产业结构的调整的描述，是相当乐观的："农村妇女劳动积极性持续高涨。男女农民共同贯彻落实党的农村经济政策，创造了多种形式的家庭联产承包责任制，妇女参加生产劳动的领域日益宽广，劳动的自主权得到保障，劳动效率显著提高，劳动报酬体现了多劳多得的原则。在发展农、林、牧、副、渔各业生产和开展多种经营中，涌现出一大批男女合作或以妇女为主的专业户、重点户。"[③]在这一表述中，农村妇女与男性农民之间似乎不存在任何差异，他们都是落实政策后实现了劳动自主权的主体，或许这是计划经济时代"男女都一样"式的性别平等造成的一种对差异的盲视。

但是，事实显然并不像妇联描述得那么乐观。社会学调查显示，80 年代以来，新中国成立后一直受到压抑的农村宗族组织开始复兴，到 90 年代初，它不仅在分布上已经相当广泛，而且在农村政治、经济、文化、宗教等方面担负着极其重要的职能。[④]在社会学者那

---

① 【加】朱爱岚：《中国北方农村的性别与权力》，第 1 页。

② 胡玉坤：《转型中国的"三农"危机与社会性别问题——基于全球化视角的探讨》，《清华大学学报》（哲学社会科学版）2009 年第 6 期。

③ 参见第五届妇代会工作报告《奋发自强·开创妇女运动新局面——在中国妇女第五次全国代表大会上的工作报告》，http://www.women.org.cn/zhongyaowenxian/fudaihuiwenjian/di5jie/gongzuobaogao.htm。

④ 钱航：《当代农村宗族的发展现状及前途选择》，《战略与管理》1994 年第 1 期；杨平：《湛江农村宗法家族制度调查》，《战略与管理》1994 年第 1 期。

里具有新的社会整合功能的宗族组织，由于其"从一开始便有着强烈的儒家文化与民间宗教复归的味道"①，对乡村女性也就有着另一种意义。

迪莉亚·戴文认为，家庭责任制的实施以及国家力量从农村的撤出，在加强农户的自主权和重要性的同时，对妇女来说却可能是一种倒退。这是因为，农户仍然是一种父权制机构，而户主通常是家庭中年长的男性，当妇女完全退回家庭，她就更多地受到户主的支配。这是因为当女性只能同自家成员一起干活，也就大大减少了她们在集体劳动中与同龄人、干部及家庭以外的人员结交的机会，这既限制了年轻女性家庭之外的生活圈子的形成，也使得未婚女孩很难通过介绍以外的途径来结识小伙子，而嫁到陌生村庄的年轻妻子，也很少有机会在家庭圈外结交朋友。家庭之外关系的匮乏，使得年轻妇女很难建立一种最低限度的自我意识和自主权。②朱爱岚的访谈则显示，改革开放之后农户中的家务问题，相对于计划经济时代并不曾得到更大的改观，许多男性都反复谈到"认为他们可能从事家务劳动的这一想法是可笑的"，而女性则不同，"一旦离开学校就开始劳动"，农村女青年除非在工厂劳动，否则，她们的一生可能一直在从事家务劳动：（外）祖母是照看小孩和从事其他家务劳动的中坚力量；已婚妇女如果有婆婆或母亲帮忙看孩子，劳动负担要轻很多，否则就要担当非常繁重的劳动负担（包

---

① 杨平的社会学调查显示，湛江农村地区的宗族复兴活动是通过修订族谱、家谱以及举行重大的祭祀活动进行的。而当地王姓大家族的家谱序，赫然有着这样的文字："我中华自黄帝建国，圣圣相承，其建基立极之大经大法，一为伦理制度，一为家族制度。伦理制度者，首为君臣，国之伦也；次为父子、夫妇、兄弟，家之伦也；再次为朋友，社会之伦也；统国、家、社会，而彝伦攸叙，则家齐国治而天下平矣。家族制度者，由父慈子孝、夫倡妇随、兄友弟恭，以至于亲九族，为敦亲睦族之经常大道，即尚书：'以亲九族，九族既睦，平章百姓，百姓昭明，协和万邦'之始基。国族以家族为起点，盖昭示凡我中华民族均应亲睦团结，成一个大团体，由一族之健全，进而促成全民族之健全。"其内容的儒家文化色彩相当鲜明。而一直以来，女性在儒家文化中都是被轻视的。参见杨平：《湛江农村宗法家族制度调查》，《战略与管理》1994 年第 1 期。

② 【英】迪莉亚·戴文：《中国的发展模式及其对妇女的影响》，李小江编：《平等与发展》，第 10 页。

括农活和家务的双重负担）。而男性则一辈子都可以免于家务。^①总之，国家政策导致的妇女退回家庭，再加上乡村女性参与家务劳动被当成是理所当然的这一传统文化假设，都进一步将乡村女性囚禁在家庭之内，不利于她们向其他非农行业转移。

80 年代末及以后相当长一段时间里，由于农产品与农用工业品之间的价格失衡等因素，农业成为零利润或负赢利性行业，大批农民开始向非农行业转移。在离开与留下这一问题上，性别是一个决定性因素。然而，第六次全国妇女工作会议的工作报告却描绘了一幅农村妇女劳动力进行战略性转移的美好图景："她们从种植、养殖业跨入到加工、服务、纺织、电子和传统工艺等多种行业，从生产领域迈进到流通领域，在多种经营、乡镇企业和外向型经济中大显身手，成为商品经济发展中一支活跃的生力军。"^②事实上，不少社会学者的调查都显示，在向非农行业的转移上存在着男性优先的问题。^③在传统的性别劳动分工的影响下，男性比女性获得了更多更自由的流动机会，他们不需要受婚否与年龄的限制，而女性即使有机会出去打工，也基本上是被限定在婚前，结婚后如果家庭中有老人或孩子需要照顾，被留下的几乎都是女性。这样，乡村女性事实上成为从事农业生产的主力，这一现象被称为农业的女性化。

关于农业的女性化有两种看法。乐观的看法认为这增强了女性的权力，男性的缺席这一特定情况，使得女性可以获得"说了算"的权力。^④但更多的人倾向于认为这对女性是不利的，因为在各种

① 【加】朱爱岚：《中国北方农村的性别与权力》，第 34～36 页。

② 参见第六届妇代会工作报告《自尊自信自立自强·为夺取改革攻坚阶段的胜利建功立业——在中国妇女第六次全国代表大会上的工作报告》，http://www.women.org.cn/fudaihuiwen jian/di6jie/gongzuobaogao.htm。

③ 朱爱岚、李强、杰华、胡玉坤等都提出了这一问题，详见［加］朱爱岚：《中国北方农村的性别与权力》，第 33 页；李强：《转型时期的中国社会分层结构》，第 340～344 页；杰华：《都市里的农家女——性别、流动与社会变迁》，第 116、140 页；胡玉坤：《转型中国的"三农"危机与社会性别问题——基于全球化视角的探讨》，《清华大学学报》（哲学社会科学版）2009 年第 6 期。

④ 李小江编：《平等与发展》，第 11 页。

行业中，干农活是最不受人们欢迎的，在农业不盈利的情况下就更是如此。在这些讨论中，朱爱岚的看法值得重视，她认为农业的女性化在中国是一种普遍趋势，应该把它放在妇女和男性特别是男性有替代性创收机会的情境中来加以考察。据她的观察，乡镇企业、村办企业的开办，的确为当地农村居民提供了很多进入管理层的机会，但这些机会是向男性敞开的，很少有女性能进入管理层。年轻未婚妇女一般在厂里当非技术工人，尤其是外村的女青年，不仅得到的工资较低，而且既没有任何工作保障，也没有任何提升的前景。而年轻已婚妇女则被安排去干农活，理由是其弹性的时间安排便于照顾小孩。朱爱岚由此得出结论，在何种工种适合妇女和男性这一问题上，总的文化模式是显而易见的，村办企业不曾有过让妇女担任管理角色的任何有重大意义的举动，因为这与当地的文化期待是背道而驰的。而只有从事技术性工作，才能有助于妇女地位的提高。[①]

70 年代末以来，计划生育对农村女性产生了重大影响。一般来说，计划生育应该包括两个方面，一是宏观的，即国家为控制人口而制定的政策与方案，二是微观的，即生育的承担者——家庭和个人的生育目标和行为。但是，我国的计划生育几乎完全是靠国家的宏观控制施行的。[②]1978 年，面临 9 亿人口的巨大压力，国家开始实行计划生育政策。计划生育由原来的提倡变为政策性规定。"一对夫妇生育子女数量最好一个最多两个，生育间隔三年以上。" 1980年，中共中央办公厅连续召开了五次人口座谈会之后，确定了"提倡一对夫妇生育一个孩子"的政策。同年国家通过新《婚姻法》，将计划生育原则写入法律。从那以后，国家不断出台计划生育政策的补充规定，把二胎限定在很小的范围内。[③]

---

① 【加】朱爱岚：《中国北方农村的性别与权力》，第 76 页。

② 梁军、许孔玲：《计划生育予妇女生育健康之利弊——河南农村入户访谈调查报告》，李小江编：《平等与发展》，第 310 页。

③ 这一政策是对计划经济时代人口政策的强力逆转。计划经济时代，"人多力量大"的口号支持多生多育，生得越多越光荣。其结果是人口迅速膨胀。参见田雪原《"一对夫妇生育一个孩子政策"的由来与展望》，http://www.21ccom.net/articles/zgyj/ggzhc/article_20101119248 75.html。亦参见梁军、许孔玲文章，李小江编：《平等与发展》，第 312 页。

　　由于农村中的现实问题以及传统观念等多种因素，计划生育政策在农村的实施要远比城市更加艰难也更为严厉，二者在某种程度上甚至形成了相互激发的恶性循环。

　　在农村，人们的生育观念受多方面因素影响。一方面，传统上"传宗接代"以及养儿防老的观念，使农户对儿子的期待高于女儿。据调查，公婆和丈夫对子女特别是男孩的追求普遍高于育龄妇女本人。如果第一胎生的是女儿，她的丈夫和公婆会把怒气发泄到她身上。另一方面，农村的现实状况是，女孩承担不了繁重的农田劳动，农民说："一个女孩确实不行，打井开渠，浇地看场，推呀挑呀都不容易，这些活女孩干不了。"男孩因此成为必不可少的。从夫居的婚姻制度以及上门女婿上户口的高难度，使得农村的赡养义务依然主要由儿子承担，再加上农村的社会保障几乎为零，这就使得养儿防老并不仅仅停留于观念层面，而且成为相当现实的需要。①

　　计划生育政策的实施，给农村女性带来的影响同样是多方面的：首先，由于国家长远利益与农民现实利益的严重背离，催生了计生与反计生的冲突：一方面，是计生部门的"少生就是一切"的严厉措施，强制性上环、结扎，另一方面，则是育龄女性的偷生、逃生，她们为此发明了假孕检、假上环、假结扎、假炎症、假离婚等一系列对付检查的办法。但是，计生与反计生之间的冲突，是发生在育龄女性心灵与身体之上的战争，她们是国家主体与农户主体之间争夺的客体，为此承受着巨大的心理与生理痛苦。有学者因此指出："不论农民们从家庭利益出发的'生男'愿望有多么大的合理性，农村妇女们却为之做出了巨大的牺牲。即使是计划生育许可范围内的正常生育，她们也会为担心孩子的性别而在怀孕和分娩时承受巨大的心理压力，至于那些'计划外'的生育——超生、偷生、逃生以及不自愿的人流、引产，则使她们经受了更大的健康风险，甚至付出了生命的代价。"②其次，在某种程度上，计划生育有利于农村妇

――――――――――
　　① 梁军、许孔玲：《计划生育予妇女生育健康之利弊——河南农村入户访谈调查报告》，李小江编：《平等与发展》，第318页。
　　② 李小江编：《平等与发展》，第320～321页。

女的生育健康。它把妇女从无节制的自然生育状态中解放出来。因为，"如无国家政策的强有力干预，她们的生育行为将直接承受来自家庭和家族的压力"。①也就是说，在农村，微观层面的计划生育，更多地决定于育龄女性的公婆和丈夫，而非她本人。计划生育政策实施，减轻了妇女在怀孕和分娩时面临的健康风险以及养育子女的负担和辛劳，也为她们生活方式的改变提供了可能性。②最后，计划生育实行三十多年来，改变了农村的生育观念，传统上多子多福、多多益善的观念已经失去现实基础，农村妇女在被问到理想的生育数量及性别时，普遍回答不想要第三、四胎，她们愿意生两个，最好是一男一女。在河南的某个村里，一个患心脏病的儿媳因婆婆要求生男孩而死亡后，村里人们都骂婆婆是老封建。③

计划生育政策的实施同样对农村女孩构成巨大的影响。由于不是传宗接代的男孩，女孩在一出生甚至是尚未出生时就面临生命危险：她们有可能因自己的性别而被遗弃或溺毙。值得注意的是，曾被当作文明曙光的现代科学，在其中起着不容忽视的作用。在 B 超技术普及之前，各地发生的溺婴、弃婴事件中，大多数被溺、被弃的婴儿都是女婴；而随着 B 超技术的普及，那些想要儿子的农户在发现所怀的婴儿性别为女时，就选择流产或引产。总之，在农村，女孩由于其性别成为不受家庭欢迎的人。统计数字表明，由于农民们有选择地阻止女孩出生，带来了男孩与女孩的出生人口性别比偏高的后果：中国的婴儿出生性别比近年来越来越畸形，2000 年第五次人口普查显示的男女性别比例已达到 116.9 比 100，在海南、广东等省则高达骇人听闻的 130 比 100 以上，而世界各国出生婴儿的男女性别比例一般是 104～107 比 100。虽然为了平衡出生人口性别比，国家人口与计划生育委员会于 2003 年启动了"关爱女孩行动"，试图通过正面宣传，达到从怀孕开始消除性别歧视，倡导先进、科学、

①　李小江编：《平等与发展》，第 314 页。

②　迪莉亚·戴文也持类似看法。参见李小江编：《平等与发展》，第 22～23 页。

③　梁军、许孔玲：《计划生育予妇女生育健康之利弊——河南农村入户访谈调查报告》，李小江编：《平等与发展》，第 316 页。

文明的生育观念，并期望全社会都来关心、爱护、重视、帮助女孩，但是，这一行动取得的成果还有待验证。①

这一时段，全国妇联继续提倡妇女的全面解放，并坚持妇女的解放之路是更加广泛地参与社会化劳动，所谓"只有越来越广泛地参加社会劳动和社会工作，才能不断地提高自己的政治经济和社会地位，才能进一步实现男女平等和妇女的彻底解放"②。但是，在以经济建设为中心的时代，在市场经济为导向的现代社会，这一理论预设对妇女解放的有效性，由于遭遇到来自多方面的阻力而打了折扣。如前所论，就农村女性而言，由于国家制定的家庭承包制的农村新政策已经让她们重新回到家庭，家长对她们的控制明显增强了，使得她们参加社会化劳动变得不大现实。并且，即使是她们能够参加社会化劳动，他们也将面临市场化导致的劳动力市场对女性的歧视。

妇联提出的妇女运动的纲领对妇女的角色期待，已经变为"四自"（自尊、自爱、自重、自强），它不仅常常出现于妇联领导的讲话中，而且在全国妇联与各地妇联的网站首页上处于相当显著的位置。因而，在这里有必要探究"四自"话语提出的社会语境及其哲学基础。

"四自"的提出是在 1983 年的第五次全国妇代会上，时任妇联主席的康克清在报告中说：

> 我们要自尊、自爱、自重、自强，勇敢地捍卫法律赋予自己的神圣权利，绝不向邪恶势力低头，不受封建残余思想的束缚，不当资本主义腐朽思想的俘虏，更不能做丧失人格、国格的事情。

可见，"四自"的最初提出是与对女性权利的捍卫联系在一起的。

---

① 何秀荣：《中国农村政策要览》，北京：高等教育出版社，2010 年，第 163～164 页。
② 第五次妇代会工作报告：《奋发自强·开创妇女运动新局面——在中国妇女第五次全国代表大会上的工作报告》。

所谓"法律赋予自己的神圣权利"应当指的是建国后《宪法》与《婚姻法》宣告的男女平等、婚姻自由、保护妇女儿童的合法权益等。但是，何以要用"四自"而非国家法律来捍卫这些权益呢？以上权益受到了来自哪方面的损害，其损害程度如何？

不容乐观的事实是，80年代以来市场经济取向的国家政策，使中国女性遭遇到了一系列现实问题，如在参加学习、工作以及选拔干部时遭到歧视；企业忽视女性的劳动保护；父母干涉儿女的婚姻自由（包办买卖婚姻，借婚姻索取财物）；溺弃女婴，虐待生女孩的母亲；拐卖妇女，等等。如果说上述第一个问题常常出现于精英女性身上（当然普通女性也会面临学习与工作上的歧视），后面的几方面问题就更多地出现在普通女性尤其是农村女性身上。妇联把这些问题产生的原因归结为"封建思想残余尚未肃清，旧的习惯势力根深蒂固；国外资本主义腐朽思想的侵蚀，国内外敌对势力乘机破坏等"，但是，就农村妇女而言，这一说法忽略了上文提及的国家在农村实行的家庭承包制政策对农村女性的影响。并且，妇联提倡的"四自"，暗示这些问题的解决主要需要依靠妇女个人的精神面貌和能力的提高，即强调妇女个人主观方面的改变，但是，女性遭遇的以上问题显然不可能仅仅依靠改变妇女个人就能顺利解决，它还需要国家力量以及一系列法规的制定。

如果说"四自"在提出之初是为了应对女性的现实问题，到80年代后期，"四自"话语已经发生了重大的语义转换。在第六次妇代会的工作报告中，"四自"已经成为时代需要的新女性的核心品质："在改革竞争的大环境中，当代妇女要争取自身的进一步解放，必须努力提高思想道德素质和科学文化素质，树立自尊、自信、自立、自强的新女性意识。"在接下来的释义中，"四自"被规定为："自尊，就是尊重自己的人格，维护自己的尊严，反对自轻自贱；自信，就是相信自己的力量，坚定自己的信念，反对妄自菲薄；自立，就是树立独立意识，体现自己的社会价值，反对依附顺从；自强，就是顽强拼搏，奋发进取，反对自卑自弱。"但是，这种以自我发展为基石的"四自"，又被要求与资产阶级以自我为核心的个性解放口号相区分。即它的目标不在于走向个性解放，而是"在于唤起女性自我意识的觉醒，促使广大妇女增强历史使命感和社会责任感，走向有理想，有道德，有文化，有纪律的'四有'境界，为社会主义现代化建设做出贡献"。[①]这样，至少在语言的层面上，获得了"四自"意识的女性再次被整合进主流意识形态的国家建设之中。这一整合，是与这次大会提出的中国妇女运动的总任务密切相关的："在党的基本路线指引下，各族各界妇女团结起来，自尊、自信、自立、自强，全面提高素质，积极投身改革和建设，为夺取改革攻坚阶段的胜利，促进妇女的进一步解放而奋斗。"这已不再是立足于妇女面临的现实问题的解决，而是将"四自"作为妇女参加国家建设与进行自身解放的基础，妇女的"四自"自此被赋予了更高的期待。

　　同样不能忽视的是，妇联的"四自"话语与改革开放时代的主流话语——"素质"话语[②]（"全面提高素质"）之间的密切联系。实际上，早在1983年，妇联的第五次妇代会工作报告中，"素质"一词就已经数次出现，它既出现在报告的小标题中，用来号召广大妇女"提高素质，为建设两个文明再立新功"，也出现在描述农民的"亿万社员素质的提高"这样的句子中。不过，这时的"素质"话语还没有明确的内涵。在第六次妇代会的工作报告中，素质话语已经有了具体而鲜明的要求："提高科学文化素质，增强在改革中的竞争能力；提高思想道德素质，树立现代意识，陶冶高尚情操；改善心理素质，锻炼坚强的意志。"[③]"素质"不仅被分解为文化的、思想道

---

　　① 第五次妇代会工作报告《自尊自信自立自强·为夺取改革攻坚阶段的胜利建功立业——在中国妇女第六次全国代表大会上的工作报告》。

　　② 杰华认为素质话语作为时代的主流话语，是"有关现代性和国力的发展和成就的各种话语中的核心要素"。它的涵盖面非常广泛，人们用它来指称包括关于人的教育、文化、道德、行为方式、心理学、生理学和遗传学的特征的一系列属性。杰华还指出，素质话语不仅描述了市场经济条件下社会经济分化和国家治理形式，而且暗示了在为现代性而奋斗的过程中，一个人和一个民族的素质并非固定不变，而是可以通过努力得到提升。参见杰华：《都市里的农家女——性别、流动与社会变迁》，第40～43页。

　　③ 参见第六次妇代会工作报告《自尊自信自立自强·为夺取改革攻坚阶段的胜利建功立业——在中国妇女第六次全国代表大会上的工作报告》。

德的与心理方面的，而且，所有的这些素质，都是为了适应市场竞争的社会环境。此后"素质"一词在妇联的工作报告中成为多频词。到了第八次全国妇女工作报告，"四自"话语被包含到了"素质"话语之中："要不断提高思想道德素质，树立正确的世界观、人生观、价值观，弘扬'四有'、'四自'精神，在遵守公民道德基本行为准则的基础上，追求更高的思想道德目标。要提高科学文化素质，树立终身学习理念，学会学习，学会适应，学会竞争，学会创新，不断提高运用新知识和参与竞争的能力。要提高身体素质和心理素质，以健康的体魄、昂扬的精神状态投身到全面建设小康社会的伟大实践中去。"[1]以上文字中反复出现的词语是"竞争"。"竞争"是市场经济社会的主导性话语之一，遵循的是优胜劣汰的社会达尔文主义规则，因而，只有那些"优秀"妇女才能在竞争中处于有利位置，至于那些不那么优秀的妇女，则只能处于不利地位。也就是说，市场经济时代需要的，已经不再可能是积极要求参加集体生产的劳动妇女，或者争取男女平等的先进分子，而是具备了足够的文化资本或社会资本的善于应变的人，通俗地说，就是"有本事"的人。

就农村女性而言，"四自"和"素质"话语更多地指向她们的文化教育水平。在妇联会议的文件中，多次出现这样的词句："她们中的许多人正在自觉地学政治、学文化、学科学技术知识"[2]；"农村青壮年中的文盲半文盲妇女，要力争尽早摘掉文盲帽子。农村初、高中毕业的女青年，要……积极参加农业广播学校、技术学校或技术培训班的学习，掌握农业科学技术，为全面建设社会主义新农村服务"[3]；"培育有文化、懂技术、会经营的新型女农民，帮助妇女在加快现代农业发展中开辟致富新路。强化政策扶持、技能培训、

---

① 参见第八次妇代会工作报告《高举邓小平理论伟大旗帜·团结动员各族各界妇女为实现我国跨世纪的宏伟目标努力奋斗——在中国妇女第八次全国代表大会上的报告》，http://www.women.org.cn/zhongyaowenxian/fudaihuiwenjian/di8jie/gongzuobaogao.htm。

② 参见第五次妇代会工作报告《奋发自强·开创妇女运动新局面——在中国妇女第五次全国代表大会上的工作报告》。

③ 参见第五次妇代会工作报告《奋发自强·开创妇女运动新局面——在中国妇女第五次全国代表大会上的工作报告》。

职业指导和示范带动"①。全国妇联还举办了一些旨在提高农村妇女竞争力的培训、竞赛与扶持活动。比如 1989 年起联合政府有关部门发起了全国农村妇女"学文化、学技术，比成绩、比贡献"（简称"双学双比"）竞赛活动；实施"女性素质工程"；开展"千万农家女百项新技术"；致力于农村妇女的脱盲脱贫活动，等等。

此外，妇联显然注意到了市场经济时代妇女尤其是农村妇女面临的一系列问题，诸如父母干涉婚姻自由、包办买卖婚姻、借婚姻索取财物、妇女受迫害等现象（溺弃女婴，侮辱妇女，虐待生女孩的母亲，拐卖和残害妇女儿童的违法犯罪活动，等等）；有些地方和单位，在吸收妇女参加学习、工作，以及选拔干部时，苛求和限制妇女；有的竟然拒绝接收实际需要而又条件符合的妇女；在生产劳动中忽视对妇女的劳动保护，等等。但是，这些问题的根源却被表述为封建残余的回潮、"文革"留下的历史问题或者资产阶级思想的入侵。这种将问题的根源他者化的做法，显然不利于问题的解决。事实上，除了谴责这些现象是"丑恶"的、"侵犯了妇女儿童的合法权益，损害了妇女儿童的身心健康，扰乱了社会治安，污染了社会风气，败坏了国家声誉"，报告并未给出切实的解决途径，反而是"四自"话语的再次出场："我们妇女要学习法律，懂得法律，珍惜宪法和法律赋予自己的神圣权利。要懂得实现这些权利，既要依靠党和国家的支持和帮助，更要依靠妇女自身的团结和努力。我们要自尊、自爱、自重、自强，勇敢地捍卫法律赋予自己的神圣权利，绝不向邪恶势力低头，不受封建残余思想的束缚，不当资本主义腐朽思想的俘虏。"②如果没有国家制定的行之有效的制度法规，仅靠妇女的"四自"是难以解决这些问题的。

总之，既由于国家权力从乡村的撤出而更多地受制于父系家庭

① 参见第十次妇代会工作报告《高举中国特色社会主义伟大旗帜·团结动员全国各族各界妇女为夺取全面建设小康社会新胜利而奋斗——在中国妇女第十次全国代表大会上的报告》，http://www.women.org.cn/zjfl/fndbdh/dsj/575418.shtml。

② 参见第五次妇代会工作报告《奋发自强·开创妇女运动新局面——在中国妇女第五次全国代表大会上的工作报告》。

的控制与压抑，又受到国家计划生育政策与家庭生子意愿的控制与争夺，市场经济时代的乡村女性，在市场竞争中处于不利地位。因而，胡玉坤曾感慨地写下了这样的文字："环顾整个世界，全球化时代贫弱乡村妇女进一步走向边缘似乎是历史的宿命和必然。虽然历经了几十年轰轰烈烈的国际发展，联合国开发计划署在 2005 年的《人类发展报告》还不得不遗憾地写道,在一个不平等的世界里，社会性别不平等依然是世上所有不平等中最深刻而普遍的不平等（UNDP，2005）。这无疑也是中国乡村社会的真实概括。"[①]而迪莉亚也认为："两个时期计划经济和市场经济最令人灰心的方面是，未能以任何令人满意的方式解决妇女持续处于从属地位的问题。"[②]

---

① 胡玉坤：《转型中国的"三农"危机与社会性别问题——基于全球化视角的探讨》，《清华大学学报》（哲学社会科学版）2009 年第 6 期。

②【英】迪莉亚·戴文：《中国的发展模式及其对妇女的影响》，李小江编：《平等与发展》，第 24 页。

第二章 "风景"、共同体与永恒女性：延续与危机

第一节 民族文化认同与现代文学想象"地方"的方法

2.1.1 民族文化认同问题的凸显

20 世纪 90 年代以来，有两个互为表里的现象。一方面，是市场经济目标模式成为中国的现代化方向，市场经济以席卷一切之势攻城掠地，占领了各个社会空间，迅速把一切"坚固的东西"都冲击得"烟消云散了"；另一方面，是当使中国更深地卷入到以西方为主体的全球经济一体化进程中时，也直接促进了民族文化认同问题的出现以及迅速升温，与此相关的文化民族主义与文化守成主义①虽然立场不同，但二者都打出了复兴传统文化的旗帜，学术界与民间都行动了起来。

在学术界，一些期刊开始发起关于民族主义与现代化的讨论（比如《战略与管理》1994 年开设的"重估现代化"与"变动中的世界格局与民族主义"的讨论专栏），一些学者开始弘扬民族传统文化，他们不仅频繁发言，而且开始创办旨在弘扬民族文化的期刊②。值得注意的是，这些鼓吹传统文化的学者并非都是老一代学者，而是

---

① 陈平原就认为文化民族主义的提倡必然牵涉到国粹主义，而国学是相对于西学的，其产生就是一个防御性的口号，是为了对抗西学而刻意弘扬中国的历史文化。参见吴晓东：《"民族主义"及其他——陈平原教授访谈录》，《战略与管理》1995 年第 6 期。

② 如 1989 年创刊的刘梦溪主编的《中国文化》提出"要了解今天，了解未来，需要了解过去"；1993 年创刊的旨在"建设 21 世纪东方新文化"的《东方文化》；1993 年创刊的《中国文化研究》则约请任继愈、季羡林、张岱年、汤一介等著名学者为顾问。

有着相当多的青年学人。老一代学者中，钟敬文、张岱年、季羡林的说法较有代表性。虽然他们对传统文化的理解与侧重点各异：钟敬文提出"主体文化"说，张岱年强调传统的"人格意识"，季羡林要推广"天人合一"观，但在致力于弘扬传统文化这一点上，他们并无二致。促使他们弘扬民族文化的，基本上是对拜金主义、享乐主义等感到不满。他们认为这些"不良现象"来源于现代化与西方个人主义，且认为西方文化出现了危机（比如季羡林提出的主要是西方人与自然的敌对关系导致的生态危机）。为此，他们或者要将民族的传统文化当做中国人的命根子，或者直言自己的信念是"只有以中国文化为基础的东方文化能够救人类。到了下一个世纪，东方文化之光必将普照世界"①。新世纪前后，弘扬传统文化已经成为一种主流意识形态。此间值得注意的有两位曾经的青年学者甘阳与王岳川，他们分别是 80 年代与 90 年代中国引进西学的领军人物。新世纪前后二人均发生了重大转向。王岳川开始反省西方中心主义视角下的全球化：现代化＝西化＝全球化＝美国化＝基督化。他强烈地意识到中国经济崛起这一新的时代条件下中国文化的"身份认同"问题："文化身份"是一个民族的集体无意识和精神向心力，它是拒斥文化霸权主义的前提条件。在中西、中美的比较框架中，王岳川指出西方文明、美国文化存在弊端，而中国文化则有道德与精神优势，譬如他的"三争文明"说以及对美国的消费主义、享乐主义和极端个人主义的批判，中国的"三和文明"说以及节俭主义、集体主义等等。王岳川还从后现代角度提出要重新"发现东方"，以保持并发扬自己民族的根本特性，打破全球格局中的不平等关系，在"拿来"的同时走向"文化输出"。近年来他把民族文化认同的宗旨概括

---

① 钟敬文、张岱年的观点，见钟敬文、张岱年、季羡林等：《中国文化研究出版座谈会纪要》，《中国文化研究》1994 年第 3 期。季羡林的观点，见季羡林：《在跨越世纪以前》，《文艺争鸣》1993 年第 3 期；《"天人合一"方能拯救人类》，《哲学动态》1994 年第 2 期；《关于"天人合一"思想的再思考》，《中国文化》1994 年第 2 期；《西方不亮，东方亮——季羡林在北京外国语大学中文学院的演讲》，《中国文化研究》1995 年第 4 期。

为十六字精神——"发现东方、回归经典、守正创新、正大气象"。①
甘阳指出："21 世纪中国人必须树立的第一个新观念就是：中国的
'历史文明'是中国'现代国家'的最大资源，21 世纪的中国能开
创多大的格局，很大程度上取决于中国人能否自觉地把中国的'现
代国家'置于中国源远流长的'历史文明'之源头活水中。"②不过，
以上学者对传统文化的弘扬或提倡，基本上未超出前人的思路，并
且在语言表述上也与国家话语存在相当多的共通之处（这尤其体现
在王岳川的论述中）。

如果说学术界对传统的弘扬主要着眼于学理层面上的话，民间
对传统的弘扬则屡屡付诸行动。自 2004 年起，曲阜每年举办祭孔大
典，其他地方如兰州、长沙、广州也先后举办祭孔仪式。

在文化民族主义成为民间与学术界讨论的热点时，国家的态度
如何显得至关重要，事实上，从国家领导人的讲话中可以看出，国
家是文化民族主义的积极倡导者与支持者。江泽民指出："当今世界
激烈的综合国力竞争，不仅包括经济实力、科技实力、国防实力等
方面的竞争，也包括文化方面的竞争。……保持和发展本民族文化
的优良传统，大力弘扬民族精神，积极吸取世界其他民族的优秀文
化成果，实现文化的与时俱进，是关系到广大发展中国家前途和命
运的重大问题。"③从江泽民的讲话可以看出，正是市场经济与全球

---

① 王岳川在新世纪之后发表一系列弘扬传统的文章，主要有：《发现东方与中国文化输
出》，《解放军艺术学院学报》2002 年第 3 期；《全球化与新世纪中国文化身份》，《社会科学战
线》2003 年第 6 期；《"发现东方"与中西"互体互用"》，《文艺研究》2004 年第 2 期；《新世
纪中国身份与文化输出》，《广东社会科学》2004 年第 5 期；《文化竞争力与文明自觉》，《广东
社会科学》2004 年第 5 期；《从文化拿来主义到文化输出》，《美术观察》2005 年第 1 期；《中
西文论互动与文化输出》，《中外文化与文论》2006 年第 1 期；《新世纪文化创新与大国形象确
立》，《杭州师范学院学报》（社会科学版）2007 年第 6 期；《文化创新与新世纪中国价值》，《天
津社会科学》2008 年第 3 期；《从"去中国化"到"再中国化"的文化战略——大国文化安全
与新世纪中国文化的世界化》，《贵州社会科学》2008 年第 10 期；《从去中国化到再中国化》，
《文艺争鸣》2009 年第 1 期；《文化强国与文化创新》，《新疆师范大学学报》（哲学社会科学
版）2012 年第 2 期。

② 甘阳：《从民族-国家走向文明-国家》，《书城》2004 年第 2 期。

③ 江泽民：《文艺是民族精神的火炬——江泽民在第七次全国文代会和第六次全国作代

化使民族文化认同的问题凸显了出来。事实上，这乃是当下的民族国家认同的题中应有之义。

问题在于，在政治、经济与文化的全球化过程中，哪里是能够承载"中华民族优秀文化"的纯洁的"地方"？中国的国际化大都市本身就是与世界接轨的产物，因而也是全球一体化的空间表征，即已经不再"纯洁"。似乎是只剩下乡村来担此大任。乡村在学者的论述中，也的确具有某些与城市不同的特质。斐迪南·滕尼斯指出，乡村是更适于共同体的地方，而城市则是社会发达的地方。共同体是老的、统一的、原始的、天然的，而社会则是新的、人工的、思想的、机械的，前者建基于共同的血缘、地缘与宗教，而后者的基础则是个人。[1]或许正是因为这样，柄谷行人在谈到现代民族国家时也寄希望于想象中的乡村，他认为，所谓"nation 也非仅以市民之社会契约这一理性的侧面为唯一的构成根据，它还须植根于如亲族和族群那样的共同体所具有的相互扶助之同情心（sympathy）。我们甚至可以说，nation 是通过想象来恢复这种失掉的相互扶助之相互性（reciprocity）而产生的。"为此，在现代国家和资本主义市场经济得以确立的同时，"被解体的乡村农业共同体的理想状态，即互酬的相互扶助性的理想状态还必须通过想象重新恢复起来"。[2]柄谷行人的论述有三点值得注意：一是现代民族国家既建基于个人，又建基于共同体之内的相互扶助之同情心。这是他与大部分学者的看法不一样的地方，后者一般都把"个人"当作现代民族国家的基础。二是"乡村农业共同体"是被想象出来的，它是一个"想象的共同体"，其功能是增强现代民族国家的统一感与凝聚性。三是这个被想象出来的是"理想状态"的乡村农业共同体，即它是一个乡村农业共同体的乌托邦。

会上的讲话》，《江泽民文选》（第三卷），北京：人民出版社，2006 年，第 399～400 页。

[1]【德】斐迪南·滕尼斯：《共同体与社会——纯粹社会学的基本概念》，林荣远译，北京：商务印书馆，1999 年，第 52～54、58、95 页。

[2]【日】柄谷行人：《日本现代文学的起源》，赵京华译，北京：三联书店，2003 年，第 4 页。

然而，就当下中国的文化状况与现实状况而言，"乡村"这一在20世纪被过度征用的文化符号，能否被填充进足够强有力的意义？也就是说，作家们能够寻找到哪些思想资源？它们能否与全球化相抗衡？乡村女性在此思想资源中处于何种位置？最后，这种文化想象与当下现实构成什么关系？也就是说，如果联系现实中疲惫不堪、已经被现代化挤逼到角落的乡村，这种勉为其难的意义填充是否会成为一种与现实脱节的痴人说梦？在进入这一问题之前，有必要检视现代中国文学想象理想化的"地方"的方法。

2.1.2 现代文学想象"地方"的方法

在现代文学史上，专注于对地方进行理想化想象的，是废名与沈从文。吴晓东把废名的《桥》解读为"镜花水月的世界"[①]，已经道出了《桥》的乌托邦性质。相比较于废名，沈从文对其出生地湘西相对于城市与汉族的"地方性差异"，显然有着更为自觉的认同，这既表现为他的"我是一个乡下人"的自我身份表述，更表现为他对湘西作为一个文化共同体的消失的叹惋：如果"道义与习俗传染了汉人的一切，种族中直率慷慨全会消灭……将来的北溪，也许会有设官的一天吧？到那时人人成天纳税，成天缴公债，成天办站，小孩子懂得见了兵就害怕，家犬懂得不敢向灰衣人乱吠，地方上每个人皆知道了一些禁律，为了逃避法律，人人全学会了欺诈，这一天终究会要来吧"[②]。"地方的好习惯是消失了，民族的热情是下降了，女人也慢慢的像中国女人，把爱情移到牛羊金银虚名虚事上来了，爱情的地位显然是已经堕落，美的歌声与美的身体同样被其他物质战胜为无用的东西了"[③]。在以上所引文字中，"地方"（民族）

---

① 吴晓东：《镜花水月的世界——废名〈桥〉的诗学研读》，南宁：广西教育出版社，2003年。

② 沈从文：《七个野人与最后一个迎春节》，《沈从文全集》第4卷，太原：北岳文艺出版社，2002年，第182页。

③ 沈从文：《媚金·豹子·与那羊》，《沈从文全集》第5卷，太原：北岳文艺出版社，2002年，第356页。

总是与"好习惯"、"好品质"联系在一起，它们既是原始的，又是诗性的。而地方的外部，却与物质主义与坏品质联系在一起。二者之间的关系是，地方的外部的力量会侵入地方的屏障，毁灭地方的好习惯与好品质。沈从文所心仪的"地方"，显然是滕尼斯意义上的地缘共同体，其中的人具有"默认一致"的统一性。

沈从文在塑造湘西的地方形象时，经常使用牧歌框架。刘洪涛认为，乐园与哀歌是牧歌的基本构架。其中，乐园之所以在牧歌中成为必然选择，是出于将乡土生活理想化的需要："牧歌的非写实性使它必须在空间和时间上离开'此地'和'当前'，才能驰骋对乐土的想象，并对现实起到反衬效果。"而哀歌或者说挽歌，则利于表达在现代化过程中田园风光的脆弱古旧，以及受现代生活侵扰而式微的忧伤。牧歌这一文类与文化守成主义的关系是：它具有召唤民族记忆的功能，即有助于作家找回遭到重创的精神传统，以及深埋在未受任何劫掠的田园诗般的过去，努力将他们所经历的文化分裂通过牧歌转化为抚平裂痕的家园梦想，治愈创伤的民族神话。①

在沈从文的小说中，具备牧歌框架的小说很多，比如《边城》、《阿黑小史》、《月下小景》、《媚金·豹子·与那羊》、《七个野人与最后一个迎春节》等。在这些小说中，"地方"总是先于人而出现，而且，地方的自然景观与人都是被高度"风景"化了的。譬如《阿黑小史》的开头："若把江南地方当全国中心，有人不惮远，不怕荒僻，不嫌雨水瘴雾特别多，向南走，向西走，走三千里，可以到一个地方，是我在本文里所说的地方。"雨水、瘴雾、距离都是地方的天然屏障，小说藉此呈现地方的独特性爱"风景"——阿黑与五明之间情欲的自然苏醒及其自由满足。

相对于其他此类小说，《边城》的写作具有明显的重构民族文化认同的企图，这一点，从沈从文在题记中设想的理想读者就可以见出，他自称这篇小说是写给"极关心全个民族在空间与时间下所有的好处与坏处的人"，他们"应是有理性，而这点理性便基于对中国

---

① 刘洪涛：《沈从文新论》，北京：北京师范大学出版社，2004 年，第 122～135 页。

现社会变动有所关心，认识这个民族的过去伟大处与目前堕落处，各在那里很寂寞的从事于民族复兴大业的人。这作品……也许尚能给他们一种勇气同信心！"①可见，那些"从事于民族复兴大业"的人，是被沈从文引为同道看待的，他显然以重塑现代民族文化认同为己任。其中，"全个民族"显然已经不仅仅是苗族（他自称有一半苗族血统），而是整个"中华民族"这个现代的多民族共同体。"过去伟大处"与"目前堕落处"的对举，已经显示了沈从文二元对立的文化认同态度，因而，《边城》也就不仅仅是在写地方，还是在借地方想象一个理想的民族共同体。

《边城》的开头是这样的："由四川过湖南去，靠东有一条官路。这官路将近湘西边境，到了一个**地方**（着重号为笔者所加）名叫'茶桐'的小山城时，有一小溪，溪边有座白色小塔，塔下住了一户单独的人家。这人家只有一个老人，一个女孩子，一只黄狗。"在《边城》开头的这段著名文字中，"边境"一词指示出茶桐的地方性——偏远，用沈从文自己的话来说，这是"中国另外一个地方"②。接下来出现的，就是一个血缘共同体，一个由老人、女孩子与黄狗组成的家庭。但是，小说并没有急于讲述这个人家的故事，而是仔细地描述老人与女孩翠翠、黄狗这个共同体（第 1 节）以及整个茶桐地方的日常生活（第 2、3 节）。这样一种描述，呈现的是一个清晰的地方形象：它既是自然的风景，更是人的风景。

关于"风景"，柄谷行人有过精辟的论述："所谓风景乃是一种认识的装置"，"风景是和孤独的内心状态紧密联系在一起的"，"只有在对周围外部的东西没有关心的'内在的人'（inner man）那里，

---

① 沈从文：《边城题记·新题记》，参见刘洪涛、杨瑞仁编：《沈从文研究》（上），天津：天津人民出版社，2006 年，第 40 页。

② 沈从文：《〈边城〉题记》，《沈从文全集》第 8 卷，太原：北岳文艺出版社，2002 年，第 58 页。沈从文在《湘行散记·河街想像》中还说过："这种河街我见得太多了，它告我许多知识，我大部提到水上的文章，是从河街认识人物。我爱这种地方、这些人物。他们生活的单纯，使我永远有点忧郁。我同他们那么'熟'，——一个中国人对他们发生特别兴味，我以为我可以算是第一位！我多爱他们，五四以来用他们作对象我还是唯一的一人！"参见《沈从文全集》第 11 卷，太原：北岳文艺出版社，2002 年，第 132～133 页。

风景才能得以发现。风景乃是被无视'外部'的人发现的"。①可见，文学中的"风景"不是对现实中已经存在的风景的客观描摹，而是对作者内心中想象的风景的呈现。那个具有"孤独"的内心的作者，正是一个现代意义上的主体。他不仅占据了那个主动的观看风景的位置，而且把自己的认识装置悄然植入到风景之中。事实上，沈从文也的确在《边城》中假设了这样一个看风景的人——一个"对于诗歌，图画稍有兴趣的旅客"。如果借用叙事学的说法，这个看风景的人就是一个理想游客：他来自地方之外，且是一个懂得诗歌、图画的文人雅士。当他用自己受过文化熏陶的同时也是外来者的眼睛，观赏本地的自然风景与人的生活图景时，就会发现"处处若有奇迹可以发现"。"奇迹"一词的使用，可以从两个方面加以理解：一是美到神奇，二是"异国情调"。

"美到神奇"其实就是乐园模式，它正是柄谷行人所谓的认识装置——理想化的乌托邦。按照这一认识装置，边城中的自然风景，处处皆美丽、寂静，诸如"小溪宽约二十丈，河床是大片石头作成。静静的河水即或深到一篙不能落底，却依然清澈透明，河中游鱼来去都可以计数"之类的文字出现过不止一次。

人的风景，则是"一种'优美、健康，自然而又不悖乎人性的人生形式'"，它近乎完美地体现了农业共同体的特点——人性至善与人情至美。所谓人性至善，指的是地方上所有的人都"既重义轻利，又能守信自约"。诸如老船夫的勤劳、善良与天真，船总顺顺的慷慨好义、公平正直，傩送的健壮、为人聪明且富于感情，就是妓女（她们的刻板印象是放荡、贪财、虚情假意）也为人浑厚，对所爱的水手情感真挚。人情至美指的是人际关系，所谓"一切莫不极有秩序，人民莫不安分乐生"。这正是农业文明共同体的题中之意，因为共同体中的人们是一个有机整体，他们在文化、价值上具有"默认一致"的惯例。②边城中的惯例，既表现为一种古老的生活节奏，

---

① 【日】柄谷行人：《日本现代文学的起源》，第12～15页。

② 【德】斐迪南·滕尼斯：《共同体与社会——纯粹社会学的基本概念》，第71～73页。

又表现为地方事务的管理方式。

　　所谓生活节奏，指的是地方的时间安排。边城的日常生活遵循的是四季循环时间："春天时只需注意，凡有桃花处必有人家，凡有人家处必可沽酒。夏天则晒晾在日光下耀目的紫花布衣裤，可以作为人家所在的旗帜。秋冬来时，房屋在悬崖上的，滨水的，无不朗然入目。黄泥的墙，乌黑的瓦，位置则永远那么妥贴，且与四围环境极其调和，使人迎面得到的印象，实在非常愉快。"这段文字以四季的节奏写边城之美，边城应和着四季呈现出不同的美感，就使得边城生活无时不和谐、无时不美。而节令时间，则是地方的狂欢节："边城所在一年中最热闹的日子，是端午，中秋和过年。三个节日过去三五十年前如何兴奋了这地方人，直到现在，还毫无什么变化，仍能成为那地方居民最有意义的几个日子。"沈从文强调了节令时间的古老、热闹、喜庆与意义。生活在四季与节令时间中，且能从中得到生命的意义，是农业文明共同体中的理想生活样式，这是人的生命时间与地方时间两相和谐。

　　在现代民族国家中，地方事务的管理，是由国家派驻的办事机构负责的。但是，茶峒虽然也有驻军、厘金局等国家建制，戍军长官却"注重安缉保守"，无为而治，兵士们也从不扰民，以至于他们"仿佛并不存在"，厘金局除了征收关税，也不干涉地方事务[1]，而是融入到地方的时间安排之中：每到节庆时间，"莫不在税关前看热闹"。因而，遇有涉及利益纠纷及婚丧大事，出面的乃是地方上"高年硕德的中心人物"，他依据"习惯规矩排调一切"。而依照"习惯"调解纠纷，正是农业文明共同体的方式。这里，沈从文对"习惯"的推崇，可以看作一种典型的文化保守主义。保守主义的特点在于提倡调和与平衡，重视秩序和传统，因为它们是长期积累而成的，其积淀而成的内涵自然而然地体现了自然法。譬如亚里士多德就曾说过："积习所成的不成文法比成文法实际上还更有权威，所涉及的

----

　　[1] 据刘洪涛考证，当地驻军以及厘金局都是清朝建制，在 20 世纪 30 年代依然发挥作用，已经显示出地方与时代的脱节。详见刘洪涛：《沈从文新论》，第 50 页。

事情也更为重要。"①代表传统的那个"高年硕德"的中心人物，从现实的层面看，应该是地方上的士绅阶层；从文化象征意义看，应该是"父之法"的象征——原型父亲。

除了"地方"这一地缘共同体之外，《边城》中还出现了理想的血缘共同体——翠翠与爷爷、黄狗构成的人家。这个理想人家的日常生活非常愉快："风日清和的天气，无人过渡，镇日长闲，祖父同翠翠便坐在门前大岩石上晒太阳；或者把一段木头从高处向水中抛去，族使身边黄狗从岩石高处跃下，把木头衔回来；或翠翠与黄狗皆张着耳朵，听祖父说些城中多年以前的战争故事；或祖父同翠翠两人，各把小竹做成的竖笛，逗在嘴边吹着迎亲送女的曲子。"生活由晒太阳、讲故事、逗弄黄狗、吹笛子构成，那愉快自然也就掩去了生活的艰辛，而是呈现为一种"黄发垂髫，并怡然自乐"的闲适之境。爷爷在翠翠的生命中，实际上占据了理想父亲的位置。他所做的一切，都是在努力把翠翠交托给一位爱她且为她所爱的丈夫，代替自己继续呵护她。

边城这一地缘共同体中人与人的关系，也类似于作为血缘共同体的家庭。譬如老船夫的人际关系中，他与多年好友杨马兵之间的情分之深，以至于后者在他去世后代替他照顾翠翠；就是与素不相识的过往客人之间，也彼此都要"求个心安理得"，客人执意要给钱，老船夫就用这钱买了茶叶与烤烟，随客人们取用；他与街上屠夫的关系也是如此。关于这一点，沈从文曾说自己"作品中出现的一切乡下人，即或娼妓，品性无不十分善良，为的是我所见到的那个阶层，本来全是善良的。与外人的关系，甚至于近乎'家庭'的"。②不过，回忆总是对记忆的筛选，也就是说，所谓回忆总是隐藏着作者的审美意识形态动机，因此，倒是应该从这句话去理解沈从文对营构地方农业共同体的自觉。

---

① 转引自王燕平：《保守主义》，汪民安主编：《文化研究关键词》，南京：凤凰出版传媒集团、江苏人民出版社，2007年，第1页。

② 沈从文：《一个人的自白》，转引自张新颖：《沈从文精读》，上海：复旦大学出版社，2005年，第106页。

乡村女性形象与以上所论述的自然"风景"与人的"风景"有什么关系呢？从废名、沈从文的创作看，乡村女性是居于"风景"中心的人物，她们常常与风景融为一体，成为风景中心的"风景"。也就是说，在乡村女性身上，同样存在着一种认识装置。这一点，可以通过《边城》观察到。翠翠的身份，按照小说的交代，并不是一般的农家女儿，而是撑渡船老人的外孙女。这可理解为沈从文有意为之的非农化的处理。其好处在于，外祖父撑渡船的职业，赋予她青山绿水的诗性生存环境，而不是如一般的农家女儿那样，在田里从事单调、辛苦的劳作，从面目到性情都变得粗糙。在溪边长大的翠翠是自然的精灵："翠翠在风日里长养着，把皮肤变得黑黑的，触目为青山绿水，一对眸子清明如水晶，自然既长养她且教育她。为人天真活泼，处处俨然如一只小兽物。人又那么乖，和山头黄麂一样，从不想到残忍事情，从不发愁，从不动气。"这段文字突出了翠翠与自然之间的关系：不是翠翠作为主体役使自然，而是"自然长养且教育翠翠"。这种人在自然之中的原初和谐，明显有别于启蒙哲学中人与自然的主客体关系。翠翠的外貌与性情，既得之于自然又是自然的表征，因而，可以把沈从文的这种认识装置称为"女性的自然化"。通过这一认识装置，翠翠被他供奉在人性的"希腊小庙"之中成为永恒女性。在"从不想到残忍事情，从不发愁，从不动气"这个排比句中，"从不"已经暗示出了女性品质的永恒性。但是，这种将女性自然化的认识装置，隐藏着作者将其投射到女性身上的理想品质自然化的文化企图。事实上，翠翠的自然性一直是评论者们津津乐道的，比如刘洪涛就将翠翠称为"自然人"，张新颖也持类似观点，"作者突出的是她的'自然性'，或者你就是把她称为'自然人'也无妨"。[1]这恰好验证了柄谷行人的洞见，风景的认识性装置"一旦成形出现，其起源便被掩盖起来了。"[2]

那么，沈从文的将"女性自然化"的认识装置到底掩盖了什么

---

① 刘洪涛：《沈从文新论》，第48页；张新颖：《沈从文精读》，第98页。

② 【日】柄谷行人：《日本现代文学的起源》，第12页。

呢？从翠翠的容貌看，她的美在于自然天成，这就有别于城市中时髦女子人工妆饰的美。这样，除了批判现代人工美的虚饰之外，还为那个理想游客提供了一种类似于异国情调的美。翠翠的性情，被总括为"人又那么乖"。"乖"字，虽然也有不顺、不和谐的意思，但这里显然侧重的是翠翠的听话、懂事。联系后边的"从不动气"，则翠翠的"乖"应该理解为温柔、顺从。这就明显区别于沈从文前期小说中那些野性的苗族女子，如阿黑、黑猫等。在阿黑们那里被表述为"自然"的，是情欲的觉醒与满足。她们的"自然"是自由自在，而翠翠的温柔、顺从显然是以他人的主张与利益为旨归的，即合于儒家伦理的。刘洪涛认为，边城中的人性之善乃是道德之善，"深深地打着儒家伦理道德观念的烙印"，因而，边城中的人物都堪称"道德楷模，教化的风范"。①这一看法是颇有见地的，但是，刘洪涛所谓的"边城的人物"只是老船夫、顺顺、天保、傩送、妓女们，而翠翠这个"自然人"则不在其中。这就显示出把翠翠设想为自然人这一前提带来的局限。除了"乖"，翠翠的性情中还有"从不想到残忍事情，从不发愁"。"从不想到残忍事情"，可理解为天性善良；"从不发愁"，可理解为未曾涉世的天真。但是，如果联系牧歌框架中的哀歌成分，这些性情能否成立就成了问题。

沈从文的入室弟子汪曾祺曾说："《边城》是一个温暖的作品，但后面隐伏着作者的很深的悲剧感。"②这种悲剧感其实就是《边城》中的哀歌成分。问题在于，这是谁的悲剧？笔者以为，那悲剧的主人公只能是翠翠，而不是她的父母、爷爷、傩送、顺顺，甚至是送了命的天保。因为翠翠以外的其他人只需承受自己的命运悲剧，而翠翠却既需承受自己的命运悲剧，还需承受其他人的命运悲剧。在某种意义上，是其他人的命运悲剧构成一股合力，铸就了翠翠的命运悲剧。

翠翠的悲剧首先是她的爱情悲剧。在她与傩送的浪漫爱情之间，

---

① 刘洪涛：《沈从文新论》，第129~130页。

② 转引自钱理群等：《中国现代文学三十年》，北京：北京大学出版社，1998年，第279页。

有两个人插了进来，一个是天保，一个是中寨王团总的女儿。前者动用了媒妁之言，后者动用了财富的诱惑——一座新碾坊。评论者一般把碾坊当作金钱关系的代表，论证金钱交换原则造成了乡土诗情的严重受挫。[①]事实上，天保抑或王团总的女儿，都是务实而不务虚的，二者并无本质差别。并且，即使没有这两个人的插入，翠翠与傩送的爱情也依然浸透着忧郁的气息，因为命运只准翠翠知道了傩送的爱情，知情的翠翠却更加害羞地躲避着傩送，终于使得傩送无法知晓翠翠的爱情。最终，两人虽然各自怀着极深的爱慕，却只能永远怀思向往着对方。这思而不得的怅惘，颇似《诗经·蒹葭》的意境：二人都是对方心中那"宛在水中央"的伊人，却相会无期，美丽的爱情憧憬终于成为绵长的忧伤。

其次，翠翠的悲剧在于她的亲人之死，这使得翠翠的家庭共同体从一开始就处于缺损状态。小说解决这一问题的办法是替补，先是爷爷替代了父母，后是杨马兵替代了爷爷，但是，爷爷真的能替代父母吗？杨马兵真的能替代爷爷吗？答案显然并不那么乐观。毋宁说，每一次亲人之死都更深地把翠翠推入孤独境地。母亲的缺失，使得翠翠在长成少女后没有披露隐秘爱情的对象，并最终造成其爱情悲剧；爷爷之死，则使得翠翠与爷爷之间那种单纯的快乐不再成为可能（尽管它是被作者想象出来的）。总之，亲人之死使围绕在翠翠周围的家庭共同体的暖色消失殆尽。

最后也是最重要的，是傩送的一去不回。小说结束于"这个人也许永远不回来了，也许明天回来"，这个结尾似乎是给了翠翠的等待两种结局：傩送或者回来，或者不回来。但是，如果傩送在不久的将来回来了，这个故事就是一个有情人终成眷属的古典喜剧，小说也就不必一次次渲染凄凉气氛。而事实上，《边城》很少写日出，却一再渲染黄昏意象。如翠翠在河边等爷爷时，看到"落日向上游翠翠家中那一方落去，黄昏把河面装饰了一层银色薄雾"。又如"黄昏照样的温柔、美丽和平静。但一个人若体念或追究到这个当前一

---

① 刘洪涛：《沈从文新论》，第131～132页。

切时，也就照样的在这黄昏中会有点薄薄的凄凉。"这美丽却即将逝去的黄昏，不正是边城的命运，同时也是翠翠的命运吗？因而，结尾的这句话实际上是说，傩送"永远不回来了"。走出了茶桐的傩送，如果一直没有回来，谁能说不是因为他在外面的世界遭遇了现代的诱惑？沈从文自己不就是个现成的例子吗？更何况，在沈从文之后，青年男性走出"地方"，几乎就是一个未曾中断的现代性潮流。

当"残忍事情"一再降临于翠翠，她还能从不想到"残忍事情"、"从不发愁"吗？事实上，当翠翠在小说结尾处被定格为一个永远地等待着情人归来的少女意象，她的表情只可能是忧伤的。这一忧伤的少女意象不仅成就了凄美的诗意，也合乎哀歌的意义，而且翠翠还不可避免地被抽象为一个象征——走进现代的乡土或者说"地方"的象征：她既失去了来自传统共同体的庇护，也失去了地方上年轻男子的爱恋。用贾平凹《秦腔》中老农民夏天义的话说就是"不明白年轻人为什么都不爱了土地"。爱乡土的老人，已然或必将死亡，不爱乡土的年轻人，也必将抛弃土地。而后者，正是现代化的铁律。

沈从文的努力已然表明，同情保守主义的作家总是在关注当前的现代性之"变"中，借着对"地方"的"过去"的重塑来想象未来。如果说在 20 世纪 30 年代，现代性还未全然改变中国的乡村，沈从文也还可以借用苗族文化资源重塑现代民族文化认同，但是这种想象已经是勉为其难的重塑。刘洪涛就敏锐地指出，即使是在沈从文的年代，《边城》的文本破绽已经提示了"牧歌现实资源的匮乏"，而当沈从文以内部东方主义的方式移用苗族文化资源，并悄然将苗族性置换为地方性，也就说明了"主体民族文化资源的有限性"。[①]那么，在当下这个全球化、现代化已成大势所趋的时代，乡土作家们又能寻找到哪些文化资源呢？他们在使用这些文化资源时会不会遭遇沈从文的尴尬？乡村女性形象会发生怎样的改形？

---

① 刘洪涛：《沈从文新论》，第 140～142 页。

第二节　"风景"中心的少女与共同体之善：盾与矛

2.2.1　"风景化"的"风景"与"风景"中心的永恒少女

　　刘庆邦是一位 20 世纪 50 年代出生于河南平原的男性作家，他把自己的创作分为柔美与酷烈两种类型。其中的那些柔美小说，比如《鞋》、《梅妞放羊》、《红围巾》、《怎么还是你》、《黄花绣》、《种在坟地上的倭瓜》[①]等，被论者认为"散发着青草的气息，充满着一种田园牧歌情调，展示了一幅幅清新明丽的风情风俗画……有'沈氏风'的流风余韵"。[②]的确，这些小说大都具有明显的牧歌框架：小说有意识地避免使用现代时间标志，而代之以"春天"、"太阳出来了"、"下雪了"等自然时间标志。这就为"地方"构造了一道时间屏障，使其呈现出一种"似乎"未曾受到现代时间侵蚀的样貌——一个永恒的地方；而其中对风景、风情与风俗的自觉描写[③]，可以看作刘庆邦重塑地方性的努力；在这个永恒的有着美丽的自然风景、美好的人情与风俗的地方，总是有一个居于中心位置的乡村少女，她天真未凿或情窦初开，乃是"风景"中的"风景"。

　　所谓乡村少女是风景中的风景，在这里有两重含义：一是刘庆邦在小说中把少女连同其置身的风景、风情与风俗都"风景"化了，一是在刘庆邦的小说中，这些乡村少女总是作为主人公被置放于自

---

　　① 刘庆邦：《鞋》，《北京文学》1997 年第 1 期；《梅妞放羊》，《时代文学》1998 年第 5 期；《红围巾》，《山花》2003 年第 6 期；《怎么还是你》，《中国作家》2006 年第 5 期；《黄花绣》，《人民文学》2007 年第 6 期；刘庆邦：《种在坟上的倭瓜》，《作家》2001 年第 5 期。

　　② 杨建兵、刘庆邦："我的创作是诚实的风格"——刘庆邦访谈录》，《小说评论》2009 年第 3 期。

　　③ 在与杨建兵的对话中，刘庆邦对杨建兵引用的丁帆的观点"就乡土小说而言，'风景画'、'风情画'、'风俗画'不可缺失，它们是乡土小说根基性的魅力"非常感兴趣，还从审美观照的角度，把"风景画"理解为自然之美，把"风情画"理解为情感之美，把"风俗画"理解为风俗之美；并且认为自己的小说"对自然之美、情感之美、民俗之美的表现和赞美都很热衷。特别是在民俗中取材，这些年我是自觉的，下了力的，并写出了一系列关于民俗文化的小说"。详见刘庆邦、杨建兵："我的创作是诚实的风格"——刘庆邦访谈录》，《小说评论》2009 年第 3 期。

然风景、风情或风俗的中心。

所谓把少女连同其置身的风景、风情与风俗都风景化了，是指刘庆邦对乡村少女、风景、风情与风俗的审美化的诗意处理。在他的小说中，少女与风景、风情、风俗共同构成一幅诗意而和谐的画面。这样的画面有很多，譬如："猜小两手分着麦穗往坟前走……来到坟前，她的眼睛一亮，马上瞪大了。倭瓜芽总算顶破土层，发了出来。倭瓜的两瓣新芽儿还合着，没的张开。因为倭瓜种子的硬壳还在它头上顶着，硬壳的上头还带着一点湿土。这样子很像一个娃娃，头上戴着一顶帽壳儿。猜小高兴得心口跳得腾腾的，她手捂胸口对倭瓜芽儿说：我的娘，你总算出来了，你把我急死啦！按猜小的心情，她很想和倭瓜芽儿亲一亲，可倭瓜芽儿娇嫩得很，亲不得，碰不得，似乎连对它吹口气都不行。那么，猜小只有蹲下身子，久久地对倭瓜芽儿看着。"这段文字写的是女孩猜小在爹的坟上种下倭瓜籽，在第六天早上又一次来看倭瓜是否发芽时的情景。刚出土的倭瓜芽的娇嫩、猜小的喜悦都被描写得非常富有诗意，结尾的那句"猜小只有蹲下身子，久久地对倭瓜芽儿看着"，不仅把猜小的喜悦外化为一个专注的动作，还可使人联想到"相看两不厌，只有敬亭山"的古典诗意。

把小说做诗意化处理，在刘庆邦这里是一种自觉的审美追求。他多次表示："小说取材的标准是审美的，我们写作的过程就是审美的过程，哪儿美，我们就得往哪儿走……美的小说都是诗意化的小说，都闪射着诗意的光辉。"① "《红楼梦》是现实主义的，又是超越现实的。……我们超越现实的目的，无非是要赋予作品一些神性和诗意。创作实践表明，小说中的神品是存在的，富有诗意的作品更多一些标志性的作品如《边城》、《受戒》等，使我们认识到小说超越现实的可能性，也鼓舞了我们创作的勇气。"②在他的表述中，有两点值得注意：一是其中存在的一个等式，美=诗意与神性；二

① 刘庆邦：《哪儿美往哪儿走》，《山花》2008 年第 10 期。
② 刘庆邦：《超越现实》，《长城》2003 年第 1 期。

是被他视为具有神性与诗意的小说是《红楼梦》、《边城》与《受戒》等。如果说前者表明了他的美学观念，后者就表明了他所认同的文学资源，他是在自觉师承曹雪芹、沈从文与汪曾祺的路子。但是，任何师承都存在路径依赖的危险，刘庆邦所师承的传统与其所处的现实历史情境到底构成何种关系是必须纳入进来的（这一点，将在稍后论述）。

如果从关系的角度来观察乡村少女作为主人公被置放于自然风景、风情或风俗的中心，似可总结为"乡村少女在……之中"的模式。它又可分为以下几种亚类：一是少女在自然之中；一是少女在风情、风俗之中。

"少女在自然之中"的模式，少女与自然之间构成多种关系。有时候，自然是少女的滋养者，《梅妞放羊》中草盛花多的河坡，不仅喂饱了梅妞的水羊，也为梅妞提供了多种美味的花苞；有时候，自然是少女的启示者，《鞋》中的守明在考虑给未婚夫做的第一双鞋的鞋底用什么花型时，是从枣花得到了启示；有时候，自然又被少女所呵护，《种在坟上的倭瓜》中少女猜小在爹的坟上种下一粒倭瓜种子，她看它发芽、长大，卫护它不被割麦子的大人们割掉，也不被调皮的男孩子们毁坏，直到它结出一个硕大、美丽的倭瓜，都格外精心地看护着它。以上种种无不呈现为诗意化的风景。这种诗意化的风景构图，得之于刘庆邦的少女观："未成年的女孩基本上还是自然人，她们……与自然的交流是自然与自然之间的交流。"[①]

如果说少女在风景之中，表现的是人与自然的和谐，少女在风情、风俗之中，表现的则是少女在乡村农业共同体之中的和谐。在刘庆邦这里，风情一般被限定在家庭成员之间的亲情，"少女在风情之中"，因而也就是"少女在家中"的模式。《梅妞放羊》中的这段文字能很好地体现这一模式的特征："羊下羔儿是在一天早上。那天早上天气很好，桐树上喜鹊叫，椿树上黄鹂子叫，院子里鸟语花香，

---

① 刘庆邦、北乔：《对话录：诗意的乡村，诗性的女人们》，参见北乔：《刘庆邦的女儿国》，北京：社会科学文献出版社，2006年，第296页。

喜气洋洋。爹在院子里扫地，娘在灶屋里做饭。梅妞也起来了，对着窗台上的镜子梳头。"这是一个美满家庭的空间构图：无人侵入和打扰（尤其是代表着国家或市场力量的外来者）的农家小院里宁静祥和，鸟语花香，一早起来，全家人都在按照各自的日常分工各司其职，父亲扫院子，母亲在灶屋做饭，女儿在房里对镜梳头。这段文字有着纯粹农业时代的理想家庭秩序。它是一种根据性别与年龄进行的空间划分与分工：院子虽然在家庭的内部，但它是面向外面的，因而它属于父亲，也就是说，父亲承担着家庭内部与外部交流的责任，他是通常被称为一家之主的家长；灶屋相对于院子，显然是纯粹的家庭内部空间，它被分配给母亲，其职责是为全家提供维持生命的食品，这一点，符合人类学研究中母亲原型的重要功能——喂养和延续生命；卧室是家庭最隐秘的空间，只有家里人才能自由出入，它被分配给女儿（家庭中的幼弱者），她可以在父母都忙着干活时，对着窗台上的镜子梳头，这表明父母对女儿相当疼爱。这是刘庆邦小说中农业文明共同体中的乌托邦原型样式，一个和睦的传统家庭，其间的关键是父母（尤其是父亲）关爱女儿，女儿乖巧听话。

滕尼斯认为，传统家庭是最基本的有机共同体，而父亲的统治又是文明状态的普遍形式，他因集年龄、强大、智慧（或智力）三种威严于一身，是家中有权力的强者：一方面，他"高居于他的家人之上，保护、提携、领导着他们"，但另一方面，父亲的权力也是危险的，它在作为弱者的妻子儿女身上产生畏惧等情感。[1]刘庆邦的小说显然有意识地弱化了父亲权力的危险之处，而是突出了他的保护和关爱。比如《梅妞放羊》一篇为了营造人与自然之间的和谐诗意，一直把天气设置为风清日朗，但结尾处忽然出现了一场暴风雨。其叙述的目的，应该是把一直很少出现的父亲推到前台：他与狂风暴雨搏斗着，赶来保护放羊的女儿梅妞。这样，父亲就不再是专制的家长，而是呵护女儿的亲人。同样，《红围巾》中的女儿为了

----

[1]【德】斐迪南·滕尼斯：《共同体与社会——纯粹社会学的基本概念》，第62~64页。

买一条红围巾，每天起早贪黑靠拾红薯来攒钱，当她发现母亲用她拾的半截红薯做了饭后不肯吃饭，是细心的父亲觉察到女儿的不满，给她的红薯堆里补上很多好红薯，女儿因此而心生惭愧，矛盾被相互间的关爱化解了。其他篇章中也有很多父母同时爱护女儿例子，比如《闺女儿》①中的父母都表示要给女儿多准备些陪嫁，女儿相亲失败后母亲体贴地陪伴她；《鞋》中的母亲担心女儿晚上相亲害怕，悄悄跟着保护女儿。总之，刘庆邦对父亲（有时候也包括母亲）权力的危险的弱化，成就了父母慈爱、女儿乖巧的人物格局。家庭成员之间温情脉脉的互爱，尤其是父母对女儿的关爱，构筑起了刘庆邦小说中的"家庭乌托邦"。

"少女在风俗之中"的模式，通常是把少女放在说媒相亲的风俗中。这一风俗在刘庆邦的小说里被表现得非常美好："春天是说媒和相亲的日子。年跑得远了，麦苗起身了，燕子回来了，杏花开了，白天一天比一天长了，人们闲着也是闲着，不给年轻人牵牵线，让他们互相见见面，还干什么呢！"（《怎么还是你》）当风俗被放在春天这一充满希望的季节，伴之以麦苗、燕子、杏花等自然物象，显然就在强调其自然性的同时，将其审美化了。不过，刘庆邦最着力描画的，还是相亲少女的情态与心理。因为在他看来，"爱情是一种最美好、最强烈、最深刻和最复杂的感情。人生的美好，很大程度上是因为人类爱情的美好。……特别是少女的爱情和初恋，那是非常自然而神圣的一种心理过程，极富有诗意"。②比如《怎么还是你》、《闺女儿》、《红围巾》等作品中多有此类图画。相亲风俗中的少女的抵触、紧张、娇羞、痴情、忧愁等心理情绪，成就了刘庆邦小说中一幅幅相亲少女的风俗画。但是，刘庆邦所谓的爱情、羞涩与忧愁却并不仅仅意味着诗意和优美（这一点将在下文论述）。

值得注意的是，以上"少女在……之中"中的自然、风情、风俗之间还构成一种互补关系。《闺女儿》中，少女香相亲（风俗）失

---

① 刘庆邦：《闺女儿》，《上海文学》1991 年第 10 期。

② 刘庆邦、北乔：《对话录：诗意的乡村，诗性的女人们》，参见北乔：《刘庆邦的女儿国》，第 299 页。

败后，母亲怕女儿因在意而难过，小心翼翼地观察、安慰女儿。《黄花绣》中，格明因为是女孩不被母亲重视，然而当她被选中给临终者绣花（风俗）时，母亲对她的态度发生了变化，母亲"懂得这事儿有点神圣的意思……既然这么重要的事情落到了女儿身上，连她都不能代替女儿，说明女儿不是一点儿用处都没有。既然女儿要做的事情近乎受神的指使，表明神灵看得起她的女儿，并和女儿有了某种联系。是了是了，以后她和女儿说话得收着点儿，再也不能粗声恶气了"。一向轻视格明的母亲因为当地风俗对女儿的重视开始尊重女儿。《一捧鸟窝》[①]中，小青的母亲去世后，在外做工的父亲有意另娶，得不到父母关爱的小青得到了自然的抚慰：家里的石榴树上住着的花脸子每天唱好听的歌。可以说，自然、风情、风俗以乡村少女为中心，构成一种相互补偿机制：少女在某一方面的不如意，总是能在其他某个方面得到弥补。这其中当有刘庆邦的一番苦心，他是在以风景、风情与风俗，为少女构筑起一道农业文明共同体之盾，使她在其中露出安然且怡然的神情。那最终的叙事目标，是保证以少女为中心构筑的乡土诗意不被现实的残酷破坏。然而，也正是刘庆邦的这番苦心，暴露了农业文明共同体之盾的脆弱以及刘庆邦意欲借此掩盖的东西。

2.2.2 少女品质：自然的还是被植入的？

刘庆邦对乡村少女、自然、风情、风俗的风景化，是相当成功的，譬如有评论者称："少女是令人嫉羡的人生之期，你笔下的少女美丽纯情，朴素，总让我想起那春风下的田野。"[②]"春风下的田野"的说法，与刘庆邦所谓"未成年的女孩基本上还是自然人"的少女观显然高度一致。但是，既然把少女当作"自然人"在沈从文那里就已经存在，那么把它视为一种文学传统也未尝不可。如果说沈从文在把翠翠自然化的同时，不仅抹去了她的野性并在她的性情中植

---

① 刘庆邦：《一捧鸟窝》，《上海文学》2005 年第 5 期。

② 刘庆邦、北乔：《对话录：诗意的乡村，诗性的女人们》，参见北乔：《刘庆邦的女儿国》，第 297 页。

入了温柔、顺从的儒家女性品质，刘庆邦又会在将乡村少女、自然、风情与风俗予以风景化的同时，把少女的何种品质理想化呢？

《梅妞放羊》是刘庆邦比较偏爱的篇目，他自认为这篇小说达到了他预期的天人合一的境界①，这里以这篇小说为例探讨以上问题。小说的主要场景是河坡。梅妞在河坡放羊这一部分，遵循的是刘庆邦所谓的"哪儿美往哪儿走"②的写作路径。它构筑了这样一个诗意化的人与自然和谐相处的乌托邦：和煦的阳光下，花草茂盛的河坡上，梅妞一边发愁草多得羊吃都吃不完，一边快乐地吃着味道各异的花苞，然后在河坡上打盹、唱歌、看河中青蛙交配、看水羊的小羊吃奶、偷偷让小羊吃自己的奶。天清气朗，加以富饶美丽的河坡，构成了一幅幅自足的"风景"。譬如梅妞睡觉一幅这样写："太阳往头顶走，梅妞的草筐装满了，羊也差不多吃饱了。阳光暖洋洋的，晒得梅妞和羊都有些慵懒，梅妞想躺在地上睡一觉。"大自然的慷慨给予，使梅妞与她心爱的水羊得到饱足，并在阳光下的草地上安然成眠。这当是一幅人居于自然之中，且融入其中的天人合一境界，与海德格尔理想的"天地人神"共聚的世界有着相似的旨趣。

在这样一种被营造出来的天人合一的境界中，梅妞开始唱歌。按照叙述人的说法："梅妞没学过唱歌，所唱的歌都是自己随口瞎编的，看见什么就编什么。"然而，令人奇怪的是，在这"随口瞎编"的歌里，梅妞给自己和水羊各自派定了角色。她把水羊想象成"没娘的孩子"，并声称自己要当羊的亲娘。那么，作为一个少女，梅妞为什么不歌唱羊的可爱，也不歌唱身边花草的美丽，也不歌唱太阳，却要做这样的角色设想呢？有关儿童的研究表明，儿童是通过模仿周围人的行动，发展其社会存在的。③因而，梅妞唱歌似可视为儿

① 刘庆邦、北乔：《对话录：诗意的乡村，诗性的女人们》，参见北乔：《刘庆邦的女儿国》，第 289 页。

②《哪儿美往哪儿走》是刘庆邦创作谈的题目。在这篇创作谈中，他说道："美的小说都是诗意化的小说，都闪耀着诗意的光辉。"而美不是老子所谓的"信言"，而是"从作者的理想出发，所虚构和想象的东西，才会到达美的境界。"详见刘庆邦：《哪儿美往哪儿走》，《山花》2008 年第 10 期。

③【英】安东尼·吉登斯：《社会学》（第五版），李康译，北京：北京大学出版社，2009年，第 134 页。

童的游戏，即她是在想象中扮演成年人的角色。这种扮演游戏在稍后的叙述中得到了延续：水羊生下小羊后，她每天看小羊吃奶，由此萌生了让小羊吃自己的奶的想法。就在梅妞进行小羊吃奶游戏时，小说透露了她模仿的原本："她像喂婴儿的妇女做的那样，一只手把驸马托抱着，一只手捏着奶往驸马嘴里送奶头。"原来，梅妞模仿的对象是村中"喂婴儿的妇女"。

但是，不应该忘记的是，梅妞扮演母亲的游戏是出自作者的想象。将梅妞放置在河坡中进行这些活动，就不能不掩藏着这样一种努力：将梅妞母性的萌动"自然化"。事实上，这样一种自然化的努力得到了论者的赞许。北乔就认为梅妞是"一个在大美的自然中成长的女孩，天然的母性就像花香一样在春天的阳光下从生命中流溢"。①这种解释甚至比刘庆邦的描写更进了一步，"母性"已经是"天然"的、内在于梅妞的生命本质的东西，而不再是来自外部的学习或训练。由此也可以看到"叙述的力量"是如何诱导读者的文学接受的。

但是，从女性主义的角度就不能不提出这样的问题：为什么梅妞模仿的是"喂婴儿的妇女"而不是别的什么人？换言之，母亲是梅妞最期望成为的角色，还是母亲身上有着作者最理想的某种品质？刘庆邦的创作谈显示，他少年丧父，是母亲和姐姐把他养大，供他上学。因而，"对她们的牺牲精神和无私的爱，我一直怀有愧疚和感恩的心情。一写到女性，我的感情就自然而然地寄托其中"。②可见，是个人经历使刘庆邦认定"牺牲精神和无私的爱"是最美好的品质（他正是这一品质的直接受益者），并把这一品质进行了"自然化"的处理，然而，他的愧疚和感恩，却并没有转化成对女性的"牺牲精神和无私的爱"的理性反省，比如这种牺牲是否导致了她们的权益受损？不过，如果考虑到母性一直是中国传统文化与文学甚至是现代文化与文学极力赞美的一种品质，那么，刘庆邦的叙述就

---

① 北乔：《刘庆邦的女儿国》，第17页。

② 刘庆邦、北乔：《对话录：诗意的乡村，诗性的女人们》，参见北乔：《刘庆邦的女儿国》，第294页。

再次验证了中国文化对母性品质的褒扬是如何深刻地嵌入到男性作家的无意识层面的。换言之，刘庆邦对母性品质的自然化叙述，是他作为男性作者对"母性神话"的一次复述；只是这一次，是以童话的方式进行的。

其实，《梅妞放羊》这个标题还隐含着梅妞的另一种品质——勤劳。只不过梅妞的勤劳被小说对河坡上草盛花多、阳光煦暖的诗意化叙述给遮掩了罢了。要知道，"儿童"是现代社会的一种发明，在传统社会中是没有儿童这一概念的。[1]社会学研究也证明，前现代社会的儿童很早就被当作成年人对待（一个小大人）：她必须承担和成年人一样的劳作，参与和成年人一样的活动。[2]因此，《梅妞放羊》中的梅妞从来就不是什么儿童，而是被当作成年劳动力来训练的。从这一角度看，"少女"这个称谓的含义其实是相当模糊的。如果从劳动的角度看梅妞放羊，首先就会注意到小说的第一句话："太阳升起来，草叶上的露珠落下去，梅妞该去放羊了。"太阳升起，露珠落下，表征的是农业文明时代日出而作的自然劳作时序，它造成的叙事效果是：梅妞去放羊是一个自然而然的行为。但如果以现代眼光看，梅妞不过十多岁，应该还是一个儿童，她何以要去放羊，而不是去找小伙伴玩耍呢？这只能表明刘庆邦是按照农业文明的成规，把梅妞当成小大人来看的。事实上，小说中的梅妞去放羊时，是牵着羊挎着筐，筐里放着镰刀和一只掉了手把儿的大茶缸的。这些是一整套的放羊工具。梅妞劳动的任务，是"把羊的肚子放饱还不算，还要顺便割回一筐草"，还要用旧茶缸把羊粪捡回家。因此，从这些被弱化了的叙述中，可以看到梅妞的勤劳品质。如果说《梅妞放羊》中诗意化的叙述冲淡了对梅妞勤劳品质的凸显，其他小说则突出了少女的勤劳：比如《红围巾》对喜如拾红薯的描写、《谁家的小姑娘》中刚上小学三年级的改在母亲累得中暑之后，接替母亲努力把自家责任田里的积水擂出去等。

---

① 【日】柄谷行人：《日本现代文学的起源》，第112～118页。
② 【英】安东尼·吉登斯：《社会学》（第五版），第143页。

梅妞的乖巧是另一种值得讨论的品质。如上所述，在沈从文的小说里，除了翠翠，小女儿们大多有着未受规训的野性，她们并不压抑自己的欲望。但是，《梅妞放羊》中的梅妞却始终是合于"女孩样"的规矩的。

梅妞去放羊前，有一个梅妞教训水羊的小插曲：

> ……梅妞刚去解绳子，水羊像是得到信号，就直着脖子往外挣，把绳扣儿拉得很紧。一个水羊家，不能这样性子急！梅妞不高兴了，停止解绳扣儿，对水羊说："你挣吧，我不管你，看你能跑到天边去！"
>
> 水羊挨了吵，果然不挣了，把绳子放松下来。水羊还自我解嘲似地低头往地上找，找到草茎，用两片嘴唇拣起来，一点一点地吃，梅妞认为这还差不多，遂解开绳子，牵着羊往院子大门去了。

梅妞教训水羊的标准是"一个水羊家，不能这样性子急"。"性子急"意味着欲望表达得直接、大胆，而不能性子急的原因，却只因为它是水羊。也就是说，如果它是公羊，就可以性子急。并且，梅妞对水羊的教训很可能已经不是第一次了，因为水羊很快就用"一点一点地"吃一片草茎来表示自己是懂规矩的。

梅妞教训水羊的标准，显然来自乡村社会为女孩制定的规矩。梅妞这个只有十多岁的小女儿，对这些规矩不仅了然于胸，而且已经把这一套规矩内化为自己的规矩来遵守了。也就是说，她的内心已经被乡村规矩给"殖民化"了。因而，梅妞身上体现出来的所谓"自然"人性之美，就不是天生的、自然的，而是始终在乡村社会的规矩之内的。梅妞并非一个自然的小女儿，而是一个合乎传统乡村标准的女孩。

忧愁与羞涩是刘庆邦所谓的爱情小说中少女的主要情态。少女的爱情故事一般被放在"少女在风俗之中"这一风景画之中。值得注意的是，在关于爱情的叙事上，刘庆邦虽然自称欣赏沈从文、汪曾祺的诗意，但他与他们却着实存在不小的差别。在沈从文与汪曾祺小说中，爱情常常是与个体的自由联系在一起的。如果说沈从文小说中经常出现的风俗中性爱的自由与热烈，有强大的苗族风俗作支撑的话①，汪曾祺《受戒》中荸荠庵里和尚们可以吃肉、结婚、找情人的风俗，《大淖记事》中有别于"子曰诗云"而不看重贞操的大淖风俗，也赋予了爱情与人性最大限度的自由空间。而刘庆邦小说中的所谓爱情，虽也发生于少男少女之间，却被严格限定在说媒相亲这一风俗之中。那些相亲风俗中的少女，是在媒人与父母的左右下去相亲的，此前的她们不曾憧憬过爱情，对相亲对象也一无所知。那么，她们的爱情来自哪里？她们的爱情又意味着什么呢？

刘庆邦小说中的爱情，多是少女的单相思。就性别关系而言，这种爱情叙事显然是不对等的：仅仅是女孩的情绪或者说愁绪得到了展现，男孩则仅仅是小说中的匆匆过客。女孩的爱情总是突然出现，对素不相识的男孩一见钟情，男孩却很少同意。也就是说，女孩的爱情实际上最终是没有着落的。几乎是无一例外地，女孩们在相过亲后就开始沉浸在忧愁、期盼与幻想之中。事实上，少女在相亲前后的情绪，构成了刘庆邦小说中爱情描写的主体部分。比如《红围巾》中的喜如在相亲前"说什么也不愿意到麦地里让人家去看她……让她和一个从没见过面的外村的男孩子去见面，去说话，这叫什么事呢，这太让人害羞了，太让人为难了"。《闺女儿》中，女孩香在相亲后盼望从媒人——二姨处知道男孩的看法。但是"二姨没来。好几天过去了，二姨仍没来。春天倒来得快，空中一下子就飘满了柳絮。香有时眯了眼睛，追着一团绵绵的絮子，看它究竟落到哪里。柳絮飞呀飞呀，眼看有着落了，不知怎么回事，却突然翻上去，向远处飘去，阳光照耀下，那团柳絮明明灭灭，一会儿就找

---

① 据《湘西苗族调查报告》，按照苗族风俗，青年男女的交往是相当自由的。"苗中青年男女婚前的两性生活颇为自由。有时女引其情郎至家，父母常为杀鸡款待。甚至设公共房屋，转为青年男女聚会之用者苗中有跳年、跳月、调秋之俗。青年男女，结队而歌，通宵达旦。歌毕杂坐，欢饮谑浪。甚至乘夜相约，而为桑间濮上之行，名叫'放野'。"详见凌纯声、芮逸夫：《湘西苗族调查报告》，北京：民族出版社，2003年，第57页。

不见了，再也找不见了"。这段抒情性的景物描写中，纷飞的"柳絮"应该是多义的，既暗喻着香纷乱的思绪，又暗喻着她那渺茫的爱情希望。刘庆邦尤其喜欢描写少女的羞涩之态，譬如《鞋》中刚刚订婚的18岁少女守明在地里干活被嫂子们撩逗时，小说这样写道，"她的脸红了，耳朵红了，仿佛连流苏样的剪发也红了，剪发遮不住她满面的娇羞，却烤得她脑门上出了一层细汗……还有她的眼睛，眼睛水汪汪、亮闪闪的，蕴满无边的温存，闪射着青春少女激情的火花……后来她双臂一抱，把脸埋在臂弯里了……"

如果在牧歌框架中观察少女在爱情中的忧郁，则少女的忧愁多来自男孩的不同意，而不同意的原因，多与其学生身份有关，虽然小说尽量表现得比较含糊。这样，乡村少女就同样是那个悲剧故事的承担者，是被嫌弃或被抛弃的对象，而她们的忧愁则构成了牧歌框架中的哀歌部分。

有必要追问的是，刘庆邦爱情小说中的爱情是一种现代的浪漫之爱，还是一种古典爱情？按照吉登斯的说法，在西方，浪漫之爱直到18世纪之后才开始成形，它不仅直接把自身纳入自由与自我实现的新型纽带之中，假设双方心灵的交流，还具有征服陈规陋俗的力量。①可见，浪漫之爱与现代性的兴起密切相关。如果以浪漫之爱的标准去衡量刘庆邦小说中的爱情，则其中既无男女双方的心灵交流（比如《红围巾》中喜如在相亲时始终低着头，在男孩问她的意见时，她却糊里糊涂地点了头），也与女性的自由与自我实现无关，更不具有征服陈规陋俗的力量，因而就不能说是现代的浪漫之爱。并且，由于它始终内在于说媒相亲这一陈规之中，少女们的各种心理情绪，就更类似于古典文学中的少女怀春，她们甚至从未有丝毫越轨之举。《红围巾》中的喜如在相过亲后，尽管十分想知道男孩的意见，但是她却不能问媒人四姑："四姑不说，她就不听，四姑说多少，她只能听多少。这是当闺女的规矩，也是当闺女的难处。你要

---

① 【英】安东尼·吉登斯：《亲密关系的变革——现代社会中的性、爱和爱欲》，陈永国、汪民安等译，北京：社会科学文献出版社，2001年，第53～60页。

是把不住劲，问出个一句半句，就会被人笑话了去，被人看不起。"可见，刘庆邦小说中的少女们都是循规蹈矩的天使。因此吉登斯的提醒值得注意："不能把浪漫之爱理解为人类生活的自然组成部分，相反，它是由广泛的社会因素和历史因素塑造而成的。"①当刘庆邦柔美小说的所谓爱情书写在专注于说媒相亲风俗与少女怀春时，就只能是与纯粹农业时代相匹配的，不是摧毁旧俗而是美化旧俗，足以体现刘庆邦的文化保守主义态度。

实际上，相亲风俗中少女的羞涩、忧郁，与家庭共同体中少女的乖巧品质是一致的，它们都来自乡村少女那狭窄的世界、那低矮的天空。少女的乖巧这一品质，对于家庭而言，固然可以保证家庭共同体的整体利益与和谐，但是，它往往使少女自身的权利受到损害。比如《梅妞放羊》中小说结尾处梅妞表现出的乖巧。父亲卖掉了小羊，却没有按照自己当初的诺言给梅妞买做棉袄的花布，他给出的理由是买了猪娃子，剩下的钱不够买花布了。面对父亲的失信以及父亲给出的家庭整体利益的理由，梅妞的反应是乖巧，她"没说什么，又开始了新一轮放羊"。梅妞"没说什么"，似可解释为她理解家里和父亲的难处，是个乖巧懂事的好女儿，然而，谁能保证以后家里在遇到其他问题时，首先被牺牲的不是梅妞的利益呢？因而，在理解"乖巧"这一少女品质时，布尔迪厄对被统治者的阐释值得重视："如果被统治者作为统治结果的模式应用于他们的统治者，换句话说，如果他们的思想和认识按照强加给他们的统治关系的结构构成，那么他们的认识行为不可避免地变成了认可的、服从的行为。"②也就是说，乖巧这一品质既是由统治/被统治这一结构生产出来的，而且内在于这一结构。同样，羞涩这一少女品质，近似于滕尼斯论述中的羞耻心的表现："掩饰、隐瞒、保密、羞怯于裸露、暴露和为他人所知晓。"要知道，并不是共同体中的所有的人都具有

---

① 【英】安东尼·吉登斯：《社会学》（第五版），李康译，北京：北京大学出版社，2009年，第169页。

② 【法】皮埃尔·布尔迪厄：《男性统治》，刘晖译，深圳：海天出版社，2002年，第13页。

羞耻心，它专属于"女人、尤其是年轻女人、儿童和小伙子"。而羞耻心的形成，又与"他们生活在狭窄的圈子和依附的、敬畏的、谦卑的条件之下"密切相关，"只要他们已经习惯于和不得不生活在这种环境里，他们在对待丈夫或母亲或父亲或老师时，都会有羞怯心理"。[1]布尔迪厄的考察也表明，传统农村地区要求"女人深居简出，在某种程度上她应该在公众场合放弃使用其目光（她在众人面前走路时，眉目低垂）和言语（唯一适合她说的话是'我不知道'，她的言语与男性话语完全相反，男性话语是果断、鲜明的，同时也是深思熟虑的。）。"[2]可见，羞涩或者说羞耻心联系着的是少女们生活圈子的狭窄、地位的低下。对于少女而言，它不是促使她们勇敢地面对世界，并走向更广大的世界，而是倾向于内缩。

如果进一步把目光从小说延伸到社会学对村落中女性地位与规范的考察，则会发现，在宗法村落中，女性无论在儒家的大传统中，还是在村落的地方性共识和规范上，都没有自主的生活"理由"。她在村落生活的资格需要从别处获取，只有获取了生活的"资格"，她在村落的生活才是得当的。这个"资格"就是村落的"历史感"与"当地感"。女孩在未出嫁之前，是从父亲获取当地人的角色和资格的，父亲是她在村落唯一的监护人。作为父亲的女儿，她必须尊重村落社区性共识和规范，并受到村落不同方面的伦理性要求的约束，包括两性伦理（贞洁－忠贞）、劳动伦理（扎根－勤勉）、交往伦理（感情－分寸）等。父亲作为女儿在村落里的唯一监护人，有义务把女儿教导成"有模有样"的人，母亲则辅助父亲的工作。在女孩成长过程中，如果言语和行为上稍不合规矩，就会被父母或村落其他的人斥责为"没样子"，要求立即更正过来。所有的一切——言行举止、穿着打扮、接人待物都有特定的规范和要求，稍有不慎就可能惹来人家的白眼和笑话。这个白眼和笑话不仅是针对女儿，更是针对她的父母，特别是作为监护人的父亲。父亲监护女儿的结果，是

---

① 【德】斐迪南·滕尼斯：《共同体与社会——纯粹社会学的基本概念》，第 228 页。
② 【法】皮埃尔·布尔迪厄：《男性统治》，第 19 页。

女儿的依赖性和父母（特别是父亲）的约束性在村落都具有道德合理性，而且强度都很大。在一般的情况下，女儿要想摆脱对父母的依赖性几乎不可能，而父母也不会冒触怒村落之险轻易解除对女儿的约束义务，任由其个性发展。因而，女儿的个人事务往往由父母为其决定，自己没有自由的决定权。女儿应该毫无情绪地听从父母的意见，"听老子老娘的话"的女孩才是好女孩，才是村落所期待的"像样"的女孩。同样，在婚姻上女孩是没有自主权的，一切都听从父母的安排，即常言"父母之命，媒妁之言"。[①]

如果把杨华的考察作为一种背景资料，则可以理解为什么刘庆邦小说会有意弱化父亲的权威并同时强化他的呵护，少女的勤劳、乖巧、分寸（羞涩）等品质是她们作为好女孩的必要条件（贞洁则是一个根本就不必言明的前提）。而所谓的爱情故事之所以必须放在说媒相亲风俗之中，是因为只有遵从父母意见的女孩才是"像样"的好女孩。换言之，只有"像样"的好女孩，才有资格进入刘庆邦的柔美小说，一如只有那些遵照规矩而行的好女孩，才能获得在村庄生存的资格一样。

2.2.3 历史之矛：乡村女性的生存真相

刘庆邦精心构筑的以少女为中心的农业文明乌托邦，面临两方面的危险，其一是小说文本所写历史现实之矛的刺穿，其二是小说所处历史情境之矛的刺穿。

虽然刘庆邦的柔美小说有意模糊了其时代性，但是从叙述中还是大致可以看出这些小说所写的时代范围：《红围巾》中的喜如为了买条红围巾只能靠拾红薯的方式攒钱，而拾红薯又必须等到生产队收过且拾过一遍之后；《鞋》中守明要到地里参加生产队集体劳动；《梅妞放羊》中十多岁的梅妞"长这么大从没穿过花棉袄，每年穿的都是黑粗布棉袄"。这些文字中出现的"生产队"是20世纪50年代

---

①杨华：《妇女何以在村落里安身立命？》，http://www.snzg.cn/article/2010/0913/article_19620.html。

至 70 年代末的乡村组织单位，因而，这些小说写的正是那个时代。而当时的刘庆邦，也正在乡村出生、成长，度过自己的童年、少年与青年时代。

从花棉袄、红围巾这些物品都被看作稀罕物品看，它暗示了当时整个中国正处于"匮乏经济"时代。如果把当时中国向城市倾斜的政策以及户籍制度建构的城乡二元格局这些因素也考虑进去，则当时的乡村比城市更匮乏。但是，在刘庆邦的这些柔美小说中，却看不到任何国家力量以及它造成的后果，匮乏总是被引向了相反的方向：或者是成就一幅无历史因素的诗意画面，或者指向少女对家庭共同体利益的最终认同。前者比如《梅妞放羊》中那一段"人在自然之中"的和谐画面："梅妞放羊是在村南的河坡里，那里的草长得旺，长得嫩，种类也多。……羊开始吃草，她也低着头在草丛里找吃的，她找的是野花的小花苞。有一种花的花苞……刚放进嘴里有些苦吟吟的，一嚼香味就浓了。她把这种花苞叫成蛋黄。还有一种花的花苞……吃起来绵甜绵甜。她把这种花苞叫成面筋。吃罢'蛋黄'和'面筋'，就该吃'甘蔗'和'蜜蜜罐儿'了，她想吃什么就有什么。""她想吃什么就有什么"意味着，梅妞根本就不用为没什么可吃而发愁，大自然为她提供了充足的滋养。但是，如果联系刘庆邦的那些酷烈小说，比如《平原上的歌谣》[1]同样写生产队时代，却将之呈现为饥荒年代，则刘庆邦精心构筑的诗意之盾，轻易就会被历史之矛刺穿。小说中国家的一系列"左倾"政治运动（扫暮气、爱国卫生、大跃进等），不仅使农民们活得战战兢兢，更给乡村带来严重的饥荒，不少人被活活饿死了。事实上，这部小说的开头，写的就是饥荒的前奏，生产队的牛因为没有草吃活活被饿死了。把这部小说作为阅读《梅妞放羊》的背景性文本，则"梅妞吃花苞"这一段的乌托邦性质就显得相当刺目：如果梅妞因为物质匮乏非常饥饿，河坡里也早就没有了可以吃的花和草，这幅画面还可能那么富有诗意吗？显然，这种可能性比小说中描写的河坡里草盛花多要更

---

[1] 刘庆邦：《平原上的歌谣》，《当代》（长篇小说选刊）2004 年第 4 期。

多一些。彼时"匮乏经济"的残酷之矛轻易就会刺穿这一幅诗意的画面。

而少女对家庭共同体利益的认同，是不少此类小说的结局。除了《梅妞放羊》的那个在父亲失信之后"梅妞什么也没说"之外，其他如《红围巾》中喜如一开始拾红薯是为了给自己买红围巾，而在结尾时，已经有了红围巾的喜如，开始为家里拾红薯了。但是，少女对家庭共同体利益的无条件认同，对她们个人来说却隐含着危险。《平原上的歌谣》中就有这样的情节：当村里的饥荒蔓延开来之时，各户为了保证家里成年男性的伙食定量，主妇们选择缩减自己和孩子的那一部分，将宝贵的活命饭留给男人。这一情节表明，当资源极度匮乏时，首先被选择牺牲的是女性与孩子的利益。那么，可以认定，《梅妞放羊》结尾处梅妞的父亲因为要买猪娃子不给她买花棉袄就是必然的，因为只要父亲觉得不买的理由充足，他就会以家庭整体利益的名义，牺牲女儿的利益。女儿作为个体在家庭共同体之中是没有属于自己的权利的，她必须服从家庭这个集体的利益和决定。而且，农业文明时代的家庭共同体的利益，并不是性别中立的，而是以男性的利益为中心的，女性（不论她是女儿、妻子还是母亲）在其中必须安分地待在那个次要的位置上，默默地做出奉献和牺牲。

事实上，在刘庆邦柔美小说貌似自然的叙述中，也有着少女个人与家庭共同体之间的利益冲突。比如《梅妞放羊》中，梅妞作为一个十多岁的女孩，为什么不该去上学而该天天去放羊呢？当然，这可以理解为一种写作传统：为了把少女描写成自然人，就得避免她与现代文明相接触。但是，它依然不能回避这样的问题：女儿们果真不想上学吗？《闺女儿》中的确有类似的回答：少女香在相亲的对象"中学生"问她为什么只上了三年学时，的确做出了"不想上了"的回答。但是"中学生"却推测："一定是她弟弟该上学时，父亲就不让她上了。他们家就是这样，他姐姐才上过二年学。"香的"不想上了"与中学生的推测显然是矛盾的。就当时的实际情况而言，中学生的说法更为可信。据统计，20世纪50~70年代农村地区女性的受教育程度与人数均明显低于男性。[①]那常常不是因为女孩不想上，而是因为在教育机会匮乏的情况下，父母会选择中断她们的教育，把机会留给家中的男孩。

刘庆邦的散文《妹妹》[②]提供了更为微观的经验。文章一开始就交代："我们姐弟六个，活下来五个。大姐、二姐各上过三年学。我上过九年学。弟弟上了大学。只有我妹妹从未踩过学校的门。"可以发现，女孩与男孩在受教育权上是被区别对待的。按照刘庆邦的说法，这样的区别对待是建立在这样一个事实之上的："不管是男孩子，还是女孩子，我们姐弟都很喜欢读书。"当女孩与男孩一样喜欢读书时，就会出现教育机会的内部分配问题，即当家庭不能满足所有孩子的教育机会时，谁是应该被牺牲的？文章告诉读者，是二姐和妹妹失学了。其中，二姐的失学堪称一场激烈的冲突：

> 父亲病逝后，母亲就不让二姐再上学了。那天正吃午饭，二姐一听说不让她上学，连饭也不吃了，放下饭碗就要到学校里去。母亲抓住她，不让她去。她使劲往外挣。母亲就打她。二姐不服，哭得声音很大，还躺在地上打滚儿。母亲的火气上来了，抓过一只笤帚疙瘩，打二姐打得更厉害。与我家同住在一个院的堂婶儿看不过去，说哪有这样打孩子的，要母亲别打了。母亲这才说了她的难处，母亲说，几个孩子嘴都顾不住，能挣个活命就不错了，哪能都上学呢！母亲也哭了。见母亲一哭，二姐没有再坚持去上学，她又哭了一会儿，爬起来到地里去薅草。从那天起，二姐就失学了。

---

① 郑真真、连鹏灵对 2000 年人口普查资料的数据进行了分析。她们的分析表明，各年龄组的女性文盲都比男性高。从年龄的角度看，40 岁～65 岁的文盲人口男女比例达到 1:2.5，最高的要超过 1:3.5；即使到了 2000 年，乡村地区的男女受教育程度仍有很大差距，男性文盲只有 5.453%，而女性文盲却高达 13.899%，具有初中以上文化程度的，男性中有 61%，女性中只有 43%。参见郑真真、连鹏灵：《中国人口受教育状况的性别差异》，《妇女研究论丛》2004 年第 9 期。

② 刘庆邦：《妹妹》，《中学生阅读》（初中版）2002 年第 11 期。

　　母亲作为一个失去丈夫的农村妇女，要独自养活六个儿女，自然有其难处，先得保证孩子们能顾住嘴，才谈得上读书。然而，在选择让谁退学时，母亲依据的并不是孩子成绩的好坏（二姐的成绩在班里数一数二），也不曾征求孩子的意愿，她似乎是"自然"地遵循了儿子优先的原则。并且，在这一原则的支持下，她根本就没送小女儿——"我"的妹妹上学："在二姐失学的时候，妹妹也到了上学的年龄。母亲没有让我妹妹去上学，妹妹自己好像也没提出过上学的要求。我们全家似乎都把妹妹该上学的事忘记了。"这里的"忘记"，明显表现出全家人对妹妹受教育权的忽视：从有意识的角度而言，"忘记"就是有意不提，以免再次上演二姐反抗的戏剧，这恰足以表明性别意识形态是一种虚假但又是占统治地位的思想意识；从无意识的角度而言，它体现了男孩优先原则的强大，女孩在家中处在那个注定被忽视的位置。如果说二姐因为体会过上学的好处而表现了反抗，妹妹则因为年幼且没有上过学，根本就没有权利意识，她并不知道为自己争取受教育的权利。她能够提出自己的上学问题之时，已经到了出嫁以后，她受教育的时机也早已失去。但是，这非但没有使母亲反省当年对妹妹权利的剥夺，反而是"埋怨妹妹不该翻旧账"，可见，在母亲的观念中男孩与女孩始终是不一样的。因而，滕尼斯所谓的共同体内部存在利益与意见的"默认一致"，事实上是强制个体服从整体利益的结果，而并非先在的"默认一致"。因为在父母与女儿之间的关系格局中，父母是强势的占支配地位的一方，女儿是弱势的一方。这样，父母是否关爱女儿，就过度依赖于父母的道德水准。

　　刘庆邦的这些柔美小说所处的历史情境，是现代化的急剧推进。它带来的后果之一，就是那些占据着父亲地位的家长，变得更加关注个人的欲望能否得到满足，而不是自己作为家长的责任和义务，也已经不再关心女儿是否幸福。《一捧鸟窝》、《守不住的爹》[①]中的父亲，在丧妻之后，并没有守在年幼的女儿身边呵护她，而是领回

---

① 刘庆邦：《守不住的爹》，《上海文学》2005年第5期。

了另一个女人。并且，父亲不是让这个女人照顾女儿，而是要求女儿伺候他们的饮食起居。《家园何处》[①]中的何香停幼年即失去父母，寄居在哥嫂家度日，尽管她勤劳肯干，却先是被大嫂赶出家门，又被三嫂赶进城里去赚钱。这些恪守着传统道德的女孩，从来没有学会怎样为自己去争取权利，甚至还不知道怎样开口说话。她们因此缺乏与社会协商的能力，更不可能有反抗的能力，根本就无法适应现代社会人与人为敌的竞争规则，也就注定成为被牺牲者。

第三节 后寻根之痛与贞孝之女的幽魂

同为 20 世纪 50 年代出生的男性乡土文学作家，贾平凹与莫言在 20 世纪八九十年代之间的差异不可谓不大：贾平凹对现代性心怀崇拜，他在与谢有顺的对话中多次谈论现代意识，而莫言却自《红高粱》起，就表现出对现代性的不屑，有着强烈的原始崇拜意识；贾平凹的小说多是站在主流意识形态一边，而莫言的小说则多是站在民间一边。然而，阅读贾平凹 2005 年的《秦腔》与莫言 2009 年的《蛙》[②]，却可以发现一些关键的相似之处：不仅父子之链的断裂与当下乡村的颓败都是文本的重点，而且两部小说中的主要女性人物白雪与陈眉，都是堪称典范的贞孝之女且都命途多舛。

以上两点相似之处，使得将这两部小说与 20 世纪 80 年代的寻根文学建立联系成为必要。事实上，早在《秦腔》出版前，王彪就曾敏锐地指出，《秦腔》的写作"是一次寻根的过程……当代农村在急速走向荒凉，随着父辈的消逝，我们与故土的关联会越来越少。这是你心头的隐痛，寻根的过程其实也是失去根的哀叹，就像一曲绝唱"。[③]"寻根"、"失去根"都曾是 20 世纪 80 年代寻根文学宣言以及相关评论中的高频词。当时年轻的寻根文学作家们，在他们的寻根宣言中表现出近乎一致的民族文化认同的危机意识——意识到

---

① 刘庆邦：《家园何处》，《小说界》1996 年第 4 期。

② 贾平凹：《秦腔》，北京：作家出版社，2005 年；莫言：《蛙》，上海：上海文艺出版社，2009 年。以下引文均出于这两个版本。

③ 贾平凹、王彪：《一次寻根，一曲挽歌》，《南方都市报》2005 年 1 月 17 日。

无根、失去根、断根而寻根。尽管他们的文学书写表现出不尽相同甚至完全相反的寻根旨趣（寻根抑或审根），但是，其中寻根的一支显然侧重于表现子对父所象征的文化精神的追慕，是站在子的立场上寻找父亲并认同父亲，以解决"我从哪里来"、"我是谁"的主体认同问题并面向未来的。郑义的《老井》、张承志的《北方的河》、莫言的《红高粱家族》、张炜的《古船》等代表性文本中均表现了子对理想父亲的追寻。

90 年代的一些重要家族小说，比如陈忠实《白鹿原》、阿来《尘埃落定》，在某种意义上，可以称为"后寻根文学"。与 80 年代的寻根文学相比，它们依然有着宏大的史诗性结构，但已经不再表现子对父的追慕，而是表现子对父及其所象征的传统文化精神的背弃，传统文化因后继无人最终土崩瓦解（尽管《白鹿原》依然塑造了理想父亲的形象）。并且，后寻根文学的写作立场也发生了偏移，不再是站在子的立场上寻找父亲，而是更多地站在父的立场为传统之根的衰颓而挽悼，即表现失根之痛，也因此其立场更接近文化守成主义。

从"后寻根文学"这一概念反观贾平凹《秦腔》与莫言《蛙》，可以看到这两部小说都在表现失根之痛：现代化的巨大力量（国家与市场）已经彻底摧毁了乡村的伦理道德，曾经是"希望的田野"的乡村已经成为面目全非的"废村"。如果说社会学家将之称为"村落的终结"还比较中性的话，贾平凹与莫言的文学表现显然更为悲怆。但是，无论是寻根文学，还是后寻根文学，其侧重点都是父与子的关系。在这样的两部后寻根小说中，作者何以要塑造两个典范的贞孝之女？如果说她们是纯洁的羔羊，那么，她们为谁献祭？她们的命运悲剧有何功能？

2.3.1 "失根"之痛：子的背叛或无子

历史与价值的冲突一直是文化守成主义关注的命题。在 20 世纪的前半个世纪，梁漱溟、冯友兰等人都曾为现代化进程导致的传统价值的失落而痛心疾首。不过，只有当现代化的历史快车行进到了 20 世纪末 21 世纪初，当乡村作为城市的反价值成为一种遍及城乡的意识形态，当乡村成为现代化与中国人共同抛弃的"虚空的农村"而无力再充当现实的抑或精神的家园，延续了几千年的传统价值才算真正走到了尽头。也只有到这时，"失根"之痛才不再是一种属于先知先觉者的专利，而是成为中国人普遍的内心体验。

从父子关系的角度看，"失根"应该是双向的：对于父辈来说，失根是失去后来者，失去子所代表的未来；对于子辈来说，则是失去父辈及其代表的文化精神，失去了过去。对于父辈来说充满悲凉的失根，对子辈来说有时甚至连悲伤都算不上，尤其是当子辈主动拒绝父辈持守的价值之时。《秦腔》中的失根之痛主要是前者。它以"密实的流年式"写法，铺叙清风街上生老病死、吃喝拉撒睡的日常生活碎片，于无数的细节中展现广义的父子（老一代与新一代）冲突以及父子秩序的全面崩塌。虽然贾平凹不曾将夏家父辈们理想化，但其同情显然在他们一边。如果从夏家父辈命运的角度阅读《秦腔》，它无疑是一部书写父亲/价值之死的小说。其中的父辈们无一例外地走向了死亡（老大夏天仁在小说开始时就已经死亡，中间则是老三夏天礼与老四夏天智之死，结尾是老二夏天义之死），如果联系"仁义礼智"在儒家价值中的核心地位，则父亲之死就具有了某种象征意义——清风街的传统伦理道德之死。

父亲之死抑或伦理道德之死，与子对父所持守的价值的态度直接相关。如果按照儒家传统伦理规范来加以衡量，夏家子辈乃至清风街的子辈都是不肖不孝的。这种不肖不孝包括政治的与文化的两个方面。

两代村主任可视为村庄政治上的父与子（他们在血缘上的关系是叔叔与侄子）。在村庄事务上，老主任夏天义坚持"一个子儿都不许贪污"的原则，新主任夏君亭却认为"水至清则无鱼"，允许适度贪污；夏天义坚持农业为本，晚年把全部精力投入淤地事业，夏君亭却看到单纯靠农业根本就行不通，主张建农贸市场。重要的是，父与子意见相左的结果不是子臣服于父，而是形成对抗，夏天义因此指责夏君亭："我给你说话，你总是跟我顶嘴！"事实上，类似的指责在小说中多次出现过，夏天义也确是夏君亭决策的主要阻挠者与批评者。夏君亭却抱怨道："我到底是村干部呢还只是他的侄子，倚老卖老！"子一代要求把村庄政治与血缘关系分开的想法，其实也并非完全没有道理。但更重要的，却是子把父坚持的原则与做法视为跟不上时代，其经验是不值得效仿的。因而，子的不肖是一种主动选择的背弃。

在文化（习惯、礼俗等）方面，子也是不肖不孝的。从不肖的角度看，夏天义坚持"土农民，土农民，没土算什么农民"，把土地当成农民的根；子孙们却纷纷离土而去，使其不仅后继乏人且深感耻辱。夏天智这位乡村文化人酷爱秦腔，他的儿子夏风虽是省城的文化名人，却明白表示自己烦秦腔，夏雨虽然留在乡村，但他也根本无意于秦腔，而是干脆到农贸市场开酒楼去了。总之，无论在生存方式还是文化观念上，子辈都表现出与父辈的主动断裂。从不孝的角度讲，夏天智在侄子夏君亭初任村干部时，教导他要像老虎一样"无言先立意，未啸已生风"，夏君亭却说："是吗，那老鼠的名字里也有个'老'字？"其言语方式的放肆表明子辈对父辈毫无恭敬之仪。小说中还出现了相当多的子与父顶嘴、争吵或阳奉阴违的细节，可见子辈也全无遵亲之意；夏天义的五个儿子经常为赡养父母互相推诿、争吵，父亲死后，他们甚至不愿为他均摊一块碑钱。可见，夏家子辈的做法与"尊亲、遵亲、养亲"的儒家孝亲观念相去甚远。

从广义的父子关系上说，夏家父辈曾经的政治地位（夏天义解放后一直任村主任）与文化地位（夏天智退休前是校长），使他们实际上成为维系清风街政治秩序与道德文化秩序的卡里斯玛权威，清风街的村民都可视为他们的子民。在这一意义上，夏家父辈的权威地位也已式微，夏天义坚持的淤地事业只得到疯子引生与哑巴孙子的追随，其他村民们大都支持农贸市场，或者干脆出外打工了。夏天智自恃威望去调解邻里纠纷，结果却是村民当面不再争闹，第二天就发生了仇杀。

总之，从父亲的角度看夏氏家族与清风街，父子之链已然断裂，清风街已经陷入失范状态。夏氏大家族与清风街已不复为秩序井然的共同体，其中没有滕尼斯论述过的"默认一致"的和睦精神，不仅父子之间已经无法达成共识，夫妻之间不再相互忠诚，兄弟之间不再互助互让，以和睦与互助为善的邻里关系也已经发生追债以及因此引发的暴力冲突，有的甚至发展为仇杀事件。总之，清风街上的传统秩序正处于崩解之中，传统伦理与秩序在清风街，已经成为乌尔里奇·贝克提到的"虽死犹存"（dead and still alive）的"还魂尸类型"的传统（Zombie categories）。[①]造成这一状况的原因，则是现代性的"融化能力"，"它们首先影响到尚存（但没有毁灭）的制度，影响到那些用来限定行动选择范围的既定的秩序。旧有的结构、格局、依附和互动的模式统统被扔进熔炉中去，以得到重新铸造和形塑"[②]。而当旧的秩序格局被流动的现代性所融化，夏氏大家族与清风街就将成为一个滕尼斯论述中的现代社会，其中"所有的人同所有的人的关系"可理解为"潜在的敌意或者潜在的战争"[③]。

鲍曼提醒道："如果没有别的模式和框架来取代，那么任何模式都不能打破。"[④]但是，中国社会的急剧转型似乎还来不及提供"别的模式和框架"，因而，出现涂尔干论述的失范状态就在所难免。涂尔干认为，失范状态出现在"经济事务主宰了大部分公民的生活，成千上万的人把整个精力投入在了工业领域和商业领域"的时期，也就是农业文明向工商业文明转型的时期。失范状态就是各种势力相互对抗、防范与削弱，并导致各种各样的冲突和混乱的频繁发生。其危害性在于使社会因丧失凝聚力和调节力而无法存在下去。[⑤]以涂尔干的论述来观察清风街，则清风街已经处于失范状态。以上论述的狭义与广义的父子之链的断裂与共同体精神的丧失，可视为失范的表征，而其根本原因，也基本上是清风街作为曾经的农业社会向工商业社会的转型。这时，村民们不再把彼此间的伦理义务当作

---

① 转引自【英】齐格蒙特·鲍曼：《流动的现代性》，第9页。

②【英】齐格蒙特·鲍曼：《流动的现代性》，第9～10页。

③【德】斐迪南·滕尼斯：《共同体与社会——纯粹社会学的基本概念》，第110页。

④【英】齐格蒙特·鲍曼：《流动的现代性》，第10页。

⑤【法】埃米尔·涂尔干：《第二版序言·社会分工论》，《社会分工论》，渠东译，北京：三联书店，2000年，第15～20页。

生存的首要内容，而是都在想着如何赚钱。小说开始不久的一个细节颇有代表性：村民丁霸槽坐在自家门前翻来覆去地自言自语："到哪儿弄钱去？到哪儿弄钱去？真是有一个钱就想第二个钱？"将无止境的"弄钱"当作生活目标的想法，说出的其实是大部分村民的想法。涂尔干还敏锐地指出，失范的原因还在于伦理道德不具有法律效力，而公众意见对各种含糊其辞的义务又充满了宽容，结果就会造成"那些最该受到谴责的行为也往往因为成功而得到迁就，允许和禁止、公正和不公正之间已经不再有任何界限，个人几乎以一种武断的形式把这些界限挪来挪去"。①在《秦腔》中，由于旧有的父的权威已经丧失，到处都可以看到"无公德的个人"②，他们只关心自己的利益，而不顾自己的行为是否损害了公平与道义。因此，涂尔干才把失范状态看作一种病症和罪恶。

客观地说，贾平凹对父子之链断裂的书写并未提供多少新的思想，因为中国的文化守成主义者一向把传统的中国社会看作是伦理本位的，把血缘伦理以及由此延伸出的一系列伦理关系看作中国文化的要义。《秦腔》的敏锐之处，在于它没有把父子之链的断裂以及共同体的崩解处理为外力的作用，而是处理为一种内在的分裂——现代性的精神已经深深地渗透到普通农民的内心深处，这是其他将现代性的力量处理为外部他者的文本所不曾达到的。

如果说《秦腔》中父子之链的断裂来自现代性的市场力量对人心的冲击，莫言的《蛙》则把父子之链的断裂指向了现代国家的计划生育政策。触碰重大的政治与社会敏感话题，在莫言的写作历史中并非是第一次③。《蛙》的扉页上赫然写道："本书献给：经历过

---

① 【法】埃米尔·涂尔干：《社会分工论》，第14页。

② "无公德的个人"是阎云翔用来指称那些只强调自己的权利，无视对公众或他人的义务与责任的个人的概念，他认为这种个人由于改革开放以来传统的道德观崩溃，受全球消费主义为特征的晚期资本主义道德观（强调个人享受的权利，将个人欲望合法化）影响形成的。详见【美】阎云翔：《私人生活的变革——一个中国村庄里的爱情、家庭与亲密关系的变革：1949～1999》，龚晓夏译，上海：上海书店出版社，2006年，第257～261页。

③ 早在20世纪80年代末，他就以《天台蒜苔之歌》的写作，实践了其"作为老百姓的写作"的写作立场，锋芒所指就是地方政府的政策失误导致的伤农事件。

计划生育年代和在计划生育年代出生的千千万万读者。"小说的题名
"蛙"，取自其中的话剧部分，"剧本暂名青蛙的'蛙'，当然也可以
改成娃娃的'娃'，当然还可以改成女娲的'娲'"，"女娲造人，蛙
是多子的象征，蛙是咱们高密东北乡的图腾，我们的泥塑、年画里，
都有蛙崇拜的实例"。如果说蛙与娃的谐音，指向的是无性别的娃娃，
其后的民俗学解释"蛙是多子的象征"，就已经将女儿排除在外了。

关于《蛙》对国家计划生育政策的书写，评论者们大都认为计
划生育政策是后发现代性国家的无奈之举。[①]与此同时，论者又把
评论的重心放在国家政策在执行过程中的暴力性。有论者认为："小
说没有简单地赞扬或者否定计划生育，而是用知识考古学般的勇气
和热情，努力挖掘数十年来计划生育政策所呈现出来的历史细节，
反思其间沉痛的人性代价与生命代价。"[②]也有论者则一方面肯定计
划生育政策是"一种正确的成功控制人口的政策"，一方面又将农民
们对不孝有三，无后为大的传宗接代的重视，肯定为"祖祖辈辈正
常的伦理观念"。于是，评论者在计划生育政策问题上，似乎与叙述
者达成了一致意见：政策是正确的，只是不该在执行中采取那么粗
暴的形式。"移风易俗的时代观念的进步，伴随着野蛮的行政手段
推行，国家政策所体现的强硬理性与民间淳朴的人性良知之间的
严峻冲突"[③]，"在莫言的叙事表现中，计划生育更具有社会实践的
正义性"[④]。

---

① 比如吴义勤认为："计划生育作为基本国策，在中国既具有合法性和必然性，因为人
口，是一个国家走向繁荣的前提，而控制人口，又是后发现代国家实现艰难的现代转型的无
奈但必要之举。"管笑笑认为："计划生育作为基本国策，在中国具有一定的合法性和必要性。
作为解决不断增长的人口和日益减少的有限资源的矛盾的所有可能性方案中，最有效且便捷
的途径即是控制人口的出生率。这也是后发展现代国家实现现代性转型的无奈之举，并必然
与作为人的基本权利的生育权发生剧烈的冲突。"参见吴义勤：《原罪与救赎——读莫言的
〈蛙〉》，《南方文坛》2010 年第 3 期；管笑笑：《发展的悲剧和未完成的救赎——论莫言〈蛙〉》，
《南方文坛》2011 年第 1 期。

② 吴义勤：《原罪与救赎——读莫言的〈蛙〉》，《南方文坛》2010 年第 3 期。

③ 罗兴萍：《重新拾起"人的忏悔"的话题———试论〈蛙〉的忏悔意识》，《当代作家
评论》2011 年第 6 期。

④ 陆克寒：《〈蛙〉：当代中国的"罪与罚"》，《扬子江评论》2010 年第 3 期。

　　但是，莫言果真认为计划生育政策是完全正确的吗？或者说他毫无保留意见吗？小说叙述人蝌蚪的一段话曾被评论者广泛征引以证明莫言对计划生育政策的肯定："历史是只看结果而忽略手段的，就像人们只看到中国的万里长城、埃及的金字塔等许多伟大建筑，而看不到这些建筑下面的累累白骨。在过去的二十多年里，中国人用一种极端的方式终于控制了人口暴增的局面，实事求是地说，这不仅仅为了中国自身的发展，也是为全人类作出贡献。毕竟，我们都生活在这个小小的星球上。地球上的资源就这么一点点，耗费了不可再生。"但是，叙事学研究表明，叙述者的话不可全信，因为他很可能是一个不可靠的叙述者。当蝌蚪把历史的结果与历史的手段并置在一起，尤其使用了"累累白骨"这样带有明显控诉色彩的语词，突出的就并非是历史结果的正义性，而是历史手段的暴力性。它造成的叙述效果，毋宁是"为中国自身的发展"、"为全人类做贡献"、"地球上的资源不可再生"等等理由，并不能抵消计划生育的"极端方式"造成的伤害。也就是说，蝌蚪对历史的肯定是话中有话、具有反讽意味的。

　　从故事层面看，莫言用他汪洋恣肆的笔墨描写了计划生育政策执行过程中国家意志与民间意志之间的激烈冲突。在小说中，国家一方先是派出计生人员（以乡卫生院的妇产科主任"我"的姑姑为主）和剧团进行宣传与动员，后又动用国家机器搜捕计划外怀孕妇女，即使她是大月孕妇，以确保计划生育政策的顺利实施。民间一方则进行着一种斯科特式的"日常抵抗"运动：国家免费发放的避孕套"要么被扔进猪圈，要么被当成气球吹起来，并涂上颜色，成了孩子们的玩具"。挨家挨户发送的女用避孕药，也因妇女们都嫌副作用太大而抗拒服用。"即便当场逼着她们吞下去，但一转身，她们就用手指或筷子探喉，将那药片吐出来。"男人们听到广播里动员他们去结扎，就会"聚在一起发牢骚：妈的，有劁猪的，有阉牛的，有骟骡子骟马的，哪里见过骟人的？我们也不想进皇宫当太监，骟我们干什么"。这种反抗方式"是秘密的、无组织的、欺骗性的、没有公开行动的"①，但是它同样具有不合作的政治意义，也确实是一种有效的"弱者的武器"②。并且，莫言的农民们并不是只有这一种武器，他们也会采取"公开反抗"的方式。

一般来说，由于公开反抗会给弱势的一方带来危险，所以他们更倾向于采取日常抵抗的方式；只有当政策触动了他们的最根本的观念与利益时，他们才会公开反抗。因此，在他们的公开反抗中，可以看到这些农民们认为什么是最重要的。小说共出现了四次公开对抗。这种对抗在第一次显得有些意外：县剧团来村里宣传计划生育，女高音演员唱道："时代不同了——男女都一样。"此时，"王肝的爹王脚在台下高声叫骂：放屁！都一样？谁敢说都一样？！——台下群众群起响应，胡吵闹，乱嚷叫"。国家推行的"男女都一样"的性别平等观念，在王脚等农民们那里，根本就行不通，只有儿子才被他们认定是"根"。如果从这个例子得出这样的结论还嫌过早的话，小说中还浓墨重彩地写了三次因为计生干部抓捕大月份孕妇引发的公开冲突，三次的结果都是孕妇的意外死亡。除掉"我"的妻子王仁美那一次，另外两次抓捕行动中，孕妇的丈夫都发出了大声抗议。已经有三个女儿的张拳在姑姑来动员其妻耿秀莲去做流产时，先是用木棍打伤姑姑，当明白事情已无可挽回时，他"蹲在地上，双手抱着头，呜呜地哭着说：我张拳，三代单传，到了我这一代，难道非绝了不可？老天爷，你睁睁眼吧……"同样，陈鼻与岳父一家带着临产的妻子王胆逃跑，妻子在临死前生下第二个女儿，陈鼻对妻子的死毫无反应，他的全部反应是"颓然垂首，仿佛泄了气的轮胎。他双拳轮番击打着自己的脑袋，痛苦万端地说：天绝我也……天绝我也……老陈家五世单传，没想到绝在我的手里……"反复出现在丈夫们口中的，并不是妻子的身体健康（耿秀莲有先天性心脏病，王胆是个身材畸形的侏儒），而是"绝后"即无子的恐慌。因此，

---

① 徐小涵：《"两种反抗史"的书写——斯科特和底层研究学派的对比评述》，《社会学研究》2010年第1期。

② 【美】詹姆斯·C·斯科特：《弱者的武器：农民反抗的日常形式》，郑广怀等译，南京：译林出版社，2007年。

民间坚持的价值乃是流传几千年的生子意志。换言之，生子意志才是小说中的最高音。

稍有医学常识的人都应该知道，先天性心脏病人是不适宜怀孕的，而王胆以 70 公分的身高，却必须为身高马大的丈夫生儿子（她生第一胎女儿陈耳的艰辛与痛苦被忽略了，叙述者津津乐道的是王胆抱着大个子婴儿的奇观），必然冒着很大的危险。但是妻子们因怀孕遭受的痛苦根本就不曾进入小说的视野。反而是，小说叙述者借母亲之口强调女性与生育之间的"天然"关系："母亲生前不止一次地说过，女人生来是干什么的？女人归根结底是为了生孩子而来。女人的地位是生孩子生出来的，女人的尊严也是生孩子生出来的，女人的幸福和荣耀也都是生孩子生出来的。一个女人不生孩子是最大的痛苦，一个女人不生孩子算不上一个完整的女人，而且，女人不生孩子，心就变硬了，女人不生孩子，老得格外快。"在母亲的长篇大论中，生孩子是女性的天职，女性的地位、尊严、幸福与荣耀都来自孩子，而且，这孩子还必须是儿子，否则她就依然没有地位、尊严、幸福与荣耀，这"母以子贵"的言论是如此熟悉又如此陈腐。不仅如此，它还把生孩子与女性的完整人生以及心灵变化、体貌特征一网打尽，以证明生孩子对女性的决定性意义。那潜藏的逻辑，是女性自身是没有丝毫价值的，她的全部价值就在于能为丈夫生出儿子。她不应成为丈夫爱护的对象，而只是丈夫使用的对象。小说中的男性人物袁腮的那句"爱护着点用啊，你还得用她生儿子呢"证明的，正是妻子是生产的工具，而且是专门用来生产儿子的工具。在这一意义上，妻子只不过是男人之"根"（儿子）的容器。

就女性被作为丈夫的"根"的容器而言，女性与其丈夫并不具有利益上的一致性，也就是说，她有可能从个人角度考虑而不愿生育。但是，在莫言这里，妻子们却自始至终都与丈夫的生子意志保持高度一致。事实上，这种对生子意志的默认一致具有很大程度的臆测性，在叙述效果上，它突出了计划生育这一历史过程的暴力性，却同时掩盖了女性生育意志的不自主与可能存在的异音。应该说，莫言的叙述策略是相当成功的，大多数评论者都把孕妇之死当成了批判计划生育过程的暴力性的利器，认为它伤害了生命伦理或者人性。

不过，在社会学者有关计划生育的调查中，可以发现与莫言的书写不尽相同的生育观念：不少多胎生育的妇女，更多倾诉的是多生多育的"累害"：

> 有因孕产期得不到合理营养而体弱多病者；有因传统生育陋习而致病、致残、致死者；有因多子女的拖累而辛劳终生却依然家徒四壁者……一位65岁，生育7胎的妇女说："俺生了5男2女，在旧社会说是最有福了，啥福呀？为拉扯他们，俺使花了眼，累弯了腰，孩子们还吃不上，穿不上，抱怨俺'有本事生没本事养!'"[①]

可见，多子多福仅仅是男性本位的生育价值观念，而女性，哪怕是年纪大的旧式妇女，也有着从生育中解脱出来的渴望。

2.3.2 贞孝之女的功能及其幽灵性

对于以表现父子关系为中心的寻根或后寻根文学来说，女性人物要么是不重要的、附属性的，要么是危险的他者，前者一般是女儿或妻子，后者则通常是情人。前者比如《老井》中孙旺泉之妻；《白鹿原》中白嘉轩之妻仙草、之女白灵，朱先生之妻朱白氏，妻子的职责就是为他生下儿子。后者比如《老井》中的巧英与《白鹿原》中的小娥，她们因威胁到父子秩序的稳定而必须出走抑或被杀死。这里讨论的两个女性人物，《秦腔》中的白雪是夏天智之子夏风之妻，即夏天智的儿媳，在夏风与白雪离婚后，夏天智收白雪为女；《蛙》中的陈眉是重视子嗣的陈鼻的第二个女儿。

值得玩味的是，关于《秦腔》与《蛙》的评论，并不重视对白

---

① 梁军、许孔玲：《计划生育予以妇女生育健康之利弊——河南农村入户访谈调查报告》，李小江等编：《平等与发展》，北京：三联书店，1997年，第313页。

雪与陈眉的分析，她们要么根本不被提及，要么被简短地总结一下品质特征。其中包含的问题，一是她们在后寻根文本中的位置与功能被评论者忽视了；二是她们的形象本身不够丰满，没有为评论留出足够的阐释空间。

在已有的评论中，关于白雪与陈眉的评价其实没有本质差别："对于引生或贾平凹而言，白雪是清风街东方文化最后的女神：她漂亮、贤惠、忍辱负重又善解人意。但白雪的命运却不能不是宿命性的，她最终还是一个被抛弃的对象，而引生并没有能力拯救她。"[①]"陈眉是《蛙》中最纯洁无辜却饱受重重苦难的人物。她性情中的高贵、贞洁、孝顺和母性象征着民间伦理中最坚实和美好的部分。"[②]她们被赋予的那些品质：白雪的"贤惠、忍辱负重又善解人意"与陈眉的"高贵、贞洁、孝顺和母性"，都是传统的利他主义女性美德。而且，论者都把她们当作这些品质的象征——"东方文化最后的女神"抑或是"民间伦理中最坚实和美好的部分"。这样一种阐释，应该说相当符合贾平凹与莫言的题旨。但是，按照父子伦理，应该是子承父志，何以是儿媳或女儿而不是儿子成为小说中的道德楷模？

这里，儿媳或女儿成为传统道德的楷模，有两种功能：一种是相对于文本中的父亲的，一种是相对于子或社会的。一如贾平凹的同情在《秦腔》中的父亲一边，《蛙》中莫言的立场依然是站在民间一边的。因而，当儿子们纷纷背叛父亲，当民间的父亲们大哭"绝后"之痛，就必须有人来抚慰他们的创痛，表现在行动上，就是为他们尽孝。

从白雪与夏家父辈的关系看，她是夏家唯一的好儿媳。首先，她是一位肖媳。白雪热爱的秦腔，是公公夏天智最心爱的。这一设置并非偶然，因为秦腔在小说中的意义，绝非仅仅是一种民间戏曲，而是"传统乡村中国的象征，它证实着乡村中国曾经的历史和存

---

① 孟繁华：《风雨飘摇的乡土中国——近年来长篇小说中的乡土中国》，《南方文坛》2008年第6期。

② 管笑笑：《发展的悲剧和未完成的救赎——论莫言〈蛙〉》，《南方文坛》2011年第1期。

在"①。因此，白雪对秦腔的热爱与在其衰落后的坚持，就主要不是在坚持一己之事业，而是在坚守父辈代表的传统乡土精神。其次，白雪还是一位孝媳。孝既是生前的，也是死后的。白雪在父辈生前的尽孝，抚慰了他们备受子冷落的寂寞。譬如小说中的这样一个细节，白雪在河边偶遇婆家的二伯夏天义，见其衣服脏了，主动给他洗衣，二伯深受感动，"在夏天义的记忆中，他的五个儿媳从未主动要求给他洗衣服的，眼前的白雪这样乖顺，就感慨很多"。在父亲们死后，白雪的尽孝表现为真诚的哀悼之情与哀悼之礼。三伯夏天礼死后，白雪不顾身怀有孕，赶回来为他哭丧，还出钱为他请鼓乐班；在公爹夏天智死后，只有她能体会公爹的心意，将他头下的枕头换成他写的《秦腔脸谱集》，将他盖脸的麻纸换成秦腔脸谱马勺②，更为他唱出哀婉的秦腔《藏舟》作为哀悼的挽歌。

　　白雪的肖与孝的功能还在于，作为一面完美的孝文化的镜像构成对子辈不肖不孝的谴责。在白雪为二伯夏天义洗衣这一情节中，随后就出现了夏天义的大儿子庆金与二儿媳竹青。庆金对竹青说道："笑话的是不孝顺的！你们谁给爹洗过衣服，五个媳妇不如一个白雪么！"夏天礼死后白雪来哭丧，大娘夸她："白雪还行，身子笨着还赶回来哭你三伯哩。这倒比梅花强，梅花哭了一回就再没见哭了。"白雪是侄媳妇，竹青、梅花是儿媳妇，儿子与长辈的一褒一贬，突

---

　　① 孟繁华：《风雨飘摇的乡土中国——近年来长篇小说中的乡土中国》，《南方文坛》2008年第6期。

　　② 小说这一部分描写相当诡异："白雪说：'上善哥，我爹生前说过，他死了要枕着他的书哩，能不能用书换了他的枕头？'上善说：'你不提醒，我倒忘了！'将六本《秦腔脸谱集》替换了夏天智头下的枕头，原本夏天智的脖子硬着，用书换枕头的时候，脖子却软软的，换上书，脖子又邦硬。上善就说：'四叔四叔，还有啥没办到你的心上？'屋子里没有风，夏天智脸上的麻纸却滑落下来，在场的人都惊了一下。把麻纸又盖在夏天智的脸上。奇怪的是麻纸盖上去，又滑落了。屋里一时鸦雀无声，连上善的脸都煞白了。白雪突然哭起来，说：'我爹是嫌那麻纸的，他要盖脸谱马勺的！'把一个脸谱马勺扣在了夏天智的脸上，那脸谱马勺竟然大小尺寸刚刚把脸扣上。"这段描写固然以人死之后尚有灵魂的民间说法为前提，但夏天智生前以书为枕的愿望却被主办者上善忘记了，是白雪的提醒使夏天智得以如愿。而夏天智来不及说出的愿望则只能靠死后的诡异默示，这默示再次被上善误读，只有白雪能猜出他的心愿。那么，如果没有白雪，谁能体贴并尊重父亲的意愿呢？

出了白雪的孝与竹青、梅花的不孝。白雪之孝庶几成为"批判的武器"。不过，白雪的每一次行孝，都不曾引起子辈的愧疚与自我反省。面对庆金的批评，竹青反驳道，"洗一回褂子就是给我们做了榜样啦，我明日先动员大嫂，她给老人洗一件，我给老人就洗八件！"竹青对白雪的孝顺行为显然不以为然，并不把她当成应该效仿的榜样，因而，白雪的孝也就不具有示范效应。这意味着，孝道德的意义仅在于自我展示，而无力制止失范的蔓延。

如果说《秦腔》中白雪的孝还可能缘于她的白氏大家族的出身以及夏氏大家族的规训，《蛙》中陈眉的孝则更缺乏逻辑基础。在父亲陈鼻寻死撞伤之后，陈眉对医院院长说出这样的铮铮之言："我是他的女儿，他欠下的债，我来偿还！"为了支付父亲的手术费，她不惜以处女之身为他人代孕。但是，从陈眉向民警小魏的陈述看，她行孝的动机显得相当单薄。首先，她很清楚，父亲重男轻女思想严重，她与姐姐都不是父亲盼望的根，父亲因绝后而日日酗酒，醉后即打骂她们，她们在父亲那里不过是扮演着出气筒的角色。其次，父亲对她们根本谈不上疼爱，甚至不曾尽过起码的抚养之责，陈眉从小是由姐姐陈耳抚养长大的。最后，陈眉与姐姐陈耳南下打工，姐姐为此丧命，她因此严重烧伤。父亲却把她们用生命挣来的钱"吃，喝，抽，全部糟光了"。这样的父亲其实是一个莫言所谓的"破坏者"[①]的形象。因此，陈眉的孝就不可能是出于感激他的养育之恩，而是因为"他毕竟是我父亲"。也就是说，支撑陈眉尽孝的，仅仅是生物学意义上的父女关系（但它同样具有充足的文化内涵），她不需要更多的理由，就可以毫无利己之心地为父亲付出，做一个绝对利他的女儿。

事实上，陈眉的不需要理由的孝，却最符合传统孝文化的本义。因而，陈眉的为还父债替人代孕这一极端化的行孝方式，必须放在中国的烈女传统中来理解。在历代的烈女行述中，得到表彰的女儿

---

① 莫言从自己青少年时期的经验中得出的结论是"男人是破坏者，女人是建设者"，详见《关于男人和女人——回答胡志明市南方出版公司阮丽芝的问题》，莫言：《作为老百姓的写作：访谈对话集》，深圳：海天出版社，2007年，第239页。

或儿媳行孝的方式就常常是极端化的，是以损伤自己的身体为前提的，比如从手臂、大腿甚至是乳房上割肉为自己的父母或公婆熬制汤药，或者从手臂上取血为婆婆调羹等等。其背后的文化逻辑是：身体发肤，受之父母，因而也属于父母而不属于自己。并且，对身体的伤害越极端，就越能证明孝的程度。陈眉的孝亦当属此类。

这种极端无我式的孝道，其实颇合于莫言的性别观念："以前的妇女是大地的女儿，也是像大地一样的无私的奉献者。现在的女性（当然只是一部分），生活在与大自然隔绝的状态下，就像温室里的植物一样，更加精巧而美丽，但丧失了那种忍受苦难的能力和伟大的奉献精神。"[1]一向以混沌叙事著称的莫言，在陈述自己的女性理想时，却毫不混沌："以前的妇女"与"现在的女性"构成了传统与现代的鲜明的二元对立，二者之间的根本区别就在于是否具有"忍受苦难"的"伟大的奉献精神"。其间的逻辑关系是，"忍受苦难"必须不是为了自己，而是为了奉献他人，最要紧的是，在莫言的创作中，这个他人一定是男性——或者是儿子（《丰乳肥臀》），或者是父亲（《檀香刑》、《蛙》）。[2]也就是说，女性的存在必须是不以自己为目的，而是以奉献给他人为目的。在此意义上，孝是陈眉活下去的目标，"我本来想还完欠我爹的债就自杀"。

从陈眉与社会的关系看，她同样承担着小说中的批判功能。面对陈鼻的巨额医药费，陈鼻那些有钱的老同学们都"面面相觑，心

---

① 莫言：《关于男人和女人——回答胡志明市南方出版公司阮丽芝的问题》，莫言：《作为老百姓的写作：访谈对话集》，第239页。

② 把莫言与孟悦、戴锦华的对"妇女"与"女性"的区分做一个对比是颇有意味的。早在20世纪80年代末，孟悦与戴锦华就指出，妇女是传统父系秩序下的"从人者"，而女性的真实价值则"必须在与父系秩序下的社会性别角色的差异性关系中才能得到确定"："一方面，她将一个现实存在的社会群体从性别角色背后剥离出来，另一方面，她历史地包含了一种对封建父系秩序的反阐释力，她自身就是反阐释的产物。"女性这一现代概念的意义在于："她既是一个实有的群体，又是一种精神立场，既是一种社会力量，又是一种文化力量，但最根本的一点是，她历史地注定要做父系社会以来一切专制秩序的解构人。"隔着20年的时间，男性作家莫言的梦想中，依然是那传统的妇女而非现代的女性，这庶几可以表明传统性别观念是如何地根深蒂固。孟悦、戴锦华的观点，参见孟悦、戴锦华：《浮出历史地表——现代妇女文学研究》，北京：中国人民大学出版社，2004年，第4~26页。

中都在盘算。陈鼻受了这么重的伤,医疗费一定是个惊人的数字了"。所以,"我们虽然不乏正义感,不乏同情心,但到底还是凡夫俗子,还没高尚到为一个社会畸形人慷慨解囊的程度"。两相对比,我们这些"凡夫俗子"的小算盘哪里能比得上陈眉仗义?但是,陈眉这一道德楷模的力量,似乎又颇具有感召力:"陈眉的出现和她的勇敢担当让我们心中羞愧,而这羞愧又转化成仗义。"(不过,她的感召力瞬间即逝,这一点,稍后再做分析)

白雪与陈眉的另外一种女德是贞洁,这一点也颇符合古代的烈女传统。中国古代对贞洁烈女的表彰,在周蕾看来,是"对于女性生命投以仔细的、道学式的关注,而非对其忽视",它形成了一个悠久的传统,因而,"中国的家庭领域并非无法言喻之欲望的私人领域;正是家庭领域中深深铭刻着大众道德规范,深入到一个人的身体表述——尤其是在女人的身体之上"。①对白雪与陈眉贞洁品质的设定,同样可以看作是贾平凹与莫言对她们的生命投注的道学式关注。

耐人寻味的是,《秦腔》中的叙述者引生在小说开始后不久就自阉了,评论者们对其自阉给出了种种阐释。有的阐释甚至将它提升到了相当高的哲学深度。不过,如果从他与白雪的关系看,他的自阉几乎就是必然的:当白雪成为夏风的妻子之后,引生对白雪的爱情就是非法的,更何况,他对白雪的痴迷中包含着强烈的情欲成分②。因此只有让引生自阉,才能彻底杜绝白雪失贞的可能。小说中还有这样一个饶有意味的细节:婚后已经怀孕几个月的白雪在河边洗完衣服后,因为肚子大且衣服沉重,不敢再踩着石头过河回家。恰好路过的引生(已自阉)提出背她过河。白雪坚决不肯,决定蹚水过

---

① 【美】周蕾:《妇女与中国现代性——西方与东方之间的阅读政治》,蔡青松译,上海:上海三联书店,2008年,第92~93页。

② 小说在一开头就为引生对白雪的爱情定下了基调:"她还在村里的时候,常去包谷地里给猪剜草,她一走,我光了脚就踩进她的脚窝子里,脚窝子一直到包谷地深处,在那里有一泡尿,我会呆呆地站上多久,回头能发现脚窝子里都长满了蒲公英。"可见,引生的痴情并非纯情,而是相当粗鄙地混合着强烈的情欲成分。他不断寻找白雪的身体留下的踪迹以及和白雪的身体接触过的物品,她洗过衣服的棒槌、乳罩、手帕都使他激动不已。贾平凹把引生的痴情做如此粗鄙化的处理,实际也就否定了其爱情的正当性。

河。引生只好"站在了列石上，可怜地说'你不要蹚，我拉你过来，行不？'说完了还怕她不肯，在岸上就折了一个树棍儿，把树棍的一头伸给她。白雪撩了一下头发，往周围看了看，把树棍儿的一头握住了"。这一细节竟然如此符合孟子提出的"男女授受不亲"的古训，贾平凹于细节设计中的苦心可见一斑。

《蛙》中一再强调陈眉的贞洁，这种强调在某种程度上接近地方志对烈女的表彰（在某种意义上来说，莫言的小说就是以文学的方式书写的高密东北乡的民间地方志）。这种表彰既出自小说叙述人蝌蚪之口："姐妹俩那样的姿色那样的聪明，在那样纸醉金迷的环境里，如果想赚钱，想享受，其实只要豁出去身体就可以了……她们没有堕落，是两个冰清玉洁的好孩子。"也同样出自陈眉的不无自夸的陈述："民女与姐姐陈耳是公认的美女，如果学坏，金钱就会滚滚而来，但民女与姐姐坚守贞操，要学荷花出淤泥而不染。"无论是叙述人还是陈眉，都把"堕落"或者"学坏"指向以身体的性魅力换取金钱，而"冰清玉洁"、"坚守贞操"、"出淤泥而不染"则指向对金钱欲望的坚决抵御。其背后的文化逻辑，不仅仅是不能用身体换取金钱以及金钱带来的物质享受，更是把处女的身体等同于道德的身体。这显然是一种流传久远的贞洁崇拜或者说处女崇拜。出于同样的理由，叙述者让陈眉因自己的处女身份站在道德的高地上，自豪于"我是生过孩子，但我是处女……没跟男人睡觉，我是纯洁的，我是处女！"处女身份甚至还是一种可以任意讯问他人的资格："你装什么清纯，这种事还不知道？你是处女吗？"

这种被设定的贞洁品质，使白雪与陈眉在小说中再次担当了批判社会的功能。白雪的贞洁，使她与清风街上的众人区分开来。《秦腔》中出现了很多关于婚外情与自由恋爱的粗鄙描写，他们不是留下了不雅的污迹，就是在吃东西，抑或是衣衫不整地出门见人。值得注意的是，贾平凹似乎无意将婚外情与自由恋爱区分开来，翠翠与陈星、夏雨与金莲的侄女这两对未婚男女之间的恋爱，也同样被粗鄙化了。这意味着，爱情不再是自由主义叙事中冲决传统秩序的解放性力量，而是根本就不存在高尚纯洁的爱情，所有的非婚姻的情爱关系都是不正当的苟且行为。而陈眉的贞洁，则赋予她高声批判资本家丑恶嘴脸的道德优势："你们不是骗我说我的孩子生下来就死了吗？不是你们，弄来一只剥了皮的死猫在我眼前晃了晃，说那就是我孩子的尸体吗？你们这些强盗，抢走了我的孩子，还要赖掉我的劳务费，你们说好生了男孩给我五万，可你们说我生了死胎，只给我一万……你们上演了一场现代版的'狸猫换太子'。你们用这种方式赖了我的钱，你们想用这种方式断绝我寻找孩子的念头，钱我不要了，本小姐不爱钱，本小姐要是爱钱，当年在广东时，一个台湾老板要出一百万包我三年……"

　　需要进一步追问的是，为何白雪与陈眉都宿命般地不幸？这里借鉴周蕾对鸳蝴派小说的诠释方法，尝试打开而不是封闭在这种宿命性的不幸之中。周蕾从阿尔都塞的洞见"艺术充满意识形态，因为它从历史中撷取其物质素材，但艺术的存在也创造出与意识形态的距离"以及麦舍瑞的文学戏仿功能说中获得灵感，发现鸳蝴派小说叙事的拼凑分裂于感伤主义与教诲主义之间，分裂于多愁善感的通俗剧与作者坦率直言的道德意图之间。周蕾认为，对这种分裂有两种诠释方法，一种是将它合理化为作者采用的"方法"，即藉此宣扬正面的、道德性的教诲，但这种方法让人退回到文学的实用、反映论观点；另一种则是将诠释焦点放在叙事本身分裂的、碎裂的本质，而不是企图将粗杂并置的片段纳入一个整体意义之中，这种诠释方式即可产生出麦舍瑞的戏仿功能。周蕾运用此方法发现鸳蝴派小说叙事的不可能性（impossibility），即叙事与说教论理这两种传统上不相容的书写形式强迫结合的意图。结果是其中的道德教诲与阴郁现实无法连贯起来。因此，叙事可看作是对说教的颠覆。[①]

　　《秦腔》的分裂在于，文本的叙事部分由无数的碎片式细节构成（陈晓明甚至因此将它视为具备了后现代特征的小说），贾平凹的叙事目的，一是在这些碎片化的细节中展现白雪所坚守的父辈代表的文化传统的美好，二是展现子辈对它的背叛。二者并置的结果，是

---

① 【美】周蕾：《妇女与中国现代性——西方与东方之间的阅读政治》，第 83～103 页。

子辈的批评与背叛未必全然无理。比如小说中的夏家最后一次年夜饭这一情节。夏家从夏天仁四兄弟分家起，年年春年都轮流吃饭，夏天智为此十分自豪："当年没分家时二十多口人在一个锅里吃，分了家这么走动，清风街也只有咱夏家。"夏天智企图维护的，显然是大家族制度以及它体现的和睦精神。但是，他的侄媳妇梅花却向白雪抱怨道："夏家可是年年都这样，男人们都各家轮着吃，媳妇娃娃在家硬等着，没有一年的三十饭能吃到热的！"梅花的抱怨让人看到的，是大家族制度和睦精神所掩盖着的妻子与孩子在其中的次要地位以及不利处境。当叙事允许父子双方在小说叙述中获得了同等的发言权，传统价值的"美好"及其地位的衰落就不再是"把那有价值的撕毁给人看"式的悲剧，而是显示出那价值本身的可疑。更严重的问题在于，白雪作为夏家的媳妇，应该同处于父权的压迫之下，她何以要维护并坚持这种明显不利于自己的制度，难道不是众人皆醒她独睡吗？可能的解释是，这一形象的理想化倾向，使白雪在与夏家其他的媳妇以及清风街上欲望勃勃的人们拉开距离的同时，也成为一个概念化的幽灵式的人物。

《蛙》的分裂类似于《秦腔》，它既要把陈眉理想化为传统女德的唯一坚守者，又要以陈眉的不幸批判资本时代的罪恶。这种对陈眉的功能性使用，不能不使陈眉的形象显示出过度虚构的性质——一个理想化的幽魂。陈眉的不幸被聚焦于资本家对她美丽容颜的损毁（烧毁），她的出现在小说中常常是幽灵式的："陈眉如同幽灵，飘进房间。她的黑裙黑纱，带来了神秘，也似乎带来了地狱里的阴森。"除了与凡夫俗子们拉开道德距离之外，陈眉形象的幽灵特征还表征着她所持有的观念的幽灵性，她把自己看成是怀有千古奇冤的"民女"，在现代社会寻找"包青天"，其结果只能是她的再次被骗。按照宿命论，这几乎是肯定的。但是，宿命论使小说不再顾及叙事的逻辑以及陈眉行动的逻辑，即陈眉的行动仅仅能从传统伦理获得动机，却无法从自己获得动机。

因此，有理由认为，所谓宿命性的悲剧，拆解了《秦腔》与《蛙》竭力表彰的贞与孝的传统女德：一方面，是贞孝女德的理想化；另一方面，正是因为坚守这种美德，她们才遭遇不幸的命运。换言之，坚守的结果反对坚守者自身的利益。当传统文化面临崩解之时，它无力保护自己的维护者，只能让她们做无谓的牺牲。因此，白雪与陈眉这两个形象，显示的是贾平凹与莫言在传统没落之时，对传统的重新建构。只有概念化的女性人物才有可能是完美的。因此，如果说《秦腔》是文化守成主义者贾平凹在为儒家文化传统——仁义礼智送终，《蛙》是莫言在痛诉民间父亲们的断根之痛，那么，白雪与陈眉就是他们从文化传统中召唤出的典范孝媳/女的幽魂，她们不需要活生生的身体，但必须保证身体的贞洁。既然白雪与陈眉是概念化、功能性的幽灵，她们的个人幸福当然不在贾平凹与莫言的考虑之列，因而，正是在此意义上，她们的不幸才是必然的宿命。

这也从另一个角度提示出，20 世纪 50 年代提出的"时代不同了，男女都一样"的平等仅仅停留于法律的层面上，它并未触及乡村中传统的重男轻女习俗。而出生于那一时代的作家，不管在其他方面有着多大的差别，在性别观念上，尤其是在理想女性观念上，其实相差甚微。

第三章 "老乡村"、父权制、市场
与个人的走出

第一节 自由主义的言说与想象"老乡村"的方法

3.1.1 自由主义的言说

如果说民族文化认同问题以及文化民族主义与文化守成主义是全球化与现代化的反面，自由主义则是全球化与现代化的正面，它继承了 20 世纪 80 年代新启蒙运动以西方现代性为蓝本的现代化目标。在国内，"自由主义要求政治层面的宪政法治，经济层面的市场经济，伦理层面的个人主义"[①]；在国际关系上，它要求与西方世界接轨，积极主张中国加入全球化进程。

20 世纪 90 年代以来中国自由主义者的言说，开始于对顾准的重新发现。李慎之在为《顾准日记》所作的序中写道："顾准实际上是一个上下求索，虽九死而无悔的理想主义者。因此说他放弃的是专制主义，追求的是自由主义，毋宁更切合他思想实际……在已经到世纪末的今天，反观世纪初从辛亥革命特别是五四运动以来中国志士仁人真正追求的主流思想，始终是自由主义，虽然它在一定时期为激进主义所掩盖。中国的近代史，其实是一部自由主义的理想屡遭挫折的历史。"[②]李慎之不仅把顾准定位于一个矢志不渝地追求

---

① 朱学勤：《是柏拉图，还是亚里士多德？——关于知识分子的谈话录》，参见朱学勤：《书斋里的革命》，长春：长春出版社，1999 年，第 445 页。

② 李慎之：《智慧与良心的实录》，参见顾准：《顾准日记》，北京：经济日报出版社 1997 年，第 10～16 页。

自由主义的理想主义者，而且把自由主义提升到近代以来中国知识分子追求的主流理想的位置之上。在为刘军宁的《北大传统与近代中国》一书作序时，李慎之对自由主义更是大力张扬："已经有足够的理由证明，自由主义是最好的、最具有普遍性的价值。"①

如果说李慎之的言说基本上是在价值判断的层面上进行的，朱学勤则在学理层面上对自由主义进行了全面阐释："它的哲学观是经验主义，与先验主义相对而立；它的历史观是试错演进理论，与各种形式的历史决定论相对而立；它的变革观是渐进主义的扩展演化，与激进主义的人为建构相对而立。它在经济上要求市场机制，与计划体制相对而立；它在政治上要求代议制民主和宪政法治，既反对个人或少数人专制，也反对多数人以'公意'的名义实行群众专政；在伦理上它要求保障个人价值，认为各种价值化约到最后，个人不能化约、不能被牺牲为任何抽象目的的工具。"②有必要指出的是，朱学勤的阐释是以英美自由主义精神传统为蓝本的，他更多地是将以上这些西方自由主义作为准则来衡量中国的现实。譬如对于中国的社会主义市场经济以及90年代以来日益突出的公正与平等问题，他就明确表态："中国的自由主义者支持目前正在进行的市场经济改革"，并认为造成阶层利益冲突与贫富分化的，不是市场经济这只"看不见的手"，而是权力这只"看得见的脚"，是"'看得见的脚'踩住了'看不见的手'"，主张大力推进政治改革，而非对市场经济加以规范。③

有趣的是，在新世纪前后，围绕现代作家鲁迅是否是一位自由主义者形成了一场争论。姑且不论这些争论者的观点，仅仅是何以在论者看来"重新探讨鲁迅与自由主义的关系，已成了一个很迫切

---

① 李慎之：《序：弘扬北大的自由主义传统》，参见刘军宁：《北大传统与近代中国——自由主义的先声》，北京：中国人事出版社，1998年，第5页。

② 朱学勤：《1998：自由主义学理的言说》，原文分两部分相继发表于《南方周末》（1998年）；参见朱学勤：《书斋里的革命》，第381页。

③ 朱学勤：《1998：自由主义学理的言说》，参见朱学勤：《书斋里的革命》，第397页。

的问题"①，就已经是一个值得关注的现象。它既表征着90年代以来思想界的分化与论争的激烈程度，也表征着各派把鲁迅拉进或排斥出自己阵营的意图。不过，细读这些论争文章，则无论是要以自由主义为鲁迅正名或者把鲁迅拉进自由主义的阵营，抑或是要把鲁迅与自由主义者区分开来，其依据实际上并没有太大差别。譬如郜元宝就是积极以自由主义为鲁迅正名的，他发表于1999年与2000年的两篇文章，都将鲁迅定位于一位自由主义者："鲁迅的自由思想看上去似乎是非西方或反西方的，其实他比那些主张全盘西化的自由主义者们更加接近西方自由主义思想的本质，即个人自由以及为争取个人自由所必须的'用骨肉碰钝了锋刃，血液浇灭了烟焰'的彻底的反抗和牺牲精神。"②李庆西也撰文指出："在中国现代知识分子里边，真正的自由主义者不是别人，正是鲁迅。"③反对将鲁迅视为自由主义者的，比如朱学勤认为鲁迅不谈自由主义重视的代议制，只进行社会批判而没有社会建构理念，因此"鲁迅在个人主义伦理方面，跟自由主义吻合得比较多，在彻底的自由主义、彻底的个性解放方面有自由主义倾向，但并不是自由主义知识分子"。④王彬彬也指出，90年代中国的自由主义是英美式自由主义，其基本理念是维持私有制、主张政治上的法制与代议制式的间接民主、市场经济、个人自由的道德标准等，而鲁迅虽然热爱并追求自由，但他"几乎没有说明过他理想的政治制度是何种形式，对经济问题则更少关注"。⑤邵建则试图区分鲁迅的个人自由与自由主义的个人自由概念，认为鲁迅的个人自由是"那种'视法律为'束缚'而欲'废绝'之、并强调'立我性为绝对之自由'的自由"，是"'一'个人的自

---

① 王彬彬：《鲁迅的脑袋与自由主义的帽子》，《鲁迅研究月刊》2000年第11期。

② 郜元宝：《若有所思之二：鲁迅与中国现代自由主义》，《书屋》1999年第2期。一年之后郜元宝发表《再谈鲁迅与中国自由主义》，更为详尽地讨论鲁迅与现代自由主义之间的关系，但其基本观点与上一篇无异；参见《再谈鲁迅与中国自由主义》，《鲁迅研究月刊》2000年第11期。

③ 李庆西：《何谓"自由主义知识分子"》，《读书》2000年第2期。

④ 朱学勤：《与友人书》，《书斋里的革命》，第446页。

⑤ 王彬彬：《鲁迅的脑袋与自由主义的帽子》，《鲁迅研究月刊》2000年第11期。

由"，而自由主义的个人自由是一种普遍自由即每个人的自由，它以一定程度的普遍限制为前提。①可以看到，在以上彼此相反的意见中，关于鲁迅对"个人"、"自由"、"个人自由"的追求与坚持，实际上是不存在异议的。

事实上，从"五四"到80年代的新启蒙再到90年代的自由主义言说，对"个人"与"个人自由"的强调是一以贯之的：不仅20世纪初的鲁迅提出了"任个人而排众数"的"立人"说②，而且甘阳在80年代也曾指出："以'个人自由'为第一原则，并不是说要将它作为社会人类的最高原则，而恰恰是说它是最低原则，亦即最起码的要求，最基本的条件。保证了'个人自由'，并不就保证有了一切，但是，剥夺了'个人自由'，则最终必然会毁灭一切。"③90年代朱学勤"自由主义的言说"的宗旨，乃在于"各种价值化约到最后，个人不能化约、不能被牺牲为任何抽象目的的工具"④。整个20世纪对"个人"与"个人自由"的反复言说，不仅表征着它们依然是值得追求的理想，而且与西方自由主义传统对"个人"与"个人自由"的强调是一致的："自由主义的形而上和本体论的内核是个人主义。"⑤"自由主义的基础与出发点是个人主义，当自由主义论及自由、民主或市场等观念时，其重点强调个人的自由、个人的参与或个人的经济活动。"⑥

3.1.2 "老乡村"与旧家庭：圈囿与压迫乡村女性的"铁屋子"

在西方，"自由主义最初是作为一种批判出现的……它的任务似乎是破坏而不是建设，是去除阻碍人类前进的障碍而不是指出积极

---

① 邵建：《文坛内外之二十一：误读鲁迅》，《小说评论》2002 年第 2 期。
② 鲁迅：《文化偏至论》，《鲁迅全集》（第一卷），北京：人民文学出版社，1981 年，第 46 页。
③ 甘阳：《自由的理念：五·四传统之阙失面》，《读书》1989 年第 5 期。
④ 朱学勤：《1998：自由主义学理的言说》，参见朱学勤：《书斋里的革命》，第 381 页。
⑤【英】安东尼·阿巴拉斯特：《西方自由主义的兴衰》，曹海军等译，长春：吉林人民出版社，2004 年，第 18 页。
⑥ 李强：《自由主义》，北京：中国社会科学出版社，1998 年，第 147 页。

的努力方向或制造文明的框架。它发现人类受到压迫,立志要使其获得自由……它到处消除自上而下的压力,砸烂桎梏,清除障碍"。①在中国20世纪的两个启蒙时代——"五四"与80年代,自由主义同样承担着批判与解放的文化功能。

"五四"时期,新文化干将们纷纷把批判的矛头指向旧中国的旧文化、旧道德、旧礼教与旧习俗。基于自由与平等的理念,他们普遍发现了两性之间的不平等,并将之视为专制之一种。陈独秀在《调和论与旧道德》一文中批判旧的恶道德造成了"中国人分裂的生活(男女最甚),偏枯的现象(君对臣的绝对权,政府官吏对于人民的绝对权,父母对于子女的绝对权,夫对于妻、男对于女的绝对权,主人对于奴婢的绝对权),一方无理压制盲目服从的社会"②。不仅"分裂的生活"是男女的分裂,而且"偏枯的现象"中"夫对于妻、男对于女"也是重要的一端。此外,鲁迅《娜拉走后怎样》关注女性独立与经济权的关系,以及女性如何在家庭中争取经济权,胡适《贞操问题》、鲁迅《我之节烈观》都批判了节烈道德只约束女性而不针对男性的不合理,不符合"自利利人"的个人道德等等。因而,尽管有论者指出,在"五四"语境中女性解放与个性解放是可以互换的两个概念,女性解放不是以两性差异为前提,而是建立在女性与男性的"同一性逻辑"之上的③,但是也并不能因此否认,正是基于女性也应该成为"个人"这一前提,女性解放的问题尤其是女性从家庭中解放出来的问题才得以提出。

如同民族认同需要一个理想的文化空间——"地方"一样,自由主义的文化批判也同样需要一个承载其反认同的文化空间。尽管"家国一体"常被用来形容中国传统的社会结构,旧家庭也因此成为自由主义文化批判的靶子。譬如傅斯年就把家庭当作破坏个性的万恶之源:"中国的家庭,空气恶浊到了一百零一度"、"想知道中国家

---

① 【英】霍布豪斯:《自由主义》,朱曾汶译,北京:商务印书馆,1996年,第7页。

② 陈独秀:《调和论与旧道德》,《新青年》7卷1号,1919年12月1日。

③ 王宇:《性别表述与现代认同——索解20世纪后半叶中国的叙事文本》,上海:上海三联书店,2006年,第26~27页。

族的情形，只有画一个猪圈"。①这样惊世骇俗的言论在当时并不显得特别激进，但是，旧家庭作为文化空间还是显得太小了，它还不足以承载那些亟待批判的旧思想、旧习俗与旧道德，只有文化意义上的"老乡村"才是一个更地道的包含了以上全部传统之恶的空间，才是文化批判者眼中的头号敌人。"中国农村的黑暗，算是达于极点。那些赃官、污吏、恶绅、劣董，专靠差役、土棍，作他们的爪牙，去鱼肉那些老百姓。那些老百姓，都是愚暗的人，不知道谋自卫的方法，结互助的团体。农村中绝不见知识阶级的足迹，也就成了地狱。"②农村之所以等于地狱，乃是因为它是旧中国的隐喻。而鲁迅那个著名的"绝无窗户而万难破毁"的"铁屋子"，一个将令许多熟睡者窒息而亡的空间，也大致有着同样的内涵。

现代文学对旧家庭与老乡村的书写离不开女性形象。前者在将旧家庭书写为万恶之源时，大抵借爱情的力量将追求自由的新女性解放出来。胡适的《婚姻大事》、鲁迅的《伤逝》莫不如此，后者在将乡村书写为"铁屋子"式的存在时，着力将旧女性的悲惨命运作为批判的武器。有的文本甚至已经将劳动力市场给予她的新的生存位置以及有别于老乡村的空间作为她新生活的起点。这类文本中比较早的是叶绍钧的《这也是一个人》③（1919 年），而著名文本则是鲁迅的《祝福》④（1924 年）。这里将以这两篇小说为中心讨论"五四"文学关于乡村女性形象的塑造传统。

叶绍钧的《这也是一个人》只有两千多字，近乎一篇速写，但是这篇小说在某几个方面具有原型意义。

首先，不同于那些民族主义者将"地方""风景化"的是，这篇小说中根本就不存在什么风景，全部笔墨都落在乡村女性"伊"的被"物化"的苦难史上（出生－出嫁－生子－子亡－挨骂－挨打－逃走－进城－帮佣－被逼回家－被卖）。而小说的意识形态目标，就

① 孟真（傅斯年）：《万恶之源》，《新潮》第一卷第一号，1919 年 1 月 1 日。
② 守常（李大钊）：《青年与农村》，《晨报》1919 年 2 月 20～23 日。
③ 叶绍钧：《这也是一个人》，参见《叶圣陶集》（一），南京：江苏教育出版社，2004 年。
④ 鲁迅：《祝福》，参见鲁迅：《鲁迅全集》（第 2 卷），北京：人民文学出版社，1981 年。

在于通过"伊"的苦难史批判"伊"的苦难的制造者——中国父系社会的"父权制"。这里的父权制一词，既指父权、也指夫权，它是中国的"父系社会"即"皇权、族权、父权合一的中央集权等级社会"的"父之法"[①]。不过，相比较而言，小说中的父权对"伊"并不构成太多压迫——仅是因为家贫不能让她受教育并早早把她嫁出去。如果说在父家，她仅是与新旧教育都无干系（既未受过"三从四德"的教训，也不知"自由平等"为何物）的"很简单的一个动物"的话，她到夫家之后，却是始终被当作非人的低等之"物"奴役的。她一嫁过来就被当作可"抵半条耕牛"的奴隶使用，且因不会照顾孩子、哭泣等原因屡遭公婆、丈夫的打骂。丈夫死后，她就被卖掉："不种了田，便卖耕牛，伊是一条牛，——一样地不该有自己的主见——如今用不着了，便该卖掉。把伊的身价充伊丈夫的殓费，便是伊最后的义务！"从被当作牛使用到像牛一样被卖，"伊"在夫家的位置实在与牛马无异。值得注意的是，卖掉她并不是因为她的公婆特别恶毒，他们仅仅是在遵循老乡村的成例办事而已。因而，"五四"文学在一开始就将批判的矛头指向了老乡村的旧制度与旧习俗，而非某个或某几个特定的人的人性之恶。而且，小说中的父权是屈服于夫权的，"伊"的父亲不仅说出"既做人家媳妇，要打要骂，概由人家，我怎能作得主"，而且，在女儿被卖时，他也觉得天经地义。事实上，父权让位且服务于夫权，是自宋代以来中国父权制的特点。总之，从揭露已婚乡村妇女的恶劣处境的角度看，它比那些书写新女性出走的小说要更尖锐、更深地切入父权制下中国女性的生存境遇。

其次，小说书写了一种有别于新女性的"出走"的乡村女性的"逃走"。在遭到赌徒丈夫与婆婆的重殴之后，"伊"决定逃走。值得注意的是，一直以全知的外在视角书写她的苦难命运的叙述者，这时把笔触深入到了她的内心："想到明天，后天，……将来，不由得

---

① 孟悦、戴锦华：《绪论·浮出历史地表——现代妇女文学研究》，北京：中国人民大学出版社，2004年，第2~3页。

害怕起来。"这当是当时的男性大师试图贴近乡村女性内心世界的可贵努力;而且,"明天、后天,……将来"这样一种现代性的线性时间序列,也不是把"伊"的命运纳入到中国传统的与循环时间紧密相关的宿命论,让她默默地忍受生为女人的命运,而是让"伊"萌生出了对自己的将来的筹划,尽管这筹划在很大程度上还仅是出于求生的本能。从能动性的角度看,"伊"与新女性们相比实在毫不逊色,因为她甚至不需要某个外在于她的更高的男性知识分子的启蒙,而是源自她自身(胡适《终身大事》中田亚梅的出走尚需陈先生的"你当自己决定"的启蒙,鲁迅《伤逝》中子君的出走也需要涓生新思想的启蒙)。尽管她的"逃走"未必有明确的方向,但它同样是一种大胆的叛离,因此,将它视为另一种形式的"出走"毫不为过。

再次,这篇小说有意识地制造了家之内外与城乡之间的二元对立。这种对立是从"伊"的视角写其感受。刚刚逃出家门的"伊",感到"西风像刀,吹到脸上很痛",但是,接下来小说并不写"伊"所感到的难耐的寒冷,反而是写道:"伊觉得比吃丈夫的巴掌痛得轻些,就也满足极了。"这里的西风既可看作是写实,也可看作是家之外的生存状况的隐喻——到城里做女佣,"虽也是一天到晚地操作,却没下田耕作这么费力,又没人说伊,骂伊,打伊,便觉得眼前的境地非常舒服,永远不愿更换了"。做女佣仅仅需要付出比种田更轻松的劳动,且无须忍受在夫家时非打即骂的非人待遇。因此,在城里做女佣就是有别于在夫家的"伊的新生活"。这种新生活(在城里做女佣)比旧生活(在乡下的夫家)要好,尤其体现在主人、主妇与"伊"之间的关系上。他们之间的关系并不被叙述为阶级压迫,而是主人、主妇都是接受过新式教育的现代人,他们非但不打骂、剥削"伊",而是努力充当"伊"的保护人,一再阻止她的公公、父亲将她带回乡下的夫家,主人甚至还试图帮助她离婚。总之,对于"伊"而言,在城里做女佣的新生活比在乡下夫家做奴隶式的女人要幸福得多,这无疑是"五四"高潮时期作家给出的关于乡村女性解放的乐观的文化想象。

鲁迅的《祝福》与叶绍钧的《这也是一个人》存在一些相似之

处，它同样书写了祥林嫂这个乡村妇女的苦难史，也同样书写了她的逃出山村。但是，《祝福》却要比《这也是一个人》复杂得多。

相对于《这也是一个人》第三人称全知视角的单一叙述层次的顺叙式速写，《祝福》在视角上是现代知识分子"我"，而且它有三个叙述层，还使用了倒叙手法。这些形式上的变化有着深刻的文化内涵。

小说的三个叙述层分别是：第一个层次叙述"我"在鲁镇的经历，归来以及决定离开鲁镇，见到临死前的祥林嫂，听到她死去的消息；第二个层次是"我"对于祥林嫂的半生的回忆；第三个层次是卫老婆子向四婶三次讲述祥林嫂的情形，"看见的人"讲述祥林嫂的被劫，祥林嫂自己讲述儿子之死。其中的关系是，第一包含第二，第二包含第三。①鉴于各层次间的包含关系，这里按照从里到外的顺序加以分析。

《祝福》的第三个叙述层叙述的主要内容，大致相当于《这也是一个人》中"伊"在乡村家中的境况，讲述者是卫老婆子、鲁镇上"看见的人"与祥林嫂自己。其中，鲁镇上"看见的人"负责讲述祥林嫂的被劫持回村；祥林嫂被允许讲述的部分，仅仅是她的丧子之痛；卫老婆子则负责讲述祥林嫂在山村的主要经历。由于卫老婆子出身于山村，其讲述带出的就是山村的惯例与观念，而她的听众四婶（鲁四太太）偶尔发出的感叹与评论，则可视为山村与鲁镇的两种文化之间的交流与碰撞。

在卫老婆子的讲述中，祥林嫂一开始就被称作"祥林嫂"这一得自丈夫之名的称谓。如果注意到祥林嫂的娘家是卫老婆子母家的邻舍，则卫老婆子应该知道她做女儿时的原名。卫老婆子不使用她的原名，表明她遵循了山村惯例：女儿在出嫁后就失去原名而改随丈夫之名。与之相关的，是祥林嫂姓什么也是模糊的，鲁镇人只能凭借卫老婆子姓卫而猜测她"大概也就姓卫"。祥林嫂的无名无姓，

① 这里对《祝福》的叙述分层的分析借鉴了赵毅衡关于《祝福》分层的论述，参见赵毅衡：《当说者被说的时候——比较叙述学导论》，北京：中国人民大学出版社，1998年，第60页。

是女性"无名"状态的表征：被冠之以"祥林"之名后，她在出嫁后的命运就全部由夫家说了算，与她的娘家再无干系。

祥林嫂在乡村的经历，是其苦难史的一部分，而其苦难也显现为父权制的压迫。在乡村，父权制压迫女性的方式之一是暴力，不同于《这也是一个人》中"伊"受到来自夫家的随时发生的打骂暴力，《祝福》集中写了两次暴力事件，一次是婆家叫她从做工的鲁镇回村，一次是把她卖给贺老六为妻。由于《祝福》对不同叙述人的设置，使叙述显得耐人寻味。

祥林嫂被叫回村事件，有两种叙述版本。按照她婆婆的说法，是"叫她的儿媳回家去，因为开春事务忙，而家中只有老的和小的，人手不够了"。然而，这个听起来合情合理的叫她回去的理由，在鲁镇上"看见的人"那里却被讲述为这样一个暴力过程："船里突然跳出两个男人来，一个抱住她，一个帮着，拖进船里去了……祥林嫂还哭喊了几声，此后便再也没有什么声息，大约给用什么堵住了罢……她像是捆了躺在船板上。"所谓的叫她回去，并没有任何的提前通知或商量，而是趁她不备把她当作一个可"拖"、可"堵住"嘴、可"捆"的物化的女性之躯强行带走。基于"看见的人"的说法，鲁四太太指责卫老婆子是在合伙"劫她去"。可见，鲁镇人认为这是对祥林嫂的暴力劫持。但是，来自山村的卫老婆子却不这么看，她在向鲁家道歉时，并不提劫持祥林嫂回村时的暴力，而是大呼自己是上了祥林嫂的当：后者竟敢瞒着她婆婆逃出来做女工。两相对照，山村人（祥林嫂的婆婆与卫老婆子）的说法与鲁镇人（"看见的人"与鲁四太太）的说法的差异，当是两个空间的文化差异：在前者那里天经地义的，在后者看来却是野蛮的、暴力的，就连鲁四老爷也要说一声"可恶"。

同样，在卫老婆子的讲述中，祥林嫂被劫回后很快就被婆婆卖给贺老六做老婆，证明的是她婆婆是多么地"精明强干，很有打算"（用这笔钱婆进第二个媳妇后还剩下十多千）。她的听众鲁四太太却不禁咂舌，"阿呀，这样的婆婆"，并发出"祥林嫂竟肯依"的疑问，可见她并不认同祥林嫂婆婆的做法。但是，卫老婆子给出的解释"闹是谁也总要闹一闹的"表明祥林嫂的被卖并不是什么偶然事件，而是山村女人的普遍境遇。并且，山村针对这种"闹"自有一套办法："只要绳子一捆，塞在花轿里，抬到男家，捺上花冠，拜堂，关上房门，就完事了。"不仅所有的动作的发出者都不是祥林嫂自己而是他人，而且也都在重复她被劫持时的暴力。如同被劫持回村时一样，祥林嫂对此做了"真出格"的反抗。这表明在山村惯例中，暴力从来就是制服反抗者的制胜法宝。如果把祥林嫂的反抗理解为她的自由意志，暴力就是对其自由意志的剥夺。但是，被剥夺了自由意志的人是无法享有自由权利的。伯林认为个体对自由的积极追求是源于"个体成为他自己的主人的愿望"，"我希望我的生活与决定取决于我自己，而不是取决于随便哪种外在的强制力。我希望成为我自己的而不是他人的意志活动的工具。我希望成为一个主体，而不是一个客体；……希望是一个行动者，也就是说是决定的而不是被决定的，是自我导向的，而不是如一个事物、一个动物、一个无力起到人的作用的奴隶那样"①。祥林嫂的抗拒——逃走与反抗被劫持、被卖，都可视为她想成为自己的主人的愿望，是对自由的追求，而山村父权制的目的却在于把她压制为可以任意驱使的奴隶。

需要指出的是，山村父权制使用暴力剥夺祥林嫂的自由意志的目的，是极为务实的，不论是她婆婆为了娶进第二个儿媳而把她卖掉，还是在她夫死子亡之后大伯来收屋，都是为了获取经济利益。这表明山村父权制的性质是野蛮暴力与务实利益的结合。

祥林嫂在山村的苦难史，在杨华的经验性研究那里获得了合理的解释。根据他的研究，在宗族性村落中，历史感与当地感是一个人的生存理由。男女在这一关键点上存在差别：男性（父亲、丈夫、儿子）天生就具有历史感与当地感，而妇女（女儿、妻子、母亲）却只能通过男性这个中介获得其在村落的生存理由。如果失去男性这个中介，比如女儿失去父亲、妻子失去丈夫而无子、守寡的母亲

---

①【英】以赛亚·伯林：《自由论》（修订版），胡传胜译，南京：译林出版社，2011年，第180页。

失去儿子，也就失去了在当地村落生存的理由与资格，可以被他人（尤其是男性）任意处置。祥林嫂的第一次守寡符合第二种情况，因此婆婆可以卖掉她；第二次守寡符合第三种情况，因而大伯完全有理由收回房子、赶她出门。①

《祝福》的第二个叙述层叙述的是祥林嫂在鲁镇的故事，它的第一句话"她不是鲁镇人"提示了祥林嫂与鲁镇的关系：她是鲁镇的他者。实际上，它讲述的是祥林嫂作为来自山村的女性努力留在鲁镇结果却成为其弃物的故事，这就触及了山村与鲁镇之间的文化冲突问题以及由此导致的祥林嫂的身份认同问题。

祥林嫂进入鲁镇，第一次是逃进来的。这一出逃行为，如同"伊"的逃走一样，应该视为她把握自我命运的努力。不过，处于"五四"落潮期的鲁迅，显然没有"五四"高潮期的叶绍钧那么乐观：祥林嫂到达的不是新城市而是旧鲁镇——它既有劳动力市场，又有一系列传统文化的禁忌，祥林嫂的身份也不是仅仅死了儿子的妇女，而且是死了丈夫的寡妇。这样一来，祥林嫂进入鲁镇，在一开始就面临着鲁镇的两种力量对她的裁定：一方面，是旧鲁镇的禁忌文化不满于祥林嫂的寡妇身份，鲁四老爷就对此皱过眉。另一方面，鲁镇的劳动力市场是卖方市场——"雇佣女工一向很难"。因而，祥林嫂虽然是寡妇，但她凭着自己的"模样还周正"、"手脚都壮大"、"安分耐劳"、"又有力"等优势，试工三天就定局，顺利成为鲁府的女工。也就是说，劳动力市场战胜了禁忌文化的力量，给予了祥林嫂一个女工的生存位置。并且，禁忌文化对她这个新寡的寡妇的限制也还不算严厉，它准许她参加所有的祝福准备活动，"扫尘，洗地，杀鸡，宰鹅，彻夜的煮福礼"。结果是，在叙述者"我"看来相当辛苦的女工生涯，祥林嫂"反满足，口角边渐渐有了笑影，脸上也白胖了"。白胖作为一种身体表征，似乎是她能吃饱且心宽（无忧无虑）的标志。可以设想，如果祥林嫂能够在女工的生存位置上一直做下

---

① 杨华：《妇女何以在村落里安身立命——农民"历史感"与"当地感"的视角》，http://www.snzg.cn/article/2010/0913/article_19620.html。

去，她就很有希望永远过这种自己感到满足的生活。而且，从她自上工挣的工钱一文也没有用看，祥林嫂还可以积攒起自己老年时的生活费，依靠自己的积蓄生存。因此，可以说鲁镇的劳动力市场在祥林嫂获取比在山村做媳妇更好的生活这一点上，还是起到了积极作用的。

如果说祥林嫂第一次到鲁镇，还仅仅是遭遇了鲁镇的两种社会文化力量的话，她第二次到鲁镇，就遭遇到了更多的社会文化力量的裁定。这一点，又与她的身份变化——再寡的寡妇与失去孩子的母亲有关。就她与劳动力市场的关系而言，祥林嫂虽然再次获得了女工之职，但她的"手脚已经没有先前灵活，记性也坏得多，死尸似的脸上又整日没有笑影"，她已经不再具备好女工的优点。就她与鲁镇的传统文化的关系而言，由于再嫁，她被儒家文化视为不贞；由于再寡且丧子，她被禁忌文化视为极度不祥①，她的主人鲁四老爷就指责她"伤风败俗"、"不干不净"，并禁止她参加祝福活动。此时的祥林嫂已经成为受到鲁镇的劳动力市场与旧文化双重排斥的他者。

与此同时，鲁镇的另一种传统文化——由柳妈代表的佛教，也加入到对祥林嫂的裁定中来。它与儒家文化一样判定祥林嫂再嫁有罪，并告知她一个恐怖的死后：在阴司被锯成两半分给两个丈夫。不过，佛教轮回观允许人通过赎罪获得再生，柳妈就给了祥林嫂一个捐门槛的出路。虽然这是一种象征性的羞辱：门槛作为她的替身要"给千人踏，万人跨"，祥林嫂却在捐过门槛后获得了精神上的再生，变得"神气很舒畅，眼光也分外有神"。此时的祥林嫂已经重新具备了做个好女工的条件，如果鲁四老爷认同佛教的再生观，祥林嫂就会重新以好女工的身份延续她初到鲁镇时的好生活（这对鲁家

---

① 关于祥林嫂的再寡不祥，周作人认为这是因为"礼教的轻视女人，再加上宗教的不净观"。高远东则认为，在儒家文化那里，妇女天然地是二等公民，轻视是不消说的。但鲁四老爷之所以讨厌祥林嫂，可能是基于道教——主要是巫鬼的——一些内容。她接连克死两个丈夫，是所谓丧门星，因此其存在本身就成为一种罪恶。周作人说法与高远东说法均参见高远东：《〈祝福〉：儒释道"吃人"的寓言》，《鲁迅研究动态》1989 年第 2 期。

也未尝不是一件好事）。但是，儒家文化与禁忌文化却并不承认佛教给出的赎罪之举，四婶那慌忙且大声的"你放着罢，祥林嫂"无疑宣布了禁令犹在：祥林嫂并没有因为捐门槛变得干净，而是依然"不干不净"。这样，在祥林嫂这个他者身上，就体现出儒家文化、禁忌文化与佛教这些鲁镇文化内部的矛盾与隔膜。对祥林嫂而言，鲁镇文化内部的矛盾与隔膜，对她造成的是物质与精神上的剥夺。为了捐门槛，她用掉了所有的积蓄；因为被禁止参加祝福活动，她变得"眼睛窈陷下去"、"精神更不济"、"胆怯"、"惴惴的"、"有如白天出穴游行的小鼠"、"头发花白起来"、"记性尤其坏"，这一系列变化都体现着她遭受到的精神奴役的创伤。而这一变化又导致了她在劳动力市场上的贬值，她越来越不能胜任女工的工作，最终被解雇掉。市场在这时露出的是它无情的一面：它从来只承认有能力的人，却把没有能力的人驱逐出去，任其失业。

并且，由于鲁镇是受到鲁府控制的文化空间，在鲁四老爷表现出对祥林嫂的厌恶时，鲁镇人也表现出了类似的态度。他们虽然"仍然叫她祥林嫂，但音调和先前很不同；也还和她讲话，但笑容却冷冷的了"。鲁镇人甚至因为祥林嫂的低贱地位，先是对其丧子之痛表现出赏鉴态度，之后又表现出厌弃态度，这就是被鲁迅反复批判的看客心理。

这样，由于祥林嫂在与以上各种社会力量与文化力量的关系中，都是处于弱势的那一方，而鲁镇文化所厌弃的祥林嫂的失贞、再寡与丧子，并非是祥林嫂的主动犯罪，而是山村惯例野蛮强迫的结果，则山村惯例与鲁镇文化，共同构成对祥林嫂的"交叉压迫"之网，使她无论身处何处都在劫难逃。

《祝福》的第一个叙述层是《这也是一个人》所没有的，它不是像后者那样没有"风景"，而是以现代知识分子"我"的视角展现的鲁镇的旧文化"风景"及其衰而不死。而且这一部分占了整个小说篇幅的五分之二。在祥林嫂的苦难史中，这并非一个可有可无的部分。

鲁镇的旧文化"风景"由鲁镇的时间形象与空间形象构成。

鲁镇的时间形象就是小说的标题"祝福"，它作为鲁镇地方风俗，既是一种历法安排，更有着实实在在的内容，它规定着在这段时间里什么人该做什么、不该做什么以及怎么做。

作为一种历法安排，祝福是鲁镇"年终的大典"。小说的第一句"旧历的年底毕竟最像年底"作为对祝福时间的描写，包含了相当多的信息。首先，统治鲁镇的是"旧历"而非新历。历法的重要性在于，它"象征着传统的威严和文化的征服力"，"接受一种历法和计时法，在某种意义上就是接受了一种文化和一种生活方式"[①]。鲁镇依然在使用旧历，就表明这里依然是旧文化的阵营，依然流行着旧的生活方式。因为一切都是旧的，所以这时间是一种循环性时间。循环性时间通常与农业文明相匹配，其消极性在于"它限制了这一时间的力量和思想效能。在这一时间的所有事件上，都留着循环的印记，也就是循环往复的印记。这一时间的前进倾向，受到了循环性的限制。所以这里的生长发展，也不成为真正的成长"[②]。如果说巴赫金论述中的循环时间还有其积极性的一面，即生长发展，那么《祝福》中的旧历时间却根本就没有生长发展，它在人身上留下的痕迹仅仅是"比先前并没有什么大改变，单是老了些"，不仅鲁镇的头面人物鲁四老爷如此，其他人也如此（唯祥林嫂除外）。旧历时间中的人们丧失了生长发展的任何可能，只能在"单是老了些"中走向衰亡。因而，这里的旧时间显出的是百无聊赖的空虚感：一切都没有变的迹象，只是在无望地重复旧剧目，且为这旧剧目的重复而祝福。其次，"旧历的年底"是一个未死方生的时间点，其象征意义暧昧不清：它既可能是旧时间的终结与新时间的开启，也有可能是旧时间的循环性延续。《祝福》似乎更倾向于后者，不仅祥林嫂这个"他者"终于死去，"我"这个现代知识分子在这一时刻的到来，也仅仅是在偶然中遭遇了祥林嫂的死亡事件，但是除此之外，我却不曾给鲁镇带来丝毫改变就匆匆离去（这与新中国成立后文学中知识分子在乡村"改天换地"的壮举简直有天壤之别）。

---

① 吴国盛：《时间的观念》，北京：中国社会科学出版社，1996年，第19～20页。

② 【前苏】巴赫金：《小说理论》，白春仁、晓河译，石家庄：河北教育出版社，1998年，第405～408页。

祝福的内容是"致敬尽礼，迎接福神，拜求来年一年中的好运气"，不仅福神大致相当于祖宗，祝福过程也有着鲜明的父系社会的特征：准备拜礼的是女人，拜的人却只限于男人。以父子相续为主轴的父系社会，只分配给女人一个边缘的、次等的生存位置。并且，即便是准备福礼这种次等的差事，也不是所有女人都有资格。祝福有自己的禁忌，即针对寡妇尤其是再寡的寡妇与死亡的忌讳，它规定寡妇"不干不净"，又规定发生在它的时间之内的死亡是不祥的谬种。祝福对死亡的禁忌与中国古代对时间的看法是一致的——"中国古人的测度时间体系始终不纯，始终带场出现。……时日总是和吉凶宜忌联系在一起，携带着对人事的特定意义。"[①]祥林嫂作为再寡的寡妇在祝福时间死亡，在它的规定中当然就是不折不扣的谬种。"谬种"之于鲁镇，就是鲁迅式的专与旧世界捣乱式的反抗——提示它的不合理。

旧时间统治下的鲁镇，其空间形象也是旧的。四叔的书房是其重要表象："壁上挂着的朱拓的大'寿'字，陈抟老祖写的；一边的对联已经脱落，松松的卷了放在长桌上，一边的还在，道是'事理通达心气和平'。我又无聊赖的到窗下的案头去一翻，只见一堆似乎未必完全的《康熙字典》，一部《近思录集注》和一部《四书衬》。"这里摆放着的文化用品中，理学入门书《近思录集注》和《四书衬》与摘自宋代理学家朱熹解释《论语·季氏篇》的语录制作的对联："事理通达心气和平"，体现着鲁四老爷作为一位老监生的儒家思想来源，同时，那幅陈抟老祖写的朱拓的大"寿"字，则既体现着他道教式的长生不老的追求，也暗喻着旧文化的老而不死。对于儒、道两种文化并陈于一室，周作人指出，那是因为"讲理学的人大都兼信道教，他们于孔孟之外尤其信奉太上老君或关圣帝君的"[②]。然而，这些文化制品并不使书房显得整饬严谨，而是古旧、破败，不仅对联已经脱落了一边，《康熙字典》也未必完全。这种残缺不全

---

① 吴国盛：《时间的观念》：北京，第 41 页。
② 转引自高远东：《〈祝福〉：儒释道"吃人"的寓言》，《鲁迅研究动态》1989 年第 2 期。

在某种程度上正象征着传统文化的衰朽。在此意义上,鲁四老爷是一个抱残守缺的衰朽的守旧分子。

出现在这样的旧文化"风景"中的祥林嫂,其身份已经从第二叙述层中面临失业危险的女工变成濒死的乞丐。在一切未变的鲁镇,她是唯一有变化的人,但是这变化并不指向发展抑或新生,而是指向没落:"五年前花白的头发,即今已经全白,全不像四十上下的人;脸上瘦削不堪,黄中带黑,而且消尽了先前悲哀的神色,仿佛是木刻似的;只有那眼珠间或一轮,还可以表示她是一个活物。"祥林嫂在"我"眼中,不是显现为人的形象,而是衰老、瘦削、麻木的"一个活物",一个非人。这当是鲁镇旧文化在她身上铭刻的痕迹:她已经是鲁镇的弃物——"被人们弃在尘芥堆中的,看得厌倦了的陈旧的玩物"。

在第三、第二叙述层次中始终无缘与现代知识分子相遇的祥林嫂,在第一层次中才与"我"相遇。他们相遇的难度表征着现代知识分子与乡村底层女性之间的距离。并且,即使是他们的相遇,也仅仅是一次偶然的路遇,并不朝着启蒙与被启蒙关系的方向发展。不仅"我"的归来乃是依循旧例来拜望亲友,根本就不曾抱着解放祥林嫂的目的,而且我对二者之间的关系的理解,是从阶层区分的角度出发的——我把她看作一个讨饭的女人。更重要的或许在于,即便是祥林嫂面对"我"表现出强烈的求知欲(这或可理解为一种被启蒙的渴望),但由于她依然被鲁镇这个"相信鬼"的旧文化空间所围困,她所惶惑的也是魂灵、地狱的有无这些"我"既知之甚少又毫无兴趣的"旧知识",而且,"我"也根本无意对她"谈家庭专制,谈打破旧习惯,谈男女平等,谈伊孛生,谈泰戈尔,谈雪莱……"(《伤逝》中涓生与子君谈话的内容),当然她也不会有兴趣听这些"新文化"的神话。可见,新旧文化的隔膜,使他们之间根本无从构成启蒙与被启蒙的关系,"我"从不曾把她视为可以启蒙的子君式的"个人",而仅仅是一个令他哀怜的奴隶。

总之,在小说的第三、第二、第一叙述层,祥林嫂分别遭遇到的空间与文化,分别是无文化的山村的父权制野蛮惯例、鲁镇的父权制旧文化、现代知识，而她从最里层的第三叙述层进入到中间的第二叙述层，再从第二叙述层进入到最外层的第一叙述层，不曾实现了化茧为蝶的解放，而是遭遇到山村对她的强行劫回，鲁镇对她的排斥与否定共同织就的交叉压迫之网，而现代知识分子"我"又不能与她形成启蒙/被启蒙的关系，则祥林嫂除了死亡已经别无他路。无论对于哪一方而言，她都"只能是零，是混沌、无名、无意义、无称谓、无身份、莫名所生所死之义"①，是一个绝对的他者。

按照小说的叙述顺序，祥林嫂之死并不是发生在叙述的结尾，而是发生在她的故事被讲述之前。这样一种倒叙结构的意义，在高远东的阐释中被解释为："使整个寓言式故事具有一种探寻死因的内在结构，一方面赋予祥林嫂之死一种宿命感和必然性，另一方面站在文化批判的高度重新审视了儒道释的传统价值，'鲁镇文化'于是成为'安排人肉的筵宴的厨房'。"②这一在男性批评者那里得到高度评价的倒叙结构，不久就受到了女性学者孟悦、戴锦华的质疑，"五四"时期的男性作家笔下的劳动妇女多半是本文中的死者，"他们仿佛是先写出女性的被杀被吃，然后再'杀死'使其然的环境，犹如先找到女性的尸首，然后再寻找凶犯主谋，但绝不写女性与凶手的搏斗"，"唯有作为'父的罪孽'中的死者、牺牲和物证时，她才有话语意义，有所指、被'看见'"。③进一步说，祥林嫂是一面镜像，她的苦难折射出的是山村、鲁镇的罪恶与现代知识分子"我"的无力。

与探寻死因的题旨相关的问题，是谁有能力与权力来探寻死因。从情节设置上看，祥林嫂死于她的故事被讲述之前，因此，她已经被预先设定不具备叙述自己故事的能力，当然更不可能对自己的死因进行理性的清理。从《祝福》对叙述者的设置看，小说的几个叙述者——"我"、卫老婆子、"看见的人"、祥林嫂被分配的叙述权是不一样的。其中，"看见的人"只讲述了祥林嫂的被劫；祥林嫂在大

---

① 孟悦、戴锦华：《绪论·浮出历史地表——现代妇女文学研究》，第 22 页。
② 高远东：《〈祝福〉：儒释道"吃人"的寓言》，《鲁迅研究动态》1989 年第 2 期。
③ 孟悦、戴锦华：《绪论·浮出历史地表——现代妇女文学研究》，第 22 页。

部分时间里，也不曾获得自己的视角和话语权。她被获准讲述的唯一部分，仅仅是她作为母亲的丧子之痛，而不是她的身世与她的抗争。但是，这同样也是中国传统文化唯一允许她讲述的内容。因为其他的内容原都是与秩序的维护相抵牾的，比如说她婚前或许曾恋慕过一个并非祥林的男子，再比如她对祥林或贺老六的怀念，都会毫无疑问地被视为不检点。卫老婆子虽然被分配了较多的叙述权——祥林嫂在山村的经历基本上是由她讲述的，但是，既然她认为山村惯例是天经地义的，她也不可能去探寻祥林嫂的死因。最终，探寻者只可能是现代知识分子"我"。从能力上讲，"我"作为一名现代知识分子，具备非鲁镇与山村所有的现代知识，因而得以在知识上从他者的视角来审视鲁镇与山村。在叙述权上，"我"是整篇小说的叙述者，卫老婆子、祥林嫂、"看见的人"等人的叙述，都是涵括在"我"的叙述之内的，换言之，其他叙述者的叙述权都是从"我"这里分出去的，只有"我"有权向他们分配叙述权，而且，也是"我"占据了小说中最有权力的视角。"我"的功能在于，既作为叙述主体讲述祥林嫂的故事，同时还对卫老婆子等人的叙述进行转述。这样，"我"的转述就具有了一种评判功能——评判卫老婆子等人对待旧文化旧习俗的态度。从叙述的意义上看，或许有理由相信，祥林嫂是经由成为被叙述的客体成为被吃的客体的。她在小说中充当了一种叙述的功能：以自己的死亡启动启蒙知识分子对旧文化与旧习俗的控诉与批判。

　　当"我"成为祥林嫂死因的探寻者，《祝福》就必须面对斯皮瓦克的诘问："底层人能说话吗？"即"在研究人民的政治时，我们怎样才能触及他们的意识呢？底层人能以哪种声音——意识说话？"[1]对于"五四"时期的男性作家而言，这是一个阿尔都塞意义上的"难题"。

　　斯皮瓦克把对底层的再现划分为政治领域的"代言"与艺术和

---

①【美】佳亚特里·斯皮瓦克：《底层人能说话吗？》，陈永国译，参见佳亚特里·斯皮瓦克：《从解构到全球化批判——斯皮瓦克读本》，北京：北京大学出版社，2007年，第104～105页。

哲学领域的"重新表现"，《祝福》作为小说无疑属于后者。小说作为一种叙事艺术，它的"重新表现"中的重要问题，无疑是上文讨论的叙述问题。不过，在面对"底层人能否说话"这一问题时，《祝福》并不那么简单。一方面，它的确在大部分时间不曾给予祥林嫂视点与叙述权；但另一方面，祥林嫂也并非是完全哑默的，她还是会发出自己的声音。

祥林嫂的发声总是在她进行反抗之时，但也总是在他人的讲述之中。第一次是"看见的人"在讲述她被劫回村时，听见"祥林嫂还哭喊了几声"。第二次则是卫老婆子讲述她被逼再嫁时的拼死反抗："他们说她一路只是嚎，骂，抬到贺家墺，喉咙已经全哑了。拉出轿来，两个男人和她的小叔子使劲的擒住她也还拜不成天地。他们一不小心，一松手，阿呀，阿弥陀佛，她就一头撞在香案角上，头上碰了一个大窟窿，鲜血直流，用了两把香灰，包上两块红布还止不住血呢。直到七手八脚的将她和男人反关在新房里，还是骂，阿呀呀，这真是……"这一次，祥林嫂的反抗经过了层层转述，先是"他们"讲述给卫老婆子，卫老婆子又讲述给鲁四太太。层层转述的结果，是祥林嫂的反抗之声与反抗姿态异常清晰，但那声音的内容却越来越模糊以至于完全消失，因而，这不能不是一个意义流失的过程。或许这是因为，她的嚎、骂的内容，不是人们能够听得懂的，一如她在被劫回村时哭喊的那几声一样，都成为文本中没有内容的反抗之声。

祥林嫂那没有内容的"哭喊"与"嚎、骂"式的反抗，更像是叙述者"我"留下的"空白"，是"我"在"沉默"。在阿尔都塞的症状阅读理论中，"空白"、"沉默"、"缺席"乃是其关键性概念"难题"的问题性之所在，是作品中最重要的东西。马歇雷把"空白"表述为作品中"没有说的东西"，"一部作品重要的东西是它没有说的东西……作品所不能说的才是重要的，因为正是在那里进行着详尽的表达，似乎在进行着沉默的旅行"。① 如果把祥林嫂的反抗之声

---

① 转引自【美】佳亚特里·斯皮瓦克：《底层人能说话吗？》，陈永国译，佳亚特里·斯

看作《祝福》"没有说"也"不能说的"东西，则读出这一沉默进行着的"详尽的表达"，似乎并不是那种自然式的阅读方式能够做到的。比如下面这些论述："这里面还含有对'失节事极大'的理学法则的遵从，她宁愿撞死也不愿再嫁。"[①]"她反对改嫁头撞香案，主要是千百年来封建统治阶级制定的摧残妇女、摧残人性的伦理道德观念在人民群众中的反映。这就是所谓的'妇人贞节，从一而终'，'贞女不嫁二夫，一马不配二鞍'，'饿死事小，失贞事大'等贞操观念对祥林嫂的精神毒害，使她被迫而又甘愿为此作出自我牺牲的实践。祥林嫂是用死来维护封建主义。"[②]这些看法的根据大抵是卫老婆子的猜测："大约在念书人家做过事，所以与众不同。"然而这些看法不免有"粗心的注释"之嫌，它忽略了卫老婆子的猜测只是在试图填满祥林嫂的反抗之声中的空白之处，因而，这种尝试在卫老婆子那里也只是表述为"大约"，而没有表述为肯定的"是"。但是，以上看法却把这"大约"直接与"是"画上了等号。

要读出这"空白"、"沉默"之中的内容，则需要考虑鲁迅这一代现代知识分子与乡村女性之间的距离。他们之间的距离既是阶层的（所谓大户人家与小户人家），还是性别与新旧文化之间的。考虑到那一时代等级制与"男女之大防"依然相当坚固，新旧文化之间的壁垒更是相当坚硬，则那距离应当是相当遥远的。因而，这样一种距离与文化隔膜的存在，就使他在解决"底层能否说话"这一难题时，还不能围绕它提出问题并回答问题，而是留下了一大片完整的"空白"，采取了完全的"沉默"姿态，这无疑是一种诚实的写作姿态：既然听不到，那就不要妄加猜测。

孟悦、戴锦华曾批评"五四"男性作家"很少运用这老旧中国妇女的内在视点去揭示她眼中的历史，考察她与社会在哪里发生了

皮瓦克：《从解构到全球化批判——斯皮瓦克读本》，第 106 页。

① 曾华鹏、范伯章：《论〈祝福〉——鲁迅小说研究之一》，《扬州师院学报》1985 年第3 期。

② 孟蒙：《论小说〈祝福〉的现实主义深度和对它的不正确的理解——兼就电影《祝福》向夏衍同志再请教》，《中国现代文学丛刊》1983 年第 4 期。

冲突。他们对她的隐秘经验没多少兴趣，要么，就是他们根本没有
想到老旧中国妇女也有她地表之下的世界和她洞视历史的名分"。[1]
这一批评是相当犀利的，不过，我倒更倾向于认为，这是鲁迅在面
对难题时留下的"空白"。这一"空白之页"——女性与旧中国的生
死搏斗与发出有自己内容的反抗之声,则要等到 21 世纪之初一位女
性作家把目光投向乡村女性的时候。

第二节 差异政治、父权制与个人的"走出"

3.2.1 城乡之间的差异政治

新中国成立后由国家政策导致的中国社会的主要差别——城乡
差别，在其实践中已经转化为一种差异政治。在改革开放之后，它
表现为对城乡"同时代性"的否认。杰华指出："随着政府官员、知
识分子和资本家们轰轰烈烈地回来了，他们所有人都从自身的利益
出发，倡导将城市作为现代性和未来的发展之地，而将农村视为落
后之地。"因此，在国家发展战略和国家的现代性文化中，城市成为
现代性的场所和发动机，农村则在很大程度上被归属于次等地区。[2]
的确，20 世纪 90 年代以来，在电视广告、流行电视剧、MTV 歌曲
等大众文化节目中，摩天大楼、豪华酒店、购物中心、舒适温馨的
城市家庭都是备受青睐的现代都市表象，它们与国家的现代文化一
起制造出关于现代城市的神话。消费性的城市，不再是毛泽东时代
腐朽、堕落的危险之地。

城市神话是动员乡村女性走出村庄的神奇力量。事实上，90 年
代以来书写乡村进城女性的不少小说中，都可以看到一种相当夸张
的城乡差异与堪称神奇的城市神话。王蕤的《像上海一样灯火辉煌》[3]
中，在村里时，爷爷讲述的上海的莲花灯、村长从上海带回的布料

---

① 孟悦、戴锦华：《浮出历史地表——现代妇女文学研究》，第 9 页。
②【澳】杰华：《都市里的农家女——性别、流动与社会变迁》，吴小英译，南京：江苏
人民出版社，2006 年，第 160 页。
③ 王蕤：《像上海一样灯火辉煌》，《飞天》2006 年第 10 期。

和薯片、镇上的上海影楼，都无一例外地成为现代繁华世界的光彩照人的符码，催生着彭丽丽到上海去的欲望。因为想去上海被拐卖后，一本挂在床头的上海风光挂历，成了彭丽丽唯一的精神支撑，它"一直在提醒她，有一个地方，是东方大都市，在那里，有最最亮丽的灯、最最软滑的布料、最最好吃的零食。那里的每个人，都富得流油，就算拾垃圾的，也比五牛村的村民强上百倍千倍。那是自己生命中真正的目的地、最后的归宿"。严歌苓的《谁家有女初长成》①中，世代生存于大山深处的黄桷坪人，把人贩子曾娘看成是大地方人——深圳人。支持这一判断的，一是她的口音，她说的是一口不稠不稀、均匀地掺搅起来的南腔北调的官话，二是她颇有几分怪异的妆扮，"颈上套根麻线粗的金链子，手指上一个金箍子，身上一条浅花裙，一周都是细褶，像把半开半拢的蜡纸伞，就是县城杂技团蹬伞演员蹬的那种。曾娘还搽白粉，涂红嘴唇，两根眉毛又黑又齐，印上去的一样"。这样的口音与妆扮，在城市里是很有可能被判定为不够标准的普通话与蹩脚的化妆技术，但是，在黄桷坪，仅仅因为它们有别于乡村就显得很"华侨"。这里"华侨"一词可以解释为"洋气"，它与"土气"相对并直接与城市文明相关联；而且，"华侨"还含有高贵之义："华侨就是这样富贵、洋气，三分怪三分帅四分不伦不类。"《深南大道》②中，深圳的深南大道的美丽，成为催生木讷的乡村女孩小菊离开乡村的动力。表姐告诉她，深南大道是"最漂亮的地方，从南头关进关，一直到火车站，两边全是漂亮得不得了的风景，据说比香港还漂亮呢……深南大道……什么都有，你去看过了就知道了，反正美得像天堂一样！"总之，各种有别于乡村的城市物品如建筑、口音、化妆、衣料等等，都成为城市的符号，表征着城市的繁华并为远方的城市赋魅。但是，从以上小说接下来的情节设计中，出现的并非是乡村女性对城市繁华的分享，而是她们因此被骗或被拐卖，从而也就构成对城市神话的解构。

---

① 严歌苓：《谁家有女初长成》，《当代》2000 年第 4 期。
② 戴赟：《深南大道》，《人民文学》2002 年第 11 期。

　　如果说以上小说对城市神话的制造诉诸繁华/贫穷的二元对立的话，在方方这里，城市则是启蒙者讲述中的文明之地。《奔跑的火光》[1]中，乡村女性英芝的高中同学——大学生春慧充当了现代启蒙者的角色，她对英芝说："南方开放，在那里做事，比在这个落后封闭的老家快活多了。"开放的南方显然指的是广东，那里有中国最早的经济特区深圳；相对于那个快活的地方，老家的乡村则是落后且封闭的。事实上，在已经离开乡村的打工妹们的口述中，她们攻击农村社会时经常使用的两个词就是"落后"和"封建"，这两个词的运用差不多总是指向贫穷和父权制。[2]这与英芝所面临的困境基本上是一致的。而在春慧的讲述中，城市的"文明"既是两口子手拉手在马路上散步，还是男人"都晓得哄女人开心，随便么事，都让女人优先"。城市的"文明"在这里被具象为一种生活方式（散步）、一种反男性中心的两性关系模式。《水随天去》中的启蒙者是少年水下，读过书的他在反驳三霸的传统观念"不孝有三，无后为大"时，亮出的是"城里人特地不要伢"的现代生育观念。当这些建立在浪漫之爱与男女平等基础上且明显有利于提高女性地位的城市现代观念，被小说中比较现代的人物在乡村中向乡村女性讲述出来，城市在乡村女性那里，就会成为一个理想的能够获得更美好更幸福的生活的意义空间。而乡村在方方的创作谈中，则被描述为女性要忍受贫穷与艰辛的场所："有时候我觉得一个女人倘出生在了一个贫穷的乡下，就注定了她一生的悲剧。她要么无声无息地生死劳作都在那里，过着简单而艰辛的生活，对外部生机勃勃的世界一无所知；要么她就要为自己想要过的新的生活、为改变自己的命运付出百倍千倍的代价，这代价有时候比她的生命更加沉重。或许这么一概而论会有偏颇，过辛苦贫穷但却勤劳而实实在在的生活也是一种人生幸福。许多人都是这么理解，尤其是生活在城里的富人持这样观点的更是众多。"[3]尽管方方的出发点不是国家的现代化，而是更多地考

---

① 方方：《奔跑的火光》，《收获》2001 年第 5 期。
② 【澳】杰华：《都市里的农家女——性别、流动与社会变迁》，第 238 页。
③ 方方：《我们的生活中有多少英芝》，《小说选刊》2001 年第 12 期。

虑乡村女性的幸福与其生存空间的关系，但是，不能忽略的是，80年代以来中国女性主义的主流一直是自由主义女性主义，它与现代化理论共享着许多理论基础，比如个人与自由的本体论位置。

但是，城市并不总是被想象为繁华之地或文明之地。在 20 世纪二三十年代甚至是在五六十年代，城市都曾是欲望、堕落和危险的表征，这些文化遗产依然在持保守主义立场的作家那里发挥着作用。刘庆邦《家园何处》①中出现了一个颇为传统的乡村女孩何香停，她没想过到城里打工。因为"打工对停来说是个新概念，大概念。凡是新和大的东西，停都警惕地回避着，不大敢想，不大敢碰。仿佛一碰到就会坏事似的"。当这个保守的连县城都没进过的姑娘被哥嫂逼迫外出打工时，她认为这是"灾难正向她发出亲切的召唤"。那"灾难"的源头就是城市，就是外边的世界，"听说外面的地方人欲横流，凶险遍地，不是骗人，就是被骗，不是吃人，就是被吃，到处都很恐怖。外出打工……身单力薄的一个女孩子家，面对外头凶蛮强有力的世界，谁能保证自己不失身！失身不知在谁手里失身？一旦失了身是不是等于一辈子跳进了苦海?……正是这最后一点，让停最恐惧，最不愿意接受"。停听说的外边的那个凶险的世界，倒是颇为符合滕尼斯对社会的看法，他认为："社会是公众性的，是世界。人们在共同体里与同伙一起，从出生之时起，就休戚与共，同甘共苦。人们走进社会就如同走进异国他乡，青年人被告诫别上坏的社会的当"，因为在社会里，"人人为己，人人都处于同一切其他人的紧张状态之中"。②面对这样一个"外边的世界"，停把自我想象为"身单力薄"的被骗者、被吃者。具体而言，就是被迫"失身"。城市在她的想象中，同样不怀好意，"那城市……仿佛是一个巨人，城里乡下都归它管。它伸出一只魔爪一样的手，把乡下的姑娘扒拉一下，认为可以挑去的，就挑到城里去了，谁都挡不住它。它像过去的皇上一样，有着至高无上的权力，挑走的姑娘，它愿意怎么消受

---

① 刘庆邦：《家园何处》，《小说界》1996 年第 4 期。

② 【德】斐迪南·滕尼斯：《共同体与社会——纯粹社会学的基本概念》，林荣远译，北京：商务印书馆，1999 年，第 53 页；95 页。

就怎么消受，愿意怎么处理就怎么处理，谁都奈何不得它。按停的理解，魔鬼也好，皇上也好，他们看中的绝不是乡下姑娘的气力，城里有的是力大无比的机器，气力活儿自有机器替他们做。他们看中的是乡下姑娘的姿色，是乡下姑娘视若生命的贞节，还有乡下姑娘有别于城里女人的那点野荠菜一样的野味"。与自由主义倾向的作家的描述相反，城市不再是繁华的充满意义的令人向往的地方，而是有着至高无上的权力的"魔鬼"抑或"皇上"，它一定会掠走她视若生命的贞操。而她作为一个身单力薄的姑娘，在城市这个"皇上"面前，全然是被动的。值得注意的是，叙述者在描述了何香停对城市的恐惧之后，说道："停就是这样，对城市怀有一种恐惧和由来已久的敌意，她极不愿意城市以吸引农村剩余劳力的名义把她掠走，不愿意轻易让城市的阴谋得逞。"可以看出，叙述者与何香停在对待城市的态度上是高度一致的，事实上，他在何香停进城后的情节安排上与何香停的预想没有什么两样。因此，在某种程度上，可以说何香停这个人物是刘庆邦表达伦理忧虑（处女失贞）的传声筒。这一点，可以从刘庆邦与北乔的对话中得到反证："我们那里把男人叫成外面人，是打外的；把女人叫家里人，是主内的。从分工和观念上就把女性留在了家里。其实女性的心也是一颗随时准备出去的心，只要有条件，她们更愿意出走，更不愿意留在乡村。"① 可见，刘庆邦其实很清楚，女性并不惧怕到城里去，而是更愿意离开。还必须指出的是，城市"吸引农村剩余劳动力"并非仅仅是一个名义，而是一种残酷的事实：不仅城市需要农村的"剩余劳动力"，去从事城市中那些脏、累、危险且报酬低廉的工作，而且，全球化的资本主义经济也看中了中国的廉价劳动力（乡村出身的打工妹和打工仔们），并因此把中国精心设计为"世界工厂"，拼命榨取他们的血汗。

---

① 刘庆邦、北乔：《对话录：诗意的乡村，诗性的女人们》。参见北乔：《刘庆邦的女儿国》，第295～296页。

3.2.2　父权制与在乡村做"女人"

对共同体充满同情的滕尼斯认为，有坏的社会，但是说坏的共同体却是违背语言的含义的。[1]但是对于乡村女性而言，共同体并不是性别中立的。恰如孟悦、戴锦华早已指出的："父系社会的严明秩序并不那么中性，在它那慈祥、平和、有几分聪慧和勤奋的面孔背后，另有青面獠牙、残暴狰狞的一面，这便是仅仅朝向女性的那张面孔。"[2]事实上，对家长制的批判是启蒙思想的重要组成部分，康德就曾指出："家长制是可以想像得到的最大的专制主义。"[3]伯林也认为："家长制是专制的，不是因为它比赤裸裸的、残酷的、未开化的专制更具压迫性……而是因为它对于我作为人的观念是一种侮辱；人之为人就意味着按照我自己的意图（不一定是理性的或有益的）来造就我自己的生活，尤其是有资格被别人承认是这样一种人。"[4]换言之，家长制是一种专制结构，在其中，只有家长具有人的资格，其他人则既无自主权也不被当作具有独立资格的人。康德与伯林批判的家长制，对于女性而言就是父权制。因而，尽管孟悦、戴锦华是从性别的角度质疑父系社会，康德与伯林是从自由主义的"人"的观念质疑家长制，但是相对于保守主义的将共同体理想化而言，女性主义与自由主义在对待父权制的态度上还是存在着更多的共通之处。

在中国乡村，女性的确更多地受制于传统习俗与家庭制度的束缚与压抑，新中国成立后提倡的男女平等，依然还是一种不曾实现的理想。在乡村被当作"女人"对待，就意味着她不是被当作与男性具有平等地位的人，而是相对于男性的次等的人。乡村女性的这一生存境况，在这一时段的文学中得到了相当多的书写。在不少作家笔下，乡村不仅贫穷、落后，而且有许多陈规旧俗。父权制概念

---

[1]【德】斐迪南·滕尼斯：《共同体与社会——纯粹社会学的基本概念》，第53页。

[2] 孟悦、戴锦华：《绪论·浮出历史地表——现代妇女文学研究》，第2页。

[3] 转引自【英】以赛亚·伯林：《自由论》（修订版），第206页。

[4]【英】以赛亚·伯林：《自由论》（修订版），第206页。

下的男尊女卑、无后与大家庭观念等内容，制造着等级化的"男女有别"，给乡村女性带来种种"性别压迫"与"性别麻烦"：自出生之日起，乡村女性就因其生物学性别而遭到"宗法父权"文化的歧视乃至被剥夺权利，家长牢牢占据着菲勒斯的地位，或者公然宣布对女性的歧视，或者剥夺她们的生命权、受教育权、自由婚恋权、平等、尊严等"个人"的权利。乔叶《最慢的是活着》[1]中"我"的奶奶毫不掩饰对男孩的喜爱，"谁家生了儿子，她就说'添人'了。若是生了女儿，她就说'是个闺女'。儿子是人，闺女就只是闺女。闺女不是人"。盛可以《尊严》[2]中的吴大年刚出生时差点被父亲溺死，长大后因自由恋爱而遭到父亲暴打，结婚后在婆家被当作牛马使唤。《二妞在春天》[3]中的二妞被母亲丢在猪圈里任其生死。项小米《二的》[4]中，小白的父母有着强烈的男孩偏好，在第二个女儿出生后，他们连名字也懒得给她起，直接叫她"二的"（这个名字鲜明地体现了女性在乡村家庭中的位置），尤为严重的是，他们不仅在平时对她不闻不问，在她生病后竟然任由她发烧而死，好再生儿子。罗伟章《我们的路》[5]中，男性叙述人"我"也批评春妹父亲的重男轻女，他"觉得儿子才是他的正宗根苗，一心一意栽培他……至于女儿，读一点书，将来出门认得男女厕所，也就够了"。因此，虽然儿子春义从一开始上学就垫底，父亲却在支持他准备参加第七次高考；女儿春妹虽然成绩出色，父亲却让她在读初中时就辍学回家干农活。林白《妇女闲聊录》[6]是乡村妇女木珍对自己村庄的讲述，她对乡村女性处境的讲述更为全面，涉及习俗、语言、政策、女性生存个案等多个方面。譬如婚俗中光棍们可以肆意亵渎蜡烛姑娘（新郎村中的未婚姑娘），明显构成对女性身体与尊严的侵犯，而孕妇进

---

① 乔叶：《最慢的是活着》，《北京文学·中篇小说月报》2008 年第 7 期。

② 盛可以：《尊严》，《花城》2007 年第 1 期。

③ 盛可以：《二妞在春天》，《中国作家》，2005 年第 5 期。

④ 项小米：《二的》，《人民文学》2005 年第 3 期。

⑤ 罗伟章：《我们的路》，《长城》2005 年第 3 期。

⑥ 林白：《妇女闲聊录》，北京：新星出版社，2005 年。

新房主凶的禁忌则使怀孕女性在文化上处于不利地位；当地语言中骂女孩的语词格外的粗俗；计划生育政策下许多女孩一出生就被丢弃；勤快且乐于助人的小莲，不仅早早被父母剥夺了受教育权，且被百般虐待，她甚至因此成为弟弟和村中孩子的施虐对象。

在诸多揭示父权制对乡村女性的歧视与压迫的文本中，方方《奔跑的火光》与现代文学传统之间存在明显的对话关系。首先，它在结构上与《祝福》类似。《祝福》的开头是祥林嫂之死，然后讲述祥林嫂的悲剧，而《奔跑的火光》的开头是英芝已经因杀夫而成为死因，接下来讲述英芝的悲剧。如同祥林嫂之死构成现代知识分子"我"探寻其死因的讲述动机一样，《奔跑的火光》将英芝必死的结局放在开头，不仅使小说在结构上具备了探寻英芝悲剧原因的意义指向，而且，这已经不是由知识分子来讲述乡村女性的故事，而是乡村女性英芝具备了充分的讲述动机："英芝明白，她必须说出一切，她若不说，就算她死了，那团火也永远不会熄灭。"英芝讲述自身悲剧的目的，就是熄灭追逐她的"那团火"。"那团火"的形象出现在英芝的噩梦中："每一夜每一夜，英芝都觉得自己被火光追逐。那团火奔跑急促，烈焰冲天。风吹动时，火苗朝一个方向倒下。跃动的火舌便如一个血盆大口。一阵阵古怪的嚎叫从中而出。四周的旷野满是它惨然的回声。"英芝感觉中的"那团火"显然是异己之物，它怪异而恐怖，而它的目的是追逐她、吞噬她，即"吃"掉她。在这一意义上，英芝成为又一个祥林嫂式的"被吃"对象。而当讲述的目的被确定为熄灭"那团火"，也就预设了讲述的启蒙目标。

其次，与探寻死因的题旨相关的关键问题，是谁要探寻死因，其目的何在。《祝福》中有能力与权力探寻祥林嫂之死因的，是叙述者"我"；祥林嫂的功能，是以自己的死亡启动现代知识分子对旧文化与旧习俗的控诉与批判。《奔跑的火光》中的英芝显然比祥林嫂更为现代也更为主动，她已经能够大声地说出"新社会了，男女都一样"这一妇女解放话语来支持自己并对父权制进行反驳，而且，她也的确有叙述自己故事的动机，但是就整篇小说而言，在由谁叙述的问题上，似乎存在着并非出于技术考虑的不一致。小说开始于英芝的思考："我应该怎么说呢？"方方似乎有意让英芝来讲述自己的故事，但事实上，小说采取的却是第三人称全知视角。因而，如果说《奔跑的火光》的情节出自英芝讲述的她自己的故事，那么小说还经过了叙述者的编辑。在叙述的层面上，叙述者始终大于且高于英芝。因而，虽然英芝与叙述者都是英芝悲剧的探寻者，但是二者承担的功能并不具有同等的重要性：如果说英芝主要负责讲故事，叙述者却通过自己的编辑行为左右着英芝故事的方向。因此，英芝悲剧的探寻者，主要还是叙述者而不是英芝。这大概是方方始料未及的。

最后，如果说鲁迅通过祥林嫂的悲剧，将鲁镇以及祥林嫂的两个婆家所在的山村都塑造为窒息人的生命的"铁屋子"——"老乡村"的话，方方则通过英芝的悲剧，接续了鲁迅对"铁屋子"——"老乡村"的塑造。

小说中的英芝作为有着鲜明的个人意识的新式乡村女性，与乡村里做"女人"的规矩之间始终处于一种紧张的搏斗状态。英芝刚刚嫁进老庙村（这个名字已经暗示了这个村庄与传统习俗之间的密切关联）的婆家，就发现自己因为没要彩礼而遭到公婆的怀疑：她何以这样"便宜"？原来，在他们眼里，彩礼是与媳妇的身价成正比的，村里甚至还因此流行着换亲的陋俗。发现女人在老庙村的地位如此低下，对个人英芝来说，只能导向对婚姻与婆家的不满，"婚姻真是没意思透顶。贵清比她想象得要无趣一万倍，而公婆转眼间在心里已是仇人"。

英芝随自己喜好的行事风格与公婆对"媳妇"的期待构成了尖锐的对立。在公婆的期望中，"媳妇嫁进来，就得垂眉低眼伺候他们，就得烧火做饭挑水劈柴喂猪喂鸡，就得屋里屋外忙进忙出做事做得身影像旋风，就得隔三岔五向公婆请安递茶倒洗脚水，这才叫媳妇"。公婆期待中的媳妇，显然是一个勤快且任劳任怨的传统意义上的奴隶。事实上，这正是祥林嫂与"伊"这些传统女性曾经扮演过的"女人"角色。问题在于，英芝这个新人无意委屈自己去扮演媳妇的角色，她"心里存有对公婆的怨恨，相互见面时，脸上便露不出好颜色。说话时常阴一句阳一句。村里稍有鸡飞狗跳，英芝便跑出门看热闹。回来后自顾自地唱些你爱我我爱你的歌，一副全然不把公婆放在眼里的派头"。英芝的做法与公婆期望中的媳妇显然相差太远。不过，尽管英芝不符合公婆的期望，但是，她与他们之间并不曾因为这一点构成冲突。似乎是，到21世纪初，"五四"时代表征着现代与传统之间的激烈冲突的父子/女的冲突已经不明显了，父权已经在持续的被批判中走向衰落。[①]

英芝在婆家的遭遇，更多地来自另一种更为顽固的、还较少受到挑战的权威——夫权[②]：英芝每一次挨打，并不是因为她触犯了公婆，而是因为她触怒了丈夫。在贵清家，通行的是一套男女有别的"理"，方方对这个"理"的呈现是多方面的。

首先，这个"理"是谁干活谁享乐的惯例。按照她公公的说法，她丈夫"贵清是个男人，男人这年龄是该他吃吃喝喝玩玩的年龄。要不一天到晚埋头干活，哪个瞧得起他？你是贵清的女人，你就要学会心疼他，要他做人有点面子"。男人吃喝玩乐是天经地义的，因为这涉及他的面子问题，而女人却必须得干活，只有这样才是会"心疼他"。要紧的是，这还不是贵清一家的"理"，而是整个村庄的惯例："你到村前村后看看，哪个家的女人不干活？哪个家的男人不玩玩？"

其次，这个"理"是包括经济权在内的权力究竟属于谁的规定。用英芝的丈夫贵清的话说，就是"我是你的一家之主，就是你的主人。而你只不过是我的女人。连你的人都归了我，你的钱还能不归

---

① 阎云翔的研究表明，建国后的的意识形态批判传统的家长权力，颂扬现代化，使长辈在意识形态中处于不利地位。在家庭生活这另一重要领域里，父权同样衰落了。参见【美】阎云翔：《私人生活的变革：一个中国村庄里的爱情、家庭与亲密关系：1949～1999》，龚小夏译，上海：世纪出版集团上海书店出版社，2006年，第179页。

② 不仅"五四"时期对父权制的批判主要是指向父权而非夫权，建国后也同样如此，结果是，父母很少再能干涉子女婚姻。但是，一旦结婚成家，父权制中的夫权就重新占据主要地位，丈夫一遇到妻子的反抗，便毫不犹豫地用暴力来宣告自己在家中的权力和位置。参见【美】阎云翔：《私人生活的变革：一个中国村庄里的爱情、家庭与亲密关系：1949～1999》，第59～60页。

我？"贵清的说法还得到族中长辈的支持，他们一致认为："男人不管有没有赚钱，都是一家之主，女人赚回来的钱，应该一分不少地上交给男人。"贵清的那句"男人当家，这就是我们中华民族的优良传统"，清楚地表明了传统父系社会的男权本质，也使贵清可以顺利得到来自这一传统的支持。在丈夫、公婆以及族长等人结成的男性联盟面前，英芝显然势单力薄，她无法从那个专属于男人的"中华民族的优良传统"获得道义上与制度上的支持，她也"不知道应该怎么反驳"。可见，现代民族国家宪法中的"男女平等"并未深入到乡村社会的内部，还不曾成为那一空间中主导性的意识形态，而仍是一个必须去争取的目标。英芝愤怒地骂出"优良你个屁呀"，表明英芝没有足够的思想资源和社会资源与夫权对抗，尽管她对自己的对手不乏了解："你们是一个族里的人，你们都是男人，你们一个鼻孔出气，你们哪里有公正？"她近乎本能地意识到，必须把自己赚来的钱藏在自己身边，以求在家里凭此获得一点并非是仅仅属于"女人"的地位。

再次，这个"理"还是性道德上的不平等。在听说贵清与朋友们在歌厅轮奸小姐被抓后，公公责骂英芝："你要把他伺候好了，让他是个饱男人，他哪有劲在外边瞎混？我贵清要是在外面搞出脏病来，你得负一百个责任。"在公公看来，丈夫在性上犯了错误，该负责任的，不是他本人而是他的妻子。贵清妈则搬出了另一套陈规。"以往哪个男人没有三妻四妾的？现在虽说是新社会了，男人拈个花惹个草又算得了什么？"作为女性的贵清妈公然支持男性的性特权，可见乡村中的老一代妇女的内心已经被男权制彻底殖民化。与之相反的是，英芝为了挣钱盖一座属于自己的房子，在歌舞班唱歌时跳了脱衣舞，在婆家遭到贵清父母与贵清的辱骂和暴打，回到娘家又受到父亲的教训："你一个女人，该做什么不该做什么，也得要有个规矩。"面对在乡村做"女人"的规矩，英芝不可能不发生怀疑："她被人打成这样，打得伤痕累累，没人来跟她认错，她的爹还要让她先低头认错。她想要嚎叫，想要撞墙，想要撕破自己的胸膛，想要质问苍天，为什么对女人就这么不公平。"然而，英芝除了怀疑与悲愤,并不能指向任何明确的目标,因为她已经不能得到来自国家力量的支持,后文对此有所论述。

最后,父权制的这个"理"的面目从来就不是温和的,它在遇到挑战或抵抗时总是毫不迟疑地使用暴力。面对英芝男女平等的诉求,公公怒吼"我家就是这个理",丈夫则直接对她实施暴力,教训她"怎样给男人当老婆"。小说中有一个颇具象征意味的暴力场面,在丈夫的拳打脚踢之下,"英芝在地上滚着嚎着,却不敢再骂。这是在堂屋。堂屋的墙上贴着一张领袖的画像,画像上有五个斗大的毛笔字:'天地君亲师'。这是英芝的公公亲手写的。字下方是一张深咖啡色的方桌,桌上的油漆业已剥落了许多。英芝的公婆在两边坐了下来,冷冷地看着英芝在地上滚动和哀嚎。"在传统民居格局中,堂屋用来摆放神龛和祖先神位,是家庭举行祭祀和重大礼仪的场所,象征着神圣和权力。方方将英芝被打的场面安排在陈旧阴森的堂屋,并配以领袖像(权力)和"天地君亲师"(祖训),就将英芝与其生存空间的关系具象化了:老堂屋/旧家庭/乡村乃是渴望独立与自由的新女性英芝走不出的"地狱"/铁屋子。事实上,英芝也多次使用"地狱"一词来形容其婆家。因而,尽管方方并不完全认同英芝,但在将英芝的抗争视为要求解放的"个人"与传统乡土的激烈冲突这一点上,她们却是一致的。

值得注意的是,小说中尽管出现了"村长"这个名词,但他只是被人们当作当地的富人而不再被当作国家力量的代表,而且,在英芝屡次遭受家庭暴力时,他也从不曾介入。实际上,20世纪80年代以来,国家权力已经基本上退出乡村,它关心的仅仅是收购粮食与计划生育这两项任务,乡村女性的地位问题似乎已经退出了它的视野,这直接导致了父权制对乡村女性更严厉的宰制。尽管英芝能够说出"男女都一样"这一来自国家宪法的内容,但是这一内容在乡村已经蜕变为一个空洞的口号。

这样一种状况,与20世纪50~70年代是有很大差别的。据阎云翔的经验性研究,在东北地区农村,打老婆曾经是普遍现象,因为"人们以此作为男性以及丈夫是否能当家的象征",当地的俗语"打

倒的老婆揉倒的面"证明这一状况曾经长期存在。但是，从 20 世纪
50 年代以来，男人们渐渐地开始有所顾忌，因为国家权力开始介入
进来贯彻男女平等政策。当地就发生过有名的"夜审王坤"事件：

> 王坤是邻村的一个普通农民，身高一米八，身强力壮，脾
> 气很坏，经常打老婆。有些老人回忆说，他那老婆名叫孔香兰，
> 个子矮矮的，说话细声细气，年纪比王坤小不少。1958 年的一
> 个傍晚，村里在学校礼堂召开斗争王坤的大会。王坤站在台中
> 间，听孔香兰一把鼻涕一把眼泪地控诉，之后村里其他妇女也
> 上台控诉他。孔香兰说王坤成天打她，因为他力气大，有时一
> 个耳光就能把她扇到门外去。她经期来时王坤还强迫要和她发
> 生关系，她拒绝过，不过王坤打了她一顿后又在玉米地里强奸
> 了她。听的人越来越愤怒，整晚不断喊"打倒王坤"。斗争会完
> 了以后，干部走上台，宣布王坤有封建思想，打老婆，而且犯
> 下了干扰大跃进的罪行。王坤于是被警察铐上手铐带走。下岬
> 没有人知道后来他落了个什么下场，只是传说他老婆很快就离
> 婚改嫁了。[①]

可以看到的是，在夜审现场这一公共空间，在国家力量的主导
下，丈夫与妻子的位置与在家庭这一私人空间中相比，发生了彻底
的颠倒，丈夫成为被动的被批斗对象，而妻子则被赋予了话语权，
她由此得以说出自己遭受到的家庭暴力。而且，妻子的诉苦还得到
听众尤其是妇女听众的支持与认同。尤其是，代表着国家权力的干
部对事件的定性明显有利于女性：丈夫王坤思想封建、打老婆，尽
管这一定性还可能是因为影响到当时的大跃进的政治任务，但最终
的结果，是国家力量的介入解救了孔香兰，使她得以离婚另嫁。

相比较而言，《奔跑的火光》中英芝被打的严重程度超过了孔香

---

① 【美】阎云翔：《私人生活的变革：一个中国村庄里的爱情、家庭与亲密关系：1949～
1999》，第 115～116 页。

兰,但是,不要说批斗会,村干部根本就不曾出现过,国家力量的撤出导致的是父权对乡村女性更严厉的宰制。面对贵清及其父母的家庭暴力,娘家并不为她提供支持,当她萌生了离婚的念头时遭到的是父亲的严厉制止,英芝孤立无援。

3.2.3 个人的"走出"

这里不使用"出走",而是使用"走出"这一相对"中性"的语词,是因为在现代中国文学中,个人的"出走"一直具有重大的革命性意义,而90年代以来,80年代的启蒙已经自我瓦解[①],乡村女性的离开乡村与家庭,并非全然具有反叛父权制的意义指向。

在中国的现代性问题中,"个人"或"主体"这一概念,在20世纪的启蒙时代——"五四"时期与80年代,都曾是居于主导地位的文化命题。无论是"五四"时期鲁迅的"立人"说,还是80年代刘再复以"文学的主体性"名义倡扬的人的"主体性"[②],都表明"个人"在启蒙时代的核心位置。"个人"或"主体"的解放都曾是启蒙时代的重要文学主题。在20世纪文学中,女性的"个人"解放,常常被具象为娜拉"出走"这一翻译而来的现代故事。其间一个值得注意的现象是,"五四"时期娜拉"出走"故事的主角,几乎都是城市知识新女性,而与她们同一性别的姐妹——乡村女性,要成为这一故事的主角,则要等到20世纪80年代。然而,这依然表明,在文学中表征着先锋姿态的"出走"已经普及到偏僻乡野中的底层女性,并且,时间的间距并未妨碍这一故事自身的主题表达。它们都负责演绎个人解放的历史目的论:代表着传统的封闭而专制的乡

---

① "启蒙的自我瓦解"是思想界学者对20世纪90年代思想文化的概括,参见许纪霖、罗岗等:《启蒙的自我瓦解:1990年代以来中国思想文化界重大论争研究》,长春:吉林出版集团有限责任公司,2007年。

② 在刘再复的《文学的主体性》中,文学的主体性与人的主体性反映为文学在80年代社会结构中的中心位置。贺桂梅在她的《"新启蒙"知识档案》中指出,在80年代,"文学处于社会结构的中心位置",它"负载着远远超出了'文学自身'的社会功能……80年代诸多的'宏大叙事',事实上都是借助文学来完成的"。参见贺桂梅:《"新启蒙"知识档案——80年代中国文化研究》,北京:北京大学出版社,2010年,第49页。

村与旧家庭，总是被"出走"的新女性毅然抛在身后；城市或者异乡，总是作为一个被许诺的美丽新世界，在小说结尾处出现在女性人物的憧憬中。当然，这一结局的设计也并非毫无问题，它基于"固态"（solid）的现代性观念，必然要预设一个理想的"最终状态"。

杜赞奇在论述"五四"时期女性的"出走"时说道："中国五四时期的文化叛逆者利用另外一种策略把妇女纳入现代民族国家之中，这些激进分子试图把妇女直接吸收为国民，从而使之拒绝家庭中建立在亲属关系基础上的性别角色。"[①]换言之，解放了的"个人"，不过是从"家庭"（旧共同体）被国家（一个更大的新共同体）重新收编并编码为"女国民"。这一论述同样适用于新中国成立后的民族国家文学。不论是50～70年代文学还是80年代文学。具体到乡土文学中，乡村女性的最终"出走"，往往成为国家的现代化规划即改革魅力的证明。她们把自己的爱情从保守、愚昧的丈夫或未婚夫那里收回，转赠送给现代改革者或知识分子，从而获得光明幸福的未来。

如果说80年代的现实还不曾使当时的作家与思想家思考成为"个人"之后怎样，也未曾意识到精英与大众、少数人与多数人所面临的问题可能并不一致，那么，经历了90年代市场化的洗礼，80年代那个抽象的"个人"，就已经主动或被动地分化到不同的阶层，成为具体的"个人"。90年代以来常用的分层指标是收入、性别、受教育水平、居住地等等，它们中的每一种都有可能生产出一种压迫性结构。当80年代统一在"现代化"概念下的自由、解放、发展、进步、富强、人权、民主、平等、公正等启蒙话语承诺的理想目标，已经出现激烈的内部冲突与无法弥合的裂隙，对不同的价值优先性的理解和选择的结果，构成了90年代中国思想界最基本的分歧。比如改革的目标"究竟以个人的自由权利和宪政国家为中心，还是将经济的发展和科技的创新看作硬道理，或者是追求一个照顾到弱势群体的平等优先的社会？"关于"人的现代化"的叙述，也不再可

---

① 杜赞奇：《从民族国家拯救历史》，王宪明译，北京：社会科学文献出版社，2003年，第10页。

能是"从传统的人（奴隶）走向现代的自由人"，而是"每一种解放都意味着另一种意义上的压抑"。人的自由与具体的法律、制度和全球资本主义关系相关。①即"个人"作为启蒙话语的重要组成部分，已经不再能从启蒙话语获得支持。那么，在这个时候，成为"个人"即"实现个体化"是否还能像 80 年代那样成为终极的目标，就不再是不证自明的。

但是，不论如何，当中国的现代化——城市化与劳动力市场的需要，给予了乡村女性走出的机会时，她们开始渴望走出，渴望开始一种有别于传统乡村女性人生道路的新的人生。因为联产承包制之后，乡村女性更多地受制于父权制家庭，在农村的未来"意味着嫁给一个农村男人、生孩子并在田间干活……它伴随着卑贱的身份、平庸、单调乏味以及自主和追求个人希望与愿望的终结"。因此，对于她们，"逃避在农村的婚姻以及追求在城市的自我发展这两种愿望是紧密相关的"。②

"走出"抑或更为中性的"流动"，被蔡翔表述为"离开"，它与另一个语词"白日梦"息息相关并共同指称着现代性。蔡翔联系福柯现代性是"一种态度而不是一个历史时期"的著名论述，指出福柯所谓的态度，即"与当代现实相联系的模式；一种由特定人民所做的志愿选择……这种方式标志着一种归属的关系并把它表述为一种任务"。具体到当代中国人来说，这一任务就是"生产出人与目的地的归属关系，也生产出召唤者和被召唤者，而在这种召唤与被召唤的归属关系中，也同时生产出一种巨大的热情和理想，对'生活在别处'的热情想象"。③有必要补充的是，并不是所有的人都渴望离开，也不是所有的地方都会成为目的地：只有那些生活于相对贫困、闭塞的地方的人们才渴望离开，他们的目的地也不会是相对来

① 许纪霖、罗岗等：《启蒙的自我瓦解：1990 年代以来中国思想文化界重大论争研究》，第 17～28 页。

②【澳】杰华：《都市里的农家女——性别、流动与社会变迁》，第 141 页。

③ 蔡翔：《离开·故乡·或者无家可归：〈二○○四中国最佳短篇小说〉序》，《当代作家评论》2005 年第 1 期。

说更贫困、更闭塞的地方，而是更富裕、更繁华的地方。但是，恰如蔡翔所言，走出或者说离开，的确伴随着白日梦。《谁家有女初长成》中，巧巧走出的决心异常坚决，"巧巧是怎样也要离开黄桷坪的。世上哪方水土都比黄桷坪好，出去就是生慧慧的肺痨也比在黄桷坪没病没灾活蹦乱跳的好"。城市的神话使无数个像巧巧一样的乡村女性，自愿成为接受现代性询唤的个体。

电视剧《外来妹》播出于1991年，当时恰逢打工潮渐呈汹涌之势。小云、秀英等女孩子的走出，在村里无疑是一件大事，村长、老奶奶以及全村人出面为她们举办了盛大的送行仪式。颇有意味的是，送行仪式被安排在黑暗的夜晚，她们的离开则被放在晴空丽日的早晨。其中分明有着一种时空转换的隐喻：她们的走出是对黑暗昨天（过去）/乡村的告别，在早晨这样一个充满希望的时刻，她们正在走向城市，也正在踏上新的征程——现代化之旅。走出的那一刻，她们被仰拍镜头呈现为呈一字队列行走在天地之间，于是，每个人都成为顶天立地的"大写的人"的形象。

在出身于城市的作家的小说中，乡村女性"个人"的独立与自由是其核心观念，因此在她们的书写中，"走出"也就等于"出走"，也因此具有逃避宗法父权压迫的积极意义。盛可以的《尊严》中，吴大年结婚后被婆家当作牛马使唤，在再次被公公打了耳光后，吴大年猛然觉醒，她"回想结婚十年，好似躺了十年棺材：张子贵无能生育，在家则对她软禁，外出则指派爹娘监督，担心她心不稳，唯恐她身体好，不许她穿得漂亮，提防她存了私房钱"。她终于发出要去外面"活"，不要在家内"死"的誓言，离家出走；《低飞的蝙蝠》[①]中的中年妇人忽然想要自由，提出离婚并进城打工。《二妞在春天》中，二妞在镇上巧遇吴玉婶后，到镇上打工。其他如李肇正《傻女香香》[②]中，香香的老家穷得鬼不生蛋，父母们仅仅为了五元钱，就可以让花季女儿出卖身体。当香香被母亲要求接客挣钱，机

---

① 盛可以：《低飞的蝙蝠》，《小说界》2008年第2期。
② 李肇正：《傻女香香》，《清明》2003年第4期。

警的她假装上厕所逃出家门。项小米《二的》[①]中，小白也因为父母偏爱弟弟三白而逃进城市。值得注意的是，在这些表现个人与父权制家庭之间的矛盾的小说中，表现的重点常常是个人走出的决心，而非她们与父权制家庭之间的激烈冲突，父权制家庭并没有顽固阻挠她们的走出。这大概与新中国成立后父权制在主流意识形态中一直处于一个被批判的位置，因而其力量已经受到了不小的削弱有关。另一方面，也恰如孙惠芬观察到的，"改革开放二十年，乡村文明与现代文明之间的冲突在弱化，青年们已经从最初挣脱愚昧落后的痛苦中走出，旗帜鲜明地追求经济、人格的独立"。[②]

另外，随着金钱观念的深入人心，父权制家庭已经把女儿打工挣钱纳入家庭的整体规划，因而，个人与父权制家庭之间的矛盾，已经不再是父权制家庭不准她们外出，而是逼迫她们外出。刘庆邦大概对共同体的解体深感失落。在他的《家园何处》中，疼爱并保护女儿的父母过早离世，女儿停只能依赖哥嫂生存，当停的三嫂受到利益的诱惑，就想方设法逼迫停进城打工。三嫂这样贪慕城市的乡村女性形象，反复出现在刘庆邦的小说（比如《到城里去》、《回家》）中，她们总是为了一己的虚荣，逼迫自己的丈夫、儿女到城里去，她们的丈夫、儿女因此在城市受尽磨难。从刘庆邦对这样的女性形象以及对进城者遭受磨难的突出，可以看到他明显反对乡村人"到城里去"，这不能不说是一种反现代化的保守主义立场。孙惠芬的大部分小说有着亲和自由主义的倾向，但是她的《天河洗浴》[③]却与刘庆邦的《家园何处》有着相似的批评意向——谴责母亲们的虚荣：吉美的母亲明知女儿在城里打工受到老板的身体虐待，还是要让女儿当自己的"摇钱树"，吉佳的母亲则眼气吉美挣回了那么多钱。罗伟章《我们的路》中的春妹被父亲"紧催慢逼地"赶到广东挣钱，以便支持儿子考大学，她抱怨道："我这么小就出去打工，不就是挣钱供他们儿子读书的吗？"虽然女儿们有不满与委屈，但是，在家

① 项小米：《二的》，《人民文学》2005 年第 3 期。

② 孙惠芬：《在迷失中诞生》，《当代作家评论》2000 年第 3 期。

③ 孙惠芬：《天河洗浴》，《山花》2005 年第 6 期。

庭结构中处于弱势位置的她们，最终都必须顺从家庭的要求。此时，被逼入现代化进程中的她们，已经不复再有出走女性那样一条逃之路。

对照社会学研究的结果，乡村年轻女性大多有着主动走出的愿望。调查显示：当她们被问及离家的主要原因时，23.9%的应答者引证家乡落后或家里穷，22.8%的应答者说是因为"在家没事干"，但最频繁引述的外出原因是"想发展自己"（48.9%），"想开阔视野"（38.0%），"想锻炼一下自己的独立生活能力"（32.6%）和"为了自己的教育"（30.4%）。杰华总结道："这些妇女很担心她们的未来会被限制在农村，她们渴望获得超越她们的村庄所能提供的新的体验和个人发展。"①

第三节　个人、教育与市场

西方支持市场经济的学者普遍认为市场经济与个人自由之间存在相互依存的关系，宣称奉行自愿交换原则与财产私有制度的市场经济是保护个人自由必不可少的手段："在财产私有与市场交换的制度下，比财富创造更为重要的是这种制度所允许的个人自由。"② "获得私有财产与市场组织能够允许个人选择不同的职业、消费品、甚至生活方式而不会干扰到他人行使这些选择权的自由。"③ 但是，市场并不自动使个人成为市场中的主体，"财产私有制之所以使人们享有更多自由的愿望成为可能，是因为这种规则使人们必须对自己决策的后果承担责任"④。也就是说，市场需要的主体是有条件的，他必须是能够为自己的决定负责的人，即理性的人。而且，他还必须具有一定的资本。不过，这一点，往往被略而不提。

---

① 【澳】杰华：《都市里的农家女——性别、流动与社会变迁》，第138页。

② 【美】德威特·R·李：《自由与个人责任》，参见詹姆斯·L·多蒂、德威特·R·李：《市场经济大师们的思考》，林季红等译，南京：江苏人民出版社，2000年，第69页。

③ 【美】詹姆斯·格瓦特尼：《私有财产、自由与西方世界》，参见詹姆斯·L·多蒂、德威特·R·李：《市场经济大师们的思考》，第85页。

④ 【美】德威特·R·李：《自由与个人责任》，参见詹姆斯·L·多蒂、德威特·R·李：《市场经济大师们的思考》，第69页。

3.3.1　市场、"本事"与教育

　　方方《奔跑的火光》中，处于市场经济时代的乡村，与 20 世纪的"五四"时代和 80 年代相比，已经显示出很大的不同：农民们早已对种田失去了兴趣，都在想着怎样赚钱，结果却是年轻人"下广州上东北，皮都脱掉三层，回来时跟出门时一样穷"。只有全村最精明的三伙赚了钱，盖了楼。按照小说中的叙述，这是因为他主意多，嘴能说，又舍得做。可见，市场经济虽然唤起了每个人的赚钱欲望，但它却并非毫无分别地青睐所有的人，而是只对那些有"本事"的人露出笑脸。

　　市场经济中的"本事"，也就是一个人拥有的资本。资本不一定是经济的，还可以是文化的、政治的、社会的，它们可以转化为经济资本。小说中的能人三伙就是一个拥有文化资本的人（"文革"时他曾是县一中的学生）。多年走南闯北的生活历练已经使他的文化资本转化成普通农民所缺乏的赚钱的主意、广泛的见识与社会交往以及不错的口才，他对自己身处的时代以及环境的理解远远超出周围的农民，这使他能够抓住商机成立当地最火最赚钱的三伙班，顺利当上老板。从小说中顺带提及的老庙村村长家的房子比三伙家的房子还气派看，农村中的村长职位已经作为政治资本进入流通领域，顺利地转换成了经济资本，从而使村长成为被三伙仰慕的"皇帝"般的人。方方这不经意的一笔，呈现出的恰是市场经济在乡村的特点：市场经济已经不仅使一切都资本化了，而且政治这只"看得见的脚"远比市场这只"看不见的手"要强大有力得多。

　　贝克认为，在个体化进程中，教育、劳动市场和流动性是一些制度性的框架条件，因为它们不把集体作为定位的标志，而是以个人为导向。其中，教育的特殊地位在于，它处在个体化进程的第一个环节，是它促生了职业劳动和劳动市场的出现。[①]

---

　　①【德】乌尔里希·贝克、约翰内斯·威尔姆斯：《自由与资本主义——与著名社会学家乌尔里希·贝克对话》，路国林译，杭州：浙江人民出版社，2001 年，第 70 页。

　　然而，令人奇怪的是，小说中的农村女孩英芝高中毕业后连高考都没参加就回家了。原来，"大学对英芝来说并没什么特别的吸引力，花费那么大的劲头去读书又是何必？……不去上大学是她本来的心愿"。在英芝的头脑中，读书与"本事"是成反比的。现成的例子是她的同学——爱读书的女孩春慧眼睛近视得不敢走夜路，男孩永根自行车链条掉了都要找她帮忙。英芝觉得他们都是"顶没用"的人。"本事"在英芝这里有了与"赚钱"不同的另一种含义——生活能力。不过，英芝评价"本事"的标准，在市场经济时代只能是她一个人的，而不是被普遍接受的意识形态。

　　这里首先要讨论的是，英芝何以对读大学毫无兴趣？换言之，她的"读书"等于"顶没用"式的"读书无用论"果真仅仅来自她的生活经验吗？如果把视线暂时从小说中拉出来，放到 20 世纪 90 年代中后期以来的中国现实状况，就会发现新"读书无用论"自那时已经开始盛行，而且它更多地是在乡村而不是城市流行。这一论调的流行，与"大学生就业难"这样一个被广泛关注的社会难题密切相关。读大学对农村出身的孩子来说，曾经意味着"知识改变命运"：考上大学不仅能自动转为城镇户口，还可以在毕业后获得国家分配的稳定工作。自从国家不再负责为大学生分配工作[①]，考上大学虽然能够使农村孩子获得城镇户口，但是当他们只能到劳动力市场去竞争就业，能否获得工作机会也随之成为一个悬而未决的问题，"知识改变命运"的期待变成了"知识能否改变命运"的困惑。如果进一步把高等教育产业化这一因素考虑进来，则农村地区相对于城市的普遍贫困，不能不使大多数农民认为接受高等教育是高投入低产出，甚至无产出的。有调查显示，农村家庭的许多父母因此不愿再供养孩子读书，他们说："上学也考不上，考得上也供不起，供得起也找不到工作，找到工作工资也不高，还不如个打工仔。"[②]从

---

　　① 1994 年原国家教委出台了《关于进一步改革普通高等学校招生和毕业生就业制度的试点意见》，提出国家不再以行政分配而是以方针政策为指导，以奖学金制度和社会就业需求信息引导毕业生自主择业。但到 1999 年左右，自主就业的喜悦就被无业可就的尴尬所替代。

　　② 静东：《"新读书无用论"冲击下的村庄》，《燕赵都市报》2009 年 3 月 7 日。

近年的情况看，新"读书无用论"在农村地区不仅没有得到有效的遏制，反而呈泛滥之势。它已经渗透进农村孩子的头脑，以至于许多孩子成绩不佳，且容易产生厌学情绪。2009 年，仅重庆一地就有万名考生放弃高考。而这一年，全国高考报名人数下降 40 万。2010 年，高考报名人数继续跌落了 74 万。①

可见，英芝的"读书无用论"实际上有着广泛的社会基础，它已经是农村中日益盛行的意识形态之一。小说中英芝妈的话很好地说明了这一点："我家英芝就是精，得亏没有去上大学，要不就像村头春慧一样，成了个赔钱货。"

没读大学的英芝在走进市场时，不会意识到自己是个资本匮乏者——这不仅指的是她缺乏可以转化成经济资本的文化资本，还指的是由于受教育水平不足而导致的理性的匮乏。她在赚到第一笔钱后，曾经自豪于自己有本事："这就是说她有本事！本事是天生的，而不是学来的。"但是，英芝的自信是短暂的。不久之后，"顶没用"的春慧就成了人人羡慕的人——她大学没毕业就被一家大公司看中，做个设计就能挣一大笔钱，还开着小汽车请老乡们吃饭。春慧的光明前途表明，赚钱的"本事"并不是天生的，而是学来的。而且，通过读大学，春慧有着比英芝更多的见识和理性。事实上，春慧在小说中的唯一一次出场相当富有戏剧性：英芝一方的表现是"忙不迭跳下床，顾不得脚疼，冲到门前打开了门。英芝扑上去，仿佛拥抱自己盼望已久的亲人似的，英芝泪眼婆娑道：'春慧，真的是你？真的是你'"。英芝的惊喜交加以及她对春慧的重新定位，都颇类似于红色经典中乡村女性获救的那个历史瞬间：经由投身于拯救者（党的代表）的怀抱，她摆脱了黑暗的旧势力加之于她的悲惨命运。事实上，春慧与英芝也的确构成了启蒙/被启蒙、拯救/被拯救的关系。此时的英芝，正面对自己的难题不知所措：她借来盖房的钱全被丈夫赌光了，当她想离婚时却遭到了父亲的强力阻止，"英芝想想不知

① 幽壹：《高考弃考现象背后的"新读书无用论"》，http://szbbs.sznews.com/3g/3gindex.php?tid-872946.html。

道自己应该怎么办才好，便只好把自己关在屋里哭"。"不知道自己应该怎么办"的英芝此刻需要的，正是有人告诉她应该怎么办。而这个人，不可能是她的夫家人，也不可能是她的娘家人，只能是春慧这个当代知识分子。是她凭借自己的理性分析劝止了英芝轻生的冲动，还为英芝规划了"到南方去"的美好前景。她的话在英芝那里，"有如一盏灯，一下子把英芝黑暗着的心间照得透亮"。

春慧与英芝迥异的命运，可以从社会学研究那里得到支持。韩恒通过对智力型农民工（接受过大专以上教育）与普通新生代农民工（未接受过大专以上教育）的对比分析发现，与直接外出打工的新生代农民工相比，接受过高等教育的智力型农民工收入较高，住宿条件较好，享受的社会保障与社会福利相对较高，生活较为时尚，更愿意移居城市。①也就是说，知识依然是改变命运的重要砝码。

3.3.2　市场、性别与个人自由

如果说走出高中的校门意味着英芝社会化的开端，此时的她显然处于其人生道路的转折点上。她在乡村社会中的命运将由两方面力量决定：一方面是她自己主观方面的期望以及为此而进行的筹划，另一方面是她遭遇到的外在于她的社会力量。

从英芝的主观准备这方面看，她明显对自己的未来还没进行过什么筹划，此刻的她正心闲地和小侄子玩扑克。如果"心闲"可理解为无所事事，那么，玩扑克就是在无聊中打发时间。即将踏入社会的英芝是个尚未做好准备的个人。这预示着，不仅她的人生将上演哪种剧目是未知的，而且她的人生也将更多地受到她所遭遇到的外在的社会力量而非自我筹划的形塑。

英芝遭遇的外在于她的社会力量有两种，一种是市场，一种是婚姻。前者把她带入做草台歌舞班歌手的生涯模式，后者使她不得不与在乡村做"女人"的父权制度开战。关于后者，本章第二节中

---

① 韩恒：《知识能否改变命运——从硕士农民工说起》，《中国青年研究》2010 年第 12 期。

已做过分析，这里侧重分析英芝与市场的关系。

英芝进入市场，是受到三伙提供的"赚钱的机会"的诱惑。有趣的是，原本从三岁时就讨厌三伙的英芝几乎是立即就被打动了，"英芝心里'咚'了一下，暗道，那还用说，哪个不想赚钱呀"。当"赚钱"已经是不需要商量或讨论的问题，而是"那还用说"的个人欲望，就表明它已经从意识形态层面深入到了个人的无意识层面。在赚钱机会面前，英芝固然是个欲望勃勃的个人，但是，尚未做好准备的英芝，将怎样在市场中实现自己的这一欲望呢？换言之，市场提供的赚钱机会需要她付出什么？在市场中她是否拥有市场经济许诺的个人自由？

英芝进入市场，按照三伙班老板三伙的说法，是看中她歌唱得好。唱歌的确是英芝的长项，也的确算得上英芝的资本，但是，自从英芝第一次上台，市场征用的就不仅仅是她的歌声，而是还有她身体的性感。三伙"唱亲热点"的暗示，需要英芝"时而作深情凝望状，时而将头倚在贵清肩头。媚眼丢得台下一阵阵鼓掌"。征用女性身体的性感，可以视为乡村娱乐市场的特征，它是乡村中男性欲望并不曲折的表达。老板三伙那句"城里人叫这是'性感'，乡下就叫这'勾人'"道出了它的来源：它既深深植根于乡村田间地头打情骂俏的传统（英芝就是在那里学会了怎样"唱亲热点"），又是消费文化将女性身体编码为色情客体的逻辑向乡村的畸形延伸。总之，在乡村娱乐市场中，英芝的歌声与她身体的性感是被交换的"物"。而且，这是一个步步深入的"物化"过程。

在这一过程中，市场对她身体的征用日益深入，察觉到市场意图的英芝也在主动认同或不断让步。就市场一方而言，它不仅很快就从台上扩展到了台下（歌舞班的男人们开始在台下或明或暗地吃她的"豆腐"），而且那原本就由男性欲望支撑着的舞台，也开始不满足于仅仅听她唱歌，看她模仿歌星的性感，而是大喊着要求她"脱"衣。从英芝一方而言，她从第一次登台唱歌就发现了市场的意图。问题在于：英芝何以会对此主动认同？又何以会不断让步？这些与英芝的个人自由构成什么关系？

英芝对市场意图的主动认同，与她的赚钱欲望、赚钱理念、身体/性观念是缠绕在一起的。

首先，英芝的赚钱欲望从一开始就相当强烈，此后也没有丝毫削减。不过，她的赚钱欲望虽不乏"物欲"的成分，但却不能仅仅看作"物欲"，而是应看到私有财产权对英芝的个人自由的贡献（这一点，稍后再做分析）。

其次，英芝的赚钱理念是"轻松赚钱"。英芝在通过唱歌赚到第一笔钱后，得意的就是自己"并没有出半点的劳力"；文堂亲了她一口给了她10块钱，英芝觉得当天赚到的钱中，数这10块钱赚得容易；歌舞班的男人们用50块钱换取搂着她打牌的机会，英芝因为自己"没费半点力气，只是玩玩，就到手了"而感到"很开心"。与20世纪80年代提倡的"勤劳致富"相比，英芝"轻松赚钱"这一理念显示出的差别是相当触目的。事实上，90年代以来当越来越多的人靠炒钱（炒股、炒房、炒文物）大赚、演艺界明星的高额片酬和出场费、不法官员的贪污腐败等等，已经动摇了"勤劳致富"的经济伦理。"轻轻松松赚大钱"之类的网络广告，昭示出的无疑正是"轻松赚钱"的号召力。

问题在于，一旦轻松赚钱的理念与赚钱的欲望相结合，英芝就会向市场妥协。在被文堂吃"豆腐"赚了10块钱后，英芝想到的是："如果其他的人也要同她来讲这个外国礼貌（英芝把被吃"豆腐"解释成讲外国礼貌——笔者注），她干不干？"那"想了许久"之后的结果，是"她给自己定下一个规矩：只要给钱，就干"。只要市场肯付钱，英芝就愿意出卖身体。英芝为自己制定的规矩几乎与市场的律令毫无二致。因而当刘三手拿500元钞票，边摇边喊让英芝脱衣时，英芝尽管有好一阵激烈的思想斗争，但最终的结果也只能是毫无悬念的"脱"。此时的英芝在市场中完成的，是性感身体与金钱的赤裸裸的交换。市场的所谓自由交换的原则，在一开始就不是中性的，而是具有鲜明的父/男权制特征，它将女性的身体客体化为性商品。

在市场中，英芝身体的"物化"是一个不争的事实。有论者将英芝的个人意识与其身体画上等号，认为在市场搭就的舞台上，英芝作为个人的"个人意识"只能借助"身体"表现出来。市场的逻辑通过性感的衣服进入英芝的身体，将英芝彻底"客体化"，并因此向英芝发出"除了身体，你还拥有什么"①的质疑。不过，似乎还不能将英芝的个人意识完全等同于她的身体。支撑着英芝脱衣的，不仅仅是赚钱欲望、轻松赚钱这些经济考虑，而且还有英芝的身体/性观念。研究者对此似乎应给予更多的理解。英芝的身体/性观念并不传统。在别人吃她豆腐时，她丝毫没有感到屈辱（这通常是被男性作家大肆渲染的贞女心理），而是觉得："别人吃吃豆腐，自己也没有什么不舒服，有什么做不得呢？"英芝同意让别人吃"豆腐"的出发点，是她"自己"是否舒服，而不是把这与贞操联系在一起，可见她并没有多少传统乡村女性的那种强烈的贞操观念。在是否要脱衣的问题上，英芝那激烈的"思想斗争"，虽然在刚开始时表现为赚钱欲望与当众脱衣的恐惧之间的矛盾，但很快她的思想斗争就集中于"本我"欲望与其家庭角色以及本地人身份的矛盾上。她感到悲哀的，是自己不是"单人一个"，而是"别人的老婆，贱货的母亲，随便抬抬腿，也要牵动几个人。何况她又是本乡本土人，一旦被人说闲话，全家人也不会给她好脸色看。她怎么能当众脱光呢？她怎么能经受得了人们背后的议论呢？"在英芝的思考中，家庭角色与本地人身份是她的负累，是它们会引发脱衣的严重后果——全家人不给她好脸色看，人们背后的议论。也是这些后果，限制了她在市场中本可以进行的自由交换。由此可以设想，如果英芝像小红那样是"单人一个"，即市场中的个体，她根本就不必有所顾虑，而是会大胆脱衣并将之视为"展现女性形体美"的"刺激"。总之，英芝的性观念相当现代，尽管它是与对金钱的欲望纠结在一起的。

贝克与滕尼斯的论述有助于理解英芝的身体/性观念。滕尼斯在论述早期的商人对待物品的态度时认为："商业针对物品所做的'活

① 罗岗、刘丽：《历史开裂处的个人叙述——城乡间的"女性"与当代文学中"个人意识"的悖论》，《文学评论》2008 年第 5 期。

动'（尽管从同一个主体身上可能增加某些劳动），从本质上讲，无非是需求、占有、供应、出售，即纯粹是一些不触动事物本质的操作……商人因为除了这些操作之外，还把一些明显的、然而抽象的效益作为他的活动的切实的和理性的目的。"①贝克则将当代的市场主体视为自营型企业家，"在这样的企业中，人必须把自己当作资本，以发自内心的、前瞻性的顺从态度迎合市场条件，以此来安排个人生活的方方面面"。这样的企业家是"把自我剥削和自我压迫的强制转嫁到个人头上"的。②在某种程度上，市场中的英芝是把自己的身体当作属于自己所有的一种物品，在不改变其本质（属于自己）的情况下，将其出售给市场，从中获取她想得到的抽象的效益——赚钱。因此，可以说英芝的身体连同它所具有的一切先天条件（会唱歌的嗓子、可诱人的身体甚至力气），都是英芝的资本，却不能将英芝的个人意识完全等同于其身体。

个人自由是自由主义的核心，但是在何为自由这一问题上历来看法不一。伯林的消极自由与积极自由的概念影响广泛，且被中国的自由主义者所推崇。③如果按照消极自由的概念，即认为自由就是"主体（一个人或人的群体）被允许或必须被允许不受别人干涉地做他有能力做的事，成为他愿意成为的人"，则英芝在市场中的确是享有自由的：市场不仅赋予了她自主选择与自由交换的权利（尽管被交换的是她的身体），而且在市场中，她也从未受到过来自于他人（比如老板三伙、班子里的男人们乃至观众）的任何干涉：她可以自己选择要不要加入三伙班，要不要穿性感的衣服，要不要跳脱衣舞，要不要跟歌舞班的男人们厮混，甚至她还可以制定厮混的规则——要钱，虽然这规则依然在市场逻辑之内。可见，市场是一个

①【德】斐迪南·滕尼斯：《共同体与社会——纯粹社会学的基本概念》，林荣远译，北京：商务印书馆，1999年，第95页。

②【德】乌尔里希·贝克、约翰内斯·威尔姆斯：《自由与资本主义——与著名社会学家乌尔里希·贝克对话》，第74页。

③ 20世纪80年代的甘阳、90年代的朱学勤都对伯林消极自由的概念推崇有加。参见甘阳：《自由的理念：五·四传统之阙失面》，《读书》1989年第5期；朱学勤：《伯林去矣》，《书斋里的革命》，第361页。

为她提供在不同的价值和不同的良善生活的观念中间自由选择的空间。因而，英芝在市场中享有的消极自由，是不应该被忽略的基本前提。

不过，如果从积极自由的概念看，英芝又是不自由的。所谓的积极自由，即"个体成为他自己的主人的愿望"。伯林批判积极自由的追求者（大部分是启蒙者或统治者）走到了其反面——干涉他人的消极自由。但反对自由主义的学者认为，这毋宁是自由主义的内部分歧，如果将消极自由理解为自由，将积极自由理解为自主，则自由与自主之间存在鸿沟。二者的区别在于："自主的行为必然是自由的，因为它们必定是被选择的，而且这种选择必定是非强迫性的，但自由的行动可以不是自主的，因为行为者也许并没有顺利地评价它们或理解它们的意义。"这样，自主就有比自由更值得珍贵的价值。因为自主的行为既是自由的，又是判断的，而判断"必须是行为者自己的，而且它们必须建立在对他们自己的选择、行为和良善生活观念的批判反思的基础之上"。①事实上，现代市场作为一个瞬息万变的场域，它需要其主体具备的正是"判断"与"批判反思"的能力——即理性的能力，只有这样主体才能为自己做出的选择负责。伯林尽管不同意积极自由，但他根据理性之有无区分了理性的自我与经验性自我，还是相当恰切的。其中理性的自我是支配性的自我，是自我的高级的本性，是"算计并旨在使我长期得到满足的自我，我的'真实的'、'理想的'和'自律的'自我，或者'处于最好状态中的'自我"；而非理性的自我是经验性自我，这种自我是"'非理性的'或'他律'的"，受"非理性的冲动、无法控制的欲望、我的低级本性、追求即时快乐的控制"。②

如果以此标准来衡量英芝，则英芝在市场中更多地是经验性自我。英芝对人对事的看法和决定，很多时候来自他人而非自己，尽管她并非毫无"判断"能力，但是她的判断却缺乏必要的"批判反

---

① 【美】约翰·凯克斯：《反对自由主义》，应奇译，南京：江苏人民出版社，2003年，第25页。

② 【英】以赛亚·伯林：《自由论》（修订版），第181页。

思"。英芝刚遇到文堂吃她"豆腐"时也曾警告他"老实点"，但一听文堂"只不过玩玩"的解释，在很快地"一想"之后，英芝就做出了她的判断："也是，自己已经嫁了人，瓜也破了，跟他玩玩也不是什么大不了的事。如此想过，也就由他。"如此迅速地认同（"也是"）对方并因此开始"由他"而不再"由己"，表明英芝的判断是基于他人的观念而非自己的看法。如果联系英芝还先后对三伙、小红等人的看法表示过类似的"也是"式的他律式的认同，则可以认为英芝做出的判断是缺乏理性的。

不过，最能体现英芝理性匮乏的还是她在面对刘三手举 500 块钱诱惑她脱衣时的反应，她"有些恍惚。开着小车的春慧似乎又从那钱里朝她驶了过来。一瞬间，英芝抬起了胳膊，她把手放在了裙子的吊带上……裙子从她的身体上缓缓地落了下来……喧嚣的声音促发得她全身热血沸腾。她的手指情不自禁地放在了胸罩的铁钩上。只轻轻一下，胸罩也脱落了下来"。恍惚状态中的英芝，可视为处于无意识状态，此时能够支配她的到底是什么呢？从外表看，英芝已经完全受控于来自市场的"喧嚣的声音"——刘三摇钱大喊的"脱了这钱就是你的了"以及众人一阵阵高喊的"脱"，在市场的喧嚣中被激发得"热血沸腾"的英芝，则处于无法自控的非理性激情之中。但是这非理性的激情并非毫无内容，而是显露出了英芝的无意识的秘密——"轻松赚钱"，刘三那句"脱了这钱就是你的了"就是其注脚。然而，一如"赚钱"一样，"轻松赚钱"也是社会流行的主导意识形态，因而英芝个人的无意识，验证的恰是拉康的洞见："无意识是他人的语言。"理性匮乏的英芝，无法实现其自主的愿望，也就部分地丧失了其个人自由。

3.3.3 私有财产权与个人自由

考察市场之于乡村女性的影响，不能仅限于它与个人的关系这一端，而是应该把它放到一个更为广阔的背景上，即同时联系市场对乡村父权制的影响。具体到《奔跑的火光》，也就是英芝在市场中赚到钱之后怎样，即拥有金钱这一私有财产是否改变了英芝在家庭中的地位的问题。在此意义上，市场对英芝最重要的赋权就是赋予了她私有财产权。

有论者认为进入市场之前的英芝"比较完满和自在，没有多少缺憾与匮乏"①。鉴于"缺憾与匮乏"在弗洛伊德与拉康那里都意味着欲望，则在他们看来，还没有产生赚钱欲望的英芝是完满与自在的。但是，假设英芝一直闲待在家里，和小侄子打打牌或者和哥嫂们打打麻将，她过的就是一种游手好闲的生活。更重要的是，她的生存将全部依赖父母的经济支持，一如她的两个哥哥，因而很难说这种生活是"完满和自在"的，也很难说它是有意义的。并且，即使英芝喜欢过这种生活，它又能持续多久？三伙那句"爹妈能养你一辈子"的反问并非毫无道理。

而且，英芝以唱歌来赚钱也并非仅仅是一种物质欲望②，因为如果将物欲定义为对"物"的占有与享受的欲望，则英芝的欲望只是指向了金钱而不是指向"物"。虽然英芝在实现自己的赚钱欲望时难免向市场妥协，但是在管理个人财产上，英芝还是相当理性的。这一点，可以从她对自己挣的第一笔钱的使用上见出。她把这笔钱分作三份：第一份用来买唱歌穿的衣服（这对她来说属于必要的前期投资）。第二笔存进了银行里，她"在县里的银行办了个存折。她存进了一百块钱，是定期……英芝一想到明年此时，她就是几千块钱的主人，就由不得开心万分，睡到半夜，也会为此而笑醒"。她因此拥有了属于自己的财产（那张红色的存折就是她财产权的象征）。也正是通过拥有财产权，英芝得以摆脱在经济上相对于父母的依附地位，她可以依靠自己获取生活必需品，维持其作为个人的存在与再生产。第三份英芝交给了家里。并且，从那以后她定期给家里交钱，虽然她交的这笔钱并不是她收入的大部分而是一小部分（从中可见出英芝的个人本位立场），但它至少能够表明，英芝并非阎云翔

---

① 罗岗、刘丽：《历史开裂处的个人叙述——城乡间的"女性"与当代文学中"个人意识"的悖论》，《文学评论》2008 年第 5 期。

② 罗岗、刘丽：《历史开裂处的个人叙述——城乡间的"女性"与当代文学中"个人意识"的悖论》，《文学评论》2008 年第 5 期。

论述中的毫无公德心的个人。而当英芝通过交钱开始为家庭经济做贡献，"她在家里的地位也因为每月交钱的缘故，越来越高"。

如果说英芝因为拥有私有财产，在娘家还只是提高了自己的家庭地位，那么，在婆家私有财产对她的意义就至关重要。能够靠自己挣钱，是英芝产生独立梦想的物质基础。并且，英芝的独立梦想还有着明确的男女平等的内涵（她甚至把盖房的日期选择在 3 月 8 日，盼望着从此能够"翻个身"）：

> 英芝突然想到，就算我是女人，只要我能挣钱，三伙能做到的事，我为什么就不能做到呢？我又何苦要跟公婆住在一起去受他们的气呢？如果我自己挣下钱来，我岂不是自己可以盖一栋房子，就像三伙这样的？虽然说盖房子应该是男人的事，可是女人如果有本事，不是一样可以为自己盖么？我一个月能赚几百块钱，一年下来也有几千块。不出两年，我就盖得起房子来……我可以住在自己房子的楼上，高高地看到公婆的院子，我不在乎他们骂人，不在乎他们阴阳怪气，我可以翘着二郎腿不睬他们，甚至，我高兴了，还可以朝他们吐一口涎水。那种感觉该有多么好呵？
>
> 英芝被自己突来的想法激动了。整整一夜她脑海里都只有新房子的画面。……她意识到这栋新房子的出现，将会改变她整个的生活。……英芝想……我是女人，是别人的老婆，是别人的媳妇，我可以靠自己盖一栋房子起来。我要用我的房子来气死你们笑死你们！

英芝的"三伙能做到的事，我为什么就不能做到呢"这一想法，可以翻译为"男人能做到的事，女人也能做到"。这既是新中国成立后提倡的"时代不同了，男女都一样"的另一种版本，也是自由主义女性主义的信念：相信在本体论上女人与男人是完全相同的。[①]在

---

① 【美】约瑟芬·多诺万：《女权主义知识分子传统》，赵育青译，南京：江苏人民出

女性因为首先被当成"女人",然后才被当成"人"看待的乡村父权制社会,这一想法自有其革命性的历史意义,因为如果承认性别差异的前提是对女性的歧视,相信"男女都一样"就具有一种为女性赋权的思想力量,它能够使女性获取自尊与自信,并鼓励她们去争取自己在社会中的平等地位。进一步,英芝靠自己的力量盖一座属于自己的房子,还具备伍尔夫的"自己的房间"的象征意义:这座"自己的房子"对英芝而言,意味着能过一种更为独立也更为自主的生活,而不必时时处处受到公婆的干涉(贵清打英芝在大部分情况下是出于公婆的教唆):"不在乎他们骂人,不在乎他们阴阳怪气。"有趣的是,贝克在谈论个体化时赞赏伍尔夫的《一间自己的屋子》是本好书,并从个体化的角度指出,一个属于自己的房间,既是一个地理范畴,同时也是一个有象征意义的范畴,它意味着人们想把自己封闭起来,随心所欲地做事,因而这是个人发展自我的视野的空间。[1]在这一意义上,"财产私有规则可以被视为与个人自由相一致的"[2]是有一定道理的。

版社,2003年,第12页。

　①【德】乌尔里希·贝克、约翰内斯·威尔姆斯:《自由与资本主义——与著名社会学家乌尔里希·贝克对话》,第81页。

　②【美】德威特·R·李:《自由与个人责任》,参见詹姆斯·L·多蒂、德威特·R·李:《市场经济大师们的思考》,第67页。

第四章　乡村女性在城市

"乡村女性在城市"的故事，是乡村女性个体化过程的展开。换言之，进入城市的她们，是以个体的身份进入城市并在劳动力市场中谋求自己的生存的。这意味着，进入城市的她们作为个体，不再是先赋性的农民，而是向工人身份转换。又由于她们的户籍身份依然是农民，因而，打工还"意味着劳动者不再受到国家的保护，它是临时性的劳动，是会被任意解雇的劳动，并且是随时可能被更低价格的劳动所替代的劳动。打工的价值，如果有的话，是由市场决定的"。①值得玩味的是，以城市为本位的城市文学与以乡村为本位的乡土文学，讲述了两种反差极大的"乡村女性在城市"的故事。除此而外，还有一种更接近自由主义的个人奋斗的"乡村女性在城市"的故事。本章将考察这三种故事的故事模式、乡村女性形象及其意识形态诉求。

第一节　城市小说/文化中的乡村进城女性形象

4.1.1　赛义德的启示

20 世纪 90 年代以来，伴随着城市在中国经济中获得的优势地位②的，是它在当代文学中得到了越来越多的表现。恰如贺桂梅所

---

① 潘毅：《中国女工——新兴打工者主体的生成》，任焰译，北京：九州出版社，2011 年，第 10 页。

② 在 2001 年的一次会议上，来自安徽省某县的副书记说，整个农村的改革和发展 90 年代不如 80 年代，就农民的生活来说，1997 年后一年不如一年；而上海的代表则说，20 世纪 90 年代的上海比 80 年代是大大地好了，1995 年以后一年比一年好。这是自 1985 年后国家把城市当作发展重点的直接结果，它带来了城乡差距的进一步扩大。参见陆学艺：《"三农新论"——当前中国农业、农村、农民问题研究》，北京：社会科学文献出版社，2005 年，第 26 页。

言，"城市不仅构成文学故事发生的几乎是唯一的场景，更重要的是，它越来越成为文学表现的独特的审美对象。"①这一现象在小说与电视剧中尤为明显。在很大程度上，这些作品不仅仅是书写城市空间、城市文化与城市人的生活，还常常采取城市人的视角，而且它们在价值观念上也更接近城市的主流意识形态，譬如城乡分割的政治。鉴于这些作品明显的城市本位色彩，这里将它们称为城市文学/文化。

值得注意的是，似乎是在不经意之间，城市文学/文化中就会冒出一个乡村女性的形象。小说中比如池莉《生活秀》②中的九妹、贾平凹《废都》③中的柳月、六六《王贵与安娜》④中的王贵娘；电视剧中如《中国家庭》⑤（一）中的尚晓云、《我的丑娘》⑥中的丑娘等等。只是，乡村女性从来不是文本中的主角，而是作为一个陪衬者、一个他者出现在城市文学的一隅。有时候，她甚至连形象都没有，只是以"农村妇女"之名出现在城里人的口中⑦。此外，她还经常被置于城市人居高临下的目光之下，在被打量、被凝视中显出紧张和局促，乃至于被城里人犀利的目光看穿所谓的"本质"。这里试图揭示的是，乡村女性形象在这些作品中的多重作用及其负载的意识形态意义绝非可有可无，而是非常重要。

赛义德在《东方学》、《文化帝国主义》中的洞见提供了诸多有益的启示。首先是赛义德提出的"外在性"概念。他认为东方学作为西方文化的一部分，建立在"外在性"（exteriority）的前提之上。东方学家位于东方之外，其产物是表述，即"东方学家使东方说话，

① 贺桂梅：《人文学的想象力——当代中国思想文化与文学问题》，开封：河南大学出版社，2005 年，第 168 页。

② 池莉：《生活秀》，《十月》2000 年第 5 期。小说不仅获 2000 年《小说月报》"百花奖"与 2000 年《十月》文学奖，并被改编成电视剧与电影。

③ 贾平凹：《废都》，北京：北京出版社，1993 年。

④ 六六：《王贵与安娜》，2003 年发表于萍水相逢网站，2008 年由华录百纳影视有限公司改编成电视连续剧。

⑤《中国家庭》（一），上海宇阳文化传播有限公司 2009 年出品。

⑥《我的丑娘》，江苏电视台、北京创信影视 2008 年出品。

⑦ 比如六六《蜗居》中海萍生孩子后不肯包头，就是因为这样做"像个农村妇女似的"，这里"农村妇女"这一概念，似乎承载了所有负面的内涵：无知、土气、老观念等等。

对东方进行描述，为西方展现东方的神秘"。这种表述很少依赖，也无法有效地依赖东方本身，而是更多地依赖于西方。其次，与"外在性"概念相关的是，东方是一个观念群，有其自身的历史以及思维、意象和词汇传统。西方文学作为东方学的一部分，分享并参与这些表述技巧、历史、思维、意象和词汇传统的创造。事实上，赛义德的《文化与帝国主义》试图阐明的，就是西方小说"对形成帝国主义态度、参照系和生活经验的重要性"。最后，极端僵化的身份认同是帝国主义时代文化思想的核心，"有一个'我们'和'他们'，两个方面都是固定、清楚、无懈可击地不言自明的"。这一区分是为了维护东西方之间存在的霸权关系。在这个意义上说，东方学是地域政治意识向美学、经济学、社会学、历史学和哲学文本的一种分配，它不仅是对基本的地域划分（世界由东方和西方两大不平等的部分组成），而且是对整个利益体系的一种精心谋划。①

赛义德洞见的启示是，城市文化对乡村、乡村人包括乡村女性的表述或者说话语，也是建立在"外在性"概念之上的，它不关心乡村、乡村人、乡村女性到底是什么样子，而是按照自己的意愿、利益和表述传统将他们表述成是那个样子。因此可以理解，何以在性别、出身、写作风格等方面差异极大的作家书写的城市文学/文化文本中，会反复出现刻板化的乡村与乡村人、乡村女性的形象：她们就是从那套关于乡村、乡村人、乡村女性的表述传统，即表现技巧、思维、意象与词汇的传统中生产出来的。最后，由于在中国社会转型期，任何身份都不再是固定的、本质主义的，而是流动的、建构的，人们更期望从先赋性身份中挣脱出来，通过自己的努力去争取获得性身份。因而，城乡分割制造的城市人/乡村人的霸权性的先赋身份，正在遭到越来越多的质疑：乡村人为什么不可以通过自己的努力得到城市人的身份？他们为什么不可以实现向上的社会流动？遗憾的是，城市文学作为地域政治意识的一部分，在其中起的

---

① 参见【美】爱德华·W·赛义德：《东方学》，王宇根译，北京：三联书店，1999年，第1～36页；《文化帝国主义》，李琨译，北京：三联书店，2003年，第1～22页。

作用是相当保守的，它并不促进身份的流动与建构，相反，它更倾向于维护本质性的身份认同，这使它客观上服务于城乡分割的意识形态以及这一意识形态带给城市人的好处。

有必要指出的是，与东方学始终参与了西方对东方的殖民史不同的是，20世纪50～70年代的中国当代文学/文化，在国家实行城乡分治的同时，积极构建的是社会主义大家庭叙事。其中的乡村与农民的形象常常是道德的、高尚的。它在一定程度上弥合了城乡之间的现实裂隙。但是，这并不是说这一时段城市人对乡村与乡下人的轻视就不存在，毋宁说它以一种隐性的方式存在。长期的城乡分割的现实政治，已经使城里人高贵、农村人卑贱成为一种被普遍接受的意识形态。它既表现为城里人的优越感，也表现为农村人的自我卑贱感。其表现形式虽然多种多样，但总是系之于本质化的城里人/农村人的区分。作家铁凝在讲述自己70年代末上山下乡的乡村记忆时，提到这样一件事：她刚到农村干活时手上打了12个血泡，村里的姑娘素英抓住她的手哭着说："这活你们本来就不应该来呀，这本来就是我们的活。"在素英的理解里，"你们"这些城里人应该在城里享福，"我们"这些农村人才应该受苦受累；而且，这种"应该"还是"本来"的，亦即"你们"和"我们"之间的城乡划分在她那里是天然的。这种所谓的"天然"正是城乡分割的意识形态长期作用的结果：她在内心深处已经彻底认同了这种区分。以至于铁凝感叹道："她们内心没有什么怨毒，甚至连城乡差异所带有的微妙的心理不平衡她们都没有，她们绝对不会有这样的念头：啊，终于让你们来受罪来了。"[①]然而，这种曾经被长期遮蔽的隐性存在，到了市场经济时代，已经不再满足于继续处于隐性状态，它谋求在文化与文学中得到表达。事实上，它已经得到了越来越多的表达，城市文学/文化中的乡村女性形象就是其中的一部分。

---

① 见贺绍俊与铁凝的对谈《与贺绍俊先生的对话》，参见贺绍俊：《作家铁凝》，北京：昆仑出版社，2008年，第260～261页。

4.1.2 外在性与他者化

城市文学中的乡村女性形象大致可分为两种，一种是年轻的打工妹，一种是乡村亲戚。不过，城市文学在形塑她们的形象时，都采取了外在性与他者化的方式。

20 世纪 90 年代是城市文学/文化勃兴的时代，贾平凹的《废都》与池莉的《生活秀》是此间产生了广泛影响的文本。其中，《生活秀》的作者池莉是出身于城市的女性作家，自发表成名作《烦恼人生》后，一直致力于城市文学的书写。她不仅自称"我就是一个小市民"，且在其创作中贯彻了"小市民"的处世哲学。而《废都》的作者贾平凹是出身于乡村的男性作家，80 年代以来主要以乡土文学写作闻名，但《废都》却是一部标准的持城市本位立场的文本。这两个文本值得分析之处，在于其中的两个进城打工妹的相似性：都来自贫困地区且年轻貌美，都把某位城市成功者当作自己的偶像，渴望成为对方那样的人或为对方献身，并因此被城市人利用或耍弄。这种近似的乡村打工妹书写表明，它们包含一种被建构的"内在的一致性"。

池莉的《生活秀》塑造了一个神话般的城市女性来双扬——吉庆街乃至汉口范围的第一个个体经营者。叙述者不仅满怀敬佩地把来双扬称作吉庆街的名人、定心丸与偶像，更围绕来家祖业——老房子的产权问题，书写她在处理对外（房管所张所长）对内（家庭内部与个人情感）一系列关系时的游刃有余，展示她的干练、泼辣和精于算计。小说结尾时，"来双扬搬起指头数数这过去的日子，她解决了来家老房子的产权问题；也解决了与卓雄洲的关系问题；还带来金多尔看了著名的生殖系统专家，专家说多尔的包皮切口恢复得很好，不会影响只会增强将来的性功能，来双扬高兴得给多尔找了更高级的乒乓球教练。来双扬搞好了与父亲和后母的关系；交清了来双瑗她们兽医站半年的管理费；九妹出嫁了；小金也本分了一些；久久似乎也长胖了一点儿，来双扬在逐步地减少他的吸毒量，控制他对戒毒药产生新的依赖；来双扬自己呢，还挤出一点儿钱买了一对耳环，仿铂金的，很便宜，但是绝对以假乱真"。一个又一个分号，连接起来的是双扬成功处理的一系列问题。值得注意的是，来双扬把所有的"社会关系"都当作"问题"来处理，即便这关系是在家庭内部的父母、兄妹之间，甚至是在与爱慕了她两年的卓雄洲之间。当一切关系都成为"问题"，它需要的就不是人与人之间的基于感性的情感联系，而是冷静的理性算计。在这一意义上，来双扬正是合乎现代社会工具理性原则的战无不胜的女神。只有作为一个世事练达的经济能人，她才能作为吉庆街乃至武汉市的象征，"那么有模有样地坐着，守着她的小摊，卖鸭颈；脸上的神态，似微笑，又似落寞；似安静，又似骚动；香烟还是慢慢吸着，闪亮的手指，缓缓地舞出性感的动作"。不过，这一充满了"被看"意味的画面，同样出于来双扬的精心设计。她将永远以这样的姿态坐在那里，充当城市的神话。

九妹是这篇小说中的乡村女性，她只出现在小说中的某一些段落。这样一个文本位置，一如她之于来双扬，以及她的哥哥、弟弟、张所长乃至他的花痴儿子的位置，她之于城市的位置。

《生活秀》不是九妹的故事，也不是九妹的城市的故事。九妹一出场，就处于叙述人的严格控制之下："九妹从乡下来汉口好几年了，丑小鸭快要变成白天鹅了，她懂得把胸脯挺高，把腹部收紧了，还懂得把眉毛修细把目光放开了。九妹有一点儿城市小姐的模样了……现在她很像城市少女了，染了栗色的短发，脖颈上戴黑色骷髅项链。"这里的叙述政治在于，九妹自己不能说话，她只是被描写、被评价。并且，在这段聚焦于九妹的身体之变的描写中，有着明显的城乡之间的差异政治。这是丑小鸭与白天鹅的二元对立式的差异：乡村女孩是"丑小鸭"，城市女孩是"白天鹅"。白天鹅相对于丑小鸭的优越性，询唤着乡村女孩想要变成白天鹅的欲望。而欲望一旦形成，她就将按照城市女孩的标准进行自我改造与自我规训。然而，吊诡的是，即使丑小鸭已经在外表上与白天鹅看齐，她也不过是"很像城市少女了"。也就是说，"很像"仅仅是一种表象，"不是"才是本质。

　　这样的一种判断既是叙述人的，也是来双扬的，在叙述人做了以上描述之后，悄然把视角移交给了来双扬。来双扬那双犀利的城市人的眼睛，看透了"九妹本质上还是一个乡下丫头，她这一辈子，本质是不会改变的了。在乡下生活了二十年，只读了三年的书，农民的本性已经入骨了。只要吃客舍得花钱，你看九妹的笑容讨好到了什么地步？恨不得把笑容从脸上摘下来送给别人"。从来双扬的角度看九妹，意味着叙述人把裁定并揭露九妹本质的权力赋予了来双扬，她有权按照自己的理解命名并表述九妹的本质——一个"乡下丫头"，一个卑贱的他者，而且这本质是"不会改变的"。

　　从后现代主义的角度，很容易就可以辨认出来双扬对九妹卑贱"本质"的表述中的本质主义倾向，它不仅高度依赖于现象/本质的区分，而且坚持九妹的本质不可能随着其外表抑或是其所处空间的变化而变化。但是，更深层的问题或许在于，来双扬对九妹本质的表述从现实中获得了最强有力的支持：作为中国社会的主要差别的城乡差别，在世纪之交不是缩小了，而是加大了，它尤其体现在城市与乡村之间越来越大的经济收入方面。[①]或许正是这个原因，使得来双扬在判断九妹的本质时，直接将城乡差别等同于贫富差距："九妹这丫头啊！没有办法的。从前太穷了，穷破胆了！"这里，来双扬将城乡差别等同于贫富差别，是对城乡差别的偏移，也是对城乡差别的窄化和化约。因为，贫富差别不仅存在于城乡之间，也存在于城市与乡村内部；而城乡之间的差别，也不仅仅是经济上的差别，只是在这个经济主导的时代，它被有意识地突出了。对来双扬而言，她加诸九妹的这样一种偏移的、窄化的本质判断，透露出她为九妹寻找本质时的困窘。这一困窘在表明本质主义的身份裁决的捉襟见肘的同时，还透露出城市人尤其是城市有产阶级的表述政治：

---

　　① 陆学艺指出，1978 年～1984 年、1985 年～1996 年、1997 年以后，城乡居民的可支配收入的差距一年年扩大，1995 年城乡差距是 2.72∶1，2001 年扩大为 2.92∶1，2002 年扩大为 3.1∶1，2003 年又扩大为 3.2∶1，如果再加上城市居民享受的各种福利，则城乡差别实际是 6∶1，这样中国就是世界上城乡差距最大的国家。参见陆学艺：《"三农"新论——当前中国农业、农村、农民问题研究》，第 62、213、218 页。

急切地参与城乡差别这一现实政治的构造。借着这样一种本质化的差别，乡村打工妹被命名为一个卑贱的他者，一个天生的臣属者。

《废都》作为贾平凹不多的写城市的小说，写的是文化名人庄之蝶的故事。其中的乡村女性柳月，与九妹的文本位置类似——她仅仅是庄之蝶故事的配角。甚至柳月的出场，也几乎与九妹一模一样，她同样被置于一个被看与被议论的位置上："庄之蝶站起来，隔了竹帘看见对门石阶上有红衣女子一边摇摇篮的婴儿一边读书……竹帘外的红衣女换了个姿势坐了，脸面正对了这边，但没有抬头，还在读书，便显出睫毛黑长，鼻梁直溜。"隔着竹帘，柳月在毫不知情的情况下成就了庄之蝶目光下的一幅红衣少女读书图。但是，这幅图画，并非为了表现柳月的好学，而是为了衬托庄之蝶的知名度：柳月如此专注地阅读的，正是庄之蝶的小说。

很快，柳月就不仅仅处于被看的位置，而是成为两个城市男性庄之蝶与赵京五议论的对象：

> 庄之蝶顺嘴说句："这姑娘蛮俊的。"赵京五问："说谁？"探头看了，说："是对门人家的保姆，陕北来的。陕北那鬼地方，什么都不长，就长女人！……这姑娘口齿伶俐，行为大方，若给你家当保姆，保准会应酬客人的。但院子里背地说，主人不在，她就给婴儿吃安眠药片，孩子一睡就一上午。这话我不信，多是邻里的小保姆看着她秀气，跟的主儿家又富裕，是嫉妒罢了。"庄之蝶说："那就真胡说了，做姑娘的会有这种人？"

从他们的议论中，柳月的出身被交代出来——来自陕北。这里的"陕北"，与《生活秀》中的"乡下"一样，都是一个笼统的所指，可以用来指称任何乡村。柳月的村庄与九妹的村庄一样没有自己的名字。至于赵京五与院子里其他人对柳月的评价，虽然一褒一贬，但有一点是相同的，那就是柳月无法控制别人怎么议论她，她甚至根本就不知道这些议论。但是，这丝毫不影响城里人议论她，甚至他们的议论还会影响她的命运。事实上，柳月被庄之蝶选中做他家的保姆，很大程度上就得益于赵京五对她的好评。

不过，相对于《生活秀》，《废都》在对柳月的他者性的书写上稍有不同。柳月也很在意自己的城市化即"去乡村化"，其方式同样是改穿时髦的衣服。但是，在城市人的眼中，柳月并没有暴露出乡村女孩的所谓本质，而是"一下子光彩了，满院子的人都说像陈冲"，并且，城里人的肯定还给柳月带来了更大的变化，她"自此一日比一日活泛，整个儿性格都变了。"事实上，出现在庄之蝶面前的柳月，在待人接物方面已经毫无乡村女孩见到陌生人时的羞涩与拘谨，而是像城市女孩一般落落大方，她甚至懂得抓住机会自荐去庄之蝶家做保姆。不过，通过下一部分的分析将会看到，在城市人眼里，她依然是一个闯入的他者，无法摆脱任人宰割的命运。

除了年轻的打工妹形象之外，在城市文学与大众文化中还出现了另一类乡村女性形象——亲戚。六六的网络小说《王贵与安娜》发表于 2003 年。讲述的是"文革"后期农村出身的大学教师王贵与城市小姐安娜的婚恋故事。二人的婚恋过程就是王贵按照安娜的要求自我改造即"去乡村化"的过程。小说中王贵娘、安娜的婆婆同样是个配角：她在城市的部分仅仅是王贵与安娜故事的一段插曲，来了之后不久就回乡下去了；即便是她的到来，也是为了满足儿子儿媳的要求——替他们照顾年幼的女儿安安。

王贵娘在城市的插曲被表现为一系列婆媳矛盾。这一矛盾，基本上是从安娜的视角呈现的，它同样表现为城乡差异。安娜是典型的城市人——上海人，而且是没落的贵族——前大地主与大资本家的女儿，这样一种出身虽然使她无缘读大学，却使得她"骨子里十足的小资"：除了爱读《红与黑》、《安娜·卡列尼娜》等禁书之外，她还对文雅的"生活"与邋遢的"日子"做了区分。用安娜的话说，就是"生活让你觉得舒服，过日子让你觉得邋遢"，"生活要文雅一点，不要把很美好的生活硬糟蹋成过日子"。如果说安娜是文雅的"生活"的身体力行者，她的婆婆则是邋遢的"日子"的实践者。在安娜挑剔的目光中，婆婆的邋遢简直不堪忍受：狼吞虎咽地大声地吃东西，唱河南梆子且教给女儿安安唱，用手从盘子里拿菜给女儿吃，直接从锅里舀饭吃等等。二人之间矛盾的爆发，则被戏剧化为剥虾事件：

> 饭桌上，老太太正在剥虾皮。突然，她停下来大声地清了清嗓子，咔地一声吐了口痰在地上，用脚碾了碾，又拿手指头擤了几下鼻子在地上，再把手指头在外褂上抹了两下，然后又恢复到正常状态继续剥虾。
>
> 王贵没注意，而安娜看得都快吐了。
>
> 突然，老太太把那只剥了皮的虾塞进安安的嘴里。安娜惊叫着伸手过去把王贵娘的手打开，又狂奔到安安的身边蹲下，用手指头挖安安的嘴。
>
> "张嘴，张嘴，吐出来！"
>
> 安安吓坏了，吐完就张嘴哭上了。
>
> "什么都往嘴里塞，多脏啊！我前世做了什么孽啊！找了这样一家人！"

接下来的情节，就是安娜抱着女儿边哭边数落自己嫁错了人家，王贵因不知如何哄劝安娜和女儿而着急，王贵娘的神情也"由无辜到尴尬，然后又到紧张，最后到愤怒"，随即坐在地上哭唱起来。此时"安娜、王贵和安安都起身愣住了，大家都看着她一个人坐在地上表演"："王贵娘的声音抑扬顿挫，有板有眼，边哭边拍地，还继续往地上擤鼻涕，然后擦在前襟上。"王贵娘在事件中的感受以及反应被叙述者定性为"表演"，而且是肮脏的表演（坐在地上、擤鼻涕而且擦在前襟上）。这就有意无意中否定了王贵娘受到了来自安娜的伤害，她的行为是为了制服儿媳而采取的表演策略。依仗这一策略，她将安娜骂做欺负自己的"妖精"，并成功要挟王贵打了安娜的耳光。这样，王贵娘在这一场景中就被呈现为耍无赖的丑角，而城市小姐安娜虽然做法略显过火，却明显得到"卫生"话语的支持。

虽然安娜与王贵娘的矛盾被呈现为城里人/乡下人的生活方式的差别，但是，这种呈现不仅在小说叙述中是不对等的，而且，在王贵那里也是不对等的。安娜用"脏"来评价婆婆，实际上得到了王贵的认可（尽管他并不情愿），而婆婆对安娜的抱怨以及"中看不中用"的评价就得不到儿子的认可，反而是王贵得意地逗母亲："人是资本家小姐。小姐！上海人！想俺们家祖上八代贫农，要不是共产党，俺到现在还不是都在村里种地吗？谁敢想有一天还能跟城里小姐搭伴过日子？俺都进城上大学了，俺才不要六百工分的呢！就找好看的！也改改俺家的种！"已经进城的王贵做了大学教师，需要的就不再是农民王贵需要的一年能挣六百工分的表妹李香香，而是城市小姐安娜，这表明他对自己未来的规划有着鲜明的"去乡村化"意图。而他对安娜的"资本家小姐"、"上海人"、"好看"的夸耀，以及要"改改俺家的种"的声明，都明显地把安娜放在了高于自己、母亲和乡村的位置之上，用王贵的话说，就是安娜"种好"，而安娜也的确说过王贵"种不好"。王贵与安娜之间这种不对等的本质主义的对彼此身份的互认，使安娜理所当然地成为评判王贵及其家人、甚至是他们村人的言行举止的法官。她可以严厉地警告王贵："不要把你那些低级趣味传给我的女儿！我不希望我的女儿——张口就是侉话，举手投足都是乡下人。你看你和你妈把我女儿都教成什么了？那些举止动作，我都没法看！她以后是要在大学里生活的，她以后要受高等教育的！你现在教的那些，难道叫她长大以后到乡下走村串巷唱乡土剧吗？"她也可以把婆婆的行为认定是："你们家，品质不好，撒谎成性，以后孩子都跟你学跟你妈学！"在看到王贵村里来的人狼吞虎咽地吃饭时，她还可以说："我以前看到你吃饭的样子就生气，今天才知道这是你家祖宗传下来的，只要是你们村的，姓王的，都一样。种不好，怨不得你。"按照安娜的标准，唱河南梆子是"低级趣味"，"举手投足都是乡下人"是千万要不得的，王贵娘偶尔的一次撒谎就是"品质不好"，村里人吃饭狼吞虎咽是全村人"种不好"。这种对乡村人的言行举止与生活方式的判断，把城市人/乡村人划分成截然不同的两种人：城市人是高贵的、文雅的、卫生的，乡村人则是次等的、低俗的、肮脏的，不论性别、年龄。

其他文本中的乡村亲戚形象的特征虽然未必这么明显，却同样被他者化了，2008 年热播电视剧《我的丑娘》①中的丑娘是一个典型的大堰河式的地母形象，她的他者性是"丑"；《中国家庭》（一）中的尚晓芸虽然是大学毕业生，但她的贫困山区出身已足以使她被看作一个他者。

当城市文学/文化中对乡村女性形象的形塑以外在性为前提，并将乡村女性他者化，就显露出城市文学/文化对城市人重建城乡差异秩序的企图，而秩序从来是"人为的、由人所创造的而且显然是政治的和社会的……人们必须设计出秩序以限制一切普存之物（即，流变物）……秩序成为权力之物，权力成为意志、力量和算计之物"②为了维护、重构这一秩序，被"他者化"的乡村女性形象被抽空为巨大的虚空之洞，可以被填充进差异极大的、各种各样的内涵，但她们都有着一个鲜明的标志——他者。

4.1.3 他者化与态度的任意性

城市文学/文化把乡村女性他者化的好处在于，可以让城市人在对待她们时，毫无顾忌地采取一种居高临下的态度上的任意性，并将这种态度的任意性永久地固定下来。

《生活秀》中，城市里的来家人在对待九妹时，都具有这种态度上的任意性。对于来双扬的弟弟久久来说，他态度上的任意性就是"玩"九妹。作为久久酒家的老板，一个俊俏的令无数少女迷恋的吸毒青年，他从来没打算娶九妹为妻，却把她"弄得神魂颠倒，弄得痴心妄想"，以为终有一日可以嫁给他。但是，九妹的梦想只是她一个人的梦想，它在久久的姐姐来双扬和哥哥来双元的眼里，不过是一个乡下丫头的可笑的"痴心妄想"。来双扬的哥哥来双元在对待九妹时，同样抱着态度上的任意性，且更具有居高临下的味道："既然

---

① 2008 年，《我的丑娘》在山东齐鲁电视台首播，取得山东省收视率第一的成绩。根据央视索福瑞收视仪数据显示，《我的丑娘》的平均收视率为 9.75%，最高点狂飙至 16.57%，而央视一套同期播出的大剧《夜幕下的哈尔滨》收视率仅为 2.1%。

② 【英】齐格蒙特·鲍曼：《现代性与矛盾性》，邵迎生译，北京：商务印书馆，2003 年，第 9 页。

九妹不可能是久久的老婆，那么九妹是可以让大家实行'共产主义'的。自己家餐馆里雇的丫头，给大哥送送饭，让大哥看一看，摸一摸，这不是现成的吗？"正是抱着这种居高临下的态度，来双元在调戏了九妹之后，不但没有感到丝毫不安，反而振振有词，"那个小婊子以为她是谁？金枝玉叶？不就是咱们家养的丫头吗？大公子我摸她一把那还是看得起她呢！"在来双元的表述中，可以看到与叙述人的城市小姐/乡下丫头类似的命名策略：他是来家高贵的"大哥"、"大公子"，九妹则不过是"自己家餐馆里雇的丫头"、"咱们家养的丫头"，而不是什么高贵的"金枝玉叶"（即城市小姐）。总而言之，九妹是卑贱的他者。借助这种命名策略，他可以"任意"使用她，让她给自己送饭并趁机调戏，这一切在来双元这里简直就是天经地义的。

来双扬对待九妹态度的任意性，是把九妹嫁给张所长的精神病儿子——一个"靠他们老两口养活，不发病的时候也只能待在家里，发病了就糟糕了，满大街地追姑娘，夜里还往他妈床上爬"的花痴，来换取张所长帮助她要回老房子的产权。在来双扬和张所长的交易中，九妹与老房子的产权一样，是被交易的"物"。

或许是叙述人意识到来双扬把九妹当作"物"使用有损她的正面形象，因而有意识地模糊这一交易的残酷性。这在小说中表现为两种叙述上的努力。首先，从来双扬的视角回忆九妹母亲一再"央求"她给九妹找个城市丈夫，这样，给九妹找个城市丈夫就成为她筹划和操心的一份责任。而实际上，她在"建议"九妹嫁给张所长的儿子之前，就已经向张所长做了许诺。其次，叙述者在情节安排上支持了来双扬预言的最好结局：花痴这种病，一结婚就好了。在来双扬成功劝说九妹嫁给张所长的儿子后，紧接下来的情节就是张所长的儿子"一听要替他完婚，高兴得比正常人还要正常"，以至于在他与九妹一同去"薇薇新娘"影楼拍婚纱照时，惹得影楼的小姐都嫉妒九妹了。九妹的故事至此戛然而止，没有了"以后"。这个没有"以后"的叙述策略有意忽略的，正是张所长的儿子发病的可能与后果。一个精神病人，暂时不发病是正常的，永远不发病则只能是一个神话。因而，九妹嫁给张所长的儿子，实际上也就是嫁给了或者说接过了张所长夫妇曾经面对的那一大堆烦恼，她的人生也必将是"烦恼人生"。

最后，还有一个需要讨论的问题，那就是九妹这个他者形象之于来双扬形象的重要性。只有把九妹设置成幼稚无知的，才能显示出来双扬的精明练达；只有九妹表现得惊慌失措，才能衬托出来双扬的优雅笃定。九妹任何一方面的低劣，都衬托着来双扬的高贵。没有九妹的顺从，哪有来双扬的威风？所以，必须是"一般情况下，来双扬瞪了九妹，九妹就会服从"。并且，这一点还必然建立在九妹对来双扬的崇拜上，九妹必须经常仰望着来双扬说："老板，你是我在这个世界上最佩服的女人，你是最了不起的女人！"而九妹对来双扬的崇拜，一方面被表现得如此绝对，"她的偶像是来双扬，而绝对不是还珠格格，不是王菲，更不是张惠妹"；另一方面也必然被表现为东施效颦，"九妹的奋斗目标是将来有一间自己的酒店；自己可以在吉庆街最重要的位置安详地坐着，只卖鸭颈；许多男人都被她深深吸引，而她只爱她的丈夫来双久。"九妹理想中的未来自我，正是现在的来双扬。但是，叙述人借助来家兄弟姐妹让读者一望而知，九妹的理想不过是她的痴心妄想，它永不可能实现。只有这样，才能保证来双扬的独一无二。并且，至关重要的是，只有借助九妹的崇拜，来双扬才得以在平常的时候与非常的时刻，支配九妹、出卖九妹，并让九妹浑然不觉，犹如一个不具备自我意识的物品，一个无法规划自己未来的弱智者。

《废都》中的庄之蝶在处理与柳月的关系时，同样有着一种态度上的任意性。首先，它体现在庄之蝶对柳月身体的占有上，他只是在与情妇唐宛儿偷情时，顺便占有了柳月。其目的是防止柳月泄露他们偷情的秘密。这样一种并非蓄意的占有方式，透露出庄之蝶对柳月的轻视与玩赏心态。其次，它还体现在庄之蝶对柳月婚姻的处理上。庄之蝶先是将柳月许给赵京五，目的是让赵京五为自己效忠；而当庄之蝶需要市长出面帮自己打赢官司时，他又把柳月许给市长的残废儿子。这一做法相对于来双扬对九妹婚事的处理，可谓有过之而无不及（他的妻子牛月清就曾质问他："你是倒卖人口的贩子？"并认为他心狠）。不过，其实质实际上并无差别：都是为了自己作为城市人的私利，牺牲乡村进城女性的未来幸福。

还应该注意到，来双扬与庄之蝶对待九妹与柳月的态度的任意性，高度依赖于国家的城乡二分政策。正是城乡二分政策，使进城的乡村女性处在一个尴尬的位置。这一位置恰如来双扬所言："假如九妹不趁年轻饱满的时候嫁出去，熬到二十八九就尴尬了，就只好回乡下种地去了，就还是回到她母亲的人生老路上去了，不到四十岁就成了一个干瘦的老太婆，晚上睡觉浑身骨头疼。"事实上，这不仅仅是九妹一个人面临的问题，而是乡村进城女性普遍面临的问题。杰华的调查显示：打工女性普遍不想回到母亲的老路上去，但是，她们与城里人结婚的可能性非常低，因为尽管她们想分享城市的繁华，但是城市人对她们的歧视足以使她们望而却步。大多数乡村进城女性都是回乡下与原来的对象结婚，回到老路。①也正是因为乡村女性留在城市的不可能性，来双扬才断言："对于九妹，爱情是最不重要的，因为她的爱情不在她现在的人生状态里。"而庄之蝶在劝说柳月同意嫁给市长的残疾儿子时，用以打动柳月的也是实际的好处："社会地位、经济条件绝对十个赵京五也比不得的，且立即就可以解决城市户口。"应该说，正是这些外在条件，建构着城市/乡村的区别，又反过来支持城市人对待乡村女性时态度的任意性。

不过，相比于《生活秀》中的九妹，《废都》中柳月的主体性并未被完全压碎，她还有自己的想法与做法。比如她因为爱打扮受到牛月清的指责后，就反驳道："如果我不是保姆，是城市里一般家庭的姑娘，你是不是也这样着说话？我现在只是穿得好了些，化了些妆，这与城里任何姑娘有什么不一样的呢？你眼里老是觉得我是乡下来的，是个保姆，我和一般城市姑娘平等了，就看不过眼去！"保姆柳月的反驳得到斯皮瓦克的理论支持："被压迫者的未破碎的主体

---

① 【澳】杰华：《都市里的农家女——性别、流动与社会变迁》，第121～159页。

性使他们为自己说话而反对一种同样统一的同一体制。"①柳月不仅
为自己说话——争取和城市姑娘一样的权利，而且也是在反对城乡
分割这一体制的不平等性。柳月对这一压制性体制的反对还表现在
她的行动上。在庄家做了一段时间保姆之后，她渐渐地变得爱上街
逛、看录像、玩电子游戏、结交同乡。然而，柳月的做法在主人们
眼里已经是一种违规行为，恰如她的女主人牛月清向庄之蝶抱怨的：
"开头却不错，百说百依，慢慢就不行了。你瞧她一天像公主一样打
扮，又爱上街去逛，饭也不好好做了，动不动就跟我上劲儿。"女主
人牛月清期望中保姆的"百说百依"，实际上也就是可以任意对待和
使用，即态度的任意性。保留了一部分主体性的柳月与主人的期待
相悖的结果，就是发生冲突。当柳月请同乡来家里聚会时，小说从
牛月清的视角看到的场景是，"许多女孩儿坐着吃酒，一个个油头粉
面，晃腿扭腰"。乡村女孩们被呈现为打扮妖艳的（油头粉面）、不
庄重的（晃腿扭腰）。牛月清不仅认为她们不三不四，甚至怀疑她们
是暗娼。这样一种对女孩们的身体形象的判断，很难说是准确的，
也的确受到了柳月的反驳。而当受到庄之蝶"质问"，她进行争辩时，
庄之蝶为了镇住她（划分清"主人家和保姆的关系"），也为了在妻
子面前掩盖自己和柳月的关系，"就一个巴掌扇在那张嫩脸上"，且
严厉地不准她出门。庄之蝶与牛月清的做法，是重构主人家与保姆
边界的行动，是为了维护秩序在驯服保姆/他者。因为秩序要求"领
域的统一和整合，也要求边界的安全"，它努力要达至的事情是将内
与外区分开来。排除中间情况，压制或根绝一切含混之物，建立并
维持秩序，首先意味着荡涤矛盾性。而"在政治领域，清除矛盾性
意味着，隔离或放逐异乡人，认可某些地方权力并将那些未认可的
地方权力去合法化"。②应该说，这种庄之蝶与牛月清对边界的重构
行动是成功的，它也的确隔离了柳月这个他者，将他们不认可的权
利"去合法化"了。柳月在挨了打骂后的反应是："愣了一下，虎睁

---

① 【美】佳亚特里·斯皮瓦克：《底层人能说话吗？》，陈永国译，参见佳亚特里·斯皮
瓦克：《从解构到全球化批判：斯皮瓦克读本》，第 97 页。

② 【英】齐格蒙特·鲍曼：《现代性与矛盾性》，第 37 页。

了眼睛看着庄之蝶，终于明白了自己的地位身份，一下子瘫下去。"柳月明白的"自己的地位身份"，显然就是自己的保姆地位和乡下人身份，这一由秩序规定的次等身份，击碎了她的主体性。不过，柳月的反抗依然具有动摇"他者"的所谓本质的意义。

如同资产拥有者（经济的或文化的）在对待打工妹时一样，城市人在对待自己的乡村亲戚时，也同样具有态度上的任意性，只是它更为隐蔽罢了，且其方式也略有不同。《王贵与安娜》中王贵娘之所以进城，就是因为儿子儿媳需要她来照顾孙女。而一旦她的行为举止不合儿媳的意，她就必须离去。面对安娜"她要是能按照我要求的带孩子，我就让她带。不能，我另请保姆。你让你娘回家吧"的指示，王贵提出了反对意见："哦，你让来就来，让走就走？她是老人，是长辈，我说不出口。老人是用来孝顺的，不是拿来当工具的。你这人，太自私！"王贵反对的"你让来就来，让走就走"，实际上就是安娜态度的任意性。但最终的结果，依然是王贵娘在安娜妈和王贵的"劝说"下离开城市回到乡下。这不能不说是城市人对乡村亲戚这个他者的成功驱逐。

电视剧《我的丑娘》的剧情虽然与《安娜与王贵》差别很大，但是，进城打工的王大春对待自己母亲的态度的任意性，甚至超过了安娜。当他被城市姑娘赵晓旭看中准备结婚时，因为担心母亲太丑影响赵晓旭对自己的青睐（赵看中的就是他的帅气，而且期望与他一起生出超级漂亮宝宝），他谎称自己父母双亡。当丑娘在儿子的话语中被先期杀死，她就不再具备进入儿子的城市生活的资格。因此，当她来到儿子的婚礼现场，儿子把她说成是"问路的"就理所当然了，而当她的母亲身份被"问路的"替换，其行为的潜台词就是"我现在不需要你，所以你必须走开。"不过，儿子王大春并不是永远不需要母亲，当他与赵晓旭的儿子无人照料时，他就想方设法让母亲来照料儿子。儿子的行为其实可翻译为："我们现在需要你，所以你必须来。"问题在于，已经在儿子的话语中被先期杀死的丑娘，并未因儿子的需要重获母亲身份，她是以保姆而非母亲的身份走进了儿子的家。这意味着：第一，她必须像保姆一样勤劳，包揽全部家务；第二，她是这个家的外人，所以她必须承受儿媳对自己的不信任和误解（把贵重的物品锁起来，怀疑她会拐卖孙子，怀疑她偷钱）。把母亲当保姆使用，只能进一步证明王大春对待母亲态度上的任意性。而电视剧的剧情也参与了对待丑娘的态度上的任意性，它让儿子家遇到一系列危机，让丑娘这个乡村老妇拼尽全力支撑儿子的家，最终却让她因积劳成疾而死去。让丑娘支撑儿子的家，无疑是在帮助儿子任意榨取母亲的母爱，而让她最终死去，则是以相当隐蔽的方式在驱逐他者，因为当危机过去，儿子家已经不再需要她，以死亡的方式让她从城市消失，无疑是最彻底的驱逐方式。

其他如《中国家庭》中的乡村姑娘尚晓芸亦被塑造成了城市人可以任意对待的他者。米强假冒富豪之子与她网恋并致使她怀孕这一事件作为尚晓芸在城市故事的开端，在一开始就把尚晓芸他者化了：她相信并迷恋米强的富豪之子的身份，既表明了她的弱智（尽管她是大学毕业生而米强只是个城市无业青年），也表明了她乡村出身的卑贱。而当她因怀孕要求米强与自己结婚时，她就成为有可能破坏米强与自己的城市女友关系的危险的他者。米强必须坚决断绝和她的关系，与城市女友结婚；而她也必须离去。不过，除了是个危险的他者，尚晓芸还是个有用的他者，那就是真正的城市富豪之家严家正为儿媳米佳不孕而爆发婆媳、夫妻矛盾，因此尚晓芸必须生下这个孩子，而且是个男孩，这个男孩还必须成为严家的后代。尚晓芸在完成生育任务后就再度成为危险的他者，她必须离开城市（虽然作为大学毕业生她完全可以在城市谋生）。这种对尚晓芸的使用有很大难度，因为它很难演化为合理的剧情。电视剧为此设计的情节只能借助于"强行"与"偶然"：她的父亲震怒中强行把她的儿子抱到米家，并把她带回乡村；米强发现姐姐米佳生的是女儿后，担心姐姐的婆家（当地豪门严家）不满意，用尚晓芸的儿子换下女孩。在这一意义上，尚晓芸成为城市富豪之家的生育工具。尚晓芸在城市的故事，实际上就是不断"失去"的故事，她失去了爱恋的对象（米强）、儿子甚至是在城市生存下去的可能性；而城市家庭却在不断"得到"，富豪严家因获得了继承人而不至于夫妻分离，米家因女儿米佳在严家生下儿子而不再担忧女儿的地位不保，米强则既获得了网恋的刺激，又可以与城市女友完婚。因而，所谓的中国家庭，只能等于城市家庭而不等于乡村家庭。

综上，城市文学/文化对乡村女性形象的形塑，表明城市主体不可能熟悉和讲述乡村进城女性的文本，换言之，它只能是一种出于城市本位的臆想。然而，这一臆想，却既得到长期城乡分治造成的城乡差别这一现实的支持，也在参与着新一轮的城乡分割的现实构造，并且，它也足以说明乡村女性在城市何以会受到那么严重的歧视。

第二节　乡土文学中的乡村进城女性形象

4.2.1　内在性

就乡村进城女性的阶层身份而言，她们似乎应该被划归到"底层"这一概念之下。但是，在当代社会与文化中，"底层"这一来自葛兰西的概念已经被严重泛化了，它被广泛地用来指涉"新农民、失业工人和新型无产者的社会位置及地位"[①]。因而，底层是个复数的概念，其中的各个人群面临的问题与困境有着很大差别。本书更倾向于根据她们的户籍出身将她们称为乡村进城女性，将关于她们的小说仍然称为乡土文学，而非"底层文学"抑或"新左翼小说"。但是，这并不意味着本书拒绝建立这些小说与90年代以来的新左派思潮和20世纪左翼文学之间的联系；相反，本节尝试建立乡村进城女性形象与乡土文学、左翼文学的双重联系。

与城市文学不同的是，乡土文学在书写乡村进城女性时，不是以外在性为前提，而是以内在性为前提。它以乡村进城女性为主人公，讲述她们的完整故事。因而，她们不再是城市人故事中一个次要的片段、一个陪衬的角色，其经历、经验与抗争也不再是被遮蔽

---

① 陆学艺：《当代中国社会阶层研究报告》，北京：社会科学文献出版社，2002年，第9页。

不可见的，而是得以呈现在文本之中。但是，必须指出的是，这个内在性是相对的。确切地说，它不可能是乡村进城女性的内在性，而是相对于城市文学的外在性而言的内在性——它遵循的是另一套表述传统即乡土文学关于乡村女性的表述传统。乡土文学作为 20世纪居于主流位置的文学样式，不仅在自身的衍变中形成了一套关于乡村女性的表现技巧、思维、意象与词汇的传统，而且在文化观念与情感取向上也更贴近乡村与乡村女性。不过，这一套表述传统的构成成分并不单纯，其中混合着启蒙主义、保守主义、革命等彼此矛盾的内容。

在以内在性为前提的乡土文学中，"乡村女性在城市"的故事首先是一个完整的故事，它通常由这样几部分构成：乡村女性来到城市公共空间，在劳动力市场寻找工作，在劳动场所工作，不知所终（她是留在城市还是再回到乡村是未知的）。其次，这是一个乡村进城女性的悲剧故事，它侧重于讲述乡村女性在城市遭受磨难（受苦或被骗）或在磨难中抗争的故事。这样一种故事模式非常类似于 20世纪 30~40 年代的左翼文学，即突出表现贫困阶级女性的苦难经历。但不少小说亦同时强调乡村女性的美好道德品质，这正是乡土文学的传统。并且，这些故事也基本上可以在马克思或底层研究那里找到对应的范式：马克思主义的工人阶级研究作为一种线性进步史，倾向于把劳工史、妇女史写成一部部觉醒史、组织史、成长史；而很多底层研究则倾向于叙述一个悲剧性叙事，将资本主义兴起的过程看作底层的悲剧，农民、底层、殖民地人民在这一过程中无法组织，无法形成独立意识形态。①最后，这一故事暗含了一种对比性的关系：乡村女性与城市、城市人之间的关系。这一对比性关系涉及两个相互关联的问题，即内在性与乡村女性的经验呈现。内在性在文本中表现为视角安排。这些小说虽然很少采用第一人称限知视角或第三人称限知视角，却经常将视角分配给乡村女性，诸如"她

---

① 徐小涵：《两种"反抗史"的书写——斯科特和底层研究学派的对比评述》，《社会学研究》2010 年第 1 期。

看到……"、"她听到……"、"她感到……"、"她想……"等句式，在文本中出现的频率非常高。这些句式所传达的，正是乡村女性的经验，确切地说，这是从她的视角呈现的她与城市、城市人的关系。从乡村女性的视角呈现其经验，使乡村女性成为经验的主体（当然，这并不是说她们在文本中是具有自由思想与自由行动的主体），当她的经验得以呈现，就在某种程度上解构了城市文学/文化对她的污名。有必要说明的是，这里的"经验"并不是通常意义上与"经历"相似的一个概念，而是指个体在其人生经历中的体验。用爱德华·布鲁诺的话说，就是"事件是如何被他们的意识所收录的"①。之所以将经历与经验区分开来，是为了强调经历的客观性与经验的主观性。换言之，个体经验是在世界历史与个体历史之中的形成。琼·斯科特把它概括为两个方面：一方面，"主体的个人视角成为构成解释的证据基础"；另一方面，"并非个体产生了经验，而是经验塑造了主体"。在此意义上，经验成为需要解释的东西，而非解释的来源。②又由于乡村女性的经验在某种程度上是阶级经验，因此还有必要引入汤普森的"经验"概念。汤普森继承了马克思的社会存在决定社会意识的观点，但他特别强调经验在其中的重要作用，"在社会存在和社会意识之间，经验是一个必要的中间词"。而经验可分为两种，"一半在社会存在中，一半在社会意识中，我们或许可以称这些经验为：经验1——活的经验；和经验2——理解的经验"。③汤普森的"活的经验"即主体在个人历史与世界历史的交互作用中不断变化的经验；"理解的经验"则与琼·斯科特的经验概念类似。

4.2.2　阶级叙事：存在、经验与意识

汤普森认为阶级关系有两种：一种是外部的阶级对立，一种是内部的阶级认同。90年代以后关于乡村进城女性的阶级叙事，涉及内部阶级认同的文本相当少见（只有阿宁的《米粒儿的城市》涉及

①【澳】杰华：《都市里的农家女——性别、流动与社会变迁》，第8页。
② 转引自【澳】杰华：《都市里的农家女——性别、流动与社会变迁》，第10页。
③ 转引自刘军：《E·P·汤普森阶级理论述评》，《世界历史》1996年第2期。

到这一内容），大多数作品着眼于外部的阶级对立。

阶级作为一种社会存在，从乡村女性走进劳动力市场的那一刻就已经出现了，只是此刻的她们急于找到一份可以维持自我生存的工作，还不一定能意识到这一点罢了。王手的《乡下姑娘李美凤》[①]一开头就是李美凤在劳动力市场遇到未来的老板廖木锯的情景：

> 李美凤看见廖木锯的时候，廖木锯正好朝她走来，这个矮个子的老男人径直地走到她面前，对她说，我看看你的手。也许，这是他挑人的一个标准，也许，他就是这样一路挑过来的，李美凤不解地想，他看手干什么呀？但她还是小心翼翼地把手伸了出来。这是拘谨的乡下人对优越的温州人的屈服，她没有办法。廖木锯瞅了一眼又说，我再看看手的反面。李美凤又顺从地把手反了过来，这一次她展示的是自己的手心……廖木锯就抓过她的手捏了捏，尽管捏得很轻，有点像掂量，李美凤心里还是生出了慌乱，她不知道这是什么意思，会发生什么事情，她拼命想抽回自己的手。廖木锯……对她说，你到我厂里来吧，我要你了。

这段文字的视角是李美凤的，也就是说李美凤是经验的主体。但是，她经验到的是"不解"中的猜测，"没有办法"中的"屈服"与"顺从"，怀疑受到侵扰后的"慌乱"。可见李美凤并不是行动的主体，她行动的主体性受控于老板廖木锯行动的主体性。她只能在老板的要求下伸出手、反转双手，并被抓住双手，二人之间存在着明显的支配/服从关系。按照马克思的论述，这是由于廖木锯作为资本家掌握着生产资料与生产工具，李美凤在这里只是一个自由劳动者，除了自己身体的劳动力之外，她一无所有。小说的巧妙之处，恰是突出了双手——身体上最重要的劳动工具的文本位置：它的被看、被捏，可看作李美凤个人/身体在与资本家的关系中的被动位置

---

① 王手：《乡下姑娘李美凤》，《山花》2008 年第 8 期。

的转喻。李肇正《啊，城市》①将水秀嫂在保姆介绍所的场景描述为："买家出现了，待售的人们蜂拥而上，又退潮般各就各位……水秀嫂不敢往前挤……'第一次进城？'水秀嫂很慌乱，小鸡啄米似地点头，舌头却粘着……那人去付了手续费，就对水秀嫂说：'跟我走。'水秀嫂愣着，那人就搡她一把说：'乡下娘们像猪。'水秀嫂方才明白自己'卖了'，只觉像马套了嚼子，像牛穿了鼻子，身子不由乖乖随他移动。""买家"、"待售的人们"、"卖了"等词语的使用，凸显了保姆介绍所的劳动力的买卖性质，水秀嫂在被雇佣之后竟然把自己比喻为"马套了嚼子，牛穿了鼻子"，无异于把自己经验为低人一等的牛马。这样的细节虽然不无夸张，但是它表明在资本与劳动主体相互制造对方的存在时，结成的是不对称的生产关系。

这种不对称的生产关系，在乡村进城女性那里，最初总是被经验为对老板的感恩以及由此而生的尽责与报恩。如《乡下姑娘李美凤》中，李美凤因感激廖木锯而按他的要求"无私奉献"，从献出劳动直至献出自己的身体；《啊，城市》中，水秀嫂"勤劳诚实，为主人想得很多"，按照"食君之禄，忠君之事"的古老信念，一心为主人尽"忠仆"之责；《二的》中，小白初到城市做保姆时，因女主人单自雪送给自己的洗漱用品和衣物而满怀感激地为对方效忠；《米粒儿的城市》中米粒感激任总在自己流落街头时让自己到公司里做事，很快爱上任总，一心为其献身，等等。在马克思那里，此时乡村女性与老板或雇主之间的阶级关系还是自在的，即还不曾为乡村女性经验到。

揭露乡村女性被剥削、被损害、被侮辱的苦难，是阶级叙事的重要构成部分。此类文本对这一内容的写法大致有两个着力点。一种侧重于描写工厂的环境差、工资低、工时长，一种则强调老板或雇主对乡村女性的性侵犯。前者比如乔叶《我是真的热爱你》②中，冷红在小漂白粉厂的工作，根本谈不上什么工作条件，且实行没有

---

① 李肇正：《啊，城市》，《当代》1997 年第 1 期。

② 乔叶：《我是真的热爱你》，武汉：长江文艺出版社，2004 年。

底薪的计件工资。小说这样描写冷红在夏天中午筛石灰的经验：把自己严密包裹起来的冷红感觉自己就是"一架微型而全能的机器"，炎热使她"感觉就像掉进了蒸汽锅里，简直是到了窒息的边缘……在烈日下和汗水中，冷红干着干着，往往就觉得最鲜明的感觉反而不是热了，而是无孔不入的石灰粉末和汗水融汇时所产生的那种火辣辣的疼……仿佛有无数个蚂蚁在噬咬着，在细细的，津津有味的，流连忘返地品尝着她用身体创造的一道盛宴……有时候筛着筛着，冷红的面前就会出现一片花白，这是疲惫到极点的信号"。冷红感受到的"窒息的边缘"、"热"、"疼"、"疲惫到极点"等工作中的身体经验，无疑是汤普森意义上的"活的经验"，它凸显了打工妹工作的艰辛：对于靠出卖身体的劳动力的女性而言，她们并不能因为自己的性别而受到照顾。这样一种性别与阶级的处境，与黑人女性主义论述中的黑人女性的处境非常类似。又如乔叶《底片》①中小丫所在的玩具厂车间里总有一股塑胶的怪味，"时间长了就会有一种隐隐的恶心"，工作时间之长则是"从早上七点半开始上班，到晚上七点半下班，没有星期天"，以至于她"整月两头不见太阳"，而她每月八百元的工资除掉管理费、卫生费、治安费、住宿费和饭费等支出之后，拿到手的连五百块钱还不到，往家寄两百后，自己就只剩下两百多元。可谓又一个血汗劳动的版本。其他如孙惠芬《歇马山庄》中年轻媳妇冬天在海边剥虾头，手指都被冻烂了等叙述，都在凸显乡村进城女性工作的艰辛。这样一种叙述，既可以上溯到夏衍的《包身工》，也可以在社会学调查中发现类似的叙述②。在社会学那里，这种艰辛被称

---

① 乔叶：《底片》，北京：群众出版社，2008 年。

② 打工妹工作的艰辛，也并非没有机会出现在媒体与学者的研究中。2010 年网易《看客》第 16 期的内容就是《被遗忘的深圳缔造者》，其中有段内容写道："深圳的外资企业产品多远销北美，订单多且紧，很多工厂规定工人每天都要加班，星期日也不能休息，长时间连续超时加班让不少女工频繁病倒。"而潘毅在田野调查中注意到，工厂的流水线的工位设计与工序计时装置、作息时间表的安排极为细致、准确，便于科学地将女工规训为高效的生产机器，而电子业使用的有毒化学物质损害着女工们的健康，她们中普遍存在各种慢性疾病以及疼痛。参见潘毅：《中国女工——新兴打工主体的形成》，任焰译，北京：九州出版社，2011 年，第 76～108、171～175 页。

为"血汗劳动"。Sidney 与 Beatrice Web 在《如何停止血汗劳动制度》中提出的血汗劳动，指的就是不正常的极低工资、极长工时、极不卫生的工作环境。①因此，这样一种叙述就把当代打工妹的经验带入了文学书写之中，其意义不可小觑。按照马克思的观点，这就是典型的异化劳动：工人作为雇佣劳动者，因为没有生产资料与生产工具而无法掌握劳动的过程，劳动成果也不属于她们。因而，她们的劳动是外在于她们的，在其中她们不是肯定自己而是否定自己，其表征则是她们受损害的身体。

不过，以上这种叙述主要出现在女作家的写作之中。与之相反，男作家们更倾向于将乡村女性的进城与必然"失身"（这是此类小说中最常用的词语）联系在一起。事实上，异化劳动在他们的小说中或者得不到表现，比如刘庆邦《家园何处》、阿宁《米粒儿的城市》②等，或者仅仅成为一个引子，小说情节很快就滑向了乡村女性的失身，比如李肇正《女佣》③、《傻女香香》④，戴赟《深南大道》等。并且，这些乡村女性几乎都被书写为无知、天真、被动的羔羊般的少女；某些小说还使用了睡美人式写法，李肇正笔下的香香与杜秀兰，都是在睡梦中被城市男人夺走了贞操，戴赟笔下的小菊为了办一张边防证，不仅被 T 恤青年骗走了 100 块血汗钱，还被办证的警察夺去了处女膜，"小菊真的拿到了一张边防证，但失去了一张处女膜"。不过，《深南大道》的复杂之处在于，它将这一事件的发展方向引向了小菊因此怀孕，最终因难产死在宿舍，因而较多地触及了女性独特的身体经验，尤其是疼痛经验。总之，此类小说中乡村女性的身体，充当了作家控诉城市罪恶的武器。事实上，性侵犯虽然是乡村女性在城市中遭遇到的问题之一，但是它并不像"血汗劳动"那样具有普遍性。作者们过多地把焦点放在这一问题上（有时这就

---

① 转引自潘毅、卢晖临、严海蓉、陈佩华、萧裕均、蔡禾：《农民工：未完成的无产阶级化》，《开放时代》2009 年第 6 期。

② 阿宁：《米粒儿的城市》，《北京文学》2005 年第 8 期。

③ 李肇正：《女佣》，《当代》2001 年第 5 期。

④ 李肇正：《傻女香香》，《清明》2003 年第 4 期。

是小说唯一的焦点），虽然能够批判城市男性的狡诈、虚伪等恶劣品质，却也暴露了作者想象力的贫乏。

按照阶级叙事的逻辑，自在的阶级必然要发展为自为的阶级，揭露压迫是为了让受压迫者走向解放。因而，这些小说中的乡村女性并不总是被动的受害者，她们必将成长为主动的抗争者：当她们在劳动中经历了被剥削、被监督或者被欺骗，当她们将这些理解为对自己的侵犯或伤害，她们就会觉醒并进行反抗。事实上，不少小说都将乡村女性与雇主之间的阶级关系表现为这样一个过程：感激/合作——醒悟——抗争。阿宁《米粒儿的城市》、项小米《二的》、李肇正《啊，城市》、王手《乡下姑娘李美凤》都是如此。

阿宁《米粒儿的城市》将这一过程表现为天真的乡村少女成长为阶级斗争战士的故事。小说的前半部分极力突出米粒儿的天真与虚荣：她天真地认定自己的老板任总是好人，执意要献身于他，被任总暗中送给柴行长做二奶还觉得对不起任总；过上了城市富人的生活后，米粒儿又虚荣地炫耀自己的豪宅、名狗和名车。后半部分则突出米粒儿的觉醒以及觉醒后的斗争：套出任总与柴行长权钱交易的细节，让人告发他们，告发失败后试图毒死他们。值得注意的是，米粒儿阶级意识的觉醒不是来自她的个人经验，而是青青与哥哥的启蒙。青青告诉米粒儿她被出卖的真相以及做二奶不如靠自己的道理；哥哥的启蒙则是表达对打工生涯的不满："我们在工地上天天流汗，一个月才挣五百，到现在工头还欠着我们半年工钱不给。""天天流汗"表征着打工的艰辛，"一个月才挣五百"表征的是劳动力价格的低廉，即资本家拼命榨取剩余价值，"欠着半年工钱不给"则是资本家的另一种变相剥削农民工的卑鄙方式。而米粒儿看到的"哥哥的手上除了厚厚的老茧，就是深深的裂口"，则呈现了他受损的劳动身体——阶级的烙印。哥哥的话与手上的老茧使米粒意识到自己与哥哥才是具有共同利益的人，他们共同的敌人就是任总与柴行长这些不法分子。米粒儿阶级意识的觉醒，恰如汤普森的阶级定义："当一批人从共同的经历中得出结论（不管这种经历是从前辈那里得来还是亲身经验），感到并明确之间有共同利益，他们的利益与其他人不同（而且常常对立）时，阶级就产生了。"①小说最后结束于"返回市里时，米粒儿提包里装了一袋毒鼠强"，这句话暗示米粒儿已经从天真虚荣的少女成长为阶级斗争的战士，她将投入与敌人的生死搏斗。因而，《米粒儿的城市》具有左翼文学的典型特征：成长史的故事模式，外部灌输的阶级意识，你死我活的阶级斗争。

不过，在大部分小说中，乡村女性的阶级意识的觉醒不是来自外部灌输，而来自自己被压迫的经验，并且这种阶级意识还是模糊的、不坚定的，而且其斗争也并不激烈。《乡下姑娘李美凤》中，李美凤在不断被克扣工资后，终于认识到："廖木锯真是坏透了，以前她还没觉得他有这么坏，她只是觉得他有小家子气，现在她想想廖木锯的许多事，真是连人性都没有。他说她的手好，那其实就是幌子，她的手被他弄得脏得不得了；他逼她睡觉更是胁迫，她都白白奉献了，他还扣她的工资；他要她对他儿子身体力行；他以积压的产品代工资；他拒付阿荣的材料款；他敲诈帝达老板，罄竹难书啊！"事实上，在此之前李美凤的工友也曾向她揭露过老板对他们的剥削，但是李美凤并未把自己与工友视为同一阶级，而是继续为老板奉献，只有当她自己的利益一再受损时，她才感觉到老板的利益与自己的利益是对立的。这样一种阶级意识，显然是只找到了外部的敌人，却未找到阶级内部的认同。李美凤在认定老板是自己的敌人之后，所做的唯一的斗争就是拒绝和老板睡觉。并且，这样一种诉诸老板道德品质恶劣的阶级意识，还是相当不稳定的，它很可能发生反复。小说的结尾，就是李美凤被老板夫妇陷害入狱，还在幻想老板会来救自己。

书写保姆的小说对阶级意识与阶级斗争的书写，是将乡村女性的阶级意识与城乡差异混杂在一起的，因而显得相对复杂，这样一种叙述也更符合乡村进城女性的多重主体身份。李肇正《女佣》中，杜秀兰给一个城市老太太作保姆，不仅被老太太的儿子们轮番教训

---

① 【英】E·P·汤普森：《前言·英国工人阶级的形成》，钱乘旦等译，南京：译林出版社，2001年，第1～2页。

怎么服侍老太太，而且还被老太太称为"女佣人"。这个标志着阶级身份的称谓使杜秀兰开始思索自己的农民身份与保姆身份的差别："在乡下种承包地，她是土地的主人。她高兴种什么就种什么，高兴怎么种就怎么种，大家都喊她壮壮媳妇。在城市她是女佣人，得让人家差三喝五。她吃的是人家的饭，就得受人家的管。她得孙子似地服侍这个木乃伊一样的老女人。"保姆劳动的不自由与不自主，被杜秀兰经验为一种令人不快的从"土地的主人"到"女佣人"的身份转换。《啊，城市》中的水秀嫂也把给城里人做保姆视为一种"贱活"。项小米《二的》中，小白与女主人单自雪的阶级对立，混合着城市与乡村在诸多价值观念、习惯上的冲突。比如小白买烤红薯偶尔算错了账，单自雪说她多"报"了三块八，属于阶级对立；而小白习惯于说家乡话"咱"遭到单自雪的挑剔，小白看单自雪化妆被说成侵犯她的隐私，小白兴致勃勃地唱歌被奚落成"活像挨了打的农村妇女在哭"等等，则明显有着城市人相对于乡下人的优越感。小白认为单自雪作为儿媳应该对婆婆尽孝（尽管婆婆很刁钻）而时刻站在婆婆一边，则很大程度上是因为她秉承了乡村的传统观念。小白在与单自雪之间的关系中经验到的是被掌控、被挑剔与被羞辱。总之，这些书写保姆生活的小说，更多地把乡村女性的劳动经验表现为一种精神的痛苦，一种不被尊重的感觉。[①]这大概是因为，保姆与雇主的关系，比工厂工人更容易被经验为一种仆人与主人之间的不平等关系，而这一点与人人平等的社会主义传统显然存在很大反差。

《二的》值得注意之处，在于它对阶级斗争的独特叙述。小白对单自雪的阶级斗争，并不表现为你死我活的激烈对抗，而是表现为一种小规模的、经常的捣乱。譬如这样一段描写："小白在厨房将热水管开到最大，接了满满一盆热水，打开冰箱，从里面取出一条冻

---

① 这很容易令人想起马克思对异化劳动作为强制性的论述："他在自己的劳动中不是肯定自己，而是否定自己，不是感到幸福，而是感到不幸，不是自由地发挥自己的体力和智力，而是使自己的肉体受折磨、精神遭摧残。"详见马克思：《1844年哲学手稿》，《马克思恩格斯选集》第1卷，人民出版社，1995年，第43页。

得梆梆硬的非洲鲫鱼，丢到热水盆了。鱼身冒出袅袅雾气，遇到热水，鱼皮啪啪裂开，露出皮下粉红色的肉，然后，鱼皮脱落了。"此时的小白，在聂家已经做保姆多年，她并非不知道"热水很贵"，也并非不知道"给鱼化冻不可以用热水"，但是"小白偏要这么干"。她之所以这么干，是在以她的方式发泄对单自雪的不满："你不是心疼热水吗？你不是不让用热水化冻吗？我就偏用。"小白针对单自雪的这种捣乱方式，可以被称为斯科特式的"弱者的武器"，一种有效地反抗霸权的日常抵抗形式。斯科特认为，对于历史过程的大多数从属阶级来说，公开的、有组织的政治行动过于奢侈，比如分散在农村中且缺乏正式组织的农民阶级，他们更多地采取一种低姿态的"日常"形式的反抗技术：偷懒、装糊涂、开小差、假装顺从、偷盗、装傻卖呆、诽谤、纵火、暗中破坏等等。日常反抗作为一种个体的自助形式，能够使农民们与那些从他们身上榨取劳动、食物、税收、租金和利益的人之间进行持续不断且行之有效的斗争。①保姆这样一种职业，从其居住方式（单个地住在雇主家里而非集体住在宿舍里）与工作内容（照顾雇主一家 24 小时的日常生活）看，显然更适合进行这种"日常"抵抗。它以生活政治的方式表现出来的，是小白作为保姆的阶级斗争。

不过，更多的小说中，比如《家园何处》、《啊，城市》、《女佣》、《底片》，甚至包括《二的》，乡村进城女性在意识到自己的利益与老板或雇主的阶级利益的根本对立时，采取的反抗行动都是决然离去。有些小说对这种离去行动的描写还相当富有戏剧性。如《啊，城市》中水秀嫂被老板娘打了耳光之后，说出"我不是随便可以挨嘴巴的奴才"后愤而离去的行动，保护了自己的尊严；同样，当她被高级知识分子家庭宋家辞退时，水秀嫂"顿时把眼睛睁得滚圆，她的可怜的思想根本无法想到，宋家会如此快捷地辞退她，而且，她在感情上也无法干脆利落地和宋家一刀两断，她已完全把宋家当做她的家"，尽管如此，她还是"坚定不移地走了出去"。离去无疑是乡村

---

① 【美】詹姆斯·C·斯科特：《前言·弱者的武器》，第 1～2 页。

女性单方面地解除了他们之间剥削与被剥削关系，这种看似极端的方式实际上并不具有太多的革命性，因为她们的离去并不曾动摇老板或雇主的阶级地位。这一反抗方式与90年代以来"阶级"话语受到压抑不无关系。在潘毅看来，改革开放以来，各种阶级话语已经被有计划地边缘化了："资本和新兴精英阶层正在试图对阶级结构与关系进行重构。去除阶级分析，是他们为了掩盖其阶级地位和社会特权而采取的一种政治策略。为了给强调个人主义、专业分工、机会平等和开放市场的新自由主义经济铺平道路，阶级话语受到彻底压制。"结果是，"'阶级'这个词汇已经被掏空得只剩下一具躯壳，仿佛一个亡者盼望转世的幽灵"。①正是在此背景下，才能理解阶级叙事在当代文学场域中存在的重要意义：如果说城市文学是在宣布新精英群体对乡村女性的压迫是有理的，那么乡土文学的阶级叙事无疑就在揭露这种压迫的不公正。

4.2.3　异乡人经验

　　乡村进城女性不仅与老板、雇主之间构成一种紧张的阶级关系，还与城市、城市人构成一种紧张的异乡人/本地人关系。这是因为她们进入的并非是她们的城市，而是城市人的城市。她们的"进入"是把自身的异质性混入城市人的同质性之中。制度性的与文化上的城乡差异在她们进入的那一刻就把她们带入了异乡人的处境。

　　阅读这些小说，会发现"进入"是必不可少的初始场景：

　　　　入夜了，杜秀兰就窝在地下打盹，来来去去的脚在她的眼皮下闪动。一个拎开水壶的列车小姐踢她一脚，给坐着的旅客倒开水时却挺有模样的。杜秀兰不由地产生了一种进城的感觉……（李肇正《女佣》）

　　　　她站在深圳的大街上，高高低低的楼群矗立在她周围，像一堆精美的玩具，而她是玩具角落里最渺小最渺小的尘埃。仅

---

① 潘毅：《中国女工——新兴打工者主体的生成》，第11、24页。

是高中毕业，她不知道自己能找到什么样的工作，甚至不知道
该去哪里找工作。天渐渐黑下来，她想找个地方住下……她上
了一辆公交车，问售票员什么地方住便宜，售票员没理她。她
茫然地坐在那里，霓虹灯闪着她的眼，像晃着一块色彩斑斓的
纱巾。过了不知几站，有人捅她，是售票员。售票员说："下去
吧，十元店。"她愣着，没听明白，售票员拿起一张十元票子，
大声说："十元店！"一车的人都哄笑起来。（乔叶《底片》）

　　她们不敢正着眼看人家……路上走过的每一个女人的穿戴
都让她们感到自惭形秽。她们看人家躲躲闪闪，人家看她们却
是锋芒毕露。有两个年轻女人大概注意到停和李改凤了，一边
毫不掩饰地看着她俩，一边夸张地笑话她俩，像是笑话她俩穿
的过时破旧的衣服。（刘庆邦《家园何处》）

　　冷红远远地站在那里（火车站），有点儿胆怯。她也是很早
以前听父亲说过火车站有招工的人。可是到底没有来过，她心
里没底儿。犹豫了好一会儿，她看准一个相貌清纯的姑娘，走
了过去。（乔叶《我是真的热爱你》）

　　第一个段落是发生于火车上的一个场景，乡村女性坐着火车进
城去，这是她们奔赴一个陌生之地的开端。作为离家者与谋生者，
乡村进城女性最初需要进入的，是城市的大街、公交车、火车站、
火车、商场/商店、咖啡厅、茶馆、楼梯这些公共空间。她们在这些
公共空间停驻与徘徊，正昭示出她们与城市空间之间的关系：在进
入城市的霎那就变成无家可归的异乡人。

　　作为异乡人，她们经验着城市这一陌生而巨大的空间带给自己
的恐惧感、渺小感与迷惘感，经验着城市人有可能居高临下地抛向
她的欺骗、蔑视、嘲笑、鄙弃与误解。而且，她们还必然要经验
孤独——一种无家可归的无根感。《米粒儿的城市》中米粒儿在大街
上徘徊时的感受相当有代表性："离开店她又不知道该到哪里。偌大
的市区好像没有她待的地方……她想，看来这个城市容不下她
了……她为什么要来城市呢？仔细回想，她在城里受的罪比在村里

多多了……自从到城里她一直觉得自己在漂着……"没有她待的地方"、"容不下她"是城市对她的排斥造成的无家可归,"不知道该去哪里"、"漂着"则是无家可归的内心感受,这些语词揭示着"孤独"的存在及其特定内涵。其他如《北妹》中勇敢闯荡的乡村女孩钱小红"孤单的感觉,就像这只飞机,在那么空阔的天空里,寂寞得像只大鸟";《深南大道》中十七岁的小菊只能一个人面对分娩与临死的痛苦。这些叙述提示的是,孤独乃是她们的宿命。

在齐格蒙特·鲍曼的论述中,"异乡人"是"'加入进来'的他者,是进入内的外"。对于本地人来说,异乡人具有混乱的性质。因此,异乡人很容易被污名:他的某一特征被解释成一个隐疵、不公正或道德卑鄙行为的可见记号,这一原本无伤大雅的特征成了污点,成了苦恼的记号与羞耻的原因。污名的惯习便于将异乡人固定在其遭排斥的他者身份上。异乡人的进入使他与他想进入的那个世界处在冲突之中。①

鲍曼是在民族国家的框架中论述异乡人的,他论述中的异乡人是居住在别国土地上的外国人或外族人。这些进入城市的乡村女性,同样是进入了原本在行政区划上不属于她们的领地。城市人为了维护城市的地理边界与文化边界的清晰以及因此获得一系列好处,同样倾向于将她们污名化。她不够时尚高档的着装、拘谨的举止甚至是走路的姿势,都有可能成为被攻击的目标。在此意义上,她们也可以称为鲍曼论述中的"异乡人"。不过,相对于鲍曼论述中的异乡人,城乡分治造成的乡村相对于城市的贫困使她们在一开始就处于更为不利的位置。李肇正《女佣》对此有生动的描写:

> 杜秀兰走下木楼梯时,立即发现过道的门都翁开一条条小缝,都射出一些笔直的眼光。乡下人进入他们的生活区域,就好像是盗贼出现了。买菜回来时,杜秀兰听到楼下的一个老太太在窃窃地说:"要死了,三层楼雇了个女佣人,乡下来的,以

---

① 【英】齐格蒙特·鲍曼:《现代性与矛盾性》,第83～103页。

后就要不太平了。"另一个老太太就跌足了："你防我防大家防，
人防物防科技防，千家万户保安康。"杜秀兰在弄堂里看见过这
样的标语。杜秀兰在流言蜚语和冷若冰霜的注视下低头疾走。

城里人如此一致地把杜秀兰当作潜在的盗贼加以严密监视与提
防，就是因为她是"乡下来的"。这里"乡下来的"具有两重内涵：
一是她"具有着物理上的邻近性，同时又保持了精神上的疏远性"[①]，
她进入了他们的空间内部，打破了城里人/乡下人的边界，身份暧昧；
二是她是相对于城市人的穷人，因而她有可能偷走属于他们的财物。

乡村女性在经验到被他者化的境遇时，最初的反应方式是忍。
《底片》中的小丫在城市人的嘲笑中下车，《女佣》中杜秀兰在被监
视中蹑手蹑脚地上下楼，《家园何处》中何香停受到讥笑后独自懊恼。

当代文学对城市人对待乡村进城女性的态度以及她们的隐忍态
度的叙述，与社会学调查中打工妹遭遇到的类似境遇及其反应方式
基本上是一致的。潘毅在田野调查时，曾与打工妹一起外出购物。
她发现从出门搭车一直到逛街，无论走到哪里都能强烈感受到周围
人对她们的歧视，诸如售票员不礼貌的催促、售货员的冷淡等不一
而足。当潘毅对此表示愤慨，她们反而安慰她说："我们早就习以为
常啦！"而当潘毅请女工们到咖啡厅喝咖啡时，侍者脸上挂着奇怪的
笑容，当侍者错把前面台上客人点的饮品端到她们台上，客人大叫
"她们的手碰了这杯饮料，给我换一杯！你知不知道她们的手有多脏，
那些外省妹！"只有潘毅大声用广东话气愤地反驳道："外省人怎么
了？狗眼看人低！"其他的打工妹却对此都保持了沉默。[②]

不过，当代文学中的乡村进城女性并不是一味忍受自己的他者
处境，她们还将由此发展出另外两种反应方式：一种是按照城里人
的标准自我"改造"，一种是对抗。

按照城里人的标准自我改造，是以否认乡村生活方式与价值观

---

① 【英】齐格蒙特·鲍曼：《现代性与矛盾性》，第 90 页。
② 潘毅：《中国女工——新兴打工主体的形成》，第 161～163 页。

念的合法性为前提的。在鲍曼看来，"改造"对于本地人而言，是对异乡人的去疏离化（de-estrangement）和驯化（domestication），剔除异乡人的异质性的意义，就在于将其整合进本地人的同一性之中；对于异乡人而言，"改造"就是"努力通过文化适应达到文化同化的得体问题和勤奋问题"，其最终结果是剔除其出身。①《二的》中的小白就是一个努力自我改造的乡村女孩。按照她的理解，女主人单自雪对自己最大的影响就是"教会了她如何从一个村姑成为一个都市人"，"小白进入城市生活的一切细节都是从这个家庭开始的，在这里得到改造，淬火，蜕皮"。这样一种貌似中性的叙述，其实承认了"改造"的必要性。小白的改造是全方位的，既包括学会怎样做一个好保姆，比如用冷水给鱼化冻、泡功夫茶、哄孩子等等，还包括外貌的城市化，"蛋形的脸上已没有多少初进城时的红晕，几乎接近城里女孩没有血色时的惨白"。小白在改造中的态度，则可从她那句"要知道城里人对于美的标准和乡村的人们是完全不同的两个概念"中见出：她不仅是自我改造的主动而勤奋的参与者，而且对城市标准是完全认同的。相对于小白，邵丽《马兰花的等待》②中的马兰花对自我改造的热情有过之而无不及，虽然她只是深圳市天王大厦的保洁员，但是进城六年后，"从细微的神态到每一种感觉，她都觉得自己已经从一个乡下人做成城里人了"，尤其是"她的内心里有了一种沉着，有了一份尊严"。她的自我改造甚至已经获得了城市与城市人的认可，在单位她"连续五年被评为优秀员工"，当她每天下班后坐在茶馆里安然笃定地喝茶时，城里人也已经把她当作这座城市里的一个"有钱的女人"、"有闲的女人"。

不过，在这两篇小说中，村姑/村妇变身为城市人，只是她们一厢情愿的幻觉。对小白而言，成功改造带来的幻觉是：她不仅已经是和主人们一样的城市人，而且她比女主人单自雪更年轻、更孝顺男主人聂凯旋的母亲，聂凯旋这个孝子更喜欢自己而不是单自雪，

① 【英】齐格蒙特·鲍曼：《现代性与矛盾性》，第108～109页。
② 邵丽：《马兰花的等待》，《人民文学》2007年第2期。

因此她取代单自雪是毫无问题的。然而，当小白把贞操献给了聂凯旋，却发现聂凯旋与单自雪这两个城市精英之间的夫妻关系固若金汤，是她把聂凯旋说的"我会一辈子对你好"误解为了庄严的许诺。最终的结果只能是小白这个异乡人的"自动离去"："所有的人都在等着小白主动开口说话，比如说回家，或者干脆说辞工。"对马兰花而言，她悉心追求的自我改造，并非是为了得到一般城市人的认可，而是为了从城市女子陈丹手中赢回自己的丈夫常村。"做成城市人"，是她认定能够赢回常村的方式，她必须比陈丹这个城市人更像城市人。然而，当马兰花以陈丹的标准来改造自己，变得比陈丹更会自我保养与化妆，变得无比美艳地出现在丈夫与陈丹面前，却发现陈丹已经身怀有孕，"脸上不带一丝脂粉"。原来，作为城市人的陈丹"根本不用证明什么给别人看"。小白与马兰花遭遇到的，都是城市人对何为城市人规则的突然修改。因为，城市人的规则是由城市人一方制定的，他们有权随时朝着有利于他们的方向修改，而不必事先通知乡村女性，因此，那结果就只能是乡村女性一方的失败。

　　小白与马兰花自我改造的悖论，事实上早已经包含在鲍曼对异质性的"自由主义解决"问题的讨论中。鲍曼认为，作为个体的异乡人一方"总忍不住要将群体解放的自由主义幻想（即抹去集体污名）当作对个体努力进行自身提高（self-improvement）和自身改造（self-transformation）的一种奖赏而加以信奉。他们常常对使他们有别于本地共同体合法成员的一切，不遗余力地加以根除或压制——希望通过对本地人的各种方式的非常投入的效仿，使得自己无异于主人，由此保证了将自己划分为群内人的再分类，并获得朋友通常所能得到的权利"。然而，个体的异乡人"越努力，终点线似乎也就越快地向后撤去……在毫无警告的情况下，游戏规则变了。或者确切地说，只是到此时，热衷于自身陶冶的异乡人们才发现，他们错误地认为是一场解放游戏的那一切，其实是一场控制游戏"。①

　　如果说通过自我"改造"变成城市人是不可能的，那么，乡村

---

① 【英】齐格蒙特·鲍曼：《现代性与矛盾性》，第107页。

女性还有一种选择，那就是反抗。在大多数情况下，乡村女性选择的反抗方式是离去（这一点稍后再做分析），但是李肇正还书写了另外一种乡村女性与城市人短兵相接的反抗方式。《女佣》中，杜秀兰无端被邻居张家老太怀疑偷了铝锅，在短暂的忍耐之后，她爆发出忍无可忍地尖叫："你把我当什么啦?"继而大声宣告自己的清白："你们老把我当贼看！告诉你们，从小到大，人家的一根针我都没拿过!"最后不依不饶地驳斥对方并发出警告："随便问问？那你为什么不问别人，非要问我？告诉你，以后再敢往我头上泼脏水，我要你好看!"张家老太面对杜秀兰的反击，先是一呆，继而退缩，最后恐惧地看着她。结果是杜秀兰大胜城里人，终于有了"扬眉吐气的感觉"。她甚至由此明白了一个道理："城市人其实胆子小得很，性子却刁得很，你退一寸，她就得进一尺……在城市做人要是不凶狠，那就做不成人。"在针对城市人的抗争中，杜秀兰获得了一种扭曲的主体性，那就是比城里人更狠。

　　在许多小说的结尾部分，都出现了乡村进城女性的离去。然而，离去虽是不再留在城市，但她们也并不返回自己的乡村，而是不知所终。《我是真的热爱你》中，冷红最后决定"离开这里"（城市），但她并"不知道"自己要去哪里；《家园何处》中，何香停最终与来寻找自己的乡村男友离开城市，小说结束于"他们没有回老家……他们会到哪里去呢"；《二的》中，小白"后来到底去了哪，谁都不知道她的下落，谁也没有了她的消息"。即使是那些不曾离去的乡村女性，也不可能在城市获得一个光明的未来。《乡下姑娘李美凤》中，李美凤最终被老板夫妇诬陷送进了城市的派出所；《北妹》①中，钱小红"咬着牙，低着头，拖着两袋泥沙样的乳房，爬出了脚的包围圈，爬下了天桥，爬进了拥挤的街道"；《深南大道》中，小菊孤独地死在了城市的集体宿舍里；《我是真的热爱你》中，曾被迫做过妓女的冷紫在城市里为救姐姐冷红而死去。

　　这样一种"不知所终"或"没有未来"的结局，是颇值得深思

---

① 盛可以：《北妹》，天津：天津人民出版社，2011 年。

的。不知所终的结局，表明作者无法预设乡村女性的未来，她们的未来充满了不确定性。对于这些乡村进城女性而言，回去就是重新面对乡村父权制对她们的角色期待。比如《二的》中，村里的狗剩想娶小白，目的就是传香火——这是保证父子相续格局能够延续的根本要务。而小白却对这一目的发生了质疑："传下去就咋了？传不下去又咋了？"当小白已经不想仅仅做个为男人传香火的工具，她的回去就必然与她的期望构成无法调和的矛盾。但是，乡村女性的农村户籍又决定她们不可能永远留在城市。换言之，当她们的自我身份认同与生活目标已经发生改变，资本与国家却没有给她们提供相应的条件。她们无法留下，在城市里她们永远是外人，是他者。城乡之间不通婚这一现实，表明的就是城乡壁垒的坚固。因此，不知所终正是一种悬而未决的状态：她们既不能重新适应农村的角色，也不能在城市一直待下去。

即便是那些没有未来的小说结局，表达的其实也是乡村进城女性未来的不确定性。《我是真的热爱你》中冷紫之死的结局，可视为乔叶对乡村出身的恋人张朝晖能够给予她一个幸福未来的谨慎处理：即便是张朝晖不在乎她做过妓女，他的父母却很在乎冷紫在城市到底做过什么。即使是他们现在不知道，谁能保证他们永远不知道？在知道之后他们是否还能接纳她是个大问题。《深南大道》让小菊在难产中死在城市的女工宿舍，《北妹》最终让钱小红艰难地爬行在城市街道上，无疑都暗示了城市不可能给予她们幸福的未来。因而，这是一种更为悲惨的不确定性状态。

乡土文学中乡村进城女性命运的悬而未决状态，与潘毅描述的农民工的身份认同类似。潘毅认为，第一代农民工的自我认同是"我既是农民又是工人"，而第二代农民工则"既不是农民也不是工人"。他们是"一批不完整的主体，这一批主体不知道自己去哪里，他不能往前走，也没办法往后退，夹在中间"。[①]这种中间状态是典型的

---

① 潘毅、卢晖临、严海蓉、陈佩华、萧裕均、蔡禾：《农民工：未完成的无产阶级化》，《开放时代》2009 年第 6 期。

异乡人的处境：她们既不能与自己的家乡相互认同，也不能与城市、城市人相互认同。在此意义上，她们是一批现实的而非象征意义上的无家可归者。

但是，这并不是说乡村进城女性的异乡人处境不具有象征性。事实上，乡村进城女性在离开乡村的同时就已经个体化了，尽管她未必有个人主义思想，但是，她已经身处一种不完全的制度性的个体化进程之中。[①]因而，作为边缘人的乡村女性的异乡人经验，更加尖锐地提示着个体化的悲剧，"所有的个人都失去了家园，而且永远地、在存在意义上失去了家园——无论他们发现自己此刻置身何处，也无论她们碰巧在做什么。他们在任何地方都是异乡人。尽管他们努力改变，但仍到处事与愿违。在社会中，没有一个地方可以让他们真正有家的感觉"。[②]

综上，乡土文学对乡村进城女性的书写，与城市文学对乡村进城女性的书写，构成一种对位式关系。这里的乡村女性依靠视角的获得，可以表达自己的感受、经验与内心的抗争。而这些都构成对城市文学中的乡村女性形象的反驳。

第三节 个体自主筹划的人生

虽然自改革开放起，中国的个体化的进程就已启动，但是个人主义在当下依然是个饱受争议与批评的名词，它总是被与自私自利、以自我为中心联系在一起。但是，如果说个体化进程已经把中国人分化到各个阶层，以上批评应该更多地对准新精英阶层，而非处于底层的人们，比如这里所讨论的乡村女性。因为对于她们而言，个人的基本权利依然是需要争取才能获得的目标。

在有关当代中国的个体化论述中，阎云翔的论述值得注意。他关注的是个体化进程的主观层面，并提出了"奋斗自我"的概念。

---

① "制度化的个体化"是贝克提出的。他认为西方现代社会的核心制度，包括基本的公民权利、政治权利和社会权利，以及维系这些权利所需要的有薪工作、培训和流动，是为个体而非群体准备的。参见【德】乌尔里希·贝克：《个体化》，第31页。

② 【英】齐格蒙特·鲍曼：《现代性与矛盾性》，第304页。

他认为，与罗斯的"事业自我"类似，"中国的奋斗个体化也是自我驱动的、深谋远虑的、坚定的主体，他们希望遵照个人计划改善生活，想方设法过'属于自己的生活'，或者追求'自主的人生'"。而罗斯的事业自我的产生，"是基于有关个体的自然权利的前提，这些自然权利包括自主、自由（freedom）、选择、自由权（liberty）和身份"。可见，不论是罗斯的事业自我的出发点，还是阎云翔的奋斗自我的基础，遵循的都是自由主义的价值观念。不过，阎云翔的奋斗自我的概念，还包含着一种传统中国文化因素——勤劳。这一点已为贝克指出，它"牵涉到辛勤劳动者在传统中国文化中的悠久形象。"不过，恰如阎云翔已经指出的，西方的个体化理论"在第二现代性下的个体化浪潮中鉴别出三个先决条件：文化民主、福利国家和古典个体主义"。而在中国，这些相关的社会、国家与思想资源的先决条件，却依然处于未完成状态。①

本节分析的三个文本是乔叶的《底片》②、葛水平的《连翘》③与王安忆的《富萍》④，它们讲述了三个类似的乡村女性进城的故事：年轻的乡村女性在进入婚姻前获得或争取到一段到城里去的时间，由此获得了一份属于自己的难得的自由，她们学会了自主筹划自己的人生，最终获得了一份自己想要的幸福，虽然这幸福最终指向了婚姻。这样的故事相对于左翼文学倾向的悲剧故事，显然是一种个人最终取得胜利的喜剧故事。本节讨论这些故事中乡村女性的个人主义诉求的合法性、实现的可能性及其道德问题。

4.3.1 拒绝"为他人而活"与逃脱"他人的时间"

在讨论德国女性的个体化时，贝克夫妇提出了女性生命历程从"为他人而活"到"为自己而活"的变化。所谓"为他人而活"，指

①【德】乌尔里希·贝克、伊丽莎白·贝克-格恩斯海姆：《个体化·中文版序》，第9～10页。

② 乔叶：《底片》，北京：群众出版社，2008年。

③ 葛水平：《连翘》，《芳草》2006年第1期。

④ 王安忆：《富萍》，上海：上海文艺出版社，2005年。

的是女性很少有机会去塑造她们的生活：底层阶级妇女把所有精力都用在维持日常生活上，而中产阶级妇女则完全局限于家庭，其天职就是温柔地、随时准备好为家庭而活，其最高要求就是自制和自我牺牲，她完全放弃了自己，无法自主地发展。①贝克夫妇描述的这种"为他人而活"的女性生涯模式，从女性主义的角度看，就是父权制对女性人生轨迹的规定。

在贝克夫妇那里，"为他人而活"概念中的他人，基本上是家庭中除女性自己以外的具体的其他人，因而并不具有哲学意味。为了将贝克夫妇论述中过于具体的"他人"概念加以适当提升，这里引入拉康的"他人"概念。

在拉康学说中，"他人"是最重要的概念之一，在主体形成中的作用至关重要。他人可分为大写他人（Other）与小写他人（other）。大写他人只在符号级、语言和法律中出现，而小写的他人则是具体的父亲与其他人。前者包含后者。二者的共同之处在于，他们都对主体欲望构成压抑。并且，这种压抑已经不仅仅限于弗洛伊德所谓的原始父亲对主体性欲的压抑，而是一种"象征性父亲"即社会的、法律的与文化层面上的普遍压抑。在分析《哈姆雷特》时，拉康提出了"他人的时间"这样一个可以作为分析框架的概念。拉康认为，哈姆雷特之所以一再延宕为父报仇，是因为他作为并不占据菲勒斯地位的主体，始终处于"他人的时间"之中：他从来没有一个属于他自己的目标，一个客体——一个总有些自主性的东西，而是总是站在他人的立场来提问，他的行动总是被他人意愿所左右，他的欲望始终是他人的欲望。②

借助于贝克夫妇与拉康的他人概念，可以看到这三个文本中的乡村女性，都预先被大写他人或小写他人置于一种"为他人而活"的生涯模式中。

《底片》中的他人是大写他人，他并不为某个小写他人比如父亲

---

① 【德】乌尔里希·贝克、伊丽莎白·贝克-格恩斯海姆：《个体化》，第63页。
② 方汉文：《后现代主义文化心理：拉康研究》，上海：上海三联书店，2000年，第304~307页。

或丈夫所象征，而是一套针对乡村女性人生道路的规定。这条道路是从小说主人公小丫的视角描述出来的："她的手将会被田里的风吹得粗糙起来，她的皮肤也会被毒辣的日头晒得黧黑起来，她会找一个壮实的农村小伙子结婚，不恩爱的话就打打架，恩爱的话就那么不咸不淡有吃有喝地过着。生孩子呢？如果头胎是个男孩也就罢了，若要是个女孩，那多半得躲东藏西地继续生下去，一年不行躲两年，两年不行躲三年……直到生个男孩为止。无论多么俊气的农村女人，在经过这番折腾之后，都会变得松皮大肚眉淡眼低，再也没有一点儿精气神儿。"小丫对乡村女性人生轨迹描述中的大写他人，是国家与农村的父权制。国家作为他人，用户籍制度把她规定为必须忍受贫穷与艰苦的农活的女农民，让她经受身体的折磨，而且也基本上规定了她必须嫁给一个农村小伙子（户籍制度的一个重要结果就是城乡之间往往不通婚）。而一旦嫁给农村小伙子，她就进入另一个他人——传统父权制对女性人生道路的规定：必须生出儿子以传宗接代。然而，国家与父权制这两个他人对女性身体的要求是矛盾的。前者的计划生育政策规定她生育子女的数量与间隔，后者却要求她必须生出男孩，她的身体与心灵必将因此被夹在国家的计划生育政策与丈夫家的生子意志之间，在躲藏与生育中遭受折磨，最终变得"松皮大肚眉淡眼低，再也没有一点儿精气神儿"。即使没有这种对乡村女性身心的摧残，比如她第一胎就生出了男孩，农妇的生活依然是"一眼看到头的日子"，没有任何悬念与未来。可见，他人对乡村女性人生轨迹的规定，始终将其限制在他人的时间表中，使女性无法获得自主与自由。小丫断然将这种生涯模式判定为"一条平庸的农妇之路"。应该说，"平庸"一词的使用还是比较温和的，它缓和而不是突出了女性身体必然要遭受的折磨，转而强调它作为日常生活的乏味与平淡。但是小丫对"平庸"的否定是毫不含糊的。而且，"平庸"的反义词只能是"出色"、"能干"一类语词。"出色"抑或"能干"，意味着充分发挥个人的自主性、秉赋与潜能，发扬自己的个性，使自己超出众人之上。而这些恰恰是内在于自由主义的个人主义原则之中的。从小丫的个人主观层面看，她对农妇之路的描述和判断，表明她一开始就看穿了他人的诡计，并且，她不甘于被纳入这种"他人的时间"之中："莫非就得过这种一眼看到头的日子？"因而，当现代化的历史进程为她提供了走向另一种生活的可能，她将其看作宝贵的"机会"。"有了机会，她就是撞破头也要出门。现在不闯世界，什么时候闯呢？"个人走出的决心越大，就越是构成对"他人的时间"的拒绝与否定。

《连翘》中，寻红一开始就被小写他人——自己的父母所左右。因为是女儿，她在家庭中被放在相对于弟弟的第二位的位置上，对自己的命运没有一点自主处置的权利。父亲先是在她上初中时要求她辍学；继而要求她多劳动供弟弟读书；母亲死后又要求她为弟弟尽母亲的职责——为弟弟娶媳妇盖楼。因此，寻红虽然暗中爱上了王四海，父亲却在对方上门提亲时一口回绝；在弟弟的脚残疾之后，父亲要求她为照顾家庭招个上门女婿。总之，"他人的时间"完全左右了寻红"自己的时间"。

"他人的时间"对"自己的时间"的强横侵夺，可以从小说中一个非常巧妙地线索——寻红的双手加以解读。小说开始时，已经辍学在家的寻红，觉得"女孩儿不该有一双素手"而在院子里用自己种的指甲花染指甲，且在幻想中恍然看到"染红的指甲看上去如花似玉，就像阳光散碎的金点子"。寻红期望的无疑是自己有一双美丽的手，一双能够得到适当呵护的手。如果说染指甲的时间是属于寻红自己的，它很快就遭到了他人的时间的侵入。母亲"走近寻红照着她的背狠狠给了一拳，'要你疯得和吊死鬼一样，明天上山的干粮还没有准备，你爹打山货就要回来了，你和了面烙饼去'"。母亲的责骂与她指派的"烙饼"任务，强行夺去了寻红"染指甲"的时间。烙饼需要的显然是"勤劳的手"，而非寻红期望的"美丽的手"。

"勤劳"在中国传统道德文化中绝对是一个褒义词，它被广泛用于赞美劳动者甚至是中国人民。现代文学中的著名乡村女性形象，无论是作为历史祭献的祥林嫂还是自觉奉献的大堰河，都有一双"勤劳的手"。鲁迅和艾青似乎都把乡村女性"勤劳的手"表现为天生的①，而无意追究它们是怎样"练成"的，在变成"勤劳的手"之前，是否有过一段前史。

《连翘》却以细致的描写揭示出，乡村女性勤劳的手是有前史的，它曾经渴望成为美丽的手，渴望得到呵护。然而，寻红始终没有得到属于自己的"染指甲"的时间："捂一夜指甲就红透了，一夜的时间都找不出来。""自己的时间"、"自己的美丽的手"也曾经试图反抗"他人的时间"与"勤劳的手"的规定。寻红在采摘连翘时戴上手套，却立即就被母亲痛骂一番，甚至是她的指甲花也被父亲粗暴地拔掉了。"自己的时间"终于完全被纳入"他人的时间"。日复一日的艰辛劳作，最终使寻红渴望的美丽的手变成了勤劳的手，"洗锅刷碗喂猪，一双手在秋风中变得粗糙了，手皮裂开了细小的口子，指头也粗短了，火炉里的煤熏得指头尖黑黑的"。"勤劳的手"外形的"粗糙"、"粗短"、"不好看"，可以理解为是小写他人对寻红双手的强行铭刻。并且，从随后的一句"她觉得自己的手越来越像娘的手了"可以进一步看到，对女性双手进行强行铭刻的，并不仅仅是小写他人，更是大写他人——赞美劳动女性勤劳的父权制文化。

寻红作为家中处于第二性位置的女儿，虽然总是默默地屈服于"他人的时间"，但是她并非无知无觉、心甘情愿地屈服。当父亲拔掉指甲花，"寻红不说话了，跑进屋子里把指甲剪得光秃秃的，她说不上来要和谁怄气，只是觉得人家那女孩子都有一段自己的时间，自己却慢慢和娘一样了"。在寻红的不满中，可以看到她期望获得的

---

① 鲁迅的《祝福》把祥林嫂"勤劳的手"表现为"手脚都壮大"，"她整天地做，似乎闲着就无聊，又有力，简直抵得过一个男子"。艾青《大堰河，我的保姆》中，大堰河"勤劳的手"是全诗的中心内容。在诗歌中，在为"我"做保姆期间，这双厚大的手，需要在搭好灶火之后、拍去了围裙上的炭灰之后、尝到饭已煮熟了之后、把乌黑的酱碗放到乌黑的桌子上之后、补好了儿子们的为山腰的荆棘扯破的衣服之后、把小儿被柴刀砍伤了的手包好之后、把夫人们的衬衣上的虱子一颗颗掐死之后、拿起了今天的第一颗鸡蛋之后，把"我抱在怀里，抚摸我"。在为生存而劳动时，这双手要提着菜篮到村边的结冰的池塘去，切着冰屑悉索的萝卜，掏着猪吃的麦糟，扇着炖肉的炉子上的火，背了团箕到广场上去晒好些大豆和小麦。总之，这双手以出奇的勤劳维持着生存，更为她的家人与"我"带来温暖。

是自己的时间，拒绝认同像娘一样的农妇的时间，这与《底片》中小丫所拒绝的农妇之路显然是一致的，因为它们都是被他人规定的、内在于他人的时间之中的。

事实上，对传统"农妇之路"的不满，不仅仅出现在文学表述中，它也同样出现在乡村进城女性的个人表述中。加拿大社会学者杰华的访谈对象王兰说："在家乡，我妈妈那代人，她们结婚、生孩子，然后死去。那就是她们的整个生活。她们很穷，只在田野干活，绝对没有地位。她们只是家庭主妇。"①纪录片《回到凤凰桥》中的安徽姑娘霞子以极为激进的语言表达了对农妇之路的拒绝："如果我还得像我母亲那样生活，那我还不如去自杀。"②可以发现，当代文学与现实中的年轻乡村女性对农妇之路的拒绝及其理由，有着很大的相似性。当然，这并不是为了证明"文学是现实的反映"这一经典现实主义命题，而是涉及新世纪当代文学一再讨论的问题：文学表述到底是在让被表述的底层女性发出自己的声音？抑或是压抑她们自己的声音？在这一问题上，以往由男性作家创作的乡土文学中，渴望进城的女性常常被叙述为不安心于农村生活的、虚荣的负面女性形象，比如路遥《黄叶在秋风中飘零》中的刘丽英以及90年代刘庆邦《到城里去》中的宋家银都是如此。在对待乡村女性表现出来的个人主义追求问题上，这些想象无疑是男性中心的、保守主义的，它试图通过将女性的个人主义诉求表现为道德上的不合法，以达到压抑女性的欲望表达的目的。

事实上，恰如杰华所言："农村的未来对这些女性来说意味着嫁给一个农村男人、生孩子并在田间干活……它伴随着卑贱的身份、平庸、单调乏味以及自主和追求个人希望与愿望的终结……她们对农村、农户婚姻的特殊厌恶，很大程度上是因为传统的父权思想很浓，女人命中注定生活在奴役状态。她们的恐惧形成于对她们的母亲和其他年长的农村已婚妇女生活的观察。"③杰华的分析，显然肯

---

① 【澳】杰华：《都市里的农家女——性别、流动与社会变迁》，第 121 页。

② 转引自严海蓉：《虚空的农村和空虚的主体》，《读书》2005 年第 7 期。

③ 【澳】杰华：《都市里的农家女——性别、流动与社会变迁》，第 141 页。

定了乡村女性的个人主义追求。

王安忆的《富萍》讲述的是 50～60 年代的年轻乡村女性富萍进城（上海）的故事。从富萍的年龄看，她恰是小丫与寻红的母亲的同代人。因此，在表现小丫与寻红的母亲那一代人到底有没有逃脱传统的农妇角色的个人主义追求问题上，它无疑是一个有效的参照性文本。

小说中将要嫁人的年轻农村姑娘富萍，遭遇到了那个时代的"性别麻烦"。不过，这麻烦并非如寻红一般的无个人权利可言，而是一份大家庭的权力的重担。她未婚夫的家庭，是一个包括父母与众多弟弟妹妹的大家庭，且还有许多的亲戚。富萍自己则是一个父母双亡的孤儿，从小在叔婶家"牵着叔婶家的一群堂弟妹"长大。这样一种姐姐的生存位置，在男性作家笔下，总是被表现为女性养成"天然"母性的土壤。譬如刘庆邦的《小呀小姐姐》①中的小姐姐不仅无微不至地照顾残疾弟弟，甚至为了给病重的弟弟捉鱼吃，滑进池塘淹死了；莫言《蛙》中的陈耳抚养妹妹长大等。她们总是被表现为天然具有母性的崇高的牺牲者。但是，在王安忆这里，富萍却并未由此培养出所谓"自然的"母性，而是深感"所有的孩子都是一样的令人生厌"，也因此预想到自己未来的暗淡：做大家庭的媳妇，就是被一群弟妹的"眼泪、鼻涕、屎、尿、争食、吵架、打架"和一群麻烦（富萍认为亲戚就是一大堆麻烦）包围。这不能不是王安忆对所谓"天然"的母性的温和刺穿。不过，在王安忆的书写中，富萍将要面对的麻烦的将来，并不是由任何小写他人强加给她的（小说中并没有严厉的公婆或丈夫，相反，富萍的未婚夫李天华极为乖顺、温和，即使是未婚夫的有身份的上海干奶奶也温和、雅致，并不强人所难），因此，其中的他人就应该是大家庭制度这个大写他人。富萍拒绝进入这样的将来，她向未婚夫提出"我们分出来单过"的要求，在发现乖顺的未婚夫认为与父母、弟妹们生活在一起天经地义时，富萍选择出走。可见，在王安忆这里，个人的独立与自由比

---

① 刘庆邦：《小呀小姐姐》，《山花》1995 年第 7 期。

大家庭的责任更重要。

简言之，这三个文本，都把成为农妇看作是"为他人而活"与生活在"他人的时间"之中，看作是对乡村女性的自主性与欲求的妨害。这样的一种表述，在肯定乡村女性自主追求的合法性的同时，也暗合了英国自由主义学者密尔的著名判断："不以本人自己的性格却以他人的传统或习俗为行为的准则"是"缺少着人类幸福"的。①

4.3.2　自主筹划生活方案与"为自己而活"的人生

伊丽莎白·贝克-格恩斯海姆认为，教育与工作能够使年轻女性摆脱"为他人而活"的传统妇女角色，然而，由此造成的年轻女性与其母亲那一代传统妇女之间的代际分隔，也对年轻女性提出新的要求，它"要求年轻妇女制定自己的计划和行动，确定自己的想法和未来，并且几乎得不到传统和现成模范的支持"。这意味着，她进入了一种不确定性的境地之中，"面对新的压力、要求和习惯，甚至经常要面对新的冲突……她必须像个体一般生活下去；不仅被允许有'自己的行为'，而且必须被要求'有自己的行为'"。②总之，为了成为个体，她必须尽力发展自己的能力与自信，必须学会自主筹划自己的人生。密尔曾经把听凭世界或者他自己所属的世界代替自己选定生活方案的人，贬低为只具有人猿般的模仿力，而极力主张个人应该自主选择生活方案，并将之视作个人能力的全面使用："他必须使用观察力去看，使用推论力和判断力去预测，使用活动力去搜集为做出决定而用的各种材料，然后使用思辨力去做出决定，而在做出决定之后还必须使用毅力与自制力去坚持自己考虑周详的决定。"③致力于讨论当代西方制度化的个体化进程的贝克，则提出了"为自己而活"这一方案，它是"一种物质上的、时空中的社会关系模式，对一个人的金钱、时间、生活空间和身体的控制的需求。换

①【英】约翰·密尔：《论自由》，徐宝骙译，北京：商务印书馆，1959 年，第 66 页。

②【德】乌尔里希·贝克、伊丽莎白·贝克-格恩斯海姆：《个体化》，第 67～73 页。

③【英】约翰·密尔：《论自由》，第 69 页。

言之，人们希望拥有发展自己关于生活的看法并付诸行动的权利"。①
"为自己而活"的指标，则是个体主义基本要素的呈现，以及个体自
身生活史的一种积极的叙述形式。生活中的各种事件主要并不是归
结于"外在"因素，而是归结于个体自身因素（决定、不做决定、
遗漏、有能力、没有能力、成就、妥协、挫折等）。②不论是密尔，
还是贝克，都肯定了个人自主选择生活方案的合法性与能力，不
过，在密尔那里，个人自主地筹划生活方案自身具有革命性的解
放力量，个人在筹划中可能遇到的问题不在他的考虑之列；贝克
则注意到处于风险社会中的个人在自主筹划时可能会遭遇到的各
种风险。

　　这三个文本并不表现乡村女性在走出问题上与家庭之间的剧烈
冲突，而是将她们的进城处理成个人的自主决定（《底片》）抑或是
一个偶然得来的机会（《连翘》、《富萍》），这样，小说的重点很快就
转移到进城之后的叙述。因而，可以把这些故事解读为娜拉走后的
故事。如果说在 20 世纪初，鲁迅曾经追问娜拉走后怎样的问题，那
么，在 21 世纪初，这些文本就是对鲁迅提出的问题的回应。

　　鲁迅以为，娜拉走后的结局只能是：堕落或者回来。按照鲁迅
的说法，《底片》中的小丫是堕落了，因为她做了小姐。但是，在小
说倒叙式的叙述中，小丫在出场时已经胜利地回来了：她不仅拥有
了城市户口、自己的影楼，还拥有了包括如意的丈夫与儿子在内的
幸福家庭。按小丫的理解，她不仅已经完全拥有了自己的时间，"她
不用请假，不用赶班。她是老板娘，所有的时间都是自己的"，而且，
她还会拥有一个更加美好的未来，"可以说她已经过上了小城人的标
准生活，而且还很有希望过上比许多小城人都要好的生活。无论其
间经历了怎样的过程，结局才是最重要的"。这里有两点值得分析，
一是什么是好的生活，它靠什么支撑。这里所谓的"好"，其实是高
质量的城市生活，而且自主又自由、有钱又有闲。支撑它的，就是

---

① 【德】乌尔里希·贝克、伊丽莎白·贝克-格恩斯海姆：《个体化》，第36～37页。
② 【德】乌尔里希·贝克、伊丽莎白·贝克-格恩斯海姆：《个体化》，第29页。

金钱。二是小丫对自己人生的理解框架是结局最重要。这种典型的功利主义衡量方法，是用后果来验证决定与过程的对错的。在这样的理解框架里，做小姐的决定就成为不必后悔的，尽管不是没有挣扎；做小姐的经历也就成为必要的原始资本积累，尽管不是没有艰辛与风险。

《底片》这部小说，其实是乔叶对此前的《我是真的热爱你》的改写。在一些关键性情节上，《底片》构成对《我是真的热爱你》的立场修正。怎样开始做小姐就是其中最重要的修正之一。《我是真的热爱你》中，冷红做小姐，被处理成老板娘一手导演的被骗失身，她在失身后大声质问夺走自己贞操的"是谁"，冷红由此成为揭露资本罪恶的无辜少女。而在《底片》中，小丫做小姐，却被处理成一种他人引导下的自主决定。她是在阿美金钱万能的逻辑以及老鸨陈姐的快乐赚钱观念的诱导下走上这条路的，"没有人卖她，是她自己卖的自己"。她与陈姐之间，是"资源和利益共享"的关系。不过，《底片》并未将这一决定的正确性绝对化，而是反复讨论这一问题（这一点，将在下文进一步讨论）。

小丫做小姐的经历，在结局最重要的理解框架里，虽然不乏风险、艰辛甚至羞辱，但是在她回忆性的视角中，却很少被处理成惨痛的经历，而更多地被处理成"吃一堑，长一智"的逐渐成熟：每当她吃一次亏，就学会一点在小姐这一行打拼的生存之道。她不仅学会了问"是你自己吗"、"到底几个人"，以防自己吃暗亏，还学会了收买保安、楼层服务员，尤其是她学会了假戏真做。在被鸡头蔡哥以恋爱为名骗了1万元后，小丫假装痴爱对方，最终卷走了蔡哥保险柜里的所有存款，可谓一次辉煌的"智取"。甚至，她还总结出了一套独属于自己的软硬辩证哲学："迈开第一步之后的小丫历练了一些时日后，对'业内人士'的所有理论都进行了细致的总结和筛选，再结合自己的实践体会，提炼出了属于自己的'精华'。这个精华的核心内容便是'软硬兼施'……她相信自己的哲学。"能够把自己在生存中的体悟提升为一套哲学，并成功地拿来指导自己的生存实践。小丫的确堪称现代社会中的主动行动者。在某种程度上，她不仅是密尔推崇的能力非凡的个人生活方案的主动筹划者，更是贝克论述中的使出浑身解数应对风险环境的个体，一个"变成自身传记和认同及其所处社会关系和社会网络的演员、建筑师、行骗者和舞台监督者"①。

《富萍》中，富萍在上海的故事，被叙述为一个观察学习、逐渐自主、自由自主的过程。在做保姆的未婚夫的干奶奶与吕凤仙身上，她观察到一种"靠自己"的精神与可能性。不仅吕凤仙这个"能人"是"靠自己惯了的"，即便是性子软的奶奶，也是"总归靠自己，连一根针，也是自己挣的"。在奶奶对富萍的评价中，也有一句关键的"你也是靠自己的人"。其中的启示在于，在城市里，乡村女性可以"靠自己"过上属于"自己的"生活。

富萍逐渐自主的过程，被表现为一个主动的行动者在实践中大胆摸索的过程。其中的关键有二，一是劳动的价值问题。吕凤仙给富萍介绍了一个替人洗尿布的临时工作，在富萍的感觉里，"虽然洗尿布只是个小活，一个月才两块钱。但是在上海，她凭自己劳动挣钱，这就是个大事了"。关键不是挣了多少钱，而是在陌生的城市，富萍发现她能够凭自己的劳动挣到钱。同样，在舅舅家里，她也是通过劳动获得了在舅舅家住下去的理由。二是富萍"在路上"的大胆摸索。无论是在中国文学还是在外国文学中，"在路上"作为一个开放性的空间，都意味着机遇与危险的并存，同时，它还是一个富有象征意义的意象，象征着"在路上"的主体不折不休的探索精神。富萍在城市的马路上走路，也可看作这样一个意象。她的走，虽然一开始是无目的的乱走，也并非没有危险（遇上过小流氓），但是，危险并未阻止富萍的走，而是"因为那一次经验，变得胆壮起来"，继续自己的走。正是靠着这种敢于走在陌生的路上的劲头，富萍靠自己找到了素未谋面的舅舅家，同样是因为在路上走，富萍遇到了自己未来的婆婆，在帮助婆婆与她的残疾儿子的过程中，与那残疾却聪明自尊的青年产生了爱情，最终成家，获得了自由自主的生活。

①【德】乌尔里希·贝克、伊丽莎白·贝克-格恩斯海姆：《个体化》，第28页。

　　《连翘》对寻红做保姆的叙述，避开了阶级叙述中保姆必然被男主人诱奸或强奸的情节，尽管小说也写到女主人的洁癖之病与盛气凌人，但是，做保姆的工作还是给了寻红"自己的时间"，每天下午她都可以外出去做自己的事。因此，她不仅为弟弟联系了学擦皮鞋的师傅，还得以在大半年的时间里每天下午去医院陪伴受伤的王四海，为二人以后终成眷属打下了情感基础。

　　不过，或许是葛水平对城乡之间的分割有着更多的不满，她没有让寻红从更为成熟的城里人那里获得启蒙，而是让她自己突然醒悟并发生了关键性的蜕变："她觉得自己一下子长大了，突然觉得一个女人染了红指甲是多么俗气，她要活出个样子来，不是给人家当保姆就能活出个样子来，她一下想不起来自己怎么样就能活出个样子来，但是，她不是以前的那个寻红了，她要勇敢地面对生活，面对生活就是面对自己。""长大了"既是对旧我的否定，更是决心要"活出个样子来"，这有点类似于小丫对"出色"的追求。其中的关键则是，"勇敢地面对生活，面对生活就是面对自己"。"生活"与"自己"显然有着很大不同：前者是主体在世界中的存在及活动，包括主观与客观两个层面；而自己则全然是主观层面的。当寻红把"面对生活"与"面对自己"画上等号，显露出的是对主体决断能力与行动能力的巨大信心。

　　最终，寻红避开了父亲为她招个上门女婿的安排，嫁给了自己中意的王四海。

　　值得注意的是，小丫与寻红都只能是"似乎"实现了自主筹划的人生，因为小丫对自我人生的规划，忠实地实践了阿美的金钱万能逻辑；寻红嫁给如意郎君王四海，实现的是王家"等着使人"的现实需要。在此意义上，她们似乎并未逃脱他人对自我的时间的控制。

4.3.3　自我筹划中的道德问题：为自己还是互惠

　　自由主义关注的重心是个人、国家与社会的关系，这就必然触及道德问题。事实上，道德问题是它的重要论题之一。按照李强的说法，道德"反映的是集体的意识，而非个体的意识。"而集体主义的最大特征，就在于强调整体的利益本身具有道德力量，要求个体的服从。①在个体利益与集体（国家或社会）利益之间，总是会形成冲突，个人至上的原则必然会损害集体利益，并因此被责备为不道德的。因此，在自由主义的各项原则中，个人主义是最容易遭到指责的。保守主义者指责它对秩序的危害，伯克认为个人主义会把国家瓦解成"一片混乱的、反社会的、不文明的、互不相干的基本要素"，主张社会整合的涂尔干指责它使个人与社会、伦理与政治相疏离，与社会目标和社会规则相背离，并破坏社会团结。社会主义者则指责它是"自由放任的经济信条"，并导致"无政府状态、社会原子化和剥削"，使人成为"贪婪的狼"。总之，个人主义是现代特有的一种灾难。②相对而言，吉登斯的看法更为公允，他一方面批评个人主义破坏社会团结，在市场中追求自我利益最大化的行为；一方面又指出，个人虽然必须获得一定程度的自主性作为生存和发展的前提，但是自主不等于利己主义，还意味着互惠和相互依赖。③

乡村女性对自我人生的筹划，也不能不面对道德的质疑。事实上，在这三个文本中。都触及了自我筹划中的道德问题。

在此问题上，《连翘》一篇的处理相对简单，小说把寻红叙述为一个道德完人。她是在王四海头部受伤、有可能终生不愈的情况下，主动到医院去安慰他的父母，陪伴他、引导他康复的。在与恋爱对象的关系上，她一开始就是利他的。并且，在为自己筹划婚姻的决定时，她也没有忘记父亲和弟弟，她向王四海的父亲提出了给弟弟盖楼的要求（在小说中，这被处理成颇具喜剧色彩的一段）。可以说，寻红对自己权利的争取，始终是建立在利他的基础之上的，最大程度地实现了互惠。

---

① 李强：《自由主义》，第 169 页。

②【英】史蒂夫·卢克斯：《个人主义》，阎克文译，南京：江苏人民出版社，2001 年，第 2～11 页。

③【英】安东尼·吉登斯：《超越左与右——激进政治的未来》，李惠斌、杨雪东译，北京：社会科学文献出版社，2009 年，第 19 页。

　　如果说《连翘》对个人追求与道德之间关系的处理过于理想化的话，《富萍》则把富萍的出走（悔婚）视为一个必须探讨的道德问题。富萍对一己之幸福的追求，必然是对集体责任的推卸。因此，这是一个经典的自由主义悖论，即个人自由及其限度问题。

　　小说对富萍悔婚的道德问题的探讨，出现在两个层面上。一是在家庭内部成员之间，即舅妈与富萍之间。舅妈教导她说："做人不能这样，要讲信义，人家待你不薄，在你身上花销够多了，退一万步说，人家待你不怎么样，你应下的事也不能反悔，要被众人指脊梁骨，骂祖宗八代！"富萍的反应则是立即站了起来说："我是有娘生，无娘养的人，祖宗八代干我什么事？"舅妈用来否定富萍的出走的，是"信义"伦理与祖宗脸面。信义伦理并非一种集体伦理，而是作为个体的双方之间的一种"投之以桃，报之以李"的伦理原则，应下的事不能反悔就是一种信义；祖宗脸面则要求子孙后代为家族荣誉负责，是一种典型的集体伦理。富萍的激烈反驳"祖宗八代干我什么事"，则否定了她的个人行为应当为其所属宗族负责的传统伦理。富萍的反驳看似无理，实际上，它却暗示了祖宗八代只是男性的祖宗八代，她在其中是被忽略的、被压迫的，她当然可以拒绝。因而，她的反驳就蕴含着一股激进的革命力量：她断然否定宗族共同体对自我的束缚。二是发生在外部社会与个人之间，即舅舅的邻居与富萍之间。王安忆这样叙述邻居们的为人以及他们的看法："这多是些淳朴的人，遵守着做人的道德……富萍的作为，使他们觉得不光彩。而且，十分同情那个受她欺骗的青年……不用说，他们对富萍有了看法，意见还挺大。"问题是，当邻居们被赞美为淳朴的、遵守做人的道德的，就等于王安忆事先就把他们放在了高于富萍的道德位置之上，并且，他们对富萍的个人筹划的评判相当严厉：在认定富萍的行为"不光彩"的同时，把她的未婚夫看作是"受她欺骗的"，这就把富萍的个人筹划放在了一个被否定的不道德的位置上。这样，来自家庭内部与外部社会对富萍个体的筹划的否定，尤其容易形成针对富萍的道德压力。

　　不过，处于富萍那样的境地，要想实现自主的愿望，实在是困难远大于希望，因而也必得有绝大的勇气才能实现。并且，如果她遵守信义的结果是陷入被牺牲的传统角色之中，即这责任对她是不公平的，她是否有权利逃避？在富萍自主筹划的道德问题上，王安忆显然还是同情富萍的，她用劳动伦理支持了富萍。在王安忆的书写中，富萍进城后，从未对时尚与消费表现出浓厚的兴趣（比如电影、新衣服等等）。在她未婚夫李天华看来，"富萍比他想象中，还要少变化，没有学城里人，甚至有些乡里人那样烫发，穿的还是乡里的衣服，偶尔耳边吹过她几句话，依然是熟悉的乡音，依然是那样过分固执地回避他"。因而，富萍的追求，实在与贪图享受无关，她是且仅仅是想追求一点属于自己的生活，一点摆脱大家庭责任的个人自由。王安忆给她的最终归宿，也是靠自己的劳动吃饭。"他们诚实地劳动，挣来衣食，没有一分钱不是用汗水换来的。所以，这些芜杂琐碎的营生下面，掩着一股踏实，健康，自尊自足的劲头。"

相对于前两个文本，《底片》触及的道德问题是多个层面的。阅读《底片》，会发现小说中有许多长长的对话，它们既发生在已入行的小姐与未入行的女孩之间、也发生在老鸨与刚入行的小姐之间、还发生在入行未久与入行已久的小姐之间，甚至是发生在曾经的小姐与曾经的客人之间。对话的双方，无一不在进行着反复的驳辩或劝说。有时候，不同场次的对话之间，还形成反驳或呼应关系，因而，完全可以根据这些对话把《底片》看作巴赫金论述中的复调小说。它反复讨论的主题是：妓女的职业及其道德问题，当下社会的性质，怎样的生活才是幸福的，等等。就小说的主人公小丫而言，她个人的立场因时而变，颇具流动的现代性的特征。

妓女的职业及其道德问题，是小说讨论的重点。它也是当下社会关注的热点问题之一。第一次讨论发生在已经入行的阿美与未入行的小丫之间。阿美的逻辑是"有了钱，我才可以真正善待自己"，并且尽管做小姐是不要脸、不光彩的，但是并不等于没良心，因为她"没有像那些第三者一样去破坏人家的家庭"而"只是提供了一种服务"。阿美关于妓女职业问题的说法，关乎两个方面：一是对自己是否道德，二是对社会是否道德。面对阿美的逻辑，小丫的反应是，从一开始的能够清晰地说"真不要脸"到"说不出一句完整的话来。她被阿美的逻辑弄晕了"，再到"怔怔地看着阿美"、"呆呆地看着阿美"，最后"小丫瞪大眼睛，一句话也说不出来"。这一从理直气壮地责难到彻底失语的过程，就是小丫被说服的过程。第二次讨论发生在老鸨陈姐与刚入行的小丫之间。陈姐谈论的重点，是妓女职业的正当性与社会根源，她引经据典反驳世代流行的妓女下贱且应该被唾骂的观点，指出妓女不仅是最古老的职业，而且对社会做出了贡献。并且，做妓女不是因为女人贪图享受、道德堕落、拉男人下水，而是"男人的需求刺激了妓女的这种供应，对此感到惊讶是十足的虚伪，因为它不过是一种基本普遍的经济活动过程"。因而，"如果说卖淫是犯罪，他们就是罪魁。如果说妓女是祸水，他们就是祸首。如果说我们是下贱的，那么起码我们也比他们高一个台阶"。陈姐的说法在某种程度上与八十年前鲁迅的说法形成呼应："自然，各种各式的卖淫总有女人的份。然而，买卖是双方的，没有买淫的嫖男，那里会有卖淫的娼女。"[①]而陈姐引述的各种经典中，既有"外国人写的书"，也有某副教授的研究课题，还有法国女作家的看法。这些看法都是相当激进的[②]，其主张的核心是妓女不仅无害于社会，而且有益于社会，因而构成对社会主流看法的尖锐挑战。面对陈姐的逻辑，小丫完全处于一个小学生的接受位置之上，虽然，她还能够发出一句微末的"我真的要和她'我们'了吗？"

　　但是，小说并不就此肯定妓女职业的合法性与道德，它在后边安排了一场发生在看守所中的对话。把小姐们抓入看守所显然是一

---

　　① 鲁迅：《关于女人》（1933 年 6 月），《鲁迅全集》（第 4 卷），北京：人民文学出版社，1981 年，第 516～517 页。

　　② 西方在性工作对策上存在三种观点：一是保守派性工作非法化，主要是以性压抑的道德为基础的旧式观念；二是自由派性工作合法化，原因是古今中外几乎没有完全禁止商业化性工作者的社会；好处是通过对性工作者征税，可以使性工作者和嫖客的利益安全得到保证，并且减轻治安系统的负担，使性工作者较少受到黑社会的侵扰；三是女性主义从妇女地位角度提出性工作非罪化，从男女平等的标准看，妇女性工作与男性霸权分不开，甚至可以把它视为男性霸权具有典型意义和象征意义的表现。参见李银河：《李银河自选集——性、爱情、婚姻及其他》，呼和浩特：内蒙古大学出版社，2006 年，第 347 页。

种国家行为，一种对她们进行警戒、教育的方式。这时候，对话的双方换成了另一个刚入行不久的女孩姗姗与早已入行的女孩阿田。这次对话，不再关注个人与社会之间的道德关系，而是专注于个人的道德问题。阿田的逻辑基本上与阿美无异，但阿田的言说更类似于自由放任的个人主义："人是为自己活的，别管别人怎么看。像咱们，吃得好，穿得好，用得好，玩得好……不是有一句名言吗？走自己的路，让别人说去吧。"只要自己好，别人如何、社会如何是不必考虑的。然而，这一次不是阿田说服了姗姗，而是姗姗的一连串责问："以前有人像你一样告诉我说，这么做是为了过更好的生活，为了善待自己。可怎样才算善待自己？究竟多好才算好？有了这些我们就算有好的生活了吗？我觉得我们的很多消费都只和面子有关系，和虚荣有关系，和时尚有关系，和盲目的享受欲和短暂的满足感有关系，恰恰和善待自己没有一点儿关系，和我们的幸福没有一点关系。"阿田的"这就是个卖的社会，什么都能卖，只要能挣到钱。什么都在卖，也都挣到了钱"，也同样遭到了姗姗的激烈反驳，"不能卖的东西就不能买"，虽然她说不出到底是什么不能卖，但这就更强调了这是基本原则，其具体内容倒是一个次要问题。这样，姗姗与阿田的对话，就构成前两次对话的反题。在这次对话中，小丫以沉默的方式站在姗姗一边："热闹的辩论中，小丫一直在沉默。她看着姗姗的眼睛。很专注的，一直看着。她知道姗姗在冒傻气，但不知道为什么，她很喜欢听姗姗的傻话。"这表明，小丫再次认同了过去的自己。小丫立场的变化，其实是小说立场的多元性的显现，它并不单纯地认同某一方的逻辑，而是让各种不可通约的说法都取得了话语权。事实上，真正的多元主义是能够对各种不能通约的逻辑的包容。

值得注意的是，还有从良后的小丫与她从前的客人——现在的情人窦新成之间的一场对话。按照县城小官员窦新成的说法，所谓的官场秘诀就是"想当大人就得先当小人。想当猫，就得先当老鼠。想当主人，就得先当狗……想要自尊，就得先失去自尊"，就是"首先得把人格这两个字从脑子里抠掉。献给领导"。小丫听后一针见血地指出，当官的"像小姐一样……都是卖。本质一样……只是卖的内容不一样。小姐卖的是下面，你们卖的是上面和里面"。结果是，"窦新成不说话了。沉默许久，方才道：你说得对。我们是一样的"。让窦新成承认做官与做小姐是一样的，不仅仅是一个为小姐的"卖"寻找理由的问题，而是它再一次指向了关于当下社会性质的讨论，也就是阿田说的"这是一个卖的社会"。卖与买，是商品社会的规则。它提示了整个社会堕落的原因不应该仅仅去从那些处于弱势地位的小姐身上去寻找，而是应该从整个社会中去寻找。关于这一问题，何清涟的说法是值得深思的，何清涟用"缺乏伦理规范的市场游戏"来指称改革开放以来处于严重脱序状态的市场经济：社会成员失去了理想，生活成了纯粹的买和卖。而造成这一状况的，既有体制方面的原因：市场交换中的道德秩序混乱（表现为普遍缺乏职业道德和经济信用缺乏），分配法则的畸形（为了追求效益采取的先发展后分配模式，非但没有提高效率，反而造成起点不平等的财富积累竞赛，从而丧失了公平）。也有主导性的价值体系虚弱的原因（由于50～70年代的社会主义传统是奉献型经济伦理，既高度依赖于计划经济体制，又藐视人基本的求利动机，在市场经济转型中就难以抵挡物欲的冲击而迅速土崩瓦解），而另一更古老的儒家传统"重义轻利"、"安贫乐道"仅仅是一种人格理想。因而，长期在民间流行的功利主义迅速填补了这一意识形态空白，人们开始采取一切围绕实利做取舍的价值判断标准。

《底片》中的多元道德主义立场的意义，就在于它不是认定某种价值是最高的，而是指出某些价值是值得怀疑的。也就是说，它不是解决问题，而是提示问题的存在。

第五章　当她们开始书写乡村女性

在谈论20世纪乡土文学与乡村女性形象时，人们会列出鲁迅、沈从文、赵树理、孙犁、柳青、高晓生、莫言、贾平凹、张炜、韩少功、李锐等一长串著名作家名单，或许萧红、丁玲、茹志鹃、铁凝、王安忆的名字可以勉强挤进去，但实际上，很少有学者把她们当作乡土文学的代表作家。也就是说，在20世纪乡土文学的写作传统中，居于主流地位的是男性作家的写作，女性作家的乡土书写始终作为补充或潜流而存在。乡土文学庶几成为男性作家的专属空间。

大概在新世纪前后，这种专属被一批女作家打破了。不仅乡土出身的女作家孙惠芬写出了《歇马山庄》、《上塘书》、《吉宽的马车》、《歇马山庄的两个女人》、《秉德女人》、《生死十日谈》[①]，葛水平写出了《甩鞭》、《地气》、《喊山》、《黑雪球》、《连翘》[②]，何玉茹写出了《素素》、《胡家姐妹和小乱子》、《我呀我》、《红沙发》、《扛锄头的女人》[③]，乔叶写出了《我是真的热爱你》、《紫蔷薇影楼》、《最慢的是活着》、《底片》、《叶小灵病史》[④]等小说；而且城市出身的

---

① 孙惠芬：《歇马山庄》，北京：人民文学出版社，2000年；《上塘书》，北京：人民文学出版社，2004年；《吉宽的马车》，北京：作家出版社，2007年；《歇马山庄的两个女人》，《人民文学》2002年第1期；《秉德女人》，长沙：湖南文艺出版社，2010年；《生死十日谈》，北京：人民文学出版社，2013年。

② 葛水平：《甩鞭》，《黄河》2004年第1期；《地气》，《黄河》2004年第1期；《喊山》，《人民文学》2004年第11期；《黑雪球》，《人民文学》2005年第8期；《连翘》，《芳草》2006年第1期。

③ 何玉茹：《素素》，《上海文学》2001年第9期；《胡家姐妹和小乱子》，《人民文学》2003年第9期；《我呀我》，《长城》2003年第5期；《红沙发》，《人民文学》2005年第11期；《扛锄头的女人》，《作家》2007年第22期。

④ 乔叶：《我是真的热爱你》，武汉：长江文艺出版社，2004年；《紫蔷薇影楼》，《人民文学》2004年第11期；《最慢的是活着》，《北京文学·中篇小说月报》2008年第7期；《底片》，北京：群众出版社，2008年；《叶小灵病史》，《北京文学·精彩阅读》2009年第9期。

女作家方方也写出了《奔跑的火光》、《水随天去》①，王安忆写出了《上种红菱下种藕》、《富萍》②，铁凝写出了《笨花》③，林白写出了《万物花开》、《妇女闲聊录》④，盛可以写出了《低飞的蝙蝠》、《二姐在春天》、《北妹》⑤等乡土小说。并且，以上小说不乏获奖之作。仅以鲁迅文学奖为例，《歇马山庄的两个女人》、《喊山》、《最慢的是活着》都是上榜之作。因此，说她们的创作实绩标志着女性作家的乡土书写已经"浮出历史地表"并不为过。而女性作家的乡土文学，又多以乡村女性为中心进行写作。

本章的问题是，就乡村女性形象的塑造而言，这些女性作家是否为乡土文学提供了有别于男性作家的文学经验。它包含两方面的问题：一是她们的写作与20世纪男性作家的乡村女性书写传统构成怎样的关系？二是她们的写作与20世纪女性文学尤其是90年代女性文学构成怎样的关系？如果它不仅仅意味着断裂或接续，也不是简单的挑战或呼应，那么，原因何在？

第一节 反叛与接续

这一时段的乡村女性书写，受到两种传统的影响。其一，是男性作家的乡村女性书写传统。20世纪的乡土文学，在包括乡村女性形象塑造的乡土经验表达上，形成了相当厚重的传统。虽然不同时代的作家都以其写作与时代进行着直率或曲折的对话，他们对乡村女性的书写也就有不小的差异。但是，如果考虑到乡土文学的发生与演变始终是在农业文明向工业文明转变这一社会文化语境中进行的，那么，从作家对现代性的态度以及对乡村女性的情感态度的角

---

① 方方：《奔跑的火光》，《收获》2001年第5期；《水随天去》，《当代》2003年第1期。

② 王安忆：《上种红菱下种藕》，海口：南海出版公司，2002年；《富萍》，上海：上海文艺出版社，2005年。

③ 铁凝：《笨花》，北京：人民文学出版社，2006年。

④ 林白：《万物花开》，北京：人民文学出版社，2003年；《妇女闲聊录》，北京：新星出版社，2005年。

⑤ 盛可以：《二姐在春天》，《中国作家》2005年第2期；《低飞的蝙蝠》，《小说界》2008年第2期；《北妹》，天津：天津人民出版社，2011年。

度概括 20 世纪乡土文学书写乡村女性的传统就是可行的。具体而言，这一传统实际上是由乡村女性形象与乡土的关系构成的。其二，20 世纪女性文学，尤其是 90 年代女性文学，在文学主题与女性人物的塑造方面，也积累了相当的经验。虽然女性文学很少聚焦于乡村女性，而更多地关注知识女性和中产阶级女性，但这并不妨碍女性作家在开始书写乡村女性时对女性文学的倚重。因此，梳理 20 世纪乡土文学塑造乡村女性形象的传统与 20 世纪女性文学尤其是 90 年代女性文学传统，就显得尤为必要。

5.1.1 男性作家书写乡村女性形象的传统

男性作家在书写乡村女性形象时，大致形成了四种传统。

第一种是启蒙现代性的认知视角下的乡村女性形象。20 世纪初及以后，有不少男性作家采取这一视角（它常被一位外来的男性知识分子所据有），乡村常常被表述为封闭落后的问题性存在，在其中占据统治地位的观念常常具有吃人或害人性质，比如父家长制、孝道、重男轻女、各种迷信等等。乡村女性在这一传统结构中，总是被降低为奴隶或物。20 世纪初的代表性作品，是鲁迅的《祝福》，如第三章第一节的分析，祥林嫂是一个典型的被吃客体：她是婆婆眼里可卖的物品、雇主鲁四老爷眼里可用的劳力以及不祥与不洁的寡妇、大伯眼里丧夫失子没有资格继续住在贺家的女人、闲人们眼里可资鉴赏的痛苦玩偶。祥林嫂无疑遭到了一系列肉体与精神的压迫和暴力。因而，毛泽东将她受的压迫概括为四条绳索是相当精准的。小说结尾处的祥林嫂之死，不仅构成对乡土文化传统的控诉，也表达着启蒙者对她的同情与悲悯的情感态度。左翼作家柔石的《为奴隶的母亲》、《早春二月》也可划归此列。80 年代文学中，乡村不再被表现为封闭的，而是常常处于城市或知识分子的审视之下，被列入"旧"的队列中的思想观念更多了，它们被表现为阻碍社会进步与国人幸福的力量。这些旧的影响社会进步的思想观念不仅出现在男性人物那里，如古华的《爬满青藤的木屋》中的王木通仇视现代科学知识，也出现在女性人物身上，如李锐《月上东山》中的媳妇兰英在治好不孕症后想的是将来自己的儿子千万不能娶不能生育的女子等。

第二种是审美现代性认知视角下的乡村女性形象。在这一视角下，乡村被表现为淳朴的人情与人性、和谐的人际关系、美丽的风景等理想性的存在，并构成对病态城市的批判（城市形象常常被文本剔除）。其核心修辞策略在于，将乡村中的人情人性与风景"自然化"，其中的乡村女性（常常是少女）虽不能说是自然化的人性人情之美的唯一表征，却是其中最美的、最具有代表性的。这一书写样式始于废名、沈从文，其代表性人物是《边城》中的翠翠，她的外貌与性情既是自然的产物也是自然的表征，是沈从文"人性的小庙"中供奉的永恒女性。沈从文对这样的理想化的乡村与乡村女性充满神往之情。这一点，在第二章中有详细论述，这里不再赘言。80年代以来，汪曾祺、张承志、张炜等作家的一些作品延续了沈从文的这一审美理想，汪曾祺《受戒》中的小英子、张承志《绿夜》中的小奥云娜、张炜《九月寓言》中的赶缨、《柏慧》中的鼓额等都是这样的乡村少女。

第三种是成年作者回忆中的稚童视角下的地母型乡村女性形象。这类作品更多地关涉人类回归母体的原始冲动，其写作诱因往往是作者正身处危险、敌意或充满不确定性的他乡，无力决定自己的命运（艾青写作《大堰河，我的保姆》时就正在狱中）。在作者的稚童视角下，地母拥有慈爱、宽厚、博大、温暖的力量，为儿子提供亲密感与安全感。艾青的《大堰河，我的保姆》是这一样式的经典文本。这首诗开创了两个传统：一个是稚童"我"与大堰河之间儿子－保姆的关系。它建立在无血缘基础的"拟血缘"关系上，结果是极大地扩展了地母之爱的容量。事实上，在20世纪它是知识分子与人民母亲关系的经典隐喻。另一个是诗歌中大堰河对于稚童"我"的意义。大堰河不仅用乳汁喂养"我"，而且用"厚大的手掌把我抱在怀里，抚摸我"。母亲之爱满足了稚童"我"被喂养与被爱抚的生理与心理需求。这类地母型的乡村女性形象在20世纪乡土文学中，出现频率最高，且从未间断过。

在 50～70 年代的革命历史小说或影视中，她们常常是慈祥的革命老妈妈或大嫂，在危机时刻拯救受伤的子弟兵并给予精心照料，其中必有的一个经典动作——喂饭，无疑是大堰河用乳汁喂养稚童"我"的变体。这类乡村女性中有《沙家浜》中的沙奶奶、《铁道游击队》中的芳林嫂、《归心似箭》中的玉贞等。

80 年代，这类乡村女性形象同样大量出现在作家的文学书写中，其中最典型的莫过于张承志笔下的养母额吉（蒙语中的母亲）。在张承志的处女作《骑手为什么歌唱母亲》中，母亲救助危难中的儿子以及儿子扑进母亲怀抱这两个场景就已经出现。在此后的《黑骏马》、《胡涂乱抹》、《金牧场》、《黑山羊谣》等小说中，这两个场景不断以各种变体重复再现。不过，与其说张承志受到艾青的影响，毋宁说是基于一种具有普遍性的稚童心态。值得注意的是，在张承志的小说中，这位额吉不仅具有以上慈爱、博大、宽厚的理想母性（不仅哺育自己的孩子，也哺育别人的孩子，还用自己的奶喂养小马驹、小羊等动物），而且还逐渐具备了理想父性，这在某种程度上丰富了地母型乡村女性的内涵。《胡涂乱抹》中，地母是草原母亲，她兼具父性与母性品质。她的父性品质是英勇，她不仅以英勇的战斗给儿子树立了榜样，且与儿子并肩战斗，使儿子不再孤单。在自身生命已伤残时，她为抚慰儿子努力呈现出一派生机。她的母性品质也更加丰富。儿子伏在她的胸脯上，在呼呼大睡中梦见自己变成了一个三岁的小孩。呼呼大睡如同重回母亲的子宫，在黑暗和温暖的庇护下，儿子获得神奇的再生——成为力量和勇气的精灵，而"万里草原一字摆开，卫护托扶着这个小小的精灵"。可见，地母已经不仅是佑护者，还是力量的源泉，并最终成为儿子冲向外部世界的无边背景。在《金牧场》中，养母额吉进一步被理想化为精神导师。小说虽也写额吉的慈爱，但更多地赋予她坚忍、沉默和镇静的父性品质。额吉对金牧场九死不悔的追求成为儿子心中永不褪色的旗帜，激励儿子一次次上路去追寻更理想的家。《黑山羊谣》中，当儿子"我"在大醉中与一日本流氓发生冲突时，一位黑衣老妇如同从天而降，使"我"的肉体生命免遭伤害，"我"的神志也在对她的凝视中渐渐苏醒。这出现得如此突然，又神奇地救了"我"的老妇，显然是"我"心造的幻象——额吉的想象性替身。额吉已不是真实的存在，而是神性的象征，她已不仅是导师，更是神的使者、预言家、启示人。不过，张承志对地母型乡村女性的不断理想化，在丰富地母型母亲内涵的同时，也暴露了作家在无力解决自己的精神危机时只能求助于幻想这一问题。

　　90 年代，男性作家笔下的地母形象出现了两种变化：一是地母之爱的极端化与范围的内缩，一是地母外形与品质向人类学意义上的大母神的靠近。第一种变化出现在乡村出身的男性作家那里。莫言《丰乳肥臀》中的母亲上官鲁氏一生生育众多，但她的爱只施于儿女身上，且这爱具有极端的奉献性，比如她在饥荒年代把自己的胃当做偷粮食的容器，回到家吐出来喂养自己的儿女，她的儿子上官金童终生迷恋母亲的乳汁与母亲的怀抱。阎连科《耙耧天歌》则以极端的荒诞笔法书写了母亲尤四婆为了让儿女摆脱残疾，不惜牺牲自己生命的故事。值得注意的是，尤四婆不但不爱除儿女之外的他人，而且为了爱自己的儿女对他人恶语相向。第二种变化出现在张炜这位具有文化守成主义倾向的男性作家笔下。痛惜乡土文明的衰微与世道人心的堕落，他一方面让笔下的男性知识分子发出谴责之声，另一方面他的笔下开始出现一种接近大母神形象的乡村女性形象。她们体型高大肥胖，生命力旺盛，是小说中的男性尤其是男性知识分子迷恋的对象。譬如《九月寓言》中的年轻姑娘肥善良而肥胖，是瘦弱的矿区青年挺芳的爱恋对象；《丑行或浪漫》中的刘蜜蜡少女时代如同肥白的水生植物，中年时身形更加胖大，皮肤也变成了红薯色，她的自然性与母性拯救了被城市生活窒息的男性知识分子；《九月寓言》中的大脚肥肩则兼具西方人类学意义上生与死的双重象征意义：一方面她具有强旺的生命魅力，以至于她年轻时的情人用了整整一生寻找她；另一方面，她又将儿媳虐打致死，这使她成为死神的象征。

　　总之，这样一种对地母型乡村女性的书写，表明的是成年后的男性作者一旦得以以文学的形式化身为稚童，就会尽情表达自己对地母/故乡的依恋与感激之情。而当具体的母亲被升华为人民/祖国之时，这种书写就同时具有了母亲/故乡/祖国认同寓言的意味。

第四种是 20 世纪 40 年代以后采取的阶级与乡村男人的综合视角下的乡村女性形象。阶级视角下的乡土叙事受到毛泽东《在延安文艺座谈会上的讲话》的直接影响，要求作者放下居高临下的启蒙姿态，从教师和医生变成小学生。以赵树理为代表的这类叙事的视角或者说目光，既是阶级的，同时也是"平视"的，是"以'乡下人'看'乡下人'的目光。"①不过，这里的"乡下人"仅仅限于乡村男人而不包括女人。这时，乡村被表述为先进力量与落后力量斗争的战场。与本书相关的斗争叙事大致有两种叙事模式。

在第一种叙事模式中，斗争的双方是乡村男性，乡村女性在其中起辅助作用。无产阶级女性常常是斗争双方争夺的客体，而她也总是对先进男性情有独钟；而落后阶级的女性，则常常被本阶级男性当作腐蚀或拉拢无产阶级先进男性的工具。赵树理《小二黑结婚》写的就是先进的自由恋爱与落后的包办婚姻之间的斗争，其中的年轻美丽的小芹是先进青年赵振华与落后的退职军官的争夺客体。而直接导致这场争夺的，就是小芹落后的母亲三仙姑，她为了彩礼把女儿许给了退职军官。贺敬之、丁毅的《白毛女》中，无产阶级女性喜儿是无产阶级男性大春与地主黄世仁的争夺对象；李季的《王贵与李香香》中，李香香是无产阶级男性王贵与地主争夺的客体；周立波《山乡巨变》中，美丽开朗的积极分子盛淑君与村里的党员陈大春互相爱慕，落后的光棍符癞子垂涎盛淑君的美丽，只能遭到盛淑君和女伴的捉弄。落后女性如赵树理《小二黑结婚》中的三仙姑、《锻炼锻炼》中的"小腿疼"和"吃不饱"、柳青的《创业史》中的翠娥和素芳等。值得注意的是，那些无产阶级出身的年轻女性，往往不仅被表现为政治上进步或阶级立场坚定，还被施以外貌美与"女德化"修辞，她们常常被赋予勤劳、贞洁、贤惠等女性美德；而落后或反动阶级的女性，则不仅表现为政治上消极或反动，同时还

---

① 丁帆：《中国乡土小说史》，北京：北京大学出版社，2007 年，第 166 页。

被施以"非女德化"修辞，比如好吃懒做、风流成性等。譬如赵树理《小二黑结婚》中的小芹进步又忠贞，她的母亲三仙姑不仅思想与行为落后，这既表现为政治上不积极、经济上贪财，还表现为劳动上的懒惰，以及风流成性、作风不正派，与此相关的，则是她喜欢涂脂抹粉地打扮自己。其他如《锻炼锻炼》中的"小腿疼"和"吃不饱"好吃懒做；《创业史》中的栓栓的妻子素芳喜欢合作化的领头人梁生宝，被富农分子姚士杰诱奸后又被当作拉梁生宝下水的工具等。总之，这类乡村女性的阶级属性、进步程度与女德化修辞，是与乡村男人的性别期待成正比的，这也正暴露了这类故事在女性修辞方面的保守性。

第二种叙事模式可称为妇女解放叙事。在这种叙事中，年轻的乡村媳妇思想进步，她的丈夫和婆婆则思想落后，年轻媳妇在党的帮助下进行斗争，最终战胜了丈夫和婆婆，走出家门，积极参加集体事务，最终被国家授予劳动英雄或劳动模范称号。赵树理的《孟祥英翻身》和《传家宝》、李准的《李双双小传》都是其中的代表性作品。这些小说提供的妇女解放的思路，与马克思主义女权主义之间有着相当密切的联系。值得注意的是，这些小说中的年轻女性从"家内女人"到家外集体劳动中的积极分子的身份转变，给她们精神面貌带来了改变。她们从原来的内向木讷、忍气吞声，变得爽朗大方、爱说爱笑。就女性解放的意义而言，乡村女性的精神之变是相当可贵的。

在以上四种视角中，乡村女性虽然年龄、性格各异，但这些女性基本上没有个人欲望（或如祥林嫂般被剥夺，或如翠翠般尚未觉醒，或如大堰河与无产阶级女性般自我阉割或被阉割）。以上四种概括仅是一种粗略的化繁为简，是为下文的论述建构的必要参照。事实上，作家的创作情形要更复杂，常常是其中两种或两种以上类型的融合。

5.1.2　90 年代女性写作传统

从时间上而言，宽泛意义上的女性文学（女性写的文学）当然不是开始于 20 世纪 90 年代,然而,女性文学的自觉却是在 90 年代。

　　女性文学的自觉,在很大程度上得益于 20 世纪 80 年代以来学界对西方女性主义理论的译介。国内学界对西方女性主义理论的译介开始于 1981 年。这一年,朱虹发表《美国当前的"妇女文学"》一文,首次引入了具有西方女性主义色彩的"妇女文学"概念,并介绍了欧美女性主义思潮中的系列代表性学者与著作。不过,女权主义理论在中国产生较大影响,要到 1986 年波伏娃的《第二性》(节译本)出版之后。到 80 年代末,国内引入的重要女性主义著作还有贝蒂·弗里丹的《女性的奥秘》、弗吉尼亚·伍尔夫的《一间自己的屋子》、玛丽·伊格尔顿主编的《女权主义文学理论》。不过,总体而言,80 年代女性主义理论的译介还是比较零散的。90 年代,尤其是 1995 年世界妇女大会在中国北京召开之后,这一状况得到很大改观,更多的女性主义著作得到翻译和出版。重要的论文集有张京媛主编的《当代女性主义文学批评》、鲍晓兰主编的《西方女性主义研究评介》、李银河主编的《妇女:最漫长的革命——当代西方女权主义理论精选》等;专著有 E·M·温德尔的《女性主义神学景观》、玛丽·沃尔斯通克拉夫特和约翰·穆勒的《女权辩护·妇女的屈从地位》、波伏娃的《第二性》(全译本)、凯特·米利特的《性政治》等。

　　女性文学的自觉,表现为女性作家女性主体意识的增强,以及对女性经验的自觉表达。它既体现在女性文学表现内容的变化上,也体现在小说主题的推进上。

　　在论及 20 世纪 90 年代女性文学的基本内容时,乔以钢将其概括为三个方面:一是对都市女性生存状况与精神状况的体察和表达,二是对女性躯体、女性欲望的书写以及对女性本体精神走向的关注,三是对男性传统文化心理的透视和对女性之间相互关系的探索。[①]在以上三个方面的内容中,第三个方面即"对男性传统文化心理的透视"是女性文学的题中应有之义。它是"以女性的独特体验、独

---

　　① 乔以钢:《多姿的飞翔——论 20 世纪 90 年代女性写作》,《天津社会科学》2003 年第 2 期。

特视点去反观男权文化"①，揭示其性别歧视的本质与运作方式，以争取男女之间文化与心理上的平等。另两方面的内容——不论是女性的生存状况与精神状况，还是她们的躯体与欲望，抑或女性之间的关系——都是聚焦于女性的，因而，说 90 年代女性写作书写的是一个以女性为中心的世界毫不为过。而且，不少女性作家都使用了"女性叙述人的角度"，比如陈染《私人生活》、林白《一个人的战争》、张洁《世界上最疼我的那个人去了》、海男《我的情人们》等。使用这一叙述角度的意义在于，作品中的女性不再充当被男性作者权力目光"凝视"的客体②，不必再被他们的评价标准所左右，而是有可能获得来自同性的更多关爱和理解。以林白小说为例，她的小说中的叙事者大多是女性之"我"。这位女性叙事者与男性叙事者的区别，就在于她的目光是女性的目光："我将以一个女人的目光（我的摄影机也将是一部女性的机器）对着另一个优秀而完美的女性，从我手上出现的人体照片一定去尽了男性的欲望，从而散发出女性的真正的美。"③也正因为是女性自己的目光，才对女性的美充满了欣赏和崇拜。的确，林白笔下的女性，从名字到形象无处不美。她们拥有诗意化的名字——朱凉、姚琼、邵若玉；她们有着月光、花朵或水一样的气质——美丽、洁净、优雅，散发着女性特有的香气。即使在男性目光中并不美丽的女性，经由女性目光的凝视也会焕发出美的光彩；《瓶中之水》中，陈意玲在二帕身上看到的是怪异而惊心动魄的美；《一个人的战争》中，南丹对多米的独特气质赞赏有加。

　　这一时期女性文学对之前女性文学主题的推进，主要体现在两个方面。

　　一是母女关系的重新书写，它表现为母女关系与女性成长常常

---

　　① 戴锦华：《女性主义是什么》，《北京青年报》1996 年 1 月 16 日。

　　② 男性学者王干坦陈："所有文学都是这样。女性本身就处于这样一种被看的境界。女人在我们这个社会中从古到今是处在被看的地位上。"参见王干、戴锦华：《女性文学与个人化写作》，《大家》1996 年第 1 期。

　　③ 林白：《致命的飞翔》，《花城》1995 年第 1 期。

出现在同一个文本中。母女关系自"五四"开始成为女性文学的主题。在冰心那里，它是母女一体、彼此不分的极乐："我要至诚地恳求着/我在母亲的怀里/母亲在小舟里/小舟在月明的大海里"；它还是"长不大的女儿"①对母亲怀抱的依恋："母亲啊！天上的风雨来了，鸟儿躲到它的巢里；心中的风雨来了，我只躲到你的怀里。"在冯沅君那里，母亲的爱阻碍了女儿的爱情与自由。在张爱玲那里，母亲开始显露出残酷的一面，她吞噬自己的儿女，譬如《金锁记》中的曹七巧亲手掐灭了女儿长安最后一点幸福的可能。不过，承担着反封建（弑父）的历史使命的女性作家，还无暇顾及对母亲谱系的梳理，在她们那里，母女关系或者还仅仅是诗歌中的一个意象，或者是小说中女儿自由恋爱的阻碍物。然而，到了90年代，当成长中的女性试图寻找自我、确立自我的主体性时，仅仅有以上两方面的书写是远远不够的，因为主体在探寻"我是谁"这个问题时，必然会随之提出"我从哪里来"的问题。对于成长中的女性主体而言，那就是要探究自己女性祖先的生活到底是什么样子的，寻找女性祖先为自己留下了哪些精神与文化传统。这时候，一种对比喻意义上的母亲——女性祖先的历史的书写出现了。因此，王侃在论述90年代女性文学的母女书写时，从历史书写的高度对它进行概括是很有道理的。他将20世纪女性文学的历史写作概括为两种，一种是历史认同式的"女国民化"写作，一种是拒绝男权历史与重写她史。前者由秋瑾开创，并在丁玲、杨沫的写作中得到承续，崇尚入世和"入史"，并对此怀有乐观态度；后者则主要出现在90年代的女性写作中，拒绝男权历史的写作以制造或揭示断裂的方式进行，重写她史则表现为重写母系的历史。②这是因为，曾经蜷伏于历史地表下的女性，作为"否定项"存在的女性，一旦要开始书写女性自己的历史，就必须同时在终结男权历史的合法性与建构女性的历史主体位

---

① 孟悦、戴锦华认为"五四"时的冰心是永远长不大的母亲的女儿。参见孟悦、戴锦华：《浮出历史地表》，北京：中国人民大学出版社，2004年，第68页。

② 详见王侃：《历史·语言·欲望——1990年代中国女性小说主题与叙事》，桂林：广西师范大学出版社，2008年，第38～64页。

置两个方向上同时作战。

终结男权历史合法性的写作，致力于揭示男权历史塑造的历史主体的断裂与缝隙。王安忆的《叔叔的故事》是其中的代表性文本。那个在 80 年代的主流叙述语法中被崇高化了的"右派"叔叔，在女性作家的历史叙述中被彻底解构。重写她史，是寻找关于女性祖先的残篇断简，尝试着寻找被父权文化连根拔除或遮蔽着的"母亲的花园"。因而，重写她史，在某种意义上就是书写母亲的谱系。这一书写构成了 90 年代女性书写的主流，王安忆的《纪实与虚构》、张洁的《无字》、徐小斌的《羽蛇》、赵玫的《我们家族的女人》、池莉的《你是一条河》、蒋韵的《栎树的囚徒》都是其中的典范文本。

女性作家们的她史重写是在相当自觉的前提下进行的，它常常被具体化为小说中的一个女性叙史者或寻根者。张洁《无字》中的女作家吴为就是一个女性叙史者，她沉痛地感到根的缺失："我们没有故乡，没有根。我们是一个漂泊的家族。"这种"无根"体验，驱使她寻找并书写母亲与外祖母的历史。对叙史者吴为而言，"寻找的过程，是一个让漂泊的人感到有所归属的过程"。王安忆《纪实与虚构》中的叙史者孩子"我"也是一个主动的寻根者。作为一个在解放后跟随父母坐着火车进入上海的孩子，一个"同志"的孩子，"我"无法实现与上海这座城市的认同。这种空间认同的危机，在"我"这里转化为在历史中寻根的冲动——弄清楚自己到底"是谁家的孩子"。值得注意的是，"我"并没有寻找父亲家族的历史，而是"长期以来，我一直把母亲作为我们家正宗传代的代表"。对叙史者"我"而言，"家族神话是一种壮丽的遗产，是一个家庭的文化与精神的财富，记录了家族的起源。起源对我们的重要性在于它可使我们至少看见一端的光亮，而不至于陷入彻底的迷茫"。如此清晰地表述出来的叙史动机：放弃他史去寻访她史，足以表明叙史者书写她史的自觉，而且也正体现了女性作家是在确立自我认同时，开始了对女性传统的主动寻找。在这一意义上而言，书写她史可称为一种性别意义上的寻根文学。

重写她史的自觉，首先表现为文本对男权压迫女性祖先的揭露或让男性人物缺席。《无字》中多次出现的母亲被压迫、被损害的场面：秀春的母亲墨荷难产而死，死后又被婆婆强行焚毁尸体；吴为的父亲当着她的面痛打她的母亲万莲子。这些场面被描写得相当惨烈，其中当有着作家对母亲被损害的锥心之痛。不过，更多的女作家采取了让男性人物缺席的叙述策略。在这些小说中，男性人物被边缘化或干脆在文本中消失了：铁凝《玫瑰门》中的男性人物孱弱无力；徐小斌的《羽蛇》则很少让男性人物出场；《你是一条河》中，池莉让辣辣的丈夫在小说开头就死去，爱慕她的小叔子也软弱无能。这或许是因为，男性人物太久地占据了历史场景，只有将他们清除出去，母亲的田园才能得以显露出来。

其次，这些小说经常从女儿的视角观察与书写母亲。这一点，与这些小说同时是成长小说有关。张洁《世界上最疼我的那个人去了》从女儿"我"的视角观察病重而逝的母亲，处处显露出女儿对母亲的挚爱与依恋。《无字》中的四代女性之间，每一代女儿都是母亲悲剧的观察者。第二代女性万莲子（童年时名叫秀春）目睹了母亲墨荷的艰辛劳作，以及她难产而死后被奶奶焚尸。母亲被焚的悲惨场面成为童年万莲子的成长之痛，也使得她在长大后决心不再像母亲那样听命于家庭对自己婚姻的安排。第三代女性吴为又是第二代女性万莲子的观察者，她在童年时目睹了母亲被父亲暴打的场面，这种成长之痛使她不再像母亲那样抱着从一而终的传统观念。与此同时，长期的母女相依为命，还使吴为从万莲子身上发现了她艰难自立中的要强，并把这一品质当作自己的精神财富。第四代女性禅月和枫丹目睹了母亲吴为一生把爱情当作信仰的悲剧，尽管母亲吴为敢于结束无爱的婚姻，也敢于为了爱情生下私生女，也敢于并甘于为了爱情做老干部胡炳宸被世人不齿的第三者，但她们发现母亲在与胡炳宸结婚后，不断遭到胡炳宸的精神折磨。目睹了母亲爱情悲剧的两个女儿不再相信爱情神话，禅月把爱情视为一种疾病——"每个人一生中必不可免要出的那场麻疹"，认为"世界上就没有什么真正伟大的爱"，所谓的真正伟大的爱情乃"是'天方夜谭'、是幻想"。最终，作为爱情的免疫者，她远赴美国嫁给了外国人。事业有成的枫丹则宣布终身不嫁。四代女性的故事，串联起母亲与女儿的精神血脉，女儿与母亲结成了精神同盟，并将男性隔在了她史之外。《羽蛇》从女儿羽的视角观察自己的母亲若木和外婆玄溟，发现她们因为自己的性别对自己的排斥与仇恨，也发现了母亲和外婆的诸多秘密。《栎树的囚徒》则在结尾处写道："我们家族的女人，她们有多少是用'死亡'这种方式摆脱了生命的困境。她们选择了死来保存生的自尊。她们是些美丽的易折的乔木，构成了我们家族树林的重要景观，而我们，苟活者和幸存者，则是她们脚下丛生的灌木和蒲草。我们永远没有她们那种身披霞彩的千种风情，而她们，则不如我们坚韧。""我们"与"她们"的对照，是叙史者对两种女性传统的自觉梳理。

再次，不少她史写作带有自传或准自传的色彩，王安忆的《纪实与虚构》、张洁的《世界上最疼我的那个人去了》和《无字》均是如此。这种自传或准自传的历史书写，常常带着作家强烈的情感体验。

当然，在母女关系的书写中，也还可以看到现代文学对母女关系的双重态度：一方面，可以看到冰心般的女儿对母亲的依恋，譬如陈染《这个人原来就是那个人》中，"母亲永远是我血管里随意滋生出来的炎热夏季的清凉剂。睡在母亲家里，就如同婴儿在妈妈的子宫一样安全和宁静"。另一方面是女儿对母亲的审视与批判，譬如林白《一个人的战争》中冷漠的母亲从不关心女儿，陈染《私人生活》中的母亲则偷窥女儿、剥夺女儿的自由等。不过，这类写作并不是母女关系重写的主流。

女性爱欲与身体的书写是 90 年代女性文学的第二个显著主题。本书使用的"爱欲"一词，包括爱情与欲望。"五四"初期的爱欲书写集中于新女性对自由恋爱的争取，冯沅君的《旅行》、《隔绝》、《隔绝之后》是其代表性作品。在她的笔下，接受了新思想的女主人公镌华的宣言是："身命可以牺牲，意志自由不可以牺牲，不得自由毋宁死。人们要不知道争恋爱自由，则所有的一切都不必提了。"以宣言的形式宣布自己的思想，本身就带有一种决绝的意味，更何况其内容显示出的强烈献身冲动。这一献身冲动基于这样一个逻辑：人的意志自由至高无上，为了它可以牺牲生命；恋爱自由就是意志自由，为了争取恋爱自由她一定要牺牲生命。这一思想明显可以看到西方自由主义思想的影响，也很容易令人联想到裴多菲的《自由与爱情》。不过，在裴多菲那里，是"生命诚可贵，爱情价更高，若为自由故，二者皆可抛。"其中，生命、爱情、自由的位置呈现为一个递升序列，爱情是可以为自由而牺牲的，当然也就不可能与自由相提并论。然而，在女主人公这里，恋爱自由却被提升到了意志自由的高度。也难怪有论者指出，她实在是"将爱情视为一种信仰"的，其原因就在于，在"五四"时代，"'爱情'这个字眼，同'科学'、'民主'、'人'等大概念一样，是新文化价值体系的一种标志"。①而且，她的爱情必须是"纯洁"的。这里的纯洁，指向的是反身体，女主人公在抱着为爱情而死的信念的同时（她最终的确以身殉情），又坚决地抵制着爱人的性欲望，旅行期间共处一室，却"除了拥抱和接吻密谈外，没有丝毫其他的关系"，这不能不使她的爱情带有精神洁癖的色彩。

　　80 年代初，爱情再次被当作信仰与旗帜，张洁的《爱，是不能忘记的》是其代表性作品。在这篇小说中，爱情始终被严密地埋藏、也终于埋葬在钟雨的内心。与镌华的爱情相同的是，这不能被女主人公忘记的爱情，也是纯粹柏拉图式的，只有精神的交汇而绝无身体接触的可能，当然也更不会涉及性爱，因而也就带有同样的精神洁癖的色彩。因此，恰如戴锦华指出的："张洁'洗去'了欲望与性爱的'不洁'，甚至洗去了身体——这不无龌龊的物质性存在。"②毕竟，在张洁那里，"爱，是信念，是救赎的手段，是获救的唯一方式，也是获救后的唯一现实"。③爱情，因承载着太多的精神意义而必须排斥肉身。

---

① 孟悦、戴锦华：《浮出历史地表》，第 46 页。

② 戴锦华：《涉渡之舟——新时期中国女性写作与女性文化》，北京：北京大学出版社，2007 年，第 62 页。

③ 戴锦华：《涉渡之舟——新时期中国女性写作与女性文化》，第 61 页。

欲望与身体要获得被言说的机会，一直要等到王安忆的"三恋"和《岗上的世纪》的出现。诚如戴锦华所言，《岗上的世纪》是一个比"三恋"更纯粹的"性爱故事"，它"尽管仍涉及具体的历史情境，涉及个人之于历史的诡计，涉及社会，但故事的核心，却在于它讲述了本能和欲望如何战胜并压倒了一切，成为如果说不是唯一的，至少是孤注一掷的现实"。①小说结束于一个美妙无比的性爱场景：

> 他笑了，将她抱起来放倒，两人长久地吻着，抚摸着，使每一寸身体都无比地活跃起来，精力饱满，灵敏无比。他们互相摸索着，探寻着，各自都有无穷的秘密和好奇。激情如同潮水一般有节奏地在他们体内激荡，他们双方的节奏正好合拍，真正是天衣无缝。他们从来不会有错了接拍的时候，他们无须努力和用心，便可达到和谐统一的境界。激情持续地是那样长久，永不衰退，永远一浪高过一浪。他们就像两个从不失手的弄潮儿，尽情尽意地嬉浪。他们从容而不懈，如歌般推向高潮。在那汹涌澎湃的一刹那时，他们开创了一个极乐的世纪。

身体与欲望书写的意义，在于"'解构爱情神话'，使身体及性爱登场，便可能成为显露女性生命经验，呈现女性的主体性的历史机遇"。②

经由 80 年代后期王安忆"三恋"与《岗上的世纪》、铁凝《玫瑰门》与"三垛"，90 年代的女性爱欲与身体书写呈现出相当繁荣的景观。

在年轻女性作家对女性欲望与身体的表现中，明显可以看到西方女性主义的影响。西苏在她那篇著名的《美杜莎的笑声》中开篇便道："妇女必须参加写作。必须写自己，必须写妇女。"③ "写自

---

① 戴锦华：《涉渡之舟——新时期中国女性写作与女性文化》，第 214 页。

② 戴锦华：《涉渡之舟——新时期中国女性写作与女性文化》，第 47 页。

③【法】埃莱娜·西苏：《美杜莎的笑声》，张京媛主编：《当代女性主义文学批评》，北京：北京大学出版社，1992 年，第 188 页。

己",是一种自叙传式的写作方式,即把自己的人生经历、精神立场写入作品,也就是把女性自我文本化。这一点在陈染、林白的写作当中最为突出,她们的很多作品都带有自叙传色彩。而"写妇女",则是写关于女性的一切:"几乎一切关于女性的东西还有待于妇女来写:关于她们的性特征,即它无尽的和变动着的错综复杂性,关于她们的性爱,她们的身体中某一微小而又巨大区域的突然骚动。不是关于命运,而是关于某种内驱力的奇遇,关于旅行、跨越、跋涉,关于突然的和逐渐的觉醒,关于对一个曾经是畏怯的既而将是率直坦白的领域的发现。"①西苏说的妇女的一切,基本上指的是女性身体。在她看来,女性的身体至关重要:首先,女性的身体是有欲望的,所谓"我也激情洋溢,我的欲望创造了新的愿望,我的身体懂得前所未闻的歌"。女性的身体还充满了表达的欲望,"想唱,想写,想大胆地说,一句话,想表露一种新的东西"。②其次,女性身体就是她的潜意识。在西苏看来,只有女性的潜意识是未被男权社会污染过的,它是女性创造力的巨大源泉。再次,身体是女性作者的语言,"她通过身体将自己的想法物质化了;她用自己的肉体表达自己的思想"。③在西苏这里,女性的身体写作是非常严肃的,它是针对男权社会的斗争,是妇女重返自我,夺取话语权,进入历史和世界的重要方式,"通过写她自己,妇女将返回到自己的身体","这行为同时也以妇女夺取讲话机会为标志,因此她是一路打进一直以压制她为基础的历史的。写作,这就为她自己锻制了反理念的武器。为了她自身的权利,在一切象征体系和政治历程中,依照自己的意志做一个获取者和开创者"。④

①【法】埃莱娜·西苏:《美杜莎的笑声》,张京媛主编:《当代女性主义文学批评》,第201页。

②【法】埃莱娜·西苏:《美杜莎的笑声》,张京媛主编:《当代女性主义文学批评》,第189、190页。

③【法】埃莱娜·西苏:《美杜莎的笑声》,张京媛主编:《当代女性主义文学批评》,第195页。

④【法】埃莱娜·西苏:《美杜莎的笑声》,张京媛主编:《当代女性主义文学批评》,第194页。

陈染、林白等女性作家在 90 年代以近乎惊世骇俗的身体写作，冲撞着男权文化中的性别预设（女性要么是没有欲望的女神，要么是有欲望的妖女，前者由他们塑造的纯洁少女、圣母充当，后者由那些性道德败坏的女人们充当，其极端形式则是妓女）。林白《一个人的战争》中六岁女孩多米躲在蚊帐里对自己身体的探索，陈染《私人生活》中倪拗拗在浴室里的自慰，不仅仅是一种女性审美体验，更具有革命意味：它是即将觉醒的女性对外部那个男权主宰的世界的绝然退出，是以斩断与世界联系的极端方式获得的自我救赎。《一个人的战争》引起的男性读者的不适与攻击，恰足以说明它所具有的冲击力，而女性主义学者徐坤在为小说辩护时，则将林白的写作与西方女性主义建立起联系："引导和贯穿作品始终的，正是埃莱娜·西苏提出的那种女性写作逻辑：女性躯体的写作——手淫——自慰——自恋——飞翔——文本引起破坏性——重新发现和召回女性自己。"①徐坤指出："林白以其出色的艺术才能和深刻的理论感悟力，用女性自传或准自传的记录形式写作而成这样一部关于女人成长的小说，从写作实践的意义上完成了对西方女权主义理论的认同和带入的过程。"②男性读者的不适与徐坤不得不向西方理论寻求支持的辩护方式，都表明女性的身体与爱欲书写并不是内在于中国的文学传统的，它带来的是一种革命性的、也是陌生的文学经验。

事实上，对女性身体的关注与书写不仅仅出现陈染、林白的写作中，也出现在其他女性作家的写作中。譬如铁凝《大浴女》中尹小跳在方墂面前大胆裸露出自己的身体，而方墂却软弱不堪。这无疑是以女性爱欲与身体挑战并暴露男性的孱弱。张洁《无字》中几代女性所遭受的痛苦，也常以书写身体的方式出现：

（1）她倚着草棚子里的支柱，叉开两腿坐在铺着秫秸秆的地上，不时对太阳举起手指，审视内中的景观。手指里像注满

---

① 徐坤：《双调夜行船：九十年代女性写作》，太原：山西教育出版社，1999 年，第 75 页。

② 徐坤：《双调夜行船：九十年代女性写作》，第 73 页。

了水，肿胀，苍白，透明得可以看见一条条毛发样的血管、一片片丝絮状的肌肉。翻开衣襟，抚摩着鼓的腹部……全身也肿胀得如一枚吐丝做茧的桑蚕。她想她前生一定是条桑蚕，所以才会像桑蚕那样生下很多的孩子。每次生育，她都要经历这样一个具有献身性质的、脱胎换骨酚过程。这样的生育，严重地败坏了她的健康。

（2）此时，一股温热、柔软的水流，知情知意、知根知底、知疼知热地顺着她的小腿流向地面，她近乎崩溃的恐惧，似乎也随着这股温热、柔软的水流一起流走了。她感动得打了一个冷颤，并且爱上了这股温热、柔软、知情知意、知根知底、知疼知热的水流。

段（1）文字写的是第一代女性墨荷待产时的身体，这在自我凝视中变形、肿胀的身体，呈现的是墨荷在男权秩序中受到的身体损毁。又由于这只是她在被正常使用状况下遭受的常规磨损，也就格外具有典型性——它呈现的是多产妇女的身体之痛。段（2）文字是童年吴为看到父亲狂暴地殴打母亲时尿裤子的身体书写。正常情况下从不尿裤子、不尿床的女童吴为，在看到父亲殴打母亲时尿裤子的行为，既具有暴露男权的暴力性质的意义，更表达了女童吴为的身体潜意识：当被小女孩视为保护人的母亲被更有力者殴打时，小女孩感到的是强烈的无助，以及在无助中对温暖呵护的加倍渴望。当这温暖只能来自平时被视为羞耻行为的尿裤子时，女性与女童在男权世界孤立无援的处境得到了惊心动魄的呈现。

5.1.3 反叛与接续

应该说，90 年代女性文学，甚至是 20 世纪女性文学，在建构女性主体时，建构的主要是"知识女性"与城市女性的主体性，因而，它必然要面对女性文学与女性话语"中产阶级化"的批评。这样一种状况，在新世纪前后发生了改变。这时候，女性作家的写作开始了一次集体性的"视点下移"，她们不再把城市女性的生存状况与精神状况当作唯一的重心，而是开始把目光投向了乡村女性，这使得乡村女性的生存状况与精神状况，以相当集中的形式出现在这一时段的当代文学之中。

从文学史的角度看，女性作家对乡村女性生存状况与精神状况的表现，与上述两种传统之间会构成接受、借鉴或反叛的关系。影响这种关系的主要因素，则是这一时段乡村女性书写的女性作家的构成。

考虑到出生地对作家空间认同的影响，这里把她们分为城市出身的女性作家与乡村出身的女性作家。城市出身的女性作家，包括20世纪50年代出生的王安忆、铁凝、方方与林白，以及70年代出生的盛可以。其中，王安忆、铁凝此前都曾有过书写乡村女性的经验，且对女性欲望问题关注最早，不同之处在于，王安忆的"三恋"与《岗上的世纪》中的主人公是城市女性；铁凝的"三垛"的主人公是乡村女性。方方此前关注的主要是知识分子与市民生活，林白是90年代女性写作的代表性作家，盛可以关注的是城市现代女性的身体与欲望。其中，林白的转向相当具有代表性，她在和自己家里的来自农村的保姆木珍接触后，发现了乡村这一广阔的天地，也发现了乡村女性这一原本沉默的群体原来是具备语言表达能力的。她在倾听中开始书写乡村女性，先后写出了《妇女闲聊录》、《万物花开》、《银仙》等。由于她在开始书写这些文本之前，已经是一个成熟的女性作家，因而，她的写作更多地延续了90年代女性文学的传统。而王安忆、铁凝、方方、盛可以等几位作家，在进行乡村女性书写时已经具备成熟的女性意识，也就使得其书写与90年代女性文学有着更多的接续关系，并因此构成对男性乡村女性书写传统的反叛与偏离。

乡村出生的女性作家，则有50年代出生的何玉茹、60年代出生的孙惠芬与葛水平以及70年代出生的乔叶。不同于城市出身的女性作家，乡村出身的女性作家因青少年时期成长于乡村，而且成年后依然与乡村保持着联系，从而与乡村女性有着更为切近的交往。譬如孙惠芬是母亲最小的女儿，她的童年和少年时代是在与三辈女人（奶奶、母亲、三个嫂子）同居一室的环境中长大的，这使她从小就获得了观察她们的机会。孙惠芬因此表示"观察她们、体察她们可以说既是我无法逃脱的宿命"。[①]葛水平也表示自己和乡村女性是"早已啮着嘴唇盟过誓的姐妹。"[②]如果说以上不同是基于感性层面的，她们在思想上则受到两种文化与文学传统的影响：一方面，她们会受到乡村文化传统的影响，比较典型的是葛水平，她曾这样描述乡村女性："乡村女人是泥土是庄稼。庄稼是乡村男人的口粮。乡村女人不会因为喜欢去做太过极端的事情。乡村女人要做的琐事太多，琐碎的日常生活让她们练就了一身好性情：勤劳善良，忍辱负重，先人后己。乡村女人的'情'事原本就是性情由之的，她们生活得素朴安然，有滋有味。自然唤醒了她们热爱的天性，不像城市里的女人，在金钱、权欲、地位等等欲望中，热爱只能成为一种装饰和附庸。乡村女人的热爱，在山色青黛、桃李花开中，因为日子而劳作……她们穿不求名贵的衣服，吃不求丰盛的饭菜，于日常必需的东西以外，她们最大的关怀是对她们的家、男人和孩子。男人活好了，她们就活好了，儿女们有出息了，她们就也活得有底气了。"[③]在葛水平对乡村女性的真诚赞美中，将她们的幸福置换为男人和孩子的幸福，这一点与赵树理式的以乡村男人的视角去观察和理解女性非常相似。另一方面，她们也受到女性文化与文学的影响。其中，受到女性文化与文学影响较大的是孙惠芬，她的小说涉及的不少主题，都是90年代女性文学关注的主题，比如女性的爱欲与身体、姐妹情谊等。有必要指出的是，她的写作并不是对以上主题的重复，而是对以上主题的推进，这一点，稍后再作论述。

以上作家对乡村女性生活状况与精神状况的表现是相当丰富的，这大致包括以下几个方面：

第一，是对乡村父权制与乡村认同的书写。这种书写因作家出

---

① 张赟、孙惠芬：《在城乡之间游动的心灵——孙惠芬访谈》，《小说评论》2007年第2期。

② 葛水平：《我和我小说中的乡村女性》，《名作欣赏》2010年第10期。

③ 葛水平：《我和我小说中的乡村女性》，《名作欣赏》2010年第10期。

生地而表现出较大的差异。

在城市女作家（方方、王安忆、盛可以、林白）笔下，乡村不仅落后、贫穷，且有许多陈规旧俗，它们更多地集中于"父家长制"这一概念下的男尊女卑、"无后"与大家庭观念等内容。虽然这有可能窄化启蒙的内涵，却利于表现乡村女性的处境。方方很注意揭示传统观念的牢不可破。《奔跑的火光》中，英芝的婆家与娘家都认同男尊女卑，公婆与丈夫以监督、责骂与家庭暴力的方式教训英芝"怎样给男人当老婆"，父母则以劝说间或责骂的方式要她认自己做"女人"的命。《水随天去》以少年水下的视角看天美和三霸夫妻。天美生不出孩子，当上老板的丈夫三霸就以"不孝有三，无后为大"为由，包养二奶且要和她离婚。水下认为三霸的话与城里人故意不生孩子相比，简直就是"放屁"，他包二奶就是犯了重婚罪。水下的看法完全建立在城里（现代）的想法与做法都比乡村（传统）更正确也更优越的思想基础上。王安忆的《富萍》相当温和，但小说写的还是将要嫁人的富萍遭遇到的"性别麻烦"及其解决。从小"牵着叔婶家的一群堂弟妹"长大的她，并未由此培养出男性作家们喜欢书写的"自然的"母性，而是深感"所有的孩子都是一样的令人生厌"，也因此预想到自己做大家庭媳妇的未来，就是被一群弟妹的"眼泪、鼻涕、屎、尿、争食、吵架、打架"和一群麻烦（富萍认为亲戚就是一大堆麻烦）包围。她向未婚夫提出"我们分出来单过"的要求。这或许是因为，对于城市出身的女性作家而言，乡村是不折不扣的"他乡"。即使是对王安忆、方方这些知青作家而言，乡村也大多与蹉跎、伤痛的记忆联系在一起。因此，她们与乡土之间的关系很难说是亲密的。当她们把笔触从自己的城市与城市女性转向乡村与乡村女性时，就更多地对乡村表现出一种否定性的认同。

乡村出身的女作家也看到了乡村文化中父家长制传统下"男女有别"的不平等，并在作品中对此多有表现。葛水平《连翘》以寻红的视角写她与弟弟在机会和职责上的不平等。弟弟作为男孩无论在受教育还是盖房结婚上都被优先考虑，寻红却被父母要求辍学供弟弟读书，为弟弟盖房。乔叶《最慢的是活着》中的"我"的奶奶毫不掩饰对男孩的喜爱，"谁家生了儿子，她就说'添人'了。若是生了女儿，她就说'是个闺女'。儿子是人，闺女就只是闺女。闺女不是人"。《我是真的热爱你》中，双胞胎姐妹冷红、冷紫虽然聪明漂亮，但父亲却因她们不是儿子而遗憾。但是，与城市女性作家不同的是，乡村出身的女性作家并不仅仅关注乡村文化中的性别不平等，还关注城乡之间的不平等与阶层之间不平等。虽然城乡不平等与阶层不平等是两个概念，但实际上，它们之间的联系异常紧密。体现在她们的创作中，就是她们小说中的乡村女性更多遭遇到不止是一种不平等，而是两种或三种不平等。乡村女性在城市里会遭遇到城里人的歧视甚至欺骗、伤害。譬如葛水平《连翘》中，寻红在村里不受父母重视，在城里给一位老太太做保姆时，老太太又让她别忘了自己是农村人、下等人；孙惠芬《歇马山庄的两个女人》中，李平在城里打工时受到老板夫妻的欺骗和侮辱，回村结婚后又因在城里当过"三陪"受到丈夫的暴打。美国黑人女权主义者曾提出"交叉压迫的范式"（Paradigm of Intersecting Oppression）来解释黑人妇女的经历的性别、社会、阶级之间的不平等。[①]借助这一概念，可以观察到乡村出身的女性作家笔下的乡村女性遭遇到的不平等的复杂性，以及由此形成的与城市女性作家不同的乡土认同。

期间，一个明显的现象是，葛水平《喊山》《甩鞭》，乔叶《我是真的热爱你》，孙惠芬《吉宽的马车》《歇马山庄的两个女人》中，可以观察到一种可称为颠倒的"外来者"故事模式：孤单的乡村女性在陌生的城市/异乡遭遇到某个冷漠者、心怀叵测者甚或坏人，遭到歧视、欺骗、玩弄或伤害，一位乡村出身的真挚、淳朴与善良的男性拯救她脱离苦难。这一故事模式颠倒了 20 世纪文学中"外来者"故事中的拯救者、异乡与乡土的想象关系，这不再是具有现代文明背景的外来者将乡村女性从愚昧、落后的乡土拯救到光明的异乡，而是来自乡土的男性将乡村女性从陌生而危险的异乡救出（很多时

---

① 吴新云：《身份的疆界——当代美国黑人女权主义思想透视》，北京：中国社会科学出版社，2007 年，第 4 页。

候是重回故乡）。其中，乡村男性的乡土出身，往往被等同于淳朴、真挚与善良的品质，且往往被本质化。这预示着，这些小说将不再站在启蒙立场上，而是因作家的个人差异表现出颇为复杂的内涵。

在葛水平那里，乡土认同表现出一定的反现代性。她的小说多有一个大团圆的结局：乡村女性被乡村男性救回乡土，二人建立了幸福的家。比如《喊山》中，淳朴、善良的乡村青年韩冲的无心之过，解救了被拐卖多年并遭受家庭暴力的红霞，小说结尾已经预示二人的结婚。《甩鞭》讲述的虽然并非当代故事，却具有十足的乡土乌托邦意味。在城里做丫头的王引兰，遭到老爷的引诱且即将惨遭太太毒手，危急时刻是乡村地主麻五及时将她救出。小说中的麻五甚至不需要淳朴、善良乃至年轻，事实上，这个四十多岁的吝啬地主是以要求王引兰给他做小老婆为条件救她的。然而，小说还是把王引兰做小老婆的生活叙述得幸福无比——麻五无比宠爱她。或许，葛水平将美德从麻五身上剥离出去，就是为了形塑一个传统乡村家庭的幸福神话。然而，麻五与王引兰之间宠爱与被宠爱的关系式，却难免沦为女性作为玩偶的"幸福"。葛水平急于将乡土理想化的结果，不经意走向了两性平等的反面。

在乔叶和孙惠芬那里，这一模式中理想的乡村男性并不纯粹是传统的，他们虽然出身乡土，却需具备一定的现代意识。孙惠芬《吉宽的马车》中的吉宽是读着法布尔的《昆虫记》长大的浪漫马车夫，他信奉男女双方都应自立的现代爱情观，他接纳许妹娜回来的条件是她不再试图依赖男人。乔叶《我是真的热爱你》中的张朝晖是接受了现代大学教育的医生，他具备拯救高中时的恋人冷紫的重要条件：超越传统贞操观，接纳冷紫作过三陪女的过去，并将她看成是和自己平等的人。吉宽与张朝晖的乡土出身的意义在于，他们的爱情真挚、强韧而持久，具有一种特别的永恒意味，足以与瞬息万变的现代性带来的任何变故对峙。可见，孙惠芬与乔叶对乡村与乡村男性的认同是有限度的。可以作为反证的，是孙惠芬的《歇马山庄的两个女人》。小说中乡村男性成子对李平的拯救被放置于小说的开端，因而，这是一个"拯救之后"会怎样的故事。在结尾处，当成子知道李平在城里做过三陪女后，他"变成了一副穷凶极恶的样子"，"擒小鸡一样把李平从灶台边擒到里屋。成子威逼的目光和手中的力气，让李平感到自己一瞬间变成了一粒尘屑，渺小、轻飘，而成子却仿佛一座山一样高大、威严"。乡村男人这座"山"是有双面性的，他既可能在乡村女性遇到危险时承诺拯救，但他也同样可能因乡村的贞操观而心胸狭窄，成为她的压迫者与威逼者。一旦他成为后者，乡村女性就只能是任他发落的"尘屑"。因而，李平承受的肉体与精神暴力其实与方方《奔跑的火光》中的英芝并无差别。在对乡村内部的性别观念的批判性态度上，孙惠芬、乔叶与城市女性作家达成了共识。

第二，是年轻乡村女性的婚姻与恋爱书写。何玉茹的《素素》、《胡家姐妹和小乱子》写的都是乡村女孩与城市男青年之间的婚恋。乡村女孩素素与胡家妹妹不仅家庭经济条件优越，且在村办工厂里有一份不错的工作，个人也容貌美丽、气质不俗。但所有这些都抵不过男孩的城市出身，恋爱中的卿卿我我因此掺杂着一种异样的紧张。乔叶的《底片》中，乡村女孩小丫因普通话说得好且长相秀美，在城里打工时被城市青年半轮看中，然而，二人之间初生的情感，却很快被小丫父母与村人来访时大声说出的方言击碎。这如此轻易破碎的恋情，同样指向了城乡之间的不平等。孙惠芬《歇马山庄》中，月月与小青都因买子能说一口城里人才能说出的标准普通话对他产生了好感。王安忆的《富萍》写的是乡村女孩富萍与乡村男孩李天华订婚后悔婚，自己做主嫁给了城里自谋职业的瘸腿青年。总之，在以上小说中，年轻乡村女性的婚恋中，出身城市或具有城市特征成了一个异常关键的砝码，它再清楚不过地显示了国家政策是如何进入并影响了婚恋这一最私密化的领域的。

随着市场经济时代的到来，乡村女性钟爱的对象也已经发生了变化。孙惠芬《吉宽的马车》中，乡村女孩许妹娜为了让父母过上好日子，嫁给了城里的包工头；《歇马山庄》中，月月的三嫂则与队长发生了私情，其原因都是在乡村女性眼里，他们都是"有本事的人"。可以说，这些小说敏锐地发现了乡村女性婚恋观的变迁，曾经流行于 50～70 年代的乡村男性青年的老实、厚道等美德已经不能赢得她们的爱情，打动她们的是市场经济环境中特别需要的"本事"。而本事又是与"成功"——这个 90 年代以来日益辉煌的语词联系在一起的。

第三，是乡村女性的成长书写。何玉茹的《我呀我》，王安忆的《上种红菱下种藕》、《富萍》，盛可以的《北妹》，乔叶的《最慢的是活着》都是书写乡村女性成长的小说。何玉茹的《我啊我》从父母的视角写女儿的成长。这是一个典型的父权制家庭，父亲在家里说一不二，母亲总是以父亲的意见为自己的意见。他们发现女儿不仅给自己的房间换上了厚厚的门帘（对独立空间的需要），而且还是每晚村里青年聚会的主角。小说的后半部分反复出现的女儿高唱的"我呀我"的歌声，可视为女儿的叛逆之音。这是她的成长宣言，标志着她作为一个独立个体的出现。王安忆的《上种红菱下种藕》、《富萍》则让乡村女孩在空间流动中接触不同的人与事，并从这些人身上学习能力与品质，逐渐地成长起来。盛可以的《北妹》中的钱小红，在村里时曾是任性妄为的少女，她并不以与姐夫偷情为耻，也不认为这样会伤害姐姐，当她在打工中经历了种种磨难后逐渐成熟起来，回家后她拒绝了姐夫的求欢，并警告姐夫要好好对待姐姐，此时的她已经成长为姐姐的保护者。乔叶《最慢的是活着》最接近 90 年代女性文学传统，它将年轻女性的成长与比喻意义上的母女关系的书写放在同一篇小说中。

第四，乡村女性的身份认同与空间认同书写。在这个急遽现代化、城市化的时代，乡村空间正在以城市为模版被改造。身处其中的乡村女性到底会把自己认同为什么人，又有着怎样的空间认同，是何玉茹与乔叶共同关注的问题。何玉茹的《扛锄头的女人》中的"我"是一个不识字的农村妇女，深受村庄城市化改造的困扰：由于"我"的村庄在省城边上，于是"我"的村庄和家都一步步地被城市化了，先是"我"自己盖起来的砖房不见了，住进了村里统一盖的二层楼，后来村里又盖起了多层楼的单元房，"我"只好又从二层楼住进单元房。虽然"我"能感觉到住得越来越好了，但是却觉得日子"愈过愈有点越糟心了",以致于患上了失眠症。原来"我"的问题,是在新家里找不到家的感觉。家里到处都是新的、现代的:退休在家的丈夫的书房里放着书柜、书桌和电脑,阳台上摆着藤椅供丈夫喝茶、看报用;女儿的房间则布置得颜色鲜亮、一尘不染。"我"对丈夫的地方感到"耿耿于怀",女儿则嫌"我"不卫生,不让"我"进她的房间。在这个新的、现代的家里,只有一个小房间是属于"我"的,那里放着丈夫和女儿不喜欢的旧家具和"我的"农具。然而,这个属于她的房间,就像她这个人一样,和整个家显得格格不入。在家里感到紧张的"我",只有走进田野,走进菜地,精神才能得到真正的放松。"菜地对我,却是一片树林子,我便是林子里的鸟儿,林子里的每一片叶子每一声虫叫,跟我都是亲的。"菜地对"我"的意义是多方面的,它既是"我"获得和菜们亲近的空间,使用心爱的农具的空间,更是在回忆中寻觅自我的空间。只有在这片属于自己的菜地里,"我"才能尽情地回忆生产队时代的自己是多么能干。因而,这篇小说在提出城市化进程中空间认同的问题的同时,还提出了20世纪50~70年代的女劳模们的身份认同问题。当年的她们通过走出家门、积极参加集体劳动获得的尊严,在城市化、知识化的今天已经荡然无存,她们从当年人人羡慕的劳模变成了人们眼中的"粗人",而"粗人是不能上台面的",一如她们的农具和旧家具只能放在不见天日的床底下,她们苦恼于自己"怎么就成了最差的人"。

　　乔叶的《叶小灵病史》讲述的是一位出生于20世纪60年代的乡村女子叶小灵几十年的城市迷恋。用杨庄村人的话说,她是个"城市迷",用时下流行语说,她是一位城市粉丝(fans)。在小说对叶小灵病史的娓娓道来中,可以看到小姑娘时的叶小灵抱着洋娃娃、红气球,少女时的叶小灵骑着天蓝色自行车,高考落榜后的叶小灵天天迷恋于在家搞卫生,出嫁时娘家陪嫁了煤气灶和马桶,婆家把婚房的地面做成了最时兴的水磨石地面。从小到大,叶小灵以及她的家人努力做的,都是时刻让她与乡村拉开距离,与城市保持一致。如今的叶小灵在村里卖肉,守着肉摊的叶小灵是村里的一道风景:她的肉摊干净无比,她卖肉时一定要说普通话,不卖肉时一定要坐在旁边读《读者》、看《杨树日报》。叶小灵这道风景实在是乡村大街上一道不和谐的风景。然而，叶小灵从不在乎别人对自己的非议，相反，她对城市的热爱如此炽烈，以至于村里搞竞选时，她鼓励并帮助丈夫成功竞选了村委会主任，自己出钱让丈夫按照杨树市的样子改造村庄。于是，不论是村里的街道还是街道的名字，甚至是花坛与路灯，都变得与她一心向往的杨树市一模一样。

对于叶小灵，叙述者"我"的态度显然是复杂的，她时而与村里人站在同一立场上评价叶小灵："我们村的人都知道：她有病。"时而又以一个乡村出身的知识分子的身份说话："我记得有本书上说：梦做得好，就是理想。梦想这个词就是如此得来的。"但是，当"我"从书上无法找到"那梦要是做得不好呢"这个问题的答案时，叙述者再次回到了"我们村里人"的立场："他们说：梦做得不好，就是心病。"最后，叙述者肯定地说："叶小灵的病，就是心病。在我们杨庄村，她已经是个老病号了。"在小说结尾，当"我"发现杨村已经和杨树市一般无二，叶小灵在路灯下幸福地散步时，"我"感到的是毛骨悚然——作为一位出身于乡村的知识分子，"我"显然是意识到了乡村女性毫无条件的城市向往中的问题，那是一种在模仿中失去自我的恐慌。

第五，是乡村老年女性的无家感书写。孙惠芬的《歇马山庄》写月月的老母亲本来在自己的房子里住了大半辈子，娶了三个儿媳后，却不得不在三个儿子家里轮着住，在任何一个儿子家里她都找不到"在家"的感觉，无法获得心灵的宁静。同样，乔叶《最慢的是活着》中的祖母不得不在两个孙子家里轮流住，但她表示，她不喜欢轮着住，但她只能向孙女诉说："哪儿都不像自己的家。到哪家都是在串亲戚。"这同样是一种无奈的无家可归之感。

总之，女性作家对乡村女性的书写，更多地偏离了男性作家书写乡村女性的传统并接续了女性文学的书写传统，当然，也有作家接受男性作家的书写传统。而在以上几方面内容的书写中，最集中也最有成就的，是对乡村女性爱欲与身体，以及对比喻意义上的母亲——祖母的书写。对它们进行分析，是以下两节的任务。

第二节　乡村女性的爱欲与身体书写

长久以来，在男性作家的书写传统中，乡村女性的爱欲与身体都是被遮蔽着的。新世纪以后，受到90年代女性文学深刻影响的女性作家的乡村女性书写，第一次如此集中地把目光锁定在乡村女性的爱欲与身体之上。

5.2.1　颠覆传统与成为欲望主体

长期占主导地位的男权统治已经渗透到各个领域，文学与伦理就是其中重要的两个领域。在男性标准的道德理念与文学表达中，一直存在着天使/妖女的二分法：女性要么是没有欲望的纯洁天使，要么是充满欲望的妖女。前者的文学形象是纯洁的女儿或无私奉献的地母、圣母，男权文化颁给她们天使金冠的同时，也阉割了她们的欲望；后者的文学形象是妖精、荡妇与魔女，她们因自己的欲望被男权文化钉在道德的耻辱柱上。就乡村女性书写而言，二分法自现代文学以来一直被使用着，其影响堪称巨大，以至于它已经成为作家的一种文学潜意识，要从内部撼动它已经不太可能。因此，只有当女性作家开始书写乡村女性时，天使/妖女的二分法的牢固秩序才有可能动摇。动摇这一秩序的，主要是城市女性作家林白、盛可以、王安忆、方方，也包括乡村出身的女性作家孙惠芬与乔叶。

颠覆传统文学中的荡妇形象的是王安忆与林白。从性别立场而言，王安忆是80年代最早开始身体叙事的女性作家，她的"三恋"曾引起广泛的关注与争议；林白是90年代书写女性欲望与身体的代表性作家。这两位作家因为具有鲜明而坚定的女性立场，在书写乡村女性时，也就不大可能沿用天使/妖女的二分法成规。王安忆的《上种红菱下种藕》中出现了一位身份暧昧的女子黄久香，林白的《万物花开》中则出现了跟谁都睡的寡妇双兰。

王安忆的《上种红菱下种藕》整体上采用的是全知视角，但是在写到黄久香时，却使用了秧宝宝与蒋芽儿的视角。在这两个小女孩看来，身份暧昧的黄久香是一个"出众的人才"，"能伴在她的左右，就是十分的优渥了"。而且，无意当中，她们都有些学她。"学她微微有些摇摆的步态；学她手里拿着扇子，却并不扇，而是将手交叉着，由扇子垂在膝边；学她用眼睛，而不是用嘴笑；学她用手指头捉住一小绺鬓发，弯过耳后，在腮边按一按。"小女孩对黄久香的模仿，其实是她们在按照自己喜欢的女性的样子塑造自我的形象，在这一意义上而言，黄久香俨然是她们学习怎样做女人的启蒙老师。而且，黄久香这个名字，很容易使人想起20世纪80年代张贤亮《男人的一半是女人》中的黄香久。在那篇小说中，黄香久因为男主人公章永璘阳痿而与人偷情，并因此损害了章永璘的尊严，被章永璘视为荡妇。从互文性的角度看，这部小说中"出众的"黄久香构成对男性作家笔下"淫荡的"黄香久形象的摧毁与否定。

　　林白的《万物花开》在叙述人的选择上下了一番功夫，她选择了乡村少年大头做叙述人。大头因为脑子里长了瘤子被赦免了上学（被教育）和干农活的义务，无所事事又自由自在，他看待一切人与事的标准就是"好玩"。值得注意的是，林白一再强调自己与大头之间的联系，小说的前言简洁到只有一句话，却独自占据了一页的版面，于是这只有一句话的内容就被醒目地凸显出来："无论如何，我就是大头。"大头是"我"的代言人。在后记中，林白再次重申"但这个大头，却是我。"①可见，大头是林白精心设计的叙述人，他以自由自在的乡村少年身份代替林白出现在小说中。这样的一个非知识分子且非全知的叙述人，使小说摆脱了沉重的教化任务，并因此呈现出别一种样貌。在这位一切以"好玩"为标准且情欲萌动的少年眼中，村里那些喜欢勾引人的妖精并不可恶，比如线儿和寡妇双兰，相反，她们很可爱，而且，寡妇双兰跟人睡觉要钱又没什么不对。尤其是，小说反转性地使用了《西游记》中唐僧和白骨精的故事来写双兰与大头：双兰是妖精，大头是唐僧。对大头而言，双兰的蛊惑让他感到"刺激、迷茫，心醉神迷"，他是带着"出嫁的意味"走进了双兰的房间。在大头与双兰的性接触中，大头"手脚僵硬，

---

① 林白：《万物花开》，北京：人民文学出版社，2003年，第283页。

不得要领"，双兰则是那个成熟的引导者和主动者。这就翻转了传统意义上男性/女性、主动/被动的关系。而且，在大头爱慕的目光中，双兰是如此美好：

> 男孩看见女人的乳房一会儿金黄，一会儿月白，她的腰部是一种紫色，像茄子花和豆角花，再往下，是蓝色，像长着一片蚕豆花，两腿间的毛毛，跟油菜花一样夺目，金黄耀眼，胳臂是麦子花，白色的，手指是黄豆花，紫中带蓝，脚趾甲是娥眉豆，红的和白的，参差妖娆。所有的花都长在了她的身上，丰腴茂盛，郁郁葱葱。蚕豆花茄子花豆角花，她们统统笑着，闪着光。

男孩视角下的妖精双兰不但是无害的，而且如花般美丽而自然。

解构纯洁女儿形象的，是一群离经叛道的少女形象。她们是英芝（方方《奔跑的火光》）、钱小红（盛可以《北妹》）、小青（孙惠芬《歇马山庄》）、申月萍（孙惠芬《伤痛故土》）等。

这些女孩大都具有中学以上文化水平、不错的家境或颇受宠爱：《北妹》中的钱小红初中毕业，自幼丧母，做包工头的父亲做不了她的主，教化于她因而是不存在的；《奔跑的火光》中的英芝高中毕业，是家里的小女儿，上边有两个哥哥，很有几分骄纵；《歇马山庄》中的小青卫校毕业，她那干过包工头现在当着村主任的父亲有钱又有权；《伤痛故土》中的月萍是电大学生，她的父亲已经把家搬到县城。在她们身上，很难看到男性作家笔下常见的乡村少女的品质——纯洁、温顺、羞涩、勤劳、乖巧、孝顺。她们不是刘庆邦笔下的梅妞，也不会甘心做莫言笔下的陈眉。事实上，她们不是男性文化传统意义上的好女儿，而是一些离经叛道者。这些少女，因为读过书，也就具备了一定的主体性；因为家境不错且受到宠爱，就不会接受传统女德的教化，她们不会勤劳地干活、懂事地忍让、无私无我地"利他"（父亲或兄弟），而是很有几分娇纵与时尚。这些既是身体的，也是观念的。女性作家这样描写她们的身体形象：

一米五五的样子，短发、带卷、蛋脸偏圆，基本上是良家民女的模样，嫁个男人安分守己生儿育女的坯子。遗憾的是，钱小红的胸部太大，即便不是钱小红的本意，也被毫无余地地划出了良民的圈子，与寡妇门前是非一样多了事。

钱小红的胸，诚实点说，漂亮！隔着衣服，也能感觉它的质地，手感应是顶级棒的。悄悄看着，挺养眼。问题是人活在群体中，得与群众的眼光保持一致，你特立独行，那就是你有想法。如此一来，钱小红的胸就刺眼了。

——盛可以《北妹》

长发披肩，牛仔裤紧绷屁股，两条细腿筷子似的颠来倒去。刘麻子在田垄上瞄过一眼马上扭头，跟在后头捻种的女人意会男人的心理，于是嘟噜一句，都叫当官的爹宠的。小青的每次回来，都能给寂静的山野带来一丝躁动，她冬天里的超短裙，夏天里的大膀头儿，总要激起人们一些议论。……当然她从来就不在乎人们怎么说她。

——孙惠芬《歇马山庄》

盛可以《北妹》中的段落夹叙夹议，既突出了十六岁少女钱小红的身体特征——硕大漂亮的胸部，又借此调侃了"群体"实际上是男权社会的看法。从叙述语调看，盛可以不仅对钱小红的胸赞赏有加，而且也透露出她根本无意把钱小红塑造成良家民女，而是要把她塑造成有着强劲生命力的欲望主体的叙述意图。孙惠芬《歇马山庄》中小青那时尚的披肩发、牛仔裤，以及她对村人议论的不在意，同样颠覆着乡村少女的传统形象。

更为惊世骇俗的是这些少女的观念，尤其是她们的性观念。有学者指出："1990 年代中国女性写作中的性表达有这样一个起点：性作为原欲，是一种本质性力量；关于它的讨论和表述，应该以悬置道德为前提。"[①]这一时段女性作家对少女欲望的书写也具有同样的特征。《北妹》中的钱小红出场后做的第一件事就是用身体语言暗示姐夫去偷情。钱小红的性观念一开始就是相当激进的，在她看来，"跟姐夫算不得乱伦，公公跟儿媳干，嫂嫂跟叔子干，这些事还少么？"性道德对她而言如同虚设，根本就不起任何作用。事实上，她硕大漂亮的胸，几乎就是她那永远蓬勃的欲望与生命力的象征。她将以欲望之名主动出击，毫不客气地把那些陈腐的道德观念踩在脚下。在辗转各地打工的过程中，钱小红和很多男人有过性爱关系，理由只有一个——她有欲望。每一次，钱小红都是欲望的主体。所谓"情欲不是肮脏的，交易才是可耻的"。力比多是钱小红欲望的唯一所指，它从来都拒绝物欲，并因此而强大，保证钱小红不会为了男人的地位和财物出卖自己。因而，作为在底层辗转求生的打工妹，钱小红从来不曾被引诱，而是主动地根据自己的喜好自主地选择接受或拒绝。钱小红作为欲望主体的形象，倒转了男性作家笔下那些"被侮辱与被损害的"打工妹形象。

　　孙惠芬《歇马山庄》中的林小青与《伤痛故土》中"我"的侄女申月萍，同样是绝对的欲望主体。林小青全盘接受了西方的性解放观念，在县城上卫校时决心以身体换取留在县城的机会，主动勾引了校长。于是，这不再是一个纯真少女被诱骗的故事，而是少女利用男性与权力对女性身体的垂涎的故事。虽然最终的结果是她被骗了，但被欺骗之后她也以自己的方式捉弄了校长。《伤痛故土》中的申月萍甚至僭夺了小说中的女作家"我"的叙述权。她自己讲述自己——一位电大学生如何成为一位风月女子的故事。于是，惯常叙事模式中少女的悲惨、屈辱无影无踪，反之，第一次性经历是快乐的、是新我的诞生："我像发现了一个新的我似的忘我的快乐，我不知道别人第一次迈出那一步是什么感觉，我的第一次是快乐的。"支撑这一感受的，是一个现代女孩的主体意识。事实上，她是作为欲望主体主动实现着自己的欲望：她喜欢钱，所以她陪舞，她喜欢

---

① 王侃：《历史·语言·欲望——1990 年代中国女性小说主题与叙事》，第 101 页。

性享受，所以她要找"床上功夫很厉害"的情人老牛。在和老牛的关系中，分明是她占了上风，"老牛说我是他最后一个女孩，不过他可不一定是我的最后一个男人"。因而，做一个风月女子，就绝非是申月萍被动地被欺骗、被掠夺，而是她在主动选择自己的生活方式。也难怪女作家"我"被她的讲述所"震惊"，并在她身上同时看到了西方文明（自我）和原始（野性）的成分。这种震惊体验其实也应该是当代文坛的。不过，当时代转型已经催生出众多的现代乡村少女，对她们忽略不见，而去一味地沉浸并追怀传统乡村少女，是不是也暴露了主流文学创作的怠惰呢？

值得注意的是，这些作为欲望主体的成熟女性与叛逆少女，不仅将传统道德架空了，而且从爱欲中抽空了爱情。换言之，她们只有欲望而无爱情，爱情在她们这里是被无情解构的神话。

盛可以的《北妹》中有一个叫李思江的打工妹，她与钱小红在身体形象与性情气质上完全相反：钱小红胸大如柚子，李思江胸小如橘子；钱小红泼辣、外向，李思江纯洁、羞涩。从各方面看，李思江都是男性作家笔下惯常出现的纯洁少女。小说中她的遭遇构成对爱情的解构。这位纯洁少女因为不谙世事，会轻易会爱上异性，并因此两次被骗，而承受被骗的结果的，除了她越来越脆弱的心灵，还有她的身体：李思江在做发廊妹时，被坤仔诱骗，在不知对方是否有家庭时与其同居，怀孕后坤仔消失，她必须独自承受打胎的痛苦；李思江遇到貌似老实的"四眼"，相约结婚而同居怀孕，却被当地医院抓计划生育时错当作超生孕妇引产并结扎，四眼不能接受丧失了生育功能的李思江做自己的妻子，在消失的同时还卷走了医院给李思江的补偿款。李思江的两次受骗都是因为她相信爱情，把自己全部交了出去，结果是她的少女身体一次比一次严重地受伤。在某种意义上说，她受伤的身体正是她受伤心灵的象征。李思江的故事无疑是在说，如果做纯洁少女，相信爱情，就会被动地受伤，少女就不该无知而纯洁。正是在这一意义上，盛可以解构了爱情神话，肯定了少女成为欲望主体的意义：只有先成为欲望主体，才能抗拒男性道德的支配，并在与男性的关系中立于不败之地。这或可视为盛可以作为女性作家对纯洁少女投注的特殊关怀。

不过，以城市出身为主的女性作家对美好成熟的欲望女性与叛逆少女的形塑，固然颠覆了传统的荡妇与纯洁少女的形象，解构了爱情神话，建构了乡村女性欲望主体的位置，其悬置道德的叙述策略也与 90 年代女性文学表现出了明显的承续关系，但是，大多数文本都把自己笔下的主人公的故事放置在了城市这一比乡村更为现代的社会文化空间。这一设置在让乡村女性获得解放的同时，也回避了更多的生活在乡村的乡村女性的爱欲问题，并且，欲望果真与爱情毫不相关吗？悬置道德的叙事是否在某种程度上也回避了女性、尤其是乡村女性会遭遇到的道德难题呢？

5.2.2 爱欲与道德：短兵相接与机智神偷

如果说，"从原欲出发，从性出发——而不是从'爱'出发，悬置道德，悬置道德机制中的男权意图与性别政治，使欲望成为女性自救的文化批判和政治实践"，是 20 世纪 90 年代女性写作的重要命题，那么，孙惠芬与乔叶作为乡村出身的女性作家，显然通过自己的写作提出了下列命题：乡村女性真的能那么义无反顾地与乡村道德规定的好女人形象告别吗？如果她们依然想留住自己好女人的名声，她们又如何满足自己的爱欲？孙惠芬的思考主要集中在前一个命题，乔叶思考的则是后一个命题。她们提出的命题，显然有助于把乡村女性的爱欲问题引向更为深入的思考。

孙惠芬的《歇马山庄》将三代村长（唐义贵、林治帮、程买子）、两代妇产医生（潘秀英、林小青）、两代好女人（翁月月之母与翁月月）的观念与行为的差异以及农民打工、开店并置于歇马山庄中，书写当下乡村的变迁，好女人翁月月的故事在其中占的分量最重；《上塘书》以风俗志的方式写上塘村庄的地理、政治、交通、通讯、教育、贸易、文化、婚姻、历史，好女人徐兰的故事是其中的一个片段。

孙惠芬笔下的好女人明显不同于男性作家笔下的好女人之处，在于她笔下的好女人不是天生的，而是后天形成的。《歇马山庄》中翁月月的好女人品质是家庭教化的结果，《上塘书》中徐兰之所以克己、孝顺，是为了赎回好女人的名声。好女人因此不再是被男权文化征用的符号，而是有着内心诉求的人。

翁月月出身于当地的翁氏大家族，她的奶奶和母亲都正派正直、重教育重家法，任劳任怨地为家庭付出，对月月有深刻影响："月月对翁家传统的操守、把持，不是一种理性的选择，是已经深入了血液铸成了性格。"小姑子小青说她"出身优越，却偏觉得自己欠所有人"，可谓一语中的。月月的"欠所有人"当然并非事实，而是她的主观感觉。弗洛伊德曾这样讨论正直与良心的关系："一个人越正直，他的良心就越严厉、越多疑，因此，最后正是那些对上帝最虔诚的人指责自己是罪孽深重的人。"[①]也就是说，正直与良心是成正比的。在月月这里，良心是家庭教养内化成的严厉超我，无时无刻不在监视着她的身心。同时，月月的中学教师、村长家儿媳这两种社会身份，无疑也期待月月的道德自律。

月月的确像奶奶和母亲一样正直、善良、无私，她体贴照顾亲人、学生甚至是给自己造成过灾难的人。但这绝非一个月月的奶奶和母亲的故事，而是月月的故事。事实上，月月的奶奶和母亲的故事已经被无数遍讲述：众多的古代女德故事，20世纪以来乡土文学中的圣母或地母书写均属此类，它们共同构成月月故事的前文本。

月月的故事既是良心（超我）与爱欲[②]（本我）的故事，也是月月的爱欲与外部世界相碰撞的命运故事。月月故事的开端，是新婚之夜丈夫林国军被大火吓成阳痿。爱欲一开始就处于弗洛伊德所谓的匮乏状态，而良心又使她无时不在对爱欲/匮乏进行稽查与精心掩饰：为了维护丈夫的自尊，月月从不许自己表现爱欲，也不让任何人知道丈夫阳痿的事实。月月的爱欲就此被压抑入潜意识区域。

---

①【奥】西格蒙特·弗洛伊德：《文明及其不满》，《一个幻觉的未来》，杨韶钢译，北京：华夏出版社，2003年，第58页。

② 在《歇马山庄》中，"欲望"与"爱情"这两个词语是先后出现的，前者侧重于身体欲望，后者侧重于内心激情。这里借用马尔库塞的"爱欲"一词指称"欲望"与"爱情"两方面含义。

　　然而，月月不知不觉间爱上了已故女友庆珠的男友买子，她生命中被良心压抑着的爱欲渐露峥嵘，从此陷入明晰的良心与混沌的爱欲的牵扯中不断挣扎、摆荡。

　　如果小说就此打住，月月的故事就类似于凌淑华笔下的《酒后》，表现发乎情而止乎礼的好女人心中瞬间即逝的爱欲波澜，就依然是母亲的故事。但是，小说却让月月的爱欲日渐强大且冲破了良心的屏障。她主动向买子说出"我爱你"，并让爱欲在身体的欢爱中得到满足。"当那最后的颠簸和冲撞终于浇铸成一个结局、一个美丽的瞬间，月月感到一个女人，一个完整的女人，在毁灭中诞生！"经由爱欲的实现，月月不再仅仅等于良心/道德的符号，而是一个活生生的兼具良心与爱欲、道德与身体的"完整的女人"。月月的身体在其中扮演的角色是创造："一切都是可能的……身体再次要求创造。不是把符号的精神生命吹入身体的那种创造。而是诞生，是身体的分离和共享。"①

　　月月主动走出"道德的庄园"的意义的确非比寻常。对于月月自己，是直到事后才知道"她在这一天里做了一件对自己是多么重大多么了不起的事情"，"重大"与"了不起"表明月月对自己勇气的赞赏。在背后起支撑作用的，是她对时代的认知："妈是旧时代的人，我是新时代的人，我们赶的时候不一样。""时代不同了"是月月为自己的爱欲争取合法性的认知前提，这其中当有她接受的现代教育的影响。对于孙惠芬来说，让好女人月月走出"道德的庄园"，则是对已有的好女人书写的大胆冒犯：历来的好女人书写都以贞洁为首要条件。

　　如果孙惠芬把月月的故事处理成偷情故事，其意义就很有限，而当她选择让月月的爱欲公之于众，就指向了一种新的爱情叙事和一场广泛的有关月月爱欲的讨论。

　　从爱情叙事的角度看，爱情在月月这里不再是千年不变的神话，

---

　　①【法】让-吕克·南茜：《身体》，陈永国译，参见汪民安、陈永国编：《后身体：文化和生命政治学》，长春：吉林人民出版社，2003年，第97页。

而是一个流变的过程。先是爱情作为一股非理性的力量裹挟了月月的理智，要求她不顾一切地宣告其存在，小青的突然插入、买子选择小青以及丈夫的控告，让她相继失去了所爱、婚姻与工作；爱情继而要求证明和坚持，月月发现怀了买子的孩子后不去打胎，买子却与小青结婚；月月在爱情幻象中久久沉迷；月月在一次大哭后清醒，发现自己不再爱买子；小青与买子离婚，提出让月月顶替自己的位置，买子也来找她，等着做孩子的父亲，月月只得打胎。月月的故事始于爱欲的匮乏，终于爱情幻象的破灭。在爱情命运的一次次转折中，月月复杂细腻、瞬息流转的女性心理经验得以呈现：

> 其实那混沌的，一时无法理清的疼痛一直都在……月月心里的疼已不再是过程中的疼，不再是纠缠在某一件单一的、暂时的事情上的，而是看到了命运中某种不曾期望的结果。这疼里没有怕没有恐怖——面对这种结果月月毫无畏惧，而只有委屈和恨。自己一向遵循秩序，遵循乡村已成定局的风俗法则，像自己的母亲，却不想在关键的事情上，在山庄人唾弃的事情上走出轨道。
>
> ……
>
> 在此之前，月月从不知道感情是只狂犬，当它发现快到嘴边的心爱的猎物被别人抢走它会这么样的疯狂，这么的不顾一切；在此之前，月月也从不会知道，在这个世界上，会有一种东西使女人与女人之间变得如此丧心病狂，没有理智，变得如此坚硬。那东西在打碎着属于平常人的尊严的同时，又是那样不可思议地建立着只属于女人的、似有些神圣而伟大的尊严……

以上是月月在离开林家又遭到买子拒绝后的心情，这是惯常的好女人书写有意删削、根本就不曾进入的空白区域，孙惠芬却揭示出这空白压抑着的灼热内里——伤痛、委屈、决绝、疯狂以及对疯狂的讶异。

从讨论爱欲的角度讲，《歇马山庄》有意识地构建了一场"表现了爱欲的月月还是不是好女人"的讨论。参加这场讨论的，既有乡村舆论，更有与月月关系密切的人们。乡村舆论发动的是对月月的重新评估："越是不声不响的女子越能做出震天动地的事情"，"月月是一个因为跟了人而被婆家不要的女人"。它们遵循的是古老的道德话语。婆婆和丈夫从受害者的立场出发，一个对月月发出"臭不要脸"的怒骂，一个鄙夷地骂她"贱人"、"下烂货"。他们毫不犹豫地把月月驱逐到好女人的边界之外。疼爱她的母亲既代表家族说出"我们翁家对不起林家，我养了这么个败坏家风的闺女"，严正指出月月对翁家好女人传统的背叛，但也要求林家"不许打我闺女"。这是母亲对女儿实实在在的维护——女儿身体的尊严与精神的尊严同在。月月的校长说："人言可畏，为人师表，你要慎重。"他虽然理解爱情但必须从权威位置发言。月月的学生孙小敏的母亲姜珍珍既安慰月月"你是好女人，你不是好女人没有好女人"，也对她发出"人总得有点良心"的轻微责备。这是因为她从月月给女儿补课、照料她们的生活中体会到了月月的人性之善。月月来自京城的二叔给予她最高的评价：她忠贞的爱情岂止应该被允许，而且是高尚的。可以看到，由于不同的人与月月的关系不同、看问题的立场不同，他们关于月月品质的讨论各执一端，从而使讨论呈现出众声喧哗的复调性。这场讨论是对既有的好女人书写的质询：如果月月始终善良，尽其所能体贴、照顾他人，能否因为她的爱欲就否定她是个好女人？

笔者以为，孙惠芬对月月的出身、社会地位的设置，以及让她走出"道德的庄园"并将其爱欲公之于众，乃是为了通向这场讨论。在这一意义上，笔者把《歇马山庄》命名为质询叙事。

《上塘书》中的徐兰是小学教师和村长的妻子，与翁月月的社会身份类似。徐兰的故事是一个本我、超我与大写他者的故事。其中，本我欲望的表达只是短暂的起点：做姑娘时的徐兰为一件衣服和姐姐争吵。姐姐的意外自杀使乡村舆论这一占据了"法律的位置"的大写他者立即判给她"要尖"的坏名声。为了从乡村舆论那里赎回好女人的名声，徐兰的超我断然阉割了本我的欲望。她专门嫁给有病妈的刘立功，婚姻不再与爱情相关，而是长达十几年的对好女人规范的主动顺从：精心侍候病婆婆，孝顺公公，永远听命于小姑子们。然而，乡村舆论并不永远公正，它的判断常常受到谣言的干扰。当徐兰的小姑子们、弟媳以及村妇们先后传播徐兰不孝的谣言时，徐兰终于没能赎回好女人的名声。犹如卡夫卡笔下的 K 一样，徐兰陷入了荒诞境遇。她那被超我阉割的本我再次寻求表达——向村中的道德权威鞠文采诉说冤屈。徐兰在诉说中发现了自己最大的福分：一个男人看着她的眼睛和她说话。爱情从做人的尊严中诞生，照亮了徐兰被重重压抑的暗淡生命。

质询叙事要求将爱情公之于众。因为徐兰和鞠文采的社会上层身份，他们的爱情立即被乡村舆论判为非法，"它一次性地毁掉了上塘人们过日子的信念：那徐兰老师，孩子还放心让她教吗？那鞠文采，家里有事还能找他说吗？"好女人的道德与爱情的两难问题再次提出：如果徐兰一直在努力做好女人，却得不到好女人的名声反而受到冤屈，悲苦中的她有没有权利获得爱情的慰藉？而如果她的行为关乎一个村庄的道德信念，她是否应该把自己送上乡村舆论的祭坛？

总之，孙惠芬《歇马山庄》中月月的故事和《上塘书》中徐兰的故事，在背离既有的好女人书写成规的同时，打开了好女人书写的另一条路径：揭示出好女人的品质乃是后天培养而成，让好女人在欲望的匮乏中走出"道德的庄园"，让她们那被删削为空白的内心体验得以浮现，并提出好女人良心/道德与爱欲的两难问题。

如果说孙惠芬是让她笔下的好女人们与乡村道德正面遭遇、短兵相接的话，乔叶更倾向于让她笔下的乡村女性采取一种更为机智的方式。她的《紫蔷薇影楼》和《底片》，都让机敏的乡村女性洞察到了男权社会道德秩序的本质与漏洞，并巧妙地加以利用。《紫蔷薇影楼》、《底片》中从南方归来做了五年小姐的小丫，隐瞒了自己做小姐的历史，成功地做回良家女子。当她出现在家乡县城的大街上时，她的形象是这样的："小丫穿着一件雪白的套头毛衣，自然旧的蓝色牛仔裤，扎着马尾，画着淡妆，看起来清纯无比，一派天然，见人还有些不好意思地笑着，害羞腼腆，脸也会恰到好处地微红一下，如果不留神看她眼角的细纹，简直就是一个刚刚毕业的大学生，任谁也想不到她做过五年的小姐。"小丫形象的改变，正是因为她深深懂得男权社会规定中的良家女子是什么样子的。她也深知，小县城长大的男孩不会不看重女孩的贞洁，因此她伪装了处女之身，以此保证了和男友能够顺利走进婚姻。

不过，乔叶的探索并未到此停止，她让小丫在县城遇到自己当年的嫖客窦新成。在一次次抵制对方接近的斗智斗勇的过程中，小丫意外地体会到了窦新成对自己的脉脉温情，更重要的是，小丫的爱欲被唤醒了。她忽然感到了婚姻生活的平淡："两个人整天耳鬓厮磨，回家是他，工作是他，闲时照脸，忙时照脸……年年如此，昏昏欲睡。在这种亲切的疲乏里，房事即使有，一向也不多。每周一次也就是了。这对小丫当然是不够的……"当小丫的欲望被重新唤醒，并从窦新成那里得到满足，小丫与窦新成就结成了秘密联盟。他们必须小心防范、灵活应对，以防被别人发现。二人的偷情在乔叶的叙述中，显得既美好又危险。在保有正常家庭的同时，却又能因秘密联盟满足彼此的爱欲，正是一种堪称机智的爱欲神偷，它以自己的胜利嘲笑了道德的严密监控。

5.2.3　身体作为语言

西方女性主义学者认为，语言已经被男性占有，当女性试图表达时，身体是她与男性语言/秩序辩驳的最后武器。西苏正是在这个意义上，强调女性必须"用身体思想"与"用身体言说"的，"妇女必须通过她们的身体来写作，她们必须创造无法攻破的语言，这语言将摧毁隔阂、等级、花言巧语和清规戒律。"[①]

铁凝的长篇历史小说《笨花》以抗日为背景，书写了笨花村的历史与人心。小说中的向喜是个受人敬重的旧式军官，最终为抗日

---

① 【法】埃莱娜·西苏：《美杜莎的笑声》，张京媛主编：《当代女性主义文学批评》，第201页。

而牺牲，成为民族英雄。他的发妻同艾被塑造成一个典型的明理、孝顺的传统贤妻形象，她在丈夫参军后照顾公婆和小叔子，料理家务，小叔子因此把她当作嫂娘。在与丈夫的二房太太二丫头及其两子不期而遇后，同艾表现出了足够的豁达和厚道："她脾气出奇地好，……她不卑不亢地对待二丫头，她待文麒和文麟也如同亲生。"铁凝没有让同艾说出过一句怨言，但这并不意味着铁凝体察不到同艾的内心痛楚。相反，铁凝一定深谙潜意识之道，她让同艾的身体说话。同艾第一次看到二丫头，就"昏了过去，醒来后又说了几天胡话"。同艾的"昏了过去"，其实是心理学意义上的创伤经验。心理学研究表明："一种经验如果在很短的时间内使心灵遭受非常高度的刺激，以至无论用接纳吸收的方式或调整改变的方式，都不能以常态的方法来适应，结果最后又使心灵的有效能力之分配遭受永久的扰乱，我们便称之为创伤的经验。"[①]通过"昏了过去"这一症状，同艾可以暂时关闭通向外部世界的通道，她不要再看见、听见来自那个世界的让她震惊的事情与声音。同艾醒来后说的"胡话"，则具有女性语言的特征，它是受压抑的、不被理解的、破碎的，也最终不能进入已经男性化了的语言系统之中被理解，因而，她的胡话就成了女性写作意义上的"空白之页"。

铁凝对同艾痛楚的体察是深刻的，她不仅写了同艾初遇二丫头的昏迷与胡话，在以从容的笔墨写了此后三年里发生的诸多事件之后，铁凝开始书写向喜的衣锦还乡。向喜还乡叙述中的一切外部环节都是正常的：向喜拜见父母，在二弟引导下观看新盖的宅院。然而，到了晚上，向喜与同艾一同躺在炕上，同艾的痛楚再次以症状的形式出现了。尽管表面上，"一切如以往一样"，他们甚至还轻松地交流了向喜南腔北调的家乡话，然而，当向喜向同艾伸出一条胳膊，同艾也已经"枕住了向喜伸过来的胳膊，贴住他沉实的身子"时，同艾的小腹"忽然一阵酸楚，有一种要'跑肚'的感觉。她不

①【奥】弗洛伊德：《精神分析引论·新论》，罗生译，百花洲文艺出版社，1997年，第239页。

得不转过身趴在炕上，想忍住这来得不是时候的'跑肚'感。可这感觉却是一阵强似一阵，弄得同艾不得不起身下炕，到院里去方便。"这一夜，只要同艾试图靠近向喜，那感觉就会从她的小腹再次升起，她只好"一次又一次离开向喜，奔到院子里去……这一夜，同艾诅咒着自己不断下炕，断断续续一次又一次，自此她便患上了这种毛病"。同艾这来得如此突然的病痛，再次显示了铁凝对潜意识的深刻把握：同艾的意识已经忘记了伤痛，她在意识的层面愿意并盼望与丈夫亲近，但她的潜意识却在坚决地抗拒遗忘，那来自小腹的酸楚，就是它的语言。心理学研究表明，症状的意义与潜意识之间具有互换关系："不仅是症状的意义理所当然地是潜意识的，而且症状和潜意识之间尚有一种互相代替的关系，而症状的存在也只是这个潜意识活动的结果。"[1]这潜意识的语言是如此隐秘，以至于同艾自己对症状的意义也不知道："这个晚上的同艾，和久别的男人同枕着一个大枕头的同艾，并不了解这不期而至的腹泻属于神经性，她只一味地经受着尴尬、扫兴和对向喜的对不住。"铁凝精心安排的这一"潜意识场景"，把长久以来在男性作家笔下被遮蔽着的传统乡村贤妻的伤痛彰显了出来，但铁凝很好地把握了分寸，并没有让它显得分外触目，也难怪以往论者忽略了铁凝的用心。

相对于铁凝的含蓄，在林白那里，身体的语言更为激进也更富有诗意，它与性本能相关，是诗意化了的性表达。在《万物花开》中，林白写了一个女花痴。这位女花痴在平日不过是个正常的农妇，每天晚上都规规矩矩地待在家里。然而，一旦春天来临，她的花痴就发作了。林白这样描写她的发花痴时的情景：

> 她到处跑，把衣服脱光了钻进油菜地里。她把油菜花摘下来插在头上，边插边唱，唱累了她就吃花。她叉开腿坐在地上，一大把一大把把花一起往嘴里送，腮帮子鼓得像塞进两个肉包

---

① 【奥】弗洛伊德：《精神分析引论·新论》，罗生译，百花洲文艺出版社，1997年，第243页。

子。比较好看的是她把油菜花整枝折下来，像逗鸟似的逗自己
玩，她伸着舌头，把菜花一下一下舔湿，菜花本来是鲜黄的颜
色，沾上了口水之后就变成了金黄，这跟一个女人被生人亲了
嘴就脸红一样，金黄色的菜花红着脸说：讨厌。这种打情骂俏
的方式使气氛变得有点暧昧，于是花痴更加迷乱，她本来就光
着身子，她低头一看，奶坨子发着光，含情脉脉，于是她对自
己的奶坨子说：小心肝，让我亲亲你。她把油菜花往那上面撩
来撩去，撩一撩，挺一挺，再撩一撩，再挺一挺，她把自己逗
得全身发胀，气喘不匀，皮肤上的毛孔，一个一个，全都张开
了，里面出来一些水汪汪的东西，有点香，有点沾，还有点害
羞。女人害羞地躺在油菜花上，把油菜花放在腿间摩擦，她的
腿一会儿叉得大大的，一会又夹得紧紧的。花瓣落下来，沾在
她身上。

　　置身于春天的无边的油菜花地中的花痴女人，脱离了自己的日
常身份，变成了一朵盛开的花，她吃花、舔湿花朵、用花撩自己的
身体的行动，散发出美妙的诗意，诉说着无拘无束的女性身体的愉
悦。小说借助少年叙事人大头之口发出了这样的议论："一个女人发
了花痴，她就获得了解放。但这条自由之路不够好走，主要是名声
不好听，自己把自己衣服脱光了给别人白看，这实在是前世造孽，
连婊子都不如。所以当了花痴就要独步天下，把众人的下流都不放
在眼里，把一切都视而不见，只知道天人合一，除了自己的身体之
外，每天只看油菜花。这种流派现在被称为身体派，这是我脑子里
的瘤子告诉我的。"少年大头当然不会说出如此具有女权主义色彩的
话，发出议论的是林白，她隐藏在大头身后，睥睨世人的下流，为
女花痴的自由而欣喜。

　　从文学史的意义上而言，集中出现在新世纪之初的关于乡村女
性爱欲与身体的书写，或者颠覆传统男权文学传统中的荡妇与少女
形象，或者正面提出乡村女性的爱欲与道德的问题，或者让乡村女
性机智地寻找男权秩序的缝隙，以"阳奉阴违"的方式实现自己的

爱欲，或者让女性身体说出自己的痛楚与欣喜，这种书写的意义，就在于让文本中的乡村女性那久被压抑的爱欲得到了重视与解放。

第三节　历史叙事：寻找我们母亲的田园

历史作为建构认同的重要场域，在出生于乡村的女性作家这里同样得到了重视，这指的是乔叶和孙惠芬的写作。乔叶的《最慢的是活着》（2008）、孙惠芬的《秉德女人》（2010）书写的都是祖母的历史，而且，小说中的女主人公都是以她们自己各自逝去多年的祖母为原型的，这使小说带有 90 年代女性写作中她史写作的自叙传色彩。

5.3.1　叙史动机与叙史的难度

从她们的自述看，两位女性作家的叙史动机萌发得都相当早。在乔叶那里，书写祖母的愿望持久而强烈："自我开始写作以来，我一直就想写写祖母"[1]（乔叶的写作始于 90 年代初）；在孙惠芬那里，书写祖母的愿望发生于祖母去世之时（即 1985 年）："当在石碑上看到 1889 年这个字样，内心受到意想不到的震动。从 1889 到 1985，隔着 96 年的岁月，在这九十六年中，奶奶经历了什么？奶奶的生命有着怎样的升飞与回落，激荡与沉浮……1889 这组数字从此就像一颗种子落入我心灵的土地"。[2]从个人经验的角度而言，当然可以把两位女性作家书写祖母的愿望理解为她们对自己祖母的深情，然而，若是从女性写作的角度而言，书写比喻意义上母亲的历史，就是一种重塑女性祖先的形象的努力。乔叶对此有清醒的认识："在我心目中，祖母和母亲并无二致。甚至，她比母亲还要母亲。"这里，"比母亲还要母亲"中的后一个母亲，显然就是比喻意义上的。事实上，小说中祖母的名字王兰英中的两个字就分别取自乔叶的祖母与母亲。张岩冰曾经根据艾丽丝·沃克的《寻找我们母亲的田园》描绘了一幅颇有诗意的图画：我的女性祖先在繁重的家务劳动之余，

---

① 乔叶：《创作谈：以生命为武器》，《北京文学·中篇小说月报》2008 年第 7 期。
② 孙惠芬：《后记》，《秉德女人》，长沙：湖南文艺出版社，2010 年。

细心采集一些野花的种子，在庭院荒芜的一角，开辟了自己的花园。有时，她有一大段的空闲可以仔细地把土壤耙细，浇足水，施足肥，再加上风调雨顺的外在因素，花儿茂盛起来，就连从来都对她的劳作漠不关心的丈夫和父亲也在这片盛景前驻足，更有许多邻家的女人来索取种子，甚至有人从老远处慕名而来。然而更多的时候，她只是匆匆而为之，因为或许是孩子的哭闹，或许是丈夫的呼喊经常会让她无法专心自己的园艺，并且也许从内心来讲，她觉得身为女人的她做这种栽花植草的事实在是有悖常情，因为她的父母曾告诉她，女人的天职就是并只能是相夫教子。不管是精巧还是粗糙的花园，其最后的命运可能都是在某一天，被她家的男主人以某一个名目毁掉，然后或者种上一些他们认为是家花的花木，或者种上他们认为有用的蔬果、树木，或者索性任其荒芜,并高傲地说，在这个世界上,从来就不曾有过女人的花园。在这片花园荒芜了许久以后，忽然有一天,这位女性祖先的一个女儿路过了那片曾经有一个女性的花园的地方，并在杂草丛生中发现了一朵奇异的、她从未见过却倍感亲切的无名小花。于是，她和她的许多姐妹一道，开始了寻找自己母亲的花园的工作。她们找到了那确实存在过的东西,并且在自己的母亲那儿受到了鼓舞，终于敢于反驳她的父亲对她的严格的束缚了。她比她的母亲更加努力于耕耘，也有了更多的收获。"①如果说艾丽丝·沃克与张岩冰是在女性作家对女性写作传统的发掘的意义上使用"母亲的花园"这一比喻的，那么乔叶与孙惠芬的文学写作则是书写比喻意义上的母亲——女性祖先的历史，但是，她们寻找母亲的田园的动机却是相似的，那就是她们需要一种女性传统作为自己的精神资源与文学资源。

然而，一旦乔叶和孙惠芬产生了书写女性祖先的愿望，却会同时发现这写作的困难。乔叶自陈："可是我发现自己写不了"，不仅"她在世时，我写不了，她去世多年之后，我依旧写不了"。这种强

---

① 张岩冰：《寻找我们母亲的花园——当代西方女性主义批评的女性传统理论》，《河北师范大学学报》（社会科学版）1997 年第 3 期。

烈的书写愿望与"写不了"的矛盾非常值得重视。虽然可以方便地把这种写作的难度理解为女性作家对书写祖母历史的一种特别的重视，理解为一种不肯轻易下笔的略带虔诚的郑重，但是，更应该把这种困难理解为她们在自觉寻找与重构祖母的历史时，寻求新的叙事语法的难度与努力。因为，早在她们开始书写祖母之先，祖母已经无数次被男性作家书写过，那就是在20世纪乡土文学中排列着的经典的地母形象系列：大堰河、革命的老妈妈、额吉、丰乳肥臀的母亲。

更何况，这样的地母形象在新世纪依然赫然出现在男性作家的书写之中，阎连科的电视小说《母亲是一条河》就是一次对大堰河式地母的再次书写。在这部小说中，对地母周翠的书写逻辑已经自动化了：周翠的丈夫必然要与别的女人发生关系，而她也必须将丈夫与别人生下的儿子宝军抱回家；她的丈夫必须随后就因公牺牲以完成他对自我形象的救赎，并使她必然地成为伟大的寡母；为了照顾三个孩子，尤其是养子宝军，她必须费尽艰辛，诸如白天在地里劳动，深夜里做艺术品鞋帽、刷子，冬天里背人过河，一次次去卖血，甚至于改嫁他人，并终于因尽抚养之责而衰老不堪。值得注意的，是小说对周翠改嫁的书写。对地母周翠而言，改嫁不是因为她年轻守寡需要一个新的丈夫，而是为了从梁干部那里获得经济上的资助。因此，按照这一逻辑，周翠与梁干部在一起时必须表现得没有任何欲望：

> 周翠一动不动，活像一只被宰杀的羔羊，只有屈辱的泪水在脸上不停流淌……
>
> 周翠像个死人。
>
> 周翠一动不动。
>
> 周翠眼光木木的，只有隐隐的泪花。

在这段叙述中，"一动不动"、"死人"、"眼光木木的"都在证明着周翠是毫无欲望的。周翠就这样被纳入了地母类型的牺牲解构：

乡村女人在与儿女、丈夫的结构性关系中，永远以自身作为牺牲去奉献，奉献出爱、温暖甚至是自己的生命。那牺牲与奉献中的血泪，在文本中总是被儿女的感激涂抹干净，并升华为对伟大地母的歌颂，这震耳欲聋的声音使人们耳朵失聪，再也听不到地母型女性的真实声音。

对于乔叶与孙惠芬这两位乡村出身的女性作家而言，如何书写祖母的难度还在于，抗拒男性作家笔下地母系列的叙述成规仅仅是一个前提，她们也并不能把城市女性作家书写母亲的语法照搬过来。这意味着，她们必须自己去创造新的叙述语法。孙惠芬一定是深刻地体验到了这次写作的难度，她将它形容为"一次黑暗中的写作"。的确，孙惠芬遇到了与伍尔夫一样的难题："关于我们的母亲、祖母、曾祖母，又留下了一些什么印象呢？"[①]伍尔夫的回答是"我们提出的问题，只有以更多的虚构来作为回答。……这答案要到那些几乎没有灯光的历史的长廊中去寻找，在那儿，幽暗朦胧地，可以看到世世代代妇女们的形象。"[②]孙惠芬的回答是，她携带的唯一的穿越历史和黑暗的是"心灵"。[③]换言之，孙惠芬的写作就是用自我的心灵去照亮、重构祖母的历史。在乔叶这里，它具化为小说中多次出现的祖孙对话，以及祖母死后"我"对祖母出生时的历史背景的探寻。"我"与祖母的对话，具有探寻与抢救祖母历史的意味：孙女"我"的询问与祖母的回答，构成了一段段带着生命的温度与质感的祖母的历史片段；夹杂在其中的"我"的感受，则构成对祖母历史的感悟。而这也恰好呈现了"我"的成长轨迹。

5.3.2　历史中的祖母与祖母的历史

乔叶与孙惠芬这两位对书写祖母的历史如此审慎的作家，一定深刻地体会到了祖母与历史之间的深刻联系，她们将历史中的祖母

---

① 【英】弗吉尼亚·伍尔夫：《妇女与小说》，《论小说与小说家》，瞿世镜译，上海：上海译文出版社，2000年，第50页。

② 【英】弗吉尼亚·伍尔夫：《妇女与小说》，《论小说与小说家》，第49页。

③ 孙惠芬：《后记》，《秉德女人》，2010年。

与祖母的历史糅合得恰到好处。

在她们讲述的祖母的历史起源故事中，可以看到祖母们一开始就处在特定的历史情境之中。两位祖母的起源，都与 19 世纪后半叶至 20 世纪前半叶中国历史上的反缠足运动有着相当密切的关系。《最慢的是活着》的结尾处，"我"查到了一则关于近现代中国缠足的材料："光绪十三年（公元 1887 年），七月，梁启超，谭嗣同，汪康年，康广仁等发起成立全国性的不缠足会。不缠足会成为戊戌变法期间争女权、倡导妇女解放的重要团体，它影响深远，直至民国以后。"如果稍微做一下补充，则能够提供的事实是，最早对中国妇女的缠足提出批评的，是一批来到中国的西方传教士。

《最慢的是活着》中的祖母王兰英，于 1920 年生于豫北一个名叫焦作的小城，娘家是城里的大户人家，她因幼时不肯缠足而无法嫁在城里，只能嫁到乡下地主家，成了家里姊妹中嫁得最差的。

与乔叶《最慢的是活着》中的祖母类似，孙惠芬《秉德女人》中的祖母王乃容于 1889 年出生于繁华小镇上的大户人家。她的家里有家世、有财富，她本人则是父亲的掌上明珠。这些足以保证她在童年和少女时代过着衣食无忧的大小姐生活。不仅如此，她的父亲——亲近西方传教士的教书先生王鸿膺，还受到西方思想的强烈影响。当他听到传教士大麦说"西方女人跟男人拥有同样的自由，做父亲的除了给予，没有任何剥夺她天性的权利"，他认可了对方的说法；当传教士大麦抨击中国的裹脚是中国传统中最违背人性道德的行为时，他做出了不准妻子给女儿裹脚的决定。

事实上，在王乃容出生以及她成长的少女时代，晚清思想界正进行着一场"中国妇女应当怎样"的讨论。这场讨论涉及的问题，有女子教育、国民之母、女国民等等。首先引发这场讨论的，就是西方传教士。他们讨论的着力点，就是中国妇女的裹脚问题。在中国作为民族国家如何实现国富民强的问题视域下，传统中国妇女小脚的美与丑、裹与放，不再仅仅是关乎妇女群体的美丑与习俗问题，而是全部转化为举国讨论的大问题。"小脚"被大臣张之洞、被维新人士康有为和梁启超、也被报刊以各种形式反复言说，终于，"小脚"

成为一种象征——野蛮的、不卫生的、不文明的、耻辱的、祸国殃民的不祥之物。最终，这场讨论通向了妇女的生产能力与受教育权，并由此催生出了中国历史上第一批现代意义上的女学生。[①]这些有着相当的经济与文化背景的女学生，开始走出家门，到学校里接受新式教育，其目的，则是把她们从家庭中解放出来，成为现代意义上的女国民。

遗憾的是，尽管王鸿膺接受了传教士大麦不给女儿王乃容裹脚的建议，但是，他对中国妇女问题的理解，却无法与维新派们相比，他不给女儿裹脚，仅仅是给了女儿自由支配身体——双脚的自由，他还不曾想到让女儿像儿子一样去接受教育，进而成为女学生与女国民。事实上，他给她规划的人生，就是"识几个字，好好做针线活，嫁个好人家生儿育女"。这与传统中国"家内妇女"的角色并无太大差别。因此，尽管王乃容从传教士的儿子小麦那里看到了一幅世界地图，并开始做起了自己周游世界的白日梦，但是，缺少教育的她，终于还是不曾变成现代意义上的"女学生"，而仅仅是一位有着一双天足的城里大小姐。

《最慢的是活着》中的祖母无疑是不幸的。婚后三年，她的丈夫参加了八路军；再后来，她接到了丈夫的阵亡通知书；丈夫死了，她成了村里的烈属。按照革命历史小说的叙述语法，她个人生命的不幸，将全部在投入到革命与建设中之后消失，她很快就会成为一位思想先进的值得尊敬的革命老妈妈。然而，在乔叶的叙述中，历史中的祖母却并未按照这一语法行动。她在大历史中竭力维持着的，是她传统的家内女人的身份。她所做的一切，都是从过好家里的日子的角度考虑的，她的能干、节俭，甚至是她对历史的进入。比如她在大跃进期间利用烈属身份要求当村里的食堂炊事员，目的只是为了让儿子能多吃上几口饭。可见，尽管她的丈夫参了军并因此牺牲，却并未因此唤起她的国民意识。当建国后国家因她的烈属身份

---

① 详见张莉：《女学生：民族国家视域下的新妇女想象》，《南开大学学报》（哲学社会科学版）2012 年第 2 期。

对她进行征召时，她也并未成为女国民。小说写道："因为是光荣烈属，建国后，她当上了村里的第一任妇女主任，妇女主任应该是党员。组织上想发展她入党，她犹豫了，听说入党之后还要交党费，还要参加各种各样的活动和会议，她更犹豫了。觉得自己作为一个寡妇，从哪方面考虑都不合适。"入党在 20 世纪 50 年代，是机会难得且非常光荣的，是许多人追求的目标，也是先进国民的标志。而祖母却在犹豫，那原因也说得很清楚，一是由于交党费会减少家里的收入，二是由于要抛头露面参加公共生活。在政治学领域，公民概念的内涵是"一个人在公共生活中的角色归属"，相应的，它会提出如下问题：在公共领域中"我是谁"？"我应当做什么"？[1]这些问题如果让祖母来回答，她会说自己是寡妇，而不会说自己是妇女主任；而她应当做的，也不是积极参加公共生活，领导村中的各项妇女工作，而是好好守护自己的儿子和名声。历史中的祖母以自己的方式拒绝了进入历史。她的一生，都在守护自己的儿子、儿媳、孙子、孙女中度过，是一个典型的家内女人。乔叶这种对祖母从历史撤身而出的书写，明显可以看出一种疏离历史、回归个人和家庭的姿态：宏大的革命历史、国家建设都不再是她的祖母和她关心的，只有个人的、家庭的生活才是生命的唯一寄托。而这，恰是 90 年代"个人化写作"所倡扬的"个人化"立场。

从成长小说的角度看，这篇小说还是一个孙女"我"逐渐成长的故事。小说以现代的孙女"我"的回忆视角写"我"与传统的祖母之间从抗争到和解再到完全认同的过程。在回忆的结尾处，"我"完成了自己漫长的成长。克默德指出："根据结尾来解释开头的思维方式一直牢牢存在于我们关于历史、生活和虚构作品的观念之内。"[2]则"我"在小说结尾处对奶奶的认同，直接构成了对开头处童年和少年时"我"对祖母的抗争的否定，那是不成熟的小女孩的行为，是太多地注意了祖母对"我"的轻视和限制而不能理解祖母之爱的

---

① 吴威威：《公民及相关概念辨析》，《天府新论》2005 年第 2 期。

② 【美】华莱士·马丁：《当代叙事学》，伍晓明译，北京：北京大学出版社，2005 年第 2 版，第 78 页。

复杂性。不过，这里对祖母之爱的理解并不是 20 世纪男性作家那样的稚童视角中的回忆与依恋，而是深切地理解了祖母对亲人的爱的特质——"怕"，那因极爱而产生的极怕，渐渐地取代了爱，变为种种的担忧、恐惧与盼望。而且，这还是成熟之"我"对祖母当年对"我"的限制的重新理解。当成年后的"我"辗转各地求生，"从广州到深圳，从海口到三亚，从苏州到杭州，从沈阳到长春，推销过保险，当过售楼小姐，在饭店卖过啤酒，在咖啡馆磨过咖啡，当然也顺便谈谈恋爱，经历经历各色男人"。经历过外部世界的种种挫折与委屈后，"我"终于悟出，当年祖母的限制实在是她"送给我的最初的精神礼物"。在"那些日子里，她一直是我的镜子，有她在对面照着，才使得我眼明心亮。她一直是我的鞭子，有她在背上抽着，才让我不敢昏昏欲睡。她让我知道：这个世界上，总会有人不喜欢你，你会成为别人不愉快的理由。你从来就没有资本那么自负，自大，自傲。从而让我怀着无法言喻的隐忍、谦卑和自省，以最快的速度长大成人"。成长于"我"，是在与外人打交道时从不会恣意妄为，而是时时注意到礼貌与谦让。最后，"我"对祖母的认同，实际上包含两层意思：一层是把她认同为具有宽广之爱的地母，"仿佛每一个人都可以做她的孩子，她的怀抱适合每一个人"；另一层是"我"主动把自己认同为她的继承者与延续者，"我的新貌，在某种意义上，就是她的陈颜。我必须在她的根里成长，她必须在我的身体里复现，如同我和我的孩子，我的孩子和我孩子的孩子，所有人的孩子和所有人孩子的孩子"。譬如"我"对祖母的节俭与节制的继承。当祖母的"陈颜"被指认为我的"根"，它就成为一种比喻意义上的文化密码；而它通过"我"而开始的代代相传，在确定了祖母作为源头的意义的同时，也把"我"编织进了一条生生不息的历史生命之链。"我"在祖母的历史中寻找到的，是一笔精神财富，是一种足够指导"我"生命的方向与可能性的力量。

孙惠芬书写历史中的祖母的初衷和姿态与乔叶有很大不同。因为从小就目睹"老家村庄里一代又一代的男人女人在关心着国家的事外边的事"，她要思考并希望加以表现的，就是包括祖母在内的男人和女人的"家国观从哪里来，这家国观是怎样的一种面貌，它的背后蕴藏了怎样的一种生存状态"①这样一些问题。

因而，不同于《最慢的是活着》中的祖母从历史中抽身而退成为家内女人，孙惠芬笔下的秉德女人是一个积极参与历史的女人，而且，国家的历史在个人的历史当中也的确发挥着重要作用。

当她的弟弟王介夫当了国民党委员要接她去沈阳时，她并未像乔叶笔下的祖母那样心怀疑虑，而是感到了一种脱离日常苦难生涯的轻松，一种"从泥土里跋涉出来的喜悦"，她甚至想起少女时代那个西方少年艾迪对地球和世界的讲述："地球是圆的，世界很大，除了青堆子湾，还有好多海湾，坐一艘大船就可以哪哪都能到达。"外边的世界，显然极大地吸引着秉德女人走向外边的愿望。更重要的是，当她目睹弟弟受到士兵的尊重，听到未来弟媳告诉自己这来自弟弟对国家的贡献，所谓"只有把国家存亡当成比自己命还重要的大事，才会受到士兵的尊重，姐姐你记着，你的兄弟王介夫必将受到一个国家的尊重"。秉德女人的国家意识迅速觉醒了，"她平生第一次尝到了和一个组织，或者说一个来自上边的某种力量走近之后获得的滋味"，那滋味"就像一条小溪接通了宽阔的河流，不自觉就跟着汹涌澎湃起来"。当秉德女人把自己认同为小溪，把国家认同为宽阔的河流，她实际上已经成为一个颇为自觉的女国民。并且，秉德女人这位女国民很快就自觉地担当起了"国民之母"的职责，她把做优秀国民当成教育儿子的准则，"跟你舅舅好好干，舅舅和国家那个粗血管通着，就像咱家门口的水道沟和南甸子上的河套通着，咱龙兴了，国家就龙兴了，国家龙兴了，咱血就更旺了，咱得往那个粗血管里流，得变成那血管里的血"。在她这里，国民与国家血脉相连，有着一荣俱荣、一损俱损的联系。

历史中的秉德女人，是宏大历史的积极参与者：一方面，作为国民之母，她毕生都在教育自己的儿子、孙子不要做不能流动的井水，而要努力成为水道沟里的水——国家的国民。她为儿孙成为被

———

① 孙惠芬：《后记》，《秉德女人》，长沙：湖南文艺出版社，2010 年。

国家接纳的国民而兴奋、喜悦，为儿孙被国家抛弃而痛苦、焦灼。另一方面，一旦她有机会被国家征召，她就会积极加入进去，焕发出超出日常生活的光彩。大跃进期间，因为小儿子承多在北京工作且是共产党员，她有幸被选为集体食堂的管理者，她欣喜于"她这根老血管也通了国家的血管"，在食堂里和大家说话时总是开怀大笑。

秉德女人不会想到，她对历史的积极参与会遭到历史的打击。土改时，她差点因为弟弟的关系被打成反革命；"文革"中，她和儿子们因为一条根本不曾存在过的枪而被关押、被批斗，则更暴露了她在历史的暴力中不过是一粒微末的尘埃。在即将终结自己的生命时，她颠覆了自己的国民意识："井水就是比水道沟的水好嘛，它哪也不流，可它养人，活了一辈子俺才明白。"于是，她不再盼望充当往外流的水道沟里的水，而是以投身于井水的方式与井水化为一体。

秉德女人的可贵之处，在于她在历史中备尝苦难，却并未减损对世界和人世的热爱，反而是由此生发出了对人和世界的宽广的地母之爱。

秉德女人的历史，就是一个她逐渐生成为地母的历史。这个历史同样有一个开端——一个名叫秉德的男人对她的入侵。这指的是她从镇上的大小姐王乃容到秉德女人这一身份转换的强加性，它来自命运的暴力。其暴力性在于，那不是一次明媒正娶，而是一次完全偶然的入侵——被追赶的穷胡子秉德偶然撞入了王乃容正在学习刺绣的绣庄，撞倒了她的绣架，也强行撞入了她的身体。这一场偶然的被撞入提示着一种具有普遍性的女性身份的脆弱——任何一个男性，不论是谁，只要他占有了她的身体，也就结束了她的女儿身份，把她变成属己的女人，从此拥有对她的一切权力。在这一意义上，命运的暴力，就是男性的暴力。

秉德女人的第一个生命阶段是"野人"阶段，这是她生活方式的彻底转换，她曾经拥有的自由自在、养尊处优的生活一去不返，"一夜之间从前的所有生活都被大风扫去，成了无依无靠没吃没喝的野人。""野人"，在某种意义上，是不曾进入任何社会的"自然人"，不仅与父亲的家和青堆子湾断绝了关系，也和丈夫秉德的家族所在的周庄没有关系，她所住的半山腰的草棚，在某种意义上正是她与周庄社会的象征——她是周庄之外的、不曾被周庄人认可的、无法命名的女人。作为"野人"，作为秉德的女人，她跌回了一个雌性动物的生物学命运之中：她被他当作而且仅仅是被当作女人的身体，一次次粗蛮地、偶尔温柔地占有；那结果就是她的身体一次次怀孕、生产、养育。而且，作为属于他的女人，她还必将是他泄愤的工具，被他暴烈地痛打。而秉德的社会身份——穷胡子，又使他不可能为她提供任何物质保障，没有了做小姐时的大宅子，只有在远离村庄的山上临时搭起的窝棚；没有了精美的衣食，只能偶尔得到一些秉德抢来的土豆、玉米之类的食物。于是，挨饿、受冻、没有衣服穿就成为她生存中的常态。而且，作为胡子，秉德还必然是来去不定的，他不可能陪伴在她身边，为她提供安全感。

秉德女人的第二个生命阶段是她携带与秉德生下的两个孩子进入周庄。原本一无所有的秉德女人，依靠娘家的接济艰难地建立起自己在周庄的家——有了房子和一小片土地。是在这里，她开始建立自己在周庄与中国这一历史时空中的社会位置与历史位置。

在这一位置上，秉德女人用自己的一生经历了太多的磨难与挣扎。小说写了秉德女人一生遭遇过的种种天灾人难。天灾是她在成为秉德女人后的几十年里，为食物而没有一天能够停歇的操劳、受罪：初做秉德女人的三年里像野人般靠寻找野草和昆虫维持生命，下山后在饥荒到来时因弄不来果腹的食物和御寒的柴草而只能和孩子们一起等死；为了让家里人能够活下去向土匪头子曹宇环下跪讨钱等等。人祸有时是强势者的欺负、欺骗与羞辱，比如地主周成官以帮她救秉德为名把她骗到黄保长家让黄抢吃了她的奶，借日本人的势力迫害她的小叔子秉义，在她的侄女承玉被周家孙子勾引后羞辱承玉以致承玉自杀；她的丈夫秉德在世时难得对她温柔，却会对她大打出手，在外边有了女人后带回了私生女承民。更多的时候，人祸埋藏在岁月中，毫无预兆地发生，让她防不胜防。譬如她的长子承山因无人照顾吃了她的戒指而早夭；她的长女承华被穷邻居诱奸；她钟爱的女儿承民因偶然被日本人看到并看中，只能偷偷逃走，多年音信全无，"土改"时承民回到家乡却已变成史干部不再认她；二儿子承中在"文革"中不忍看妻子被打而招供兄弟们帮他藏着一支并不存在的枪，以致她和儿子们都被关押、暴打，并打成了"反革命分子"等，贯穿了秉德女人的一生。有必要指出的是，秉德女人不是感受不到苦难，相反，她的感受从来都异常敏锐，她只是在默默承受中把心灵磨砺得更加宽厚而有力。换言之，诸多的磨难让她懂得了艰难处境中的生命是多么需要帮助，从而发展了她的地母般的宽广之爱。

秉德女人地母般的宽广母爱，首先是这爱遍及的人数之多：她平静地接受了秉德在外边和别的女人好了，并养育秉德带回家的私生女承民；她因为自己奶水丰沛去喂养别人家的孩子；她在灾荒岁月杀了自己家唯一的老马让全村人吃肉；她在三年困难时期把家里宝贵的饼子让出来给村里饥饿的孩子们吃。这爱是注定没有回报的付出。正是在年复一年的爱的付出中，她成了儿女的母亲，孙子的奶奶，全村敬重的秉德大妈。其次，这爱是对被人鄙视、愤恨、遗弃的生命的爱护。为了这爱护，她舍出自己的身体、尊严，忍受人们、甚至是儿子的误解。在小叔子秉义被日本人烧坏了下身后，她把一直暗恋自己的秉义叫到家里，脱光衣服让他抱，以恢复他作男人的能力。儿媳于芝因为家里太穷而离开后，到镇上做妓女被嫖客打得不省人事、生命垂危，是秉德女人把她救了回来。小说的可贵之处在于，既写出了此时秉德女人遇到的难题：如果救回就必然会败坏申家名声，而且家里穷得也没东西给她吃；但是不接于芝回来，她就必死无疑。事实上，若不是她的另一个儿子早到一步守着于芝，于芝就已经被扔到街后的阴沟里了。又写出了她在压力下的超出常人的所想所为，在一带人的议论声中，秉德女人选择把窑子铺里的媳妇弄回了家。在她看来，"只要有钱买粮，只要于芝能治好伤，只要一家人有吃有喝，日子还像个日子，就比什么都重要"。哪怕为了活下去她向土匪头子下跪要钱，也不是什么丢人之举，而是充分发挥了自己的生存智慧。在她这里，保护生命的愿望超过保护名声的愿望。而这，正是地母品质中的巨大的包容性。甚至，这爱不仅指向亲人，还指向仇人。地主周成官一生曾对她与她的家人多次造成伤害，土改时周成官被活埋后，尽管她知道有人正因自己的兄弟是国民党而谋算着对自己采取行动，但她没有回家躲起来，而是"想起他瘫在炕上的老婆，家产被分得一干二净的媳妇们。在这万众一心的时刻，有一些心一定被扯断了揪碎了，她想去看看她们，捂捂她们的心"。她在周家待了三天三夜，陪伴大难中的周家人。孙惠芬的写作呈现出的地母之爱，超越了个人仇恨和阶级仇恨，也超越对死亡的恐惧，是不顾后果的爱。这种大爱，正是孙惠芬所推崇的："完美的女人，应该像地母般宽容，给男人以支撑。我觉得女人天然就该给男人以力量。秉德女人就是这样的女人。大事情来临时女人是有力量的。"①

事实上，在某种意义上说，秉德的来去不定，使其无法成为一位合格的父亲。在家里，父亲的职责，很多时候都是由秉德女人承担的。比如给孩子们起名字、开家庭会议教育他们，刚进周庄时买房、买地和种地，以及后来的盖房、给儿子们娶亲、打发女儿出嫁、翻盖房子、分家等等，都是秉德女人在以母亲的身份承担父亲的职责。这造就了她的坚韧，"没有一个硬心肠的男人在身边撑着，秉德女人只有自己硬朗起来"。这硬朗既是身体的，更是心灵的。小说中有这样一段她的长孙家树对她观察与崇拜，"她虽是和妈妈一样的妇道人家，却像男人一样主持着家事，她一次次给家里人开会的时候，他总是躲在旮旯里偷偷地看她。他崇拜她说话干脆利落，处事果断开明，崇拜她不管遇到什么大事都总有办法，他最崇拜她在周成官活埋那会儿不怕死的胆量，她穿鞋下地跟他们告别时，好像死不过是出一趟远门，一点都不知道害怕"。这来自孙辈的崇拜，正是秉德女人进入老年后的德高望重的表征。

简言之，秉德女人的历史，是一个从镇上的大小姐王乃容变成贫瘠乡村的秉德女人的历史，一个生物学意义上的和着泪水、用奶水养育儿女的母亲变成国民之母的历史，一个用宽广之爱拯救小叔

---

① 舒晋瑜：《孙惠芬：这是一次黑暗里的写作》，《中华读书报》2011 年 02 月 12 日。

子、儿媳、仇人的地母的历史，一个孙子孙女敬佩的祖母的历史，一个全村人敬重的秉德大妈的历史。这一书写的意义有二：一是写出了地母型的"完美的女人"的女人不是天生的，而是历史生成的；二是用繁复而诡谲多变的情节与细节，为被男性作家过度征用而符号化的地母型女性重新注入了生命。

5.3.3 岁月中的隐秘：为祖母赋权

无论是历史中的祖母，还是祖母的历史，都无法与岁月脱开干系。岁月既将世界与人裹挟在自己之中，也从世界与人身上走过，留下自己的痕迹。

《最慢的是活着》中，岁月的流逝渐渐地颠倒了"我"与祖母的位置：

> 我静静地守着她，像一朵花绽放一样，我看见她的眼睛慢慢睁开了。我俯到她的眼前，她的眼睛定定地看着我。眼神如水晶般纯透、无邪，仿佛一双婴儿的眼睛。
> 她就那么定定地看着我，好像我是她的母亲。

当祖母成为"我"凝视下的婴儿，"我"与祖母的关系就发生了倒转，"我"不再是需要祖母严格管教与呵护的孙女，而是已经成长为祖母的母亲，给予她爱与理解。这种倒转了的比喻意义上的母女关系的意义，在于只有当"我"成熟到足以充当祖母的母亲，负担起照顾、呵护她的责任，"我"才不会像男性作家那样怀着稚童心态去向衰老的祖母索取母爱，并因此苛求她道德上的完美。

只有在这一前提下，祖母那游离于正史之外的、被正史所压抑的"秘史"才有可能呈现在"我"的面前。事实上，小说中祖母的秘史，在形式上就表现为孙女和祖母的不为外人所知的私密对话。正是在这种私密而亲昵的氛围中，祖母披露了自己的秘史：身为烈属的她，曾经与一位在家里吃派饭的毛姓下乡干部相好过。他们之间的关系，在祖母的回忆中，如同"钉子进了墙，锈也锈到里头了"，是一段"不思量，自难忘"的深情。而叙述者"我"对祖母的这段秘史，也毫无男性作家惯有的道德愤怒。"我"根本不会指责祖母的不贞，把这视作她历史上的污点，而是深深地理解年轻守寡的祖母的寂寞，以及这爱情对她的珍贵。小说中甚至出现了这样一个细节，祖母去世后，"我"在县城的银行帮着一群老人填工资资料时，偶然发现一位老人与祖母的情人同姓，"我"不仅认真地帮他填写了资料并双手递给他，还在心里对他说了声谢谢，"我就是想感谢他。哪怕就是因为奶奶为他堕过胎，流过产，我也想感谢他。哪怕他不是那个人，仅仅因为他姓毛，我也想感谢他"。这声"谢谢"，当是"我"对他曾经给祖母苍白寂寥的生命带来的情意与生机的感谢。乔叶的书写尽管温婉，但她在赋予祖母以生命激情的合法性的同时，不动声色地颠覆了革命老妈妈的形象。

孙惠芬显然对岁月有着更多的感悟与发现。在《秉德女人》中，岁月是有形的、有力量的，"岁月在苍茫的大地上运行，甩动着一只又一只大脚，说不定把谁踩下去把谁踹起来。岁月在周庄的日子里运行，就像那股消失在天空里的烟雾，它们在什么时候以什么样的方式结成云下起雨，你根本无法知道，你能知道的，只有风来了你迎着风，雨来了你迎着雨"。岁月在这里俨然神秘的命运，将人和世界裹挟进去。而且，岁月还必然在人的身上留下痕迹——让她衰老。小说对秉德女人的衰老的描写可谓触目惊心："时光老人早就在秉德女人身上施行了破坏力，她的奶头一天天干瘪下去，她的皮肤一天天失去水分，她的头发一天天见少，并且白了一半，她的手已经长出大大的骨节。"岁月就这样把曾经如花似玉的王乃容变成了老祖母，她再也没有当年的美丽，而是在岁月中变成老人。

然而，在这无情的岁月中，秉德女人自有一段段的秘史。这秘史，首先在于她的欲望及其表达。秉德女人与丈夫秉德之外的其他男人，如土匪头子曹宇环、小叔子秉胜、秉义，村里的地主周成官都曾有过性关系。不过，这种性关系并不是单纯生物学意义上的性吸引，而是与她对生活的渴望与心灵相关。有时候，这是因为她想重温大小姐时的记忆，这指的是她与曹宇环的关系，曹宇环曾是她指腹为婚的未婚夫；有时候，这仅仅是为了赢回自尊，在曹宇环见她蓬头垢面不肯认她时，受到伤害的她主动把身体给了一直眼馋自己的地主周成官，以获得心灵的补偿；而她与小叔子秉义之间的关系，更多的是一种两情相悦的身心体验，也更符合女性主义意义的欲望表达。孙惠芬从来无意阉割秉德女人的欲望，相反，她多次书写她的欲望。譬如在秉德女人五十多岁时，出走多年的小叔子秉义重回村庄，来找她想重叙旧情，她却扇了秉义一个耳光，骂他"你给俺滚，你把你嫂子看成什么人啦"。然而，扇耳光与怒骂只是男权秩序规定的动作与语言，在隐秘的夜里，一个潜意识场景出现了：

> 只有夜晚，屋里屋外哪哪都静下来，秉义那句话才能清晰地飞翔在她的耳畔，随着这句话，秉义那王八犊子的身子才有力地钻进她的身子，使她像一只四腿着地的蚂蚱，在硬硬的土炕上翻云覆雨。到某个时辰她累了，伸手制止他，突然发现不但被窝虚空，整个屋子都一片虚空，委屈于是就像化冻时节河套里的冰排，横冲直撞向她压来，她的脸、脖子、后背顿时冰凉一片。
>
> 秉德死后，她从不知道自己需要一个男人，需要一个男人强有力地进入自己身子，她已经五十多岁了，已经是个老太太了，她的奶头已经干瘪，一个奶头干瘪的老太太居然还有这种念想！她往往在屋内一片冰冷时，像多年以前那样，狠狠地撕扭自己的身体。为了给自己压惊，她不断地骂自己骚货下贱货，骂自己是不知羞耻的臭婊子，直到鸡鸣三遍引来破晓的曙光。

在这一潜意识场景中，秉德女人对自己欲望的发现及其在幻想中的满足，以及幻想破灭后的委屈无奈，她的意识对潜意识的强行压制，都表明地母型的女性是有欲望的，这欲望的难以压抑反证着它的强劲。

其次，秉德女人的秘史，还是她作为母亲有表达愤怒的权利。在男性作家笔下，女性一旦成为生物学意义上的母亲，也就自然地成为文化学意义上的母亲，天然地具有了伟大的母性，无私无我地热爱孩子。但女性主义研究表明："根本不存在母性的'本能'，……母亲的态度，取决于她的整体处境以及她对此的反应……这有无穷的变化。"①小说中的秉德女人在生下三个孩子后，秉德二婶对她进行了家史教育——摆出婆婆的姿态讲述申家的历史，教育她做"老申家媳妇"就得时刻牢记"做什么都不能忘了祖宗脸面"，告诉她生下的两个孩子都是"老申家的根，老申家的后人"。秉德女人因此获得了关于申家的历史意识——"寻着一条藤蔓，摸到了它的茎、它的叶、它的根"。但是，这种历史意识并不能引发她的正面认同，而是使她感到愤怒。在仔细端详了自己的孩子，并发现他们是那么像秉德时，她因为仇恨秉德对自己的霸占开始嫌恶他们、无缘无故地打他们。这种行为，是一种变形的对秉德女人身份的反抗。它从一个侧面证明的，正是母性的非自然性。

再次，在秉德女人的秘史中，她被赋予了不完美的权利。作为地母，她可以软弱、焦虑，可以不知所措。譬如在刚刚得知于芝被打后，她也曾团团乱转不知该怎么办，在得知儿子承中被抓了壮丁后，她日夜焦虑，"等待承中上路的日子，她居然犯了早年在山腰窝棚时得过的失眠症，成宿成夜闭不上眼。早年睡不着，没有噩梦，现在睡不着，她噩梦联翩，只要闭眼，承中的舌头就被割下来，就蜻蜓一样在她掌心跳舞。为了不让跳出掌心，她握紧拳头，可指缝里立时又鼓出两个气泡儿，定神一看，居然是承民哭得红肿不堪的眼睛。冲着承民眼睛喊她的名字，她却一闪一闪眨巴两下突然不见了，折腾得她一夜一夜鬼哭狼嚎，身体迅速消瘦"。这样的画面不会出现在男性作家的笔下，因为它会损害地母形象的完美。孙惠芬对祖母"去完美化"的书写，把祖母从"大母神"还原为了人，而且也再次表明，在妇女身上，"总有某些东西是过剩而无法代表的……当妇女身上的过剩部分在特定的历史语境下获得了文学表达，就会

①【法】西蒙娜·德·波伏娃《第二性》，陶铁柱译，北京：中国书籍出版社，1998年，第579页。

成为从既定的文学传统中逸出的部分"。①

伊里加蕾曾经呼吁女性作家赋予母亲新的生命，"我们必须阻止她的欲望被父亲律法所消灭。我们必须给她追求快乐的权利，享受愉悦的权利，拥有激情的权利，我们必须恢复她讲话的权利，甚至间或哭泣和愤怒的权利"。②从这一意义上说，乔叶与孙惠芬对祖母岁月中的秘史的书写，就是一种为祖母赋权的行为。

总之，如果说城市女性作家的母亲书写更多地表现出断裂倾向——和男性世界与男性书写传统断裂，那么，乡村出身的女性作家对祖母历史的书写则表现出融合倾向，她们融合了男性作家的地母书写与90年代女性写作两种传统，既将祖母书写为具有宽广之爱的地母，又细致地书写了地母品质的生成性与特殊的表现形态，更通过将祖母书写为具有正常生理欲望且未必完美的地母的方式为祖母赋权。这种书写的意义在于，一方面为当代文学史添加了一种新型的更富有包容力与生命质地的地母形象，同时也为乡村女性重建了自己的精神传统——那属于她们的母亲的田园。

① 王侃：《历史·语言·欲望——1990年代中国女性小说主题与叙事》，桂林：广西师范大学出版社，2008年，第3页。

② 刘岩编著：《露丝·伊里加蕾，"用身体面对母亲"》，《母亲身份研究读本》，武汉：武汉大学出版社，2007年，第181页。

结　语

　　中国现代化的快车正在呼啸前行，它挑选出自己的政治、经济与文化精英，却把在另一些在政治、经济与文化资源上处于弱势的人们抛在身后，乡村女性就是其中的一部分。在 20 世纪 90 年代以来的文化与文学中，如果说精英们被塑造为令人仰慕的成功人士，代表着中国现代化进程的正面——这个时代光鲜亮丽的一面,贝尔论述中的现代化的另一面——风险却更多地落在她们身上，她们不是继续被囚禁在不自由的共同体之中，就是在竭力走出共同体、走进现代社会之后立即面临着不确定性的危险。

　　20 世纪 90 年代中期以来的乡村女性形象的塑造，作为当代作家的一种表意实践，其意义不可小觑。因为，就当下居于主流的消费文化语境而言，它是一种逆向的书写（当然，这并不是说乡村女性形象完全不具有消费时代的特征。事实上，她们中的某一部分就是消费文化的产物或者已经融入到消费文化之中）。因而，这种逆向书写就意味着作家关注点的转移以及对当下中国社会现代化进程态度的转变。乡村女性形象作为中国社会现代化进程的"症候"，是作家们对社会发言的一种方式。他们或者焦虑于全球化带来的民族文化认同的危机，竭力利用无时间性的时间政治把风景化的乡村少女置于风景的中心，或者意识到村落传统正在无可挽回地消失，塑造出理想化的贞孝之女的幽魂为其送终，或者依然相信现代化的逻辑，竭力把乡村塑造为父权制性质的压迫乡村女性的"铁屋子"，召唤她们通过"走出"行动去追赶现代化的快车，然而，当她们在城市神话与劳动力市场的召唤下走出村庄，却立即遭遇到了流动现代性或者第二现代性下的个体化的困境，遭遇孤独、被歧视、不确定性等等。

　　因而，鲍曼的提醒值得注意，个体化对于精英与大多数人来说是不一样的。一部分人（精英分子）的满足依赖于对另一部分人（大多数被统治者）的压制。对于精英分子来说，将自己从共同体中撕裂出来，可能依然意味着享有更多的自由。然而，对于大多数被统治者来说，"在个体化进程中被交换的商品是确定性与自由"。即个体所获得的"自由"并非是毫无代价的，他必须付出在共同体中曾经拥有的"确定性"。只有那些精英分子，"不用付出苛刻和令人生畏的不确定性的代价就能享受到自由的机会"，而正是他们为"未来的数个世纪定下了解放理想的基调"。[①]鲍曼揭示的，乃是"个体化"这一现代性神话的内在矛盾，对于被统治的大多数人来说，把自己从共同体中剥离出来，意味着他必须承担"自由的重负"即不确定性。"不确定性"在布尔迪厄的表述中，乃是一种"永恒的不确定状态——社会地位的不稳定，某人未来生活的不确定和强烈的'无法控制现在'的感觉——混合成了一种无法制订计划并按计划行事的无能为力。"[②]

当下，中国的现代化进程依然是现在进行时，它正在快速使村落走向终结，而作为城乡二元结构的基础的户籍制度也在逐渐松动。可以预期的是，中国的个体化进程将继续进行下去，乡村女性也必将被更深地裹挟其中。对于当代文学而言，如果过去的思想与文化资源已经无法表现当下的乡村现实与乡村女性形象[③]，那么，如何想像乡村与乡村女性形象就成为一个日益值得重新思考的问题，在此意义上，女性作家，尤其是乡村出身的女性作家的书写提供了有益的借鉴。

---

①【英】齐格蒙特·鲍曼：《共同体》，欧阳景根译，南京：江苏人民出版社，2003年，第22～23、26页。

②【英】齐格蒙特·鲍曼：《共同体》，第48页。

③ 自2005年以来，已有不少作家与学者质疑现有文学资源在想象当下乡村时的有效性。实际上，如何想象当下的乡村女性形象也同样存在这一问题。相关文章参见陈晓明：《乡土叙事的终结与开启——贾平凹的〈秦腔〉预示的新世纪的美学意义》，《文艺争鸣》2005年第6期；程光炜、丁帆、李锐等：《乡土文学创作与中国社会的历史转型——"乡土中国现代化转型与乡土文学创作研讨会"纪要》，《渤海大学学报》2010年第1期。实际上，如何想象当下的乡村女性形象也同样存在这一问题。

参考文献

文学作品类：

鲁迅：《鲁迅全集》，北京：人民文学出版社，1981 年。

贾平凹：《废都》，北京：北京出版社，1993 年。

孙惠芬：《歇马山庄》，北京：人民文学出版社，2000 年。

沈从文：《沈从文全集》，太原：北岳文艺出版社，2002 年。

王安忆：《上种红菱下种藕》，海口：南海出版公司，2002 年。

张洁：《无字》，北京：北京十月出版社，2002 年。

林白：《万物花开》，北京：人民文学出版社，2003 年。

乔叶：《我是真的热爱你》，武汉：长江文艺出版社，2004 年。

孙惠芬：《城乡之间》，北京：昆仑出版社，2004 年。

孙惠芬：《上塘书》，北京：人民文学出版社，2004 年。

王安忆：《富萍》，上海：上海文艺出版社，2005 年。

贾平凹：《秦腔》，北京：作家出版社，2005 年。

林白：《妇女闲聊录》，北京：新星出版社，2005 年。

铁凝：《笨花》，北京：人民文学出版社，2006 年。

孙惠芬：《吉宽的马车》，北京：作家出版社，2007 年。

乔叶：《底片》，北京：群众出版社，2008 年。

莫言：《蛙》，上海：上海文艺出版社，2009 年。

孙惠芬：《秉德女人》，长沙：湖南文艺出版社，2010 年。

盛可以，《北妹》，天津：天津人民出版社，2011 年。

孙惠芬：《生死十日谈》，北京：人民文学出版社，2013 年。

刘庆邦：《闺女儿》，《上海文学》1991 年第 10 期。

刘庆邦：《家园何处》，《小说界》1996 年第 4 期。

孙惠芬：《伤痛故土》，1996 年第 11 期。

刘庆邦：《鞋》，《北京文学》1997 年第 1 期。

李肇正：《啊，城市》，《当代》1997 年第 1 期。

刘庆邦：《梅妞放羊》，《时代文学》1998 年第 5 期。

孙惠芬：《在迷失中诞生》，《当代作家评论》2000 年第 3 期。

严歌苓：《谁家有女初长成》，《当代》2000 年第 4 期。

池莉：《生活秀》，《十月》2000 年第 5 期。

刘庆邦：《种在坟上的倭瓜》，《作家》2001 年第 5 期。

方方：《奔跑的火光》，《收获》2001 年第 5 期。

李肇正：《女佣》，《当代》2001 年第 5 期。

何玉茹：《素素》，《上海文学》2001 年第 9 期。

刘庆邦：《妹妹》，《中学生阅读》（初中版）2002 年第 11 期。

戴赟：《深南大道》，《人民文学》2002 年第 11 期。

李肇正：《傻女香香》，《清明》2003 年第 4 期。

刘庆邦：《红围巾》，《山花》2003 年第 6 期。

何玉茹：《胡家姐妹和小乱子》，《人民文学》2003 年第 9 期。

何玉茹：《我呀我》，《长城》2003 年第 5 期。

葛水平：《甩鞭》，《黄河》2004 年第 1 期。

葛水平：《喊山》，《人民文学》2004 年第 11 期

孙惠芬：《一树槐香》，《十月》2004 年第 5 期。

刘庆邦：《平原上的歌谣》，《当代》（长篇小说选刊）2004 年第
4 期。

刘庆邦：《守不住的爹》，《上海文学》2005 年第 5 期。

阿宁：《米粒的城市》，《北京文学》2005 年第 8 期。

项小米：《二的》，《人民文学》2005 年第 3 期。

罗伟章：《我们的路》，《长城》2005 年第 3 期。

盛可以：《二姐在春天》，《中国作家》，2005 年第 5 期。

孙惠芬：《天河洗浴》，《山花》2005 年第 6 期。

葛水平：《连翘》，《芳草》2006 年第 1 期。

刘庆邦：《怎么还是你》，《中国作家》2006 年第 5 期。

王夔：《像上海一样灯火辉煌》，《飞天》2006 年第 10 期。

盛可以：《尊严》，《花城》2007 年第 1 期。

邵丽：《马兰花的等待》，《人民文学》2007 年第 2 期。

刘庆邦：《黄花绣》，《人民文学》2007 年第 6 期。

何玉茹：《扛锄头的女人》，《作家》2007 年第 22 期。

盛可以：《低飞的蝙蝠》，《小说界》2008 年第 2 期。

乔叶：《最慢的是活着》，《北京文学·中篇小说月报》2008 年第 7 期。

王手：《乡下姑娘李美凤》，《山花》2008 年第 8 期。

乔叶：《叶小灵病史》，《北京文学·精彩阅读》2009 年第 9 期。

文学研究专著与论文类：

【俄】巴赫金：《小说理论》，白春仁、晓河译，石家庄：河北教育出版社，1998 年。

【日】柄谷行人：《日本现代文学的起源》，赵京华译，北京：三联书店，2003 年。

陈晓明：《表意的焦虑——历史祛魅与当代文学变革》，北京：中央编译出版社，2003 年。

孟悦、戴锦华：《浮出历史地表——现代妇女文学研究》，北京：中国人民大学出版社，2004 年。

乔以钢：《中国女性与文学——乔以钢自选集》，天津：南开大学出版社，2004。

刘洪涛：《沈从文新论》，北京：北京师范大学出版社，2004 年。

张新颖：《沈从文精读》，上海：复旦大学出版社，2005 年。

乔以钢：《中国当代女性文学的文化探析》，北京：北京大学出版社，2006 年。

王宇：《性别表述与现代认同——索解 20 世纪后半叶中国的叙事文本》，上海：上海三联书店，2006 年。

刘洪涛、杨瑞仁编：《沈从文研究》，天津：天津人民出版社，2006 年。

北乔：《刘庆邦的女儿国》，北京：社会科学文献出版社，2006年。

洪子诚：《中国当代文学史》（修订版），北京：北京大学出版社，2007年。

【美】周蕾：《妇女与中国现代性——西方与东方之间的阅读政治》，蔡青松译，上海：上海三联书店，2008年。

高远东：《〈祝福〉：儒释道"吃人"的寓言》，《鲁迅研究动态》1989年第2期。

黄柏刚：《女性文学回归现实的新变信号——评方方新作〈奔跑的火光〉》，《当代文坛》2002年第3期。

李生滨：《毕飞宇〈玉米〉系列小说的多重悲剧意蕴》，《北方论丛》2004年第1期。

施战军：《让他者的声息切近我们的心灵生活——林白〈妇女闲聊录〉与今日文学的一种路向》，《当代作家评论》2005年第1期。

张楠：《乡村文明·都市文明·姐妹情谊——读孙惠芬〈歇马山庄的两个女人〉》，《名作欣赏》2005年第3期。

荒林：《〈妇女闲聊录〉的史意》，《文学自由谈》2005年第6期。

吴妍妍：《无望的"姐妹情谊"——读〈歇马山庄的两个女人〉》，《语文学刊》2006年第6期。

薛红云：《〈刺猬歌〉——中的"大地女儿"形象》，《小说评论》2008年第1期。

罗岗、刘丽《历史开裂处的个人叙述——城乡间的女性与当代文学中个人意识的悖论》，《文学评论》2008年第5期。

孟繁华：《风雨飘摇的乡土中国——近年来长篇小说中的乡土中国》，《南方文坛》2008年第6期。

李雪梅：《胡学文小说的底层女性世界》，《文艺争鸣》2008年第8期。

王琳：《〈妇女闲聊录〉——溢出小说边界的后现代文本》，《社会科学研究》2009年第6期。

吴义勤：《原罪与救赎——读莫言的〈蛙〉》，《南方文坛》2010

年第 3 期。

管笑笑：《发展的悲剧和未完成的救赎——论莫言〈蛙〉》，《南方文坛》2011 年第 1 期。

罗兴萍：《重新拾起"人的忏悔"的话题——试论〈蛙〉的忏悔意识》，《当代作家评论》2011 年第 6 期。

蒋军：《又见"香雪"——一种乡村女性形象谱系的考察》，华东师范大学 2009 年硕士论文。

张月阳：《论刘庆邦小说中的女性形象》，复旦大学 2009 年硕士论文。

社会学研究专著与论文类：

【美】塞缪尔·亨廷顿：《变革社会中的政治秩序》，李盛平、杨玉生等译，北京：华夏出版社，1988 年。

李小江：《平等与发展》，北京：三联书店，1997 年。

【德】斐迪南·滕尼斯：《共同体与社会——纯粹社会学的基本概念》，林荣远译，北京：商务印书馆，1999 年。

【法】埃米尔·涂尔干：《社会分工论》，渠东译，北京：三联书店，2000 年。

【德】乌尔里希·贝克、【英】安东尼·吉登斯、【英】斯科特·拉什：《自反性现代化》，赵文书译，北京：商务印书馆，2001 年。

【英】E·P·汤普森：《英国工人阶级的形成》，钱乘旦等译，南京：译林出版社，2001 年。

【英】齐格蒙特·鲍曼：《流动的现代性》，欧阳景根译，上海：上海三联书店，2002 年。

陆学艺：《当代中国社会阶层研究报告》，北京：社会科学文献出版社，2002 年。

李强：《转型时期的中国社会分层结构》，哈尔滨：黑龙江人民出版社，2002 年。

孙立平：《断裂——20 世纪 90 年代以来的中国社会》，北京：社会科学文献出版社，2003 年。

【英】齐格蒙特·鲍曼：《共同体》，欧阳景根译，南京：江苏人民出版社，2003 年。

【英】齐格蒙特·鲍曼：《现代性与矛盾性》，邵迎生译，北京：商务印书馆，2003 年。

【德】乌尔里希·贝克：《风险社会》，何博闻译，南京：译林出版社，2004 年。

中国社会科学院妇女研究中心：《转型社会中的中国妇女》，北京：中国社会科学出版社，2004 年。

李培林：《村落的终结——羊城村的故事》，北京：商务印书馆，2004 年。

李培林、李强、孙立平等：《中国社会分层》，北京：社会科学文献出版社，2004 年。

郑真真、解振明：《人口流动与农村妇女发展》，北京：社会科学文献出版社，2004 年。

【加】朱爱岚：《中国北方村落的社会性别与权力》，胡玉坤译，南京：江苏人民出版社，2004 年。

陆学艺：《"三农新论"——当前中国农业、农村、农民问题研究》，北京：社会科学文献出版社，2005 年。

孙立平：《现代化与社会转型》，北京：北京大学出版社，2005 年。

【加】宝森：《中国妇女与农村发展——云南禄村 60 年的发展》，胡玉坤译，南京：江苏人民出版社，2005 年。

【澳】杰华：《都市里的农家女——性别、流动与社会变迁》，吴晓英译，南京：江苏人民出版社，2006 年。

【美】阎云翔：《私人生活的变革——一个中国村庄里的爱情、家庭与亲密关系的变革：1949-1999》，龚晓夏译，上海：上海书店出版社，2006 年。

【美】詹姆斯·C·斯科特：《弱者的武器：农民反抗的日常形式》，郑广怀等译，南京：译林出版社，2007 年。

【德】乌尔里希·贝克、伊丽莎白·贝克-格恩斯海姆：《个体化》，李荣山等译，北京：北京大学出版社，2011 年。

潘毅：《中国女工——新兴打工者主体的生成》，任焰译，北京：九州出版社，2011 年。

严海蓉：《虚空的农村与虚空的主体》，《读书》2005 年第 7 期。

任平：《论马克思主义"出场学"的两个循环》，《学术月刊》2008 年第 9 期。

【马】陈美萍：《共同体（community）：一个社会学话语的演变》，《南通大学学报》（社会科学版）2009 年第 1 期。

潘毅、卢晖临、严海蓉、陈佩华、萧裕均、蔡禾：《农民工：未完成的无产阶级化》，《开放时代》2009 年第 6 期。

徐小涵：《两种"反抗史"的书写——斯科特和底层研究学派的对比评述》，《社会学研究》2010 年第 1 期。

思想文化研究类：

1. 毛泽东：《毛泽东选集》，人民出版社，1967 年。

2. 【德】马克思：《共产党宣言》，《马克思恩格斯选集》（第 1 卷），北京：人民出版社，1995 年。

3. 【英】霍布豪斯：《自由主义》，朱曾汶译，北京：商务印书馆，1996 年。

4. 李强：《自由主义》，北京：中国社会科学出版社，1998 年。

5. 朱学勤：《书斋里的革命》，长春：长春出版社，1999 年。

6. 【美】爱德华·W·萨义德：《东方学》，王宇根译，北京：三联书店，1999 年。

7. 【英】史蒂文·卢克斯：《个人主义》，阎克文译，南京：江苏人民出版社，2001 年。

8. 【美】约翰·凯克斯：《反对自由主义》，应奇译，南京：江苏人民出版社，2003 年。

9. 【美】爱德华·W·萨义德：《文化与帝国主义》，李琨译，北京：三联书店，2003 年。

10.【美】佳亚特里·斯皮瓦克：《从解构到全球化批判——斯

皮瓦克读本》，北京：北京大学出版社，2007 年。

11. 许纪霖、罗岗等：《启蒙的自我瓦解：1990 年代以来中国思想文化界重大论争研究》，长春：吉林出版集团有限责任公司，2007 年。

12. 贺桂梅：《"新启蒙"知识档案——80 年代中国文化研究》，北京：北京大学出版社，2010 年。

13.【英】以赛亚·伯林：《自由论》（修订版），胡传胜译，南京：译林出版社，2011 年。

14. 甘阳：《自由的理念：五·四传统之阙失面》，《读书》1989 年第 5 期。

性别研究类：

【德】恩格斯：《家庭、私有制和国家的起源》，《马克思恩格斯全集》（第 21 卷），北京：人民出版社，1965 年。

张京媛：《当代女性主义文学批评》，北京：北京大学出版社，1992 年。

李银河主编：《妇女：最漫长的革命——当代西方女权主义理论精选》，北京：三联书店，1997 年。

王政、杜芳琴主编：《社会性别研究选译》，北京：三联书店，1998 年。

【法】西蒙娜·德·波伏娃：《第二性》，陶铁柱译，北京：中国书籍出版社，1998 年。

【美】约瑟芬·多诺万：《女权主义知识分子传统》，赵育青译，南京：江苏人民出版社，2003 年。

【美】佩吉·麦克拉肯：《女权主义理论读本》，桂林：广西师范大学出版社，2007 年。

刘岩编著：《母亲身份研究读本》，武汉：武汉大学出版社，2007 年。

后　记

　　这本书是在我的博士后出站报告的基础上修改而成的。时至今日，我依然清晰地记得自己当年打给乔老师的那个电话。那时，无法改变世界的我，正在期待改变自己的生活。当我冒昧地拨通乔老师的电话，表明自己想师从乔老师做博士后研究的愿望，得到了乔老师热情而肯定的回答。我意识到，那一刻是一个新的开端。

　　在两年的时间里，我从乔老师那里学到了很多：既有做学问的眼光、态度与方法，更有做人做事的伦理与方式。还记得 2010 年的暑假，我写了一篇论文请乔老师帮我提修改意见。令我感到惊讶的是，乔老师不仅提出了宏观的修改意见，还在文章中做了很多批注和修改。在我的求学经历中，这是学位论文才能得到的待遇。我没有想到，文章的修改持续了一个多月。那段时间，乔老师与我之间的电子邮件，谈的都是如何修改文章。在反复的交流中，我深深体会到，乔老师在做学问上，是多么地严格与认真；她的学术眼光，又是多么地犀利。还记得 2011 年的春天，我去见乔老师，看到她满脸写满了疲惫。我才知道她家有两位老人先后住院了，每天在忙完一天的工作之后，她都要到医院去探望老人。这样的生活一直在持续，乔老师也一直在超负荷中尽着为人子女、为学院领导、为人师表的职责。每一样乔老师都做得那么出色，让我在自叹弗如的同时，也生发出向她学习的动力。

　　感谢李新宇老师、耿传明老师的博士生课堂开阔了我的视野。感谢王志耕老师与李锡龙老师，他们都曾是我的本科生老师，在这里，我得以继续聆听他们的教诲，在生活中他们也给予了我很多关怀。感谢南开大学博士后流动站的杨柳老师与文学院负责博士后工作的吴娟老师，她们在工作与生活中给予了我很多热情的帮助。

在两年时间里，我曾无数次在南开园中匆匆而行，去听课、听讲座、听学术会议、借书、还书，每一次，都收获良多。也是在南开园，我结识了刘堃、孙琳、包天花等同学，和她们之间在学术与生活中的交往，让我获益匪浅。

感谢我的家人给我的关心和鼓励。我那年事渐高的父母总是对我"报喜不报忧"。母亲的电话从原来的很长渐渐地变得很短，我知道，长是因为她想念我，短是因为她怕打扰我。每当她说出那一声"你忙吧"就急急地挂断电话，我都深味着母爱的温暖与体贴，同时感到深深的自责。感谢婆婆给我的支持，她豁达的心胸、爽朗的性情每每令我心向往之。我还要感谢我的丈夫和儿子，我是和他们一起，体验着共同的成长与成长的苦乐。

现在，我已经成为天津外国语大学国际传媒学院的一名教师。在这里，同事们为我提供了一个向上而融洽的学术环境；我体会着身为老师的责任与喜悦，常常想起乔老师的为人为师之道。

感谢天津外国语大学的学术著作出版资助，使本书得以出版。

南开大学出版社网址：http://www.nkup.com.cn

投稿电话及邮箱： 022-23504636   QQ：1760493289
                                              QQ：2046170045(对外合作)
邮购部：   022-23507092
发行部：   022-23508339   Fax：022-23508542

南开教育云：http://www.nkcloud.org

App：南开书店 app

　　南开教育云由南开大学出版社、国家数字出版基地、天津市多媒体教育技术研究会共同开发，主要包括数字出版、数字书店、数字图书馆、数字课堂及数字虚拟校园等内容平台。数字书店提供图书、电子音像产品的在线销售；虚拟校园提供 360 校园实景；数字课堂提供网络多媒体课程及课件、远程双向互动教室和网络会议系统。在线购书可免费使用学习平台，视频教室等扩展功能。